三春爭及初春景

紅樓夢斷系列

新校版

高陽

下

目次

第七章

第二天上午，曹震帶著送烏家的儀禮先行；接著是烏大小姐帶著阿元與僕婦，來將馬夫人、鄒姨娘與秋月都接了去。轎子直到二廳；烏太太與烏二小姐已等在滴水簷前了。

因為人多，而且除了一別二十年的馬夫人與烏太太以外，其餘都是初會，見禮敘稱呼，亂了好一陣，才能坐定下來；馬夫人與烏太太相向而坐，烏家姐妹站在母親身後，秋月有張小凳子坐在下方，阿元便只有站在門口的分兒了。

馬夫人在娘家行三，所以烏太太還是照舊日閨中稱呼，叫她「三姐」。不過烏家姐妹卻依父輩的交情，稱馬夫人為「二大娘」。烏大小姐善於應酬，比她母親的話還多；烏二小姐本性沉默，加以知道馬夫人的來意，格外矜持，一直眼觀鼻，鼻觀心地羞於抬頭，加以小客廳裡光線不足，以致坐在下首的秋月，幾次打量烏二小姐，都沒有能將她的相貌看清楚。

「老爺來了！」門外有人在高聲通報。

於是秋月首先站起，馬夫人亦緩緩起身，等阿元將門簾打起，只見身材魁偉的烏都統，大步踏了進來，抱拳說道：「二嫂，有十年不見了吧！」

「十一年了。」馬夫人從從容容地說：「烏四爺，你一點都不顯得老。」說著，她在秋月攙扶之下，與烏都統平禮相見。

「二嫂，你好福氣。二哥有後；雪芹太好了。」

提起丈夫，馬夫人想起婚後不到兩年，便即守寡的苦楚，不由得有些感傷，但表面上不得不含笑謙謝：「烏四爺太誇獎了。孩子年輕不懂事，全靠做叔叔的教訓。」

「教訓可不敢當。」烏都統說：「咱們兩家情分本來就不同；以後更不同。」說著，回頭問道：「阿元呢？」

沒有人知道阿元是甚麼時候離開屋子的。烏都統也沒有再追問，等坐了下來，忽又起身，向烏夫人招招手，同時踱向屋角，顯然是有話要私下跟他妻子談。

烏家姐妹頗為困惑，不知是甚麼急要而又隱諱之事，必須即時密談；同時也有些尷尬，因為當著剛到的客人，這樣公然避到一邊去「咬耳朵」，是很失禮的事。

可是客人卻夷然不以為意——馬夫人與秋月都是心中雪亮。不一會只見烏都統夫婦雙雙回座，春風滿面；心知平郡王的好事成功了。

「三姐，咱們先談一樁正事——」

話猶未完，烏二小姐悄然起身，翩若驚鴻般，很快地避到後房，在門縫中向外張望，心跳也快了；她知道母親要談的「正事」，就是她的親事。

那知竟似閒談，「小王爺的福晉、側福晉，一直沒有喜信兒？」烏太太問。

「是的。」馬夫人平靜地回答。

「那麼太福晉一定很著急囉？」

馬夫人不能說，平郡王府太福晉並不怎麼在意；只好含含糊糊地說：「上了年紀，想抱孫子的心，都是一樣的。」

「噢，三姐，有件事想必你總知道了？」

「那一件？」

「我家阿元的事。」

烏二小姐大為詫異，怎會忽然談到阿元的事？越發屏息側耳，仔細傾聽：「喔，我聽是聽說了，不很清楚。小王爺直接交給舍姪辦的，我也不便打聽。」馬夫人反過來問說：「大概舍姪已經跟四爺談過了。」

「是的。」烏都統接口說道：「通聲帶了小王爺的一封親筆信來；據通聲說：小王爺想跟我要阿元。也不知是誰跟小王爺舉薦的，說阿元是宜男之相。」

「嘔，不說不覺得；一說破了，倒真是的。」馬夫人故意這樣說，表示她並未舉薦阿元，接著又問：「兩位的意思怎麼樣呢？」

烏都統夫婦互看了一眼，取得默契，由烏太太作答：「平郡王府，不比其他王公；而況這是件好事，也是件大事，能替小王爺效勞，捨不得阿元也只好捨了。」

「說得是。」馬夫人深深點頭，「這阿元姑娘將來替小王爺養個白胖娃娃，小王爺也一定感激兩位的成全。」

「成全是言重了。」烏太太說：「就看她肚子爭不爭氣吧！」

「一定爭氣，這阿元姑娘一臉福相；此刻自然是庶福晉的身分，將來一生了兒子，就爬上去了。」

烏夫人轉臉問秋月：「郡王可以立幾位側福晉？」

「兩位。」

「現在只得一位，空著一個缺，將來必是阿元姑娘的。」馬夫人很認真地說：「側福晉可不是庶福晉噢！那是行文宗人府，奏准以後，禮部上簿子，玉牒上都有名字的。」

聽這一說，烏都統夫婦與烏大小姐，無不出現興奮豔羨的神色；烏二小姐看在眼裡，很不是味道。

這時消息已經傳出去了，烏家的下人，圍著阿元，道賀的道賀，開玩笑的開玩笑。阿元將信將疑，又喜又羞，好不容易才得脫身，一溜煙上樓，躲在自己房間裡——是烏二小姐臥室的一個套間。下房中談論不休，非常熱鬧；同樣地，上房中也談得很起勁，談的是平郡王府的形形色色，烏二小姐懶得再聽，悄悄地走了。

一回到臥室，便聽得套間中有笑聲，烏二小姐自然知道是怎麼回事，故意重重咳嗽一聲；裡面笑語皆寂，阿元首先迎了出來，後面跟著跑上房的兩個丫頭，有一個陪著笑說：「二小姐是回來換衣服？」

「嗯。」烏二小姐臉上一絲笑容都沒有。

那兩個丫頭看臉色不妙，逡巡而退；阿元跟平常一樣，先倒來一杯熱茶，然後管自己收拾屋子。

「恭喜你啊！」烏二小姐說。

阿元臉一紅，「我也不知道怎麼回事！」她說：「怪事年年有，沒有今年多。」

「不，應該說喜事年年有，沒有今年多。」

話一出口，烏二小姐才發覺改「怪」為「喜」不妥；這不表示自己也有喜事嗎？平時一向矜持慣了的，突然會不知不覺地漏出這麼一句心聲來，自己覺得訕訕地好沒意思。

這時阿元的心情反倒能平靜了，「我想跟太太說，那裡我也不去。」她說：「我總要伺候二小姐辦完了喜事，才談得到別的。」

「那裡有我的甚麼喜事？」烏二小姐眼望別處，「而且老爺、太太也答應人家了。」

話正說到這裡，樓梯聲響，阿元立即迎了出去；來的是烏二小姐的乳母宋嬤嬤。

「要開席了！」宋嬤嬤一面踏進來，一面望著烏二小姐說：「我的小姐，到處找你！快請吧！」

一見宋嬤嬤，烏二小姐有種沒來由的委屈，「我不去！」她使性子地說，眼圈都紅了。

宋嬤嬤跟阿元不約而同地看著對方，也都看到了驚愕莫名的臉色。

到底宋嬤嬤沉著，向阿元使個眼色，「你先去跟太太回，」她說：「說二小姐換了衣服就去。」

阿元也有些怕見人，遲疑著不肯作聲；禁不住宋嬤嬤的眼色連連催促，只好硬著頭皮下樓。

「怎麼了？」宋嬤嬤握著烏二小姐的手問：「為甚麼不高興？倒像受了老大的委屈似地。」

不提「委屈」二字還好，一提，真的觸動了烏二小姐的委屈，即時伏在宋嬤嬤肩上哭了。

這教人大吃一驚，「別哭、別哭，千萬別哭！把眼睛哭紅了，怎麼見人。」宋嬤嬤問道：「到底甚麼事？這裡沒有人，你跟我說。」

沒有人也不能說，不過眼淚倒是止住了。「我不想去，」她說：「你隨便替我編個理由就是了。」

「天大的理由也不行！我也不知道你心裡的委屈是甚麼，反正你不去作陪，就好像一巴掌打在太太臉上。天下世界，那有這樣的兒女？」

這一頓訓斥倒還有效，烏二小姐霍地站起身來，「好吧！」她說：「我去。」

「這才是！來，」宋嬤嬤將她的臉轉了過來，迎著光亮看了看說：「還好，擦把臉勻勻粉，就去吧。」

烏二小姐沒有作聲，不過都照宋嬤嬤話做了。下樓到得上房，只見席面上都已坐定，馬夫人首座，鄒姨娘居次；烏太太坐了主位，旁邊是烏大小姐；馬夫人右首空著一個位子，是特為留給她的。

「來！」馬夫人含笑拍一拍空椅背：「你挨著我坐，咱們娘兒倆聊聊。」

「是！」烏二小姐心裡舒服了些。

「二大娘的菜，你別亂碰。」烏太太提出告誡。

「我知道。」

「不要緊，不要緊！筷子不忌。」說著，馬夫人夾了一塊酥炸牛腦擺在烏二小姐面前的碟子裡。

「多謝二大娘！」

「別站起來。」馬夫人將她一把按得坐下，「禮數太多，倒顯得生分了。」

「是！」烏二小姐看著她姐姐問：「那位秋月姐姐呢？」

「另外有人陪。」

遇到像秋月這種身分不上不下，半主半僕客人，烏家跟曹家一樣，向來是由總管嬤嬤作主人款待，這天多了個陪客，便是阿元。

這便是對阿元另眼看待了，而在烏二小姐的感覺中，她母親似乎對阿元的喜事，看得比她的喜事還重要，因為在席間，烏太太依舊是在談平郡王府與阿元，並向馬夫人討教，阿元入府，應該如何陪嫁？

馬夫人想說：庶福晉與側福晉是不同的。側福晉是相陪「正室」的「副室」，兩者原來的身分是差不多的，就像放缺放差，需要欽點時，一定擬呈三個名字，雖有「一正二陪」之說，但硃筆點在第二個或第三個名字上，也是常有的事。至於庶福晉，就像尋常人家買妾那樣；倘是下人或佃戶之女，照例還要賞一筆錢，從沒有聽說還有陪嫁的。

不過，這也只是她心中這樣在想而已。她已經看出烏太太為她的話所迷惑了，只是在轉阿元為平郡王生子，便能立為側福晉的念頭，當然在此時就要拴住阿元的心，將來好分享她的榮耀。

可是，如果烏太太真的照側福晉的身分陪嫁阿元，平郡王府是不會接納的；這些道理也不便明說。馬夫人這時真希望秋月也在場，必能出個好主意為她解除困窘；萬般無奈之下，只好躊躇著答說：「我一時倒想不起有甚麼例子。不過，這是情分上的事，也沒有個準譜兒。」

這時烏大小姐聽懂了馬夫人的話；見她母親似乎尚未領悟，便補充著說：「二大娘的意思，給阿元打幾樣首飾，做幾身衣服就行了；不必正式備甚麼嫁妝。」

她將馬夫人不便出口的話，一語道破了，以下就好說了，「大小姐說得不錯，我正是這個意思。」

馬夫人又說：「兩三年以後，元姑娘的造化來了，那時再補嫁妝，就名正言順了。」

這「名正言順」四字點醒了烏太太，「三姐說得是，就這麼辦。」烏太太想了一會又說：「我想派兩個得力的人，跟著震二爺，送了她去。不知道震二爺那天走？太匆促了怕來不及，而且總還得挑個好日子。」

「通聲是有差使在家，恐怕不能多待。」馬夫人答說：「既然有得力的人護送，也不必一定要跟著他走。」

烏太太想說：「那麼跟三姐一起走好了。」話到口邊，方始發覺，這好像下逐客令似地，因而強自噤住了。

飯後茶罷，烏二小姐在她姐姐暗示之下，告個罪先上樓，好讓她們談她的親事。可是窗前獨坐，心裡卻老想的是阿元。

阿元終於出現了，她是興匆匆來報喜的，「小姐，大喜！」她說：「談成了，下個月下定，等過了雍正爺的週年，就是好日子到了。」

不說談妥說「談成」，烏二小姐不由得心中有氣；好像本來不會成功，談成了是僥倖。就這一念之間，原來還在躊躇的事，即時作了決定。

「你到老爺簽押房裡，把《大清會典》拿了來。」

這樣答非所問，大出阿元意料，「小姐要《會典》幹甚麼？」她問。

「你別管。」竟是碰了釘子，阿元更為詫異，想了一下說：「《會典》可是有好幾十本，是不是都搬了來？」

她是要查「宗人府」，不知道在那一卷；可又不願問阿元。心想這個衙門總不會像欽天監、太醫院那樣卑微，因而答說：「你把前面半部抱了來。」

等《會典》取到，背著阿元查看了一會；烏太太派人來通知，馬夫人要走了，該去送客。烏二小姐坦然地走了。

下了樓一路行去，只見下人們都含著笑意；烏二小姐裝作不知。進了上房，讓馬夫人拉著手，將一枚鑲了金剛鑽的戒指套上她的手指，她才著慌了。

原來八旗婚嫁之制，與漢人的「六禮」大致相同，男家主婦至女家相親，情意既洽，決定聯姻，男家主婦贈以如意或其他首飾，名為「小定」，即是「六禮」的第一步「納采」。那怕皇帝大婚，亦是如此；所不同的是男家主婦亦就是皇太后，無法親自到女家去相攸，而是「秀女」入宮，請太后挑選，選中了皇后，便由長公主代表太后面遞如意；備位妃子的，面贈荷包。如今馬夫人將一枚戒指親贈烏二小姐，正就是「小定」。

可是，誰也沒有想到，烏二小姐竟不願嫁到曹家；因此也就不能接受馬夫人的禮物。這本是很難處理的一件事，而況又起於倉卒之中，烏二小姐想縮手不能，想開口又不知道該怎麼說。只是急得滿臉通紅，手足無措。

大家都以為她的臉是羞紅的，因而也就都諒解她連聲「謝謝」都不說，這時伶牙俐齒的烏大小姐開口了。

「我替我妹妹說了吧，真是承二大娘不棄。往後日子長著呢，慢慢兒跟二大娘磕頭，孝順二大娘吧！」

「好說，好說！」馬夫人倒真是體恤這個未來的兒媳婦，拍拍馬二小姐的手背說：「你進去吧！」

為的是不願讓她受窘。

手一鬆，烏二小姐掉頭就走；烏太太有點不好意思，嘆口氣說：「唉，這孩子！一點規矩都不懂。」

「害臊嘛！」鄒姨娘笑著接口，「怎麼叫閨女呢？都是這樣子的。」正談著，烏都統陪著曹震進來了。首先是曹震向烏太太及馬夫人請安道賀；然後是烏都統開口說道：「這會兒得改稱呼，管二嫂叫親家太太。」緊接著又說：「親家太太，我剛才跟通聲商量；這件喜事要早辦，因為一兩個月之內，恐怕我要調進京，那就得過了八月才能下定了。」

「是這樣的——。」

曹震作了解釋。原來國有大喪，定制在京王公百官停止婚嫁百日、軍民人等一個月；世宗憲皇帝崩後，當今皇帝降詔，改為在京王公百官一年內不得嫁娶，其餘仍照原來規定。男家雖然在京，但曹雪芹尚無出身，可援「軍民人等」之例；烏都統則是外官，亦可不受「一年內不得嫁娶」的約束，但如一調為京官，就必須滿了先帝週年忌辰，才能按六禮辦喜事。

因此烏都統與曹震商量，想提早行「問名」之禮。依照八旗的規矩，男家邀集宗族親友陪著新婿到女家；女家也早就邀集了宗族在等候，雙方在大廳前面的天井中見面，男家在西，女家在東。然後由男家宗族中的長老致詞，說敝族某人，雖然不肖，但已經成年，應該娶親了；久聞府上幾小姐賢淑有名，深願聘來主持中饋，以光敝族。

女家當然要謙謝一番，說幾句「不敢高攀」，如是一而再，再而三，最後算是兩相情願了。

於是新女婿拜女家神位，向岳父岳母磕頭；女家設宴款待男家的親友，不過位置變過了，男家在東，女家在西。

這「問名」之禮，就是「文定」，婚姻至此方算定局。曹家有曹頫、曹震在此，所缺者只是新郎；打算派專人將曹雪芹去接了來，便可行禮。至於以後的下聘禮，稱為「過禮」，以及請期、親迎，看馬夫人的意思，如果打算早辦，毫無拘束；倘或烏都統調進京去，曹家至遲到九月間也就可以迎娶了。

聽是聽明白，不過馬夫人一時還不能作確實的答覆，因為她覺得至少要跟曹頫商量一下。很委婉地將這層意思透露出來，烏家自然同意，約定第二天聽回音。

等送客上轎，烏太太也累了，在上房中靜靜喝了會茶，抽了兩袋煙，正在為雙喜臨門而躊躇滿志，卻又愁著既要接待新婿，又要料理阿元進京，怕忙不過來時，只見宋嬤嬤神色倉皇地奔了來，不由得一驚。

「甚麼事？」

宋嬤嬤見有丫頭在旁，便悄悄向烏太太耳際說道：「二小姐把人家給的戒指取下來了。我問她，她說不打算戴這個戒指；再問她就不言語了。」

這下才真的驚了烏太太：「她是甚麼意思呢？」她說：「你別是把事情弄錯了吧？」

「但望我是弄錯了。太太請上樓看一看去。」

「我當然要去問她。」烏太太又問：「大小姐呢？」

「不在樓上。」

「你趕緊去找一找。」說完，烏太太起身就走，丫頭捧著煙袋跟了來，她揮一揮手，示意不必伺候。

到得烏二小姐臥房，只見她面朝床裡，和衣而臥；梳妝台上擺著馬夫人所贈的，那枚紅寶石鑲鑽的戒指，十分顯眼。「太太來了！」臉色似乎非常尷尬的阿元，提高了聲音說，意思是催促烏二小姐起來。

烏太太也是很能幹的人，見此光景，忽有意會，便向阿元說道：「你下樓去看著，別讓不相干的人胡闖亂闖的。」

阿元答應著走到樓梯一半，遇見烏大小姐跟宋嬤嬤上樓，她們當然不是「不相干的人」，阿元便側著身子，讓她們先上樓。

「你倒說個原因給我聽，怎麼好好兒的，又不願意了？」烏太太轉臉望著剛進門的烏大小姐問：「你們是不是無意之中說了甚麼不中聽的話，又惹她使小性子？」

「我不是使甚麼小性子。」烏二小姐接口，「我得顧我的身分。」

「我不明白你說的甚麼？」

「二妹──」烏大小姐問得比較實在，「甚麼事讓你失身分了？」

「我先請你看一段《會典》。」烏二小姐將一本已翻開來的《欽定大清會典》，遞到她姐姐手裡，指點著說：「這兒！」

這本《會典》是記載禮部的職掌，烏二小姐指出來的一部分是「輿車冠服之制」；上面寫著：「郡王福晉暖轎及朱輪車、皂幨。餘如親王世子福晉。輿用銀頂。初制、郡王妃轎、車蓋、幃與親王世子側妃同。其側妃轎、車、紅蓋、紅幃、蓋角藍緣、藍垂幨。」

「側妃就是側福晉。」

「我知道。」烏大小姐如墜五里霧中，「怎麼樣？」

「你再看這一段。」

這一段是講冠服：「郡王福晉朝冠，頂鏤金二層、飾東珠八、上銜紅寶石、朱緯。吉服褂，繡五爪行龍四團，前後兩肩各一。餘皆與世子福晉同。崇德元年定郡王嫡妃冠頂嵌東珠七，側妃嵌東珠六。順治九年，定嫡妃冠服與世子側妃同；其側妃冠頂嵌東珠七，服用蟒緞、妝緞，各色花素緞。」

「看明白了沒有？」烏二小姐問。

「看明白了，可不知道你無緣無故要我看這些東西幹甚麼？」

「怎麼會無緣無故？有朝一日，阿元也會穿蟒袍、坐銀頂大轎。」

一直在琢磨女兒心思的烏太太，忽然想到，「原來你是羨慕阿元！」她說：「可是咱們家的身分，總沒有給——。」

「娘！」烏二小姐大聲打斷，「你想到那裡去了？我憑甚麼羨慕阿元？」

「那麼為甚麼呢？」

「為甚麼？」烏二小姐冷笑一聲：「到有一天我得給阿元磕頭，娘，你不替我委屈？」

這一下，大家都明白了。想想果然，照《會典》上看，郡王側福晉的身分，比一品命婦還高出好幾等；烏二小姐見了她自然要磕頭。

「話是不錯，不過不跟她照面，不就完了嗎？」

「娘可以不跟她照面，我行嗎？」

「娘，」烏大小姐悄悄提醒她說：「曹家的兒媳婦，怎麼能躲得過平郡王府側福晉不照面？」

烏太太楞住了，想想真是替女兒委屈；但阿元的機會，也是她家的機會，實在不忍放棄。真成了兩難之局。

「二妹，你也別想得太多。阿元有沒有這個造化還不知道呢！」

「如果有，又怎麼樣？」

這一來烏大小姐也語塞了；無奈之下，只得望一望宋嬤嬤，希望她也能出個主意。

宋嬤嬤的主意很乾脆，「不能為阿元妨了二小姐的親事。」她說：「好在震二爺還沒有走，跟他把話說明了，看他有個甚麼法子，回絕了王府，不就沒事了嗎？」

烏太太當時不作聲，回到上房考慮又考慮，到底女兒的大事要緊；毅然決然地表示：「好吧！只能讓阿元空歡喜一場了。」她說：「你們把老爺去請來！」

「小女兒的話，也不能說她無理；就是雪芹，也是阿元伺候過他的，將來逢年過節總有在王府上遇見的時候，如說讓雪芹替她磕頭，也是件情所難堪之事。」烏都統又慶幸地說：「好在王府還不知道這回事；通聲，你就說阿元已經嫁了好了，那可是件無可奈何之事，想來平郡王亦不會怪我。」

「不！」曹震答說：「我已經寫信告訴王爺了。」

烏都統大吃一驚，急急問說：「甚麼時候寫的信？」

「就是今天午後，從府上回來寫的信，已經發出去了。」

「那不要緊！」烏都統心頭一寬，「趕緊叫人去追回來。」

「只怕難辦。」曹震皺著眉說：「我是託鏢局子的人，專程進京的；他們的馬快。」

「就算馬快，今天趕不上，連夜趕還不行嗎？」

「好！」曹震心中有了主意，「我試試瞧。」

「那就重託了。一追回來就請給我個信，咱們再商量下一步。」曹震滿口答應，其實根本沒有派人去催；因為認為烏家的這頭親不能結了。不過，他的想法，卻先須跟秋月商量。

「為甚麼我說烏家這頭親不能結了呢？第一、就算信能夠追得回來，這件事王府遲早會知道的。王爺一定會想，堂堂一位千金小姐怎麼跟丫頭較勁呢？再想到阿元的事，是因為她才吹了的，你想，王爺豈不要討厭她，連帶雪芹也落不了好了。」

秋月很沉著，不置可否地說：「請震二爺說第二吧！」

「第二，阿元既不能進王府，說不定就陪房過來了呢！」

「那絕不會。烏二小姐一定會想到，陪房過來，王爺來要呢？能說不送進去嗎？」

「好，這算我沒說。不過，烏二小姐這麼驕尊自大，心思這麼深，脾氣這麼絕，我看娶了來也不見得跟雪芹對勁。」

這幾句話倒是說動了秋月，深深點著頭說：「這可以請太太重新琢磨了。」

馬夫人也覺得曹震所見不差，不過她另有一層顧慮：「我跟烏太太從小的姐妹，人家這樣子一片誠心，叫我怎麼說得出退婚的話？」她又說：「你如果有好辦法，我倒也覺得烏二小姐既然說過不願的話，不管是真話，還是氣話，總是一道裂痕，也就不必勉強了。」

於是一時都沉默了，只聽得曹震在蹀躞的腳步聲；他偶爾停步，視線恰好落在秋月臉上，見她帶著一絲詭祕的微笑，知道她沉思有得了。

「怎麼樣，有甚麼好辦法拿出來吧！」

「沒有辦法就是好辦法。」

「你這話可玄了。」曹震笑道，「咱們別打啞謎吧！」

「聽其自然最好。」秋月轉臉為馬夫人解釋：「太太，我剛才在想，如果我是烏二小姐，要錯就得錯到底；如果說，非要阿元如何，她才能嫁到咱們曹家來，那一來，她的終身大事，不就像是阿元成全的？那成了一生的話柄；烏二小姐既然是才女，又心高性傲，這一層一定看得很重。再說，為她自己的身分著想，誤了阿元『飛上枝頭作鳳凰』的機會，她自己想想，心裡也一定很不安。太太，你說呢？」

「你是說，不必等咱們提，烏家自己也願意退婚了。」

「正是。」

「通聲，」馬夫人問說：「你看會不會？」

「也許會，也許不會。不過，秋月的話不錯，咱們暫且按兵不動；等我先讓魏升去打聽了再說。」

於是曹震故意寫封信給烏都統；信中除了說他已派人去追「專差」，尚無消息外，又故意談了些有關行宮修葺的細節，而且要等回音。這樣，不但魏升有了上門的理由，而且借著等覆信可以從烏家下人口中，打聽出秋月的推測，到底準不準。

第二天上午，魏升一早出門投信，直到中午才回來覆命；曹震等得有些不耐煩，一見面就呵斥：「怎麼去了整整一上午？這一點點事，你還打聽不清楚！」

「我得等烏都統的回信。」

「烏都統寫回信，又何用花這麼大的功夫。」

「二爺有所不知，」魏升答說：「信一投進去，半天沒有信息，我問是怎麼回事？烏家門上悄悄兒跟我說，他家鬧家務，烏都統恐怕沒有心思寫回信，請我下午再跑一趟。我一想，這不正就好打聽嗎？所以我就說，信裡是要緊事，我家二爺交代，一定要回信。不要緊，我可以等。」

「呃！」曹震釋然了，這才是他心目中鬼精靈的魏升；便即問道：「烏家鬧甚麼家務？」

「門上吞吞吐吐不敢說，只知道烏都統跟烏二小姐，父女倆大吵了一場。我問為甚麼吵？那門上楞了好一會，跺一跺腳說：『唉，兄弟，你就別問了吧！』」

「喔、喔，」曹震心裡明白了，很佩服秋月的見識；「你還打聽到了一些甚麼？」

「還聽說，烏大小姐跟烏都統也鬧翻了。」

「咦！那又是為了甚麼？」

「據說也是因為烏大小姐幫著烏二小姐說話的緣故。」

這就令人詫異了。曹震對烏二小姐的性情不甚了解；烏大小姐因為見過好幾次，也聽人談起過她，是個很能幹、也很勢利的人，她之幫她妹妹說話，原因怕不會是如秋月所見到的，由於「心高氣傲」，不願落個她的親事由丫頭所成全的「話柄」。

那麼是甚麼呢？曹震心想幫烏二小姐說話，便是贊成將阿元送入平郡王府；不過不見得是為阿元「飛上枝頭作鳳凰」的機會著想，而是希望阿元真的有一天成了側福音，結一個奧援。

「好了！你下去吃飯去吧！」曹震又鄭重叮囑：「你可記住：第一，別提我讓你到烏家去打聽的事；第二，別談芹二爺的親事。」

「是！」魏升囁嚅著問說：「是不是芹二爺的親事吹了？」

「你怎麼想出來問這句話？」

「我是胡猜的。」

「別胡猜！」曹震答說：「大概你明天就知道了。」

「是。」魏升又問：「下午是不是還要去？」

曹震想了一下答說：「不必！我自己去好了。」

吃完了飯，曹震正要動身，不道烏太太帶著烏大小姐來了。這一下，曹震自然得作一番觀望；同時還要作一番緊急措施——他還沒有將在烏家打聽到情形告訴馬夫人，如今是來不及了；唯一的辦法是將秋月找了來，略說大概，那樣她就知道如何應付烏家母女。

這時烏家的轎子，已抬入大門；要派人去找秋月來談，其勢有所不及，說不得只好自己三腳兩步奔了進去，迎面遇著迎客的馬夫人，後面跟著鄒姨娘與秋月，這時都站住了腳。

「秋月，秋月，你來！」曹震一面說，一面直奔角門，又回頭招一招手。

「太太跟鄒姨娘先請。我看震二爺有甚麼要緊話告訴我？」秋月說完，回身就走。

「秋月，你料事如神！」曹震說道：「烏家大鬧家務，看樣子是烏二小姐不願嫁過來，烏都統不肯悔婚。烏太太不知是何態度，不過烏大小姐是站在她妹子那面的。」

「喔，震二爺那裡得來的消息？」

「我讓魏升去打聽來的。」曹震又說：「喔！有件事很要緊，烏太太如果問起，送給平郡王的信追得回來追不回來；你只說聽我說的，恐怕很難。」

「震二爺自己進來跟烏太太說一聲，不更好嗎？」

「等我想一想。我在前面聽信兒；怎麼個情形，你溜出來告訴我一聲。」

「好！看烏太太說些甚麼，我會很快來通知。」

於是曹震一個人在自己屋裡，枯坐靜等；一等等了將近一個時辰，眼看日影西移，心急無聊，難以忍耐，正盤算著不如自己闖進去當面看看情形時，秋月來了。

「怎麼樣？」曹震急忙迎上去問。

「事情透著有點兒玄。」秋月輕聲答說：「烏太太甚麼也不提，只是聊閒天；太太問起烏二小姐，她亦只說了一句：『本來也要來看大娘的，身子不爽，吹了風不好，我沒有讓她來。』以後就再也不提了。」

「這，」曹震搔著頭說：「她們是甚麼意思呢？」

「我也挺納悶的。」

「你總看得出一點甚麼來吧？」曹震又問：「有沒有想說甚麼，不好意思開口的那種味道。」

「沒有。」

「沒有？」曹震想了一下想通了，「必是事情還沒有定局；說不定烏都統這會兒在家跟烏二小姐大辦交涉，亦未可知。等我親自出馬去探探陣。」

「這好。」秋月問說：「人家要問起王府的信，我還是照那麼說？」

「對。」

見了烏都統，自然先仔細看他的臉色；懊惱之色，欲掩還顯，料想如果他曾跟女兒辦交涉，一定亦沒有成功。

「真抱歉之至。」烏都統抱著拳說：「上午跟二小女生了一場閒氣，沒法兒寫回信。世兄來了正好，我也不必寫信了，不過勞你的步，實在過意不去。」

「那兒的話。信上談的幾件事，就請當面交代吧！」

於是先談公事；實際上是不談亦無關係的瑣事，所以毫無討論地，很快就談完了。

「王府的信怎麼樣？」

「大概追不回來了。」曹震答說：「鏢局子的人路熟，都是抄最近的路走。」

「我想大概也追不回來了。」

烏都統的語氣平淡，亦沒有甚麼表情；顯然的，信追得回來與否，在他已是無關緊要的一件事了。

「當然，我還在作萬一之想。」烏都統把話又拉了回來，「倘或真的追不回來了，通聲，你說我該怎麼辦？」

「失信於平郡王，似乎很不妥。」

「我也是這麼想。」烏都統嘆口氣說：「難是難在小女。」

「那，」曹震想一想說：「只好慢慢兒勸她吧！」

「是的。」烏都統說：「等我慢慢兒開導她。」

這態度就很明白了，阿元的事，決定如平郡王之意；烏二小姐的親事，暫且擺著再說。

探明了陣勢，曹震就不必多逗留了；告辭回家，恰好烏太太母女在上轎，他躲開一步，等客人走了，到上房來看馬夫人。

「你到烏家去了？」

「是的。」

「烏都統怎麼說？」

「我跟他談得很好。」曹震答說：「我替他開路；他把事情拉開來。彼此不是一步一步往前擠，自然就舒服了。」

「舒服可是談不上。」秋月插嘴說道：「我看烏太太沒話找話，也挺累的。」

「怎麼？」曹震問說：「始終只是閒白兒？」

「可不是！」馬夫人答說：「烏太太說明天還要來看我，我說我去看她；她不許，說怕我累著了。我看，她是不讓我見烏二小姐。」

「太太見得是。」

談到這裡，停了下來，大家都在轉同一個念頭，下一步該怎麼辦？秋月最冷靜，發現烏都統、烏太太的手法很高明，這樣拖延著，占取了可進可退的優勢，如果烏二小姐回心轉意了，即時又可照原議辦理；倘或執意不回，那就仍舊是個拖的局面。

於是她說：「拖不是辦法，京裡事也很多，要拖到那一天才能走呢？」

「這話不錯。」馬夫人深深點頭，「既然烏都統已有了表示，明天我跟烏太太就好說話了。」

「太太打算怎麼說？」

「我打算這麼跟她說，既然烏都統覺得為難，那就把這件事擱在那兒，等過了雍正爺週年忌辰，咱們再好好商量。」

「是。」曹震答應著，可是他的臉色卻顯示著心裡另有盤算。

這是常有的情形；只要一見到了，馬夫人總是跟他人另外談一件事，好讓他細細思量。此時亦不例外，她看著秋月說道：「明兒得收拾行李了。」

「怎麼？」門外有人發問，是鄒姨娘的聲音；只見她掀簾而入，臉上是詫異的神色，「太太怎麼要走了呢？」

曹雪芹與烏二小姐的婚事中變，鄒姨娘只看出徵兆，卻不知其詳。馬夫人不願此事張揚，趕緊拉著她的手說：「一時也說不完；你別走，等我跟通聲談完了，源源本本告訴你。」

曹震聽見這話，倒被提醒了；「四叔還不知這回事呢！」他向馬夫人說：「該聽聽他老人家的意思吧？」

這是當著鄒姨娘不能不這麼說；馬夫人懂他的意思，當即答說：「我請鄒姨娘告訴四老爺好了。」

「是！」曹震暗示地說：「反正這件事都是太太作主。」

「是啊！」馬夫人口氣是答覆曹震，其實有意說給鄒姨娘聽，「我也是事情擠在那兒，不能不馬上拿主意；不然，我當然得先跟四老爺商量，他到底是一家之主。」

曹震默喻其意，知道這件事有馬夫人一肩擔承，不至於會受曹頫詰責。寬心一放，他的主意就多了。

「我在想，」他說：「這話也不必太太親自跟烏太太說；明兒我趕早去見烏都統，把咱們體諒他的意思告訴他。烏太太來了，太太不提，她也樂得輕鬆，那不更合適嗎？」

馬夫人不知道這麼辦，是不是如曹震所說的更合適？因而轉眼向秋月說道：「你聽見了？」

秋月當然聽見了；這是徵詢她的意見的意思，便深深點著頭說：「這麼辦不落痕跡，最好。」

「那就這麼辦吧！」馬夫人立即接口說道：「震二爺有事就請吧！我跟鄒姨娘好好聊一聊。」

在聽得曹震婉轉致意以後，烏都統如釋重負。悔婚這件事在他實在不好交代；他們夫婦曾經商量過，最為難的是馬夫人來了之後，烏二小姐的神態一定會引起尷尬的場面，所以由烏太太帶著大女兒，每天備了食盒去看馬夫人敘舊，目的是避免烏二小姐跟馬夫人見面。

但這種移樽就教的辦法，一兩天是無所謂，日子一長，難乎為繼。如今可是不必再愁這一層了。其時烏太太正要出門，就因為曹震來了，暫時中止，要聽聽信息；及至了解了曹家的態度，她也跟她丈夫一樣，心中一塊石頭落地。但接下來有件事卻難處置。

「那個戒指怎麼樣？」烏太太說：「這會兒能退嗎？」

「不能退。」

「不退不就仍舊是受他家的聘了嗎？」

「目前是這樣。將來再說吧！」烏都統蹙眉說道：「咱們這時候別再談這些一時沒法子的事；這兩天，我真夠煩了。」

「煩的事還有呢！」烏太太想了一下說：「等我回來再說吧。昨兒答應了去看人家的，不能不敷衍。」

原來阿元又不願意了，她的理由是，不能為了她，讓二小姐的好事落空。烏都統還不知道有此變化。到了下午烏太太看了馬夫人回來，方始聽說，當時就楞住了。

「她怎麼不早說呢？這一來，不是兩頭落空了嗎？」烏都統氣急敗壞地說。

「你這話埋怨得沒有道理！」

烏太太不忍再跟丈夫論理，只安慰他說：「你也不必氣急。阿元嘴裡是不能不這麼說，心裡又是一種想法。等我來勸她。」

勸是已經勸了一天了，阿元執意不回，表面是不願妨礙烏二小姐的好事，其實暗地裡亦有她的一份自尊心，要表示卑薄侯門，讓大家知道，身分雖低，一樣也有「富貴不能淫」的那種傲氣。

因為如此，從烏大小姐到宋嬤嬤，越是拿嫁到王府安富尊榮、如何風光的話去勸她，阿元心裡越起反感。烏太太不知就裡，依舊是這套話，當然也不管用。

說得舌敝唇焦，如水沃石，阿元始終不肯鬆口；烏太太可真是忍不住了，「你口口聲聲不願壞二小姐的事，我跟你實說了吧！二小姐跟曹家的親事，已經吹了。」她逼視著問：「你說，你還有甚麼顧慮？」

「我！」阿元低著頭說：「我怕我命薄，享不起這份榮華富貴。」

「這你就不必客氣了。」烏大小姐接口說道：「昨兒已經拿你的八字，請人去算過了，你後福無窮，而且正宜於配金命的人；平郡王是金命。」

「金命的人也多得很，五個人當中就有一個。」

這樣回答，竟像是存心在攪局了，烏太太氣得說不出話。宋嬤嬤便即勸說：「太太也別心急，慢慢兒開導她吧！」

「勸都勸不聽，還說甚麼開導？真是，」烏太太氣鼓鼓地說：「都是這麼愛使小性子！真正白疼了她們。」

這是連烏二小姐一起抱怨在內，但卻提醒了烏大小姐，決定讓她妹妹來勸阿元。

烏二小姐原有此意，不過風波由她而起，不宜再出頭起事；而且以小姐的身分，亦不便干預。但奉命行事，情況就不同了；她將阿元找了來，開門見山地提出勸告，也是警告。

「老爺、太太，為咱們倆的事，氣得飯都吃不下，你我於心何忍？我是不行了，話都說出去了，不用再談；你這麼固執成見，未免太不體諒人了。」

阿元不作聲，只是緊閉著嘴，臉上是說不說在你，聽不聽在我的神氣。

「曹太太是太太從小的姐妹，一請再請把人家請了來，結果兩件事一件不成，你倒想想，怎麼對得起人家？」

聽得這話，阿元不能不開口了：「人家來是為二小姐；誰知道你鬧彆扭，大好姻緣，楞給它繃了！」

「我不是鬧彆扭，是從頭到底琢磨過來的。」烏二小姐不願說她將來如果真的有了側福晉的封號，不肯給她磕頭的話；想一想說道：「我是不願妨你的福命。」

意思是她成全阿元；倘或說句不領情的話，那就非吵架不可。所以她依舊沉默著。

等了她一會毫不鬆口，烏二小姐問道：「我說了半天，你的意思到底怎麼樣呢？」

「我，」阿元答道：「我請二小姐別管閒事。」

「管你的事，怎麼能說是閒事？而且是大小姐傳太太的話，讓我來勸你的；就算是管閒事，也是父母之命，沒法子。」

阿元心想把你許配給曹家，不也是父母之命，何以又不聽了呢？這話不便出口，卻不知不覺地擺在臉上了。

烏二小姐亦已發覺，不該用「父母之命」這四個字；看到她的表情，不免有些苦惱，也不免說了氣話。

「人家都是為你，你不領情；這又不是把你往火坑裡推，是把你捧到雲堆裡。身在福中不知福，你才真的是鬧彆扭。」

「我不敢！」阿元漲紅著臉說：「我也知道老爺、太太、兩位小姐全是好意；無奈我心裡總覺得──。」

「總覺得甚麼？」烏二小姐逼視著問。

「總覺得──，」阿元詞窮之際突然想到，「總覺得也該像二小姐這樣，遇到這種事，應該自己拿主意。」

這是以子之矛，攻子之盾，話很厲害。烏二小姐心想，若說一句「你跟我不同，怎麼能自己拿主意？」那便成了以勢壓人，阿元即令口服，心絕不服，倒要好好想個法子，說得她自己趕緊要入王府。

「你倒杯茶我喝。」

等阿元倒了茶來，她捧杯尋思；記起「請將不如激將」這句話，頓時有了計較，不過話要怎麼說，臉上應該有怎樣的神氣，卻須講究。

考慮停當她閒閒說道：「我明白了，『侯門一入深如海，從此蕭郎是路人』，你必是心目中有人了。」

說到最後一句，阿元大為緊張，但烏二小姐卻搖搖手，不容她分辯，有意偏著頭作出困惑的表情，徐徐開口。

「是誰呢？你眼界也很高，算算家裡的幾個人，像小劉、阿福，你未見得看得上眼。」接著，她作出恍然大悟的神氣，「是了。想來是芹二爺；大概派你去照應他的那時候就有約了。」

「沒有！」阿元的聲音如裂帛，「沒有那回事。」

與她的態度相反的是烏二小姐，語聲依舊是平靜而近乎冷酷，「其實，這也是無所謂的事。」她說：「你又何必不承認？」

「沒有這回事，叫我承認甚麼？」說話像吵架了，阿元自知失態，改了用哀告的聲音說：「二小姐，你不能這麼說；真的沒有，我連那種心都沒有起過。」

「嗯，嗯！」烏二小姐漫然應著，顯而易見的，她心中的疑團未釋。

阿元痛苦地遲疑了好一回，俯著身子問：「二小姐，你要怎麼樣，才能相信我。莫非真要拿把刀來，把心剖開來看？」

「明心跡的辦法也多得很，何必剖心？」烏二小姐自語似地說。

「好！請二小姐說，我一定照做。」

「不去曹家，去平郡王府，不就結了嗎？」

阿元到此方始恍然大悟，上了烏二小姐的當了；但話已出口，不便翻悔，頓一頓足說：「我就去平郡王府！」

聽她一鬆口，烏二小姐是有預備的，趕緊一把拉住她，自己趁勢站了起來，攜著她的手，在床沿上拉她坐了下來，臉上浮起歉疚的笑容。

「你比我大一歲，」她在阿元耳際，將聲音放得極輕，「我叫你一聲姐姐，你好歹圓我一個面子。」

「好了，二小姐，」阿元答說：「誰教我從小就服侍你的呢！」

這就不但口服，心也服了；窗外在偷聽的烏大小姐與宋嬤嬤，見大事已定，相視一笑，悄悄移步，去給烏太太報信。

「這也罷了。」烏太太說：「震二爺急著回京；咱們得商量商量，誰送她去？」

當然不能主人家送，可是也不能隨便派人；決定由宋嬤嬤及老家人陳三義，算是男女兩總管，隨著曹震，護送阿元進京。當時將曹震請了來，當面拜託，同時商量行期。

這一回動身，不僅是長行，也是遣嫁，自然得選個黃道吉日。好在那半個月中，好日子很多，幾經斟酌，排定第四天啟程。

這三天功夫，烏家很忙。阿元此行，雖不必備嫁妝，但畢竟與普通人家將婢女與人作妾不同；烏太太為她新製了四套衣服，也打了些首飾，總還有些鏡箱之類的日常用具，都須新置，不用舊物。此外，還要打點送平郡王府的禮，太福晉、「老王爺」，以及平郡王夫婦，一共四份，備辦亦頗費事。

馬夫人本來閒暇無事，那知烏大小姐是有心人，將她請了去，為了阿元，有事要請教，第一是王府的禮節；第二是平郡王府幾個要緊人物的性情。馬夫人不擅言詞，尤其是談論太福晉的治家，與「老王爺」在府中的地位，很難形容得恰到好處，幸而有秋月為助，結果總算圓滿。

兩日盤桓，阿元與秋月很快地就熟得像多年的手帕交似地。在秋月看，阿元並不似杏香所說的那種「厲害腳色」，因而浮起一個好奇的念頭，決定作一番探索。

「阿元姐，」她說：「咱們是閒聊，你不願意說就別說，我不會介意；不過你可別敷衍我。」

「甚麼事啊？秋月姐！」阿元自覺胸懷坦蕩，「我沒有甚麼不能跟你說的話。」

「好！」秋月很謹慎地說：「假如說，你家二小姐跟我家芹二爺的親事成功了，你會不會陪著你家二小姐到我家來？」

「大概會。」

「怎麼叫大概會？」秋月問道：「還沒有談過這件事？」

「談過。是我自己不知道應該不應該跟了去。」

這個回答就耐人尋味了。看阿元神色自若，估量深問亦不致引起她的不快，秋月便不太顧忌了。

「你何以拿不定主意？怎麼叫應該，怎麼叫不應該？」

「我得為我自己想一想，跟了過去，將來會是怎麼個結果？」

「你自己說呢？」

阿元臉紅了。秋月惡作劇似地，故意裝作不解等她自己說出來。

阿元無奈，終於開口，但答語只得五個字：「有兩個結果。」

秋月大為詫異，除了給曹雪芹作偏房以外，那裡還會有第二個結果？這樣想著，不由得就問：

「是那兩個結果？」

「你自己去想。」

「一個是——，」秋月想了一下，很含蓄地說：「陪你們二小姐跟芹二爺白頭偕老；另外一個我就不知道了。」

「那不是很明白的事，另一個就不是。」

這就是說，烏二小姐會替阿元另行擇配。秋月實在想不通，為何會有這樣的結果出現？

「我看不會。」她說：「你們小姐自然要留著你做個幫手。你說是不是？」

「你怎麼只為她著想？」

「喔，」秋月歉然地說：「也應該為你想想。可是，我又怎麼為你想呢？莫非你不願意？」

「是的。」阿元坦然承認。

「為甚麼？」秋月說道：「我們芹二爺對女孩子，一點脾氣都沒有的。」

「我知道，我伺候過他。」

「那麼，你是——，對你們小姐另外有想法？」

阿元笑笑不答，意思當然是默認了。秋月頗感意外，原來烏二小姐與人不易相處；連她從小作伴的侍兒都不願與她長相廝守，這毛病又在甚麼地方？

於是秋月想起曹雪芹所談過的，烏二小姐的性情，便即問道：「是不是因為她太傲的緣故？」

「傲還不要緊，她，向來只有自己，沒有別人——。」阿元突然頓住，「好了，好了，不談吧。反正是沒影兒的事了，談了半天，不都是廢話嗎？」

秋月卻不覺得是廢話，暗暗慶幸，虧得沒有結這門親，不然一定會是怨偶。

親雖沒有結成，彼此的情分卻似乎未受影響；臨行前夕，烏太太特為找了清真館的廚子來，設全羊席為馬夫人餞行。烏二小姐居然也大大方方地陪席；席散客辭，烏太太隨即又派人去送禮，兩斤老山人參，四件貂皮統子，還有鱘鰉魚、鹿尾之類的珍貴食物。這份禮很重，為的是一則表示歉意；再則回報馬夫人送烏二小姐的那個鑲鑽的紅寶石戒指。

上上下下，包括阿元等人在內，一行九眾，連裝行李一共用了七輛車；烏都統又派了一個千總帶領八名親兵護送，浩浩蕩蕩地翻山越嶺，直奔通州。

這天近午時分，通州在望；打前站的魏升帶著仲四，十幾里外迎了上來，人車稍駐，仲四至馬夫人車前請安問好，然後與曹震敘話。

「公館都預備好了，翠姨那兒也通知了。」仲四說道：「巧得很，回部鐵王爺出京回旗；我跟他借了個廚子，太太可以在通州多住幾天。」

「多住也不行。」曹震又說：「同來的還有別人，你知道了吧？」

「我聽魏升告訴我了。該怎麼接待，請震二爺吩咐下來，我馬上就辦。」

「這樣子，那個阿元姑娘，還有烏都統家男女兩總管，住你那兒，得費四奶奶的心，好好兒照應。」

「是。」仲四問道：「太太呢？」

「住我那兒，你只把廚子送了來，別的不用管了。」

說妥當了，分道而行，阿元一行投仲四的鏢局；馬夫人帶著秋月隨曹震回家，翠寶將自己的臥室讓了出來，招呼得非常周到。

她是第二次見馬夫人，去熱河之前已見過一次；而杏香卻還不曾見過馬夫人，那時因為正往熱河提親，局面未定，與杏香見了面，馬夫人很難有適當的話好說。這一回情況完全不同了，馬夫人坐定下來便跟曹震說：「快把那杏香去接了來，我瞧瞧她是怎麼個模樣？」

「是了。我得到鏢局去安排阿元進京，回頭把她帶了來。」曹震皺著眉說：「有件事我一直沒有提，如今可是非說不可了，我得請秋月幫我的忙。」

「喔，」馬夫人問說：「甚麼事？」

「王爺吩咐，人到了先住我那兒，等過了八月再送進府去。這話我在熱河沒有說，怕烏都統說一句，既然如此，等過了八月再把阿元送進京好了。那一來夜長夢多，不如先把人帶來為妙，可是帶了來不能進府，這話似乎不好交代。」

「這也沒有甚麼不好說的。王爺當然得過了雍正爺周年忌辰，才能納妾。」

「可是，阿元如果問一句：何不早說？那不就沒話說了。」

「好辦。」秋月插嘴說道：「震二爺只說剛接到京裡通知就是了。」

「妙！」曹震大喜，「先不知道自然沒有說。這話道理通極。原來打算請你跟她婉轉解釋，如今不必了，我自己就可以跟她說。」

「那就快請吧！說完了把杏香帶來，太太急著想看她呢！」

「我這就去。」曹震沉吟了一下問：「太太打算在通州住幾天？」

「那裡能住幾天？明兒就走；不是為看杏香，我今兒就進京了。」

「太太何必這麼急？」翠寶陪笑說道：「總得住個兩三天，讓我盡點兒孝心。」

「太太就多住一天吧！」曹震說道：「仲四特為把回部鐵王爺的廚子留了下來，太太也不能辜負人家一片誠心。」

「好！我就多住一天。」

於是，曹震到了鏢局，照秋月的辦法，若無其事地告訴了阿元；而且立即喚了魏升來，要他即刻進京，告訴錦兒，預備住處——其實，是他出京以前，便已告訴了錦兒的。

「震二爺，那麼，我是那一天進京呢？」

「明天就可以走。」

「曹太太呢？」

「後天。」

「那我跟曹太太一起進京好了。」

「那也行。」

接下來，曹震厚犒了烏都統派來的千總和親兵，打發他們回熱河，便要帶杏香走了。

「原來杏香也在這兒。」阿元驚喜交集地說：「在那兒，我看看她去。」

杏香跟阿元的心病極深，此時何能相會；所以曹震趕攔著她說：「杏香就住在這兒，你們晚上慢慢兒聊吧。」

就這樣擺脫了阿元，到鏢局後進去找杏香；同時託仲四奶奶好好招呼阿元，不要冷落了她，然後就帶著杏香從後門上車。

兩個人乘的是一輛車，杏香帶著小丫頭坐一邊，曹震坐另一邊，面對面好說話。

「先談你的事，有極好的消息。」曹震說道：「你大概還不知道，芹二爺跟烏二小姐的親事吹了。」

「吹了？」杏香詫異地問說：「是怎麼回事？」

「說來話長，我只說你切身之事。你回頭見了太太，多說好話；有秋月在旁邊替你敲邊鼓，說不定這回就帶你進京了。」

有這樣的好事，杏香簡直有點不能相信了。不過，她已有些不安，「別是為了我，妨了芹二爺跟烏二小姐的親事吧？」她接下來又說：「我聽仲四奶奶說，阿元要送到平郡王府，那又是怎麼回事？」

「這也是一時談不完的事。長話短說，阿元先住我家，等過了八月，她就是平郡王的庶福晉。」

曹震問道：「庶福晉你懂吧？」

「不就是姨娘嗎？」

「對了！」曹震點點頭，「你跟她有心病，她對你倒還很好，剛才要去看你，我說你們到晚上再慢慢兒聊。杏香，如今河水不犯井水，你的心病應該不藥而癒了吧。」

杏香臉一紅，「震二爺也說得我太小氣了。」她說：「我是讓她，不是有甚麼心病。」

「沒有心病最好。」曹震停了一下又說：「你跟她雖說河水不犯井水，不過總還有關係，將來成了親戚，你見了她還得按規矩行禮，所以我是提醒你，今兒晚上你得好好兒敷衍她一下，為將來留個餘地。」

杏香不語，只低著頭看她那個隆起的肚子。曹震猜想她是害臊，等了一會還不見她開口，便要加以開導了。

「你跟芹二爺好，阿元大概也知道；再說見過了太太，就是過了明路了，你懷的又不是私孩子，怕甚麼？」

「好吧！」杏香硬一硬頭皮說：「我就跟她見面好了。」

「這才是。」曹震緊接著問：「仲四奶奶待你怎麼樣？」

杏香想了一下，方始回答：「越來越好了。」

這就是說，本來不太好，現在好了；曹震笑道：「你倒很會說話。」

杏香正要作答，發覺車子慢了下來，從車帷中望出去，已快到了，不由得就有些緊張了。

「震二爺，」她問：「我見了太太該磕個頭？」

這下將曹震問住了，沉吟了一會兒：「今天不算正式見禮。照平常規矩，先請安、後磕頭，磕幾個沒有準兒；如今你身上不方便，到時候再看吧。」

不問還好，一問使得杏香更有無所適從之感。正在躊躇不定之際，車子停了。

「你慢點下來！」曹震說道：「太太交代，你身子重，行動格外要細心，閃了腰可不得了。等我先下去。」

曹震先下，小丫頭後下；接著門房裡出現了秋月，她已經等了好一會了。

「妹妹！」

「姐姐！」

兩個人幾乎是同時喊出來的。秋月與小丫頭將杏香扶了下來，首先就注視她的腹部。

杏香卻摸著她的臉說：「姐姐瘦了一點兒。」

「一路上睡不能好睡，吃也沒有好好兒吃過一頓，怎麼能不瘦？」

「那可真辛苦了。」

「辛苦是辛苦，不過我很高興；尤其是替你高興。」

「謝謝姐姐。」杏香低聲說道：「真的是從見了姐姐以後，我的心定了，日子也容易過了。」

「你把心放寬了，以後的日子會越來越好過。進去吧，太太在等著呢。」

「喔！」杏香又想起禮節，「見了太太我該磕幾個頭？」

「一個都不用磕。」秋月答道：「太太已經說過了，這會兒不宜拘禮；動了胎氣可不得了。」

「不磕頭有這個道理嗎？教我心裡怎麼能妥帖？」

秋月想了一下答說：「這樣吧，跪一跪好了。」

跪也是秋月和翠寶攙扶著，行動極其輕緩；等扶起她來，馬夫人又特地關照，站著太累，也不能坐低矮的小凳子，讓她平起平坐。此外除了曹震，翠寶和秋月卻仍按大家的規矩，都是站著說話。

馬夫人自是十分慈祥，但言語中三句必有一句提到如何安胎，這讓杏香第一次感到，她在曹家已成了極重要的人物；同時也覺得雙肩的負荷沉重，如果她不能好好地把孩子生下來，便是一椿不可饒恕的罪過。

「快開飯了！」翠寶來請示：「太太是在那兒吃？」

「你們呢？」馬夫人問。

「我們也都跟太太吃齋。怕把廚房弄髒，不敢另外做飯，都歸仲四掌櫃派來的廚子，一手料理；不過分開來開。」

「何必這分開來開，一塊兒吃吧。」

翠寶還在遲疑，秋月便即說道：「咱們家的規矩，遇到這種情形，擺兩張桌子，震二爺陪太太一桌；咱們，坐下面一桌，一面吃，一面伺候。」

「是了。」翠寶欣然答說：「我這就預備。」

照秋月的指點安排，坐定下來，只有曹震一個人喝酒；夾起一塊炸肫肝，發現裡面一層硬膜，已經去掉，便向馬夫人說道：「這回部鐵王的廚子，是個好的，手藝很精緻，炸肫是去裡兒的；太太嘗一嘗看，包管又嫩又脆。」

馬夫人便嘗了一塊，「果然好！」她深深點頭，「牙口不好的也能吃這個炸肫，真是很難得。」

這廚子的手藝確是很高明，做的燒羊肉、瓦塊魚、爆肚，無一不好；極少機會吃清真館子的菜的馬夫人，讚美不絕，加以看到杏香腹中懷著她的孫子，心裡有一股無可言喻的實在的感覺，因而胃口大開，吃得很多。

曹震看看是時候了，便向秋月使個眼色，然後開口說道：「太太，我看你老人家就把杏香帶了回去吧！早晚不離眼前，親自看著，也省得牽腸掛肚想你的孫子。」

「嗯。」馬夫人應了一聲，未置可否；這件事她必須考慮，因為未迎正室，先納偏房，在詩禮之家是不容許的。

曹震不便再多說了，但他真的是怕負責任，不管杏香是依翠寶住在易州，或者在京跟著錦兒住，倘或待產的那一段日子裡出了差錯，以致小產，都會替他帶來麻煩和不安。

於是，他只能用眼色向秋月求援；但秋月裝作不覺，因為她覺得這不是一件很急的事，而且最好私下商量，不宜公然進言。

不過，曹震可以不理，杏香卻不能不安撫；不然她心裡會起疑慮，因而從桌下伸過手去，在她膝蓋上按了兩下，意思是你不必縈懷，一切都在我身上。

「太太的意思怎麼樣呢？」曹震到底忍不住催問了。

馬夫人還在思量如何回答，不過杏香卻先開口了，「震二爺，你別替我擔心。」她說：「太太疼我，自然會有交代的。」

這話一下子把馬夫人打動了，於是不再多作任何顧慮，點點頭說：「通聲的話也不錯，我自己早晚看著，比較放心。」

聽這一話，翠寶便拉了杏香一把，「你看，太太真的是多疼你。」她說：「還不快謝謝太太。」

等杏香起身道了謝，曹震問道：「太太後天走，你來得及嗎？」

「沒有甚麼來不及。」翠寶插嘴，「明兒我去幫杏香收拾東西。」

「不！」馬夫人另有意見，「咱們是熱河來的，在路上耽擱了，不拘那一天進京都無所謂。她可是頭一回進咱們曹家的門——」

不等她說完，曹震就明白了，搶著說道：「到底是太太想得周全，得挑個好日子，把杏香送進京，總還要行個禮，請熟人來吃頓飯。太太放心，都歸我來辦。」

大事已完，翠寶向杏香道賀，「妹妹，」她說：「你倒好了。」

杏香笑著不作聲，喝了口湯才輕聲說道：「都是兩位姐姐的成全。」

「你應該多謝秋月姑娘。」翠寶說道：「我也應該謝謝；以後仰仗秋月姑娘的地方多著呢！」

說著，她去取了三個小水晶杯來，將曹震所喝的花雕斟滿了，與杏香雙雙舉杯敬秋月。

這杯酒可不容易喝！秋月這樣在心裡想，默默地盤算著。

飯罷派魏升將杏香送走，曹震這一天頗為勞累，又多喝了幾杯酒，早就睡下了。翠寶卻一直在馬夫人身邊，陪著閒話；催了她幾次方始請安辭去。

「咱們也睡吧！」馬夫人問道：「秋月，你看翠寶是不是有話想說不敢說的樣子？」

「太太也看出來了。」秋月答說：「不是太太提起，我也不敢說；翠寶是為她自己的事。」

「她有甚麼事？」

秋月不即回答，停了一下才說：「剛才她給杏香道賀，說了句：『你倒好了。』太太請想這句話的意思。」

馬夫人想一想說：「她的意思是，杏香倒進門了，她還在門外。」

「正是。」秋月緊接著說：「太太，我倒有個主意，不如一起辦，讓震二爺把翠寶也接了去，跟錦兒奶奶見個禮。」

想到曹震的辛苦照料，翠寶的殷勤侍奉，馬夫人自然贊成，「不過，」她說：「錦兒的意思不知道怎麼樣？她跟你好，你得先替翠寶疏通好了，才不會淘氣。」

「是。」秋月答說：「疏通歸疏通，總得太太交代一句，才合道理。」

「當初原說是翠寶到易州的，如今未到易州，先就進京跟著錦兒一起住，她心裡或許會以為咱們在騙她，得寸進尺，慢慢兒要爬到她頭上去了。」

「不會的。錦兒奶奶的氣量還不至於那麼狹。」

「既然你這麼說，你先去疏通；說妥當了，要我怎麼辦都行。」

「是。」

「你還得先問一問震二爺的意思，看他怎麼說。」

「太太說得是。當然要震二爺也有這意思，我才不算多事。」

「喔，」馬夫人突然想起，「杏香到現在，無論如何算是咱們的人了，仲四奶奶照應了她那麼些日子，論理該謝謝她才是。」

「杏香拜了仲四奶奶的，照應乾閨女，也是她的本分。不過，太太想謝謝她，當然更好。」秋月問道：「太太打算怎麼謝她呢？」

馬夫人沉吟了一會說：「送謝禮倒不如我去一趟，當面跟她道個謝，反顯得厚些。」

「是！仲四奶奶家，也很殷實了，現在要的是面子。」

秋月看得很準。第二天上午曹震派魏升去通知，說馬夫人特為要去看仲四奶奶；仲家夫婦頓覺受寵若驚，託魏升帶回話去，說是仲四奶奶本來要去請安的，「驚動太太，萬萬不敢當。」

那知曹震陪著馬夫人已在路上了。中途相逢，魏升隨又折回鏢局去通報；仲四夫婦心裡雖感不安，而覺得更多的是臉上的光彩，當時將鏢局的大門、二門都開直了，仲四親自扶著轎槓，直到內宅天井，方始停轎。

轎簾一掀，只見仲四奶奶滿面笑容，「真正不敢當。」她說：「太太賞面子，不敢不識抬舉，不過實在不安。」

「你太客氣了。」

出得轎來，只見杏香與阿元亦都迎了上來，雙雙攙扶；馬夫人讓阿元虛扶著左臂，右手卻趕緊握住了杏香，彷彿深怕她摔跤似地。

仲四奶奶是跟在後面，上了台階站住，回身關照仲四：「你得趕緊把廚子請回來，給太太備飯。」

交代完了，方始進屋，向馬夫人行禮請上坐。馬夫人看八仙桌上擺八個高腳果盤，卻只得她一碗蓋碗茶，便不肯坐了。

「大家隨意坐吧！」說著，她就近在東壁的第二張椅子上坐了下來。

仲四奶奶還待謙讓，秋月趕緊搶在前面說道：「算起來都不是外人，仲四奶奶是杏香的乾媽；阿元姑娘眼看成親戚了，都不必客氣吧！」

聽她這一說，大家都覺得自在得多，或坐或站，不再拘禮。首先是馬夫人向仲四奶奶道謝，彼此都很客氣了一番；然後提到挑日子送杏香進京的話。

「日子請太太挑，挑定了我親自送進京去。」仲四奶奶又說：「是不是請太太現在就挑日子？」

「這恐怕得請人挑。」

仲四奶奶看馬夫人如此慎重，急忙答說：「是！是！通州新來了一個算命的，叫甚麼『一塵子』，都說很高明，準定請他挑。」

接下來，便談一塵子。仲四奶奶的口才很來得，將一塵子渲染得神奇非凡。馬夫人本信此道，聽了她的話，越覺動心。

「我倒說個日子，請仲四奶奶託一塵子排一排八字看。」馬夫人接著說道：「康熙五十四年四月廿七日午時。」

「杏香，」仲四奶奶說：「你拿枝筆記下來。」

「是！」

杏香答應著起身，上首條案上就有現成的筆墨，還有梅紅箋，她把「日子」記了下來，遞了給仲四奶奶。

「那一塵子的潤金，不知道怎麼算？」

「那可不一定，看命好壞。太太說的這個日子，大概是芹二爺的，我看起碼得十兩銀子。」

「好！我先交十兩銀子給仲四奶奶，如果不夠，請你墊上，隨後歸還。」

馬夫人在說，秋月已經在解隨攜的衣包，裡面有十兩的兩錠銀錁，取了一錠交了過去。習俗算命是不能白送的；仲四奶奶不用客氣地收了下來。

到得下午，一塵子為杏香排定了長行好日子，是在十天以後。為曹雪芹「細批終身」，非片時可了之事，也得在十天以後，方能收到命書。馬夫人看看日色偏西，起身告辭；仲四奶奶留她不住，只好仍舊連廚子一起送了回去。

晚上吃飯，仍同昨天一樣安排，只是少了個杏香；談起為她擇日進京的話，曹震才知道一塵子也在通州，訝異之情，現於詞色，馬夫人少不得要追問了。

「怎麼你知道這個一塵子？」

「我知道。」曹震定定神，自語似地說：「他的造化來了。」

話越說越玄了，不但馬夫人、秋月與翠寶都側耳靜待，用眼色催促他快說。

「我跟你們談一件極有趣的奇事。」他看著秋月與翠寶說：「你們可別說出去。」

「知道了。」翠寶答說：「你就別蘑菇了，太太等著聽呢！」

「這件奇事是方老爺告訴我的——。」

「方老爺」自是指方承觀。翠寶不知其人，馬夫人與秋月，卻都知道，他跟平郡王福彭與當今皇帝，有極深的淵源；這件奇事，想來跟皇帝或平郡王有關，所以都凝神注視——聽曹震慢慢講這件奇事。

是雍正九年，那時當今皇帝尚未封爵，只稱「四阿哥」奉了世宗的密令，微行探訪直隸總督唐執玉的官聲；「四阿哥」邀平郡王福彭同行，並由方觀承帶了四名便服的侍衛，暗中保護。

這天到了昌平州地方，行經一座茶棚，下馬暫息，一面喝茶，一面打聽輿情。「四阿哥」發現茶棚間壁面有一方布招，上寫八個大字：「一塵子論命不論人」，心中一動，便悄悄拉了福彭一把，努一努嘴說：「你看，這一塵子的市招，似乎對他自己的子平之術，滿有把握的。」

「老王，」這是預先約定的稱呼；福彭問道：「想不想試他一試？」

「也好，看他怎麼說。」

於是由方觀承陪著，一起去看一塵子；那人約莫四十歲出頭，戴一副墨晶眼鏡，見有人來，似無所覺；但口中有話：「三位隨便坐。」

「四阿哥」與福彭相互看了一眼，彼此都已會意，原來是個瞎子！怪不得「論命不論人」；來人是何儀態根本看不見，無從論起。

「先生，」四阿哥問道：「請教你這大號，是何涵義？既然一塵不染，何以又奔走風塵？」

「客官，」一塵子是關外口音，「一塵子是諧音，『一陳姓之子』而已。」

「貴處是？」

「浙江。」

「何以有關外口音？」

「自幼生長在關外。」

「四阿哥」有數了，必是前朝充軍發遣到關外的「流人」之後；便又問說：「在關外幾代了。」

「連我在內，四代。」

「是尚陽堡，還是寧古塔。」

這兩處都是遣戍之地；一塵子便即答說：「客官知道這兩處地方，就請不必多問了；反正雷霆雨露，莫非皇恩。客官何事見教，請直說吧！」

「足下論命不論人，我說個日子，請為推算，康熙五十年八月十三子時。」

「原來辛卯年生人。」一塵子提高了聲音喊道：「小康！」

應聲出來一個眉清目秀，卻略嫌瘦弱的少年，一言不發地在另一張小桌後面坐了下來，桌上有筆硯，還有一面白漆水牌，他提起筆來說道：「爹，好了。」

一塵子便唸道：「辛卯、丁酉。你查康熙年間。」

那小康是他父親教過的，知道辛卯是康熙五十年，酉月是八月；「年上起月」依「丙辛之子由庚起」的歌訣，正月是庚寅，二月是辛卯，順序推至酉月便是丁酉。但日子卻非查萬年曆不可。

「十三是庚午。」

「那麼子時，就是丙子。」一塵子掐手指，一面唸著：「辛卯、丁酉、庚午、丙子。」然後就一動不動地沉思了。

那小康早已將「四柱」在水牌上寫好；定睛看了一下，突然大聲說道：「爹，這個八字火煉陽金；地支『四方夾拱』，大貴之格。」

「小孩子懂得甚麼？別胡說。」一塵子接著問客人：「客官，請問這個八字是男命還是女命？」

「男命如何？女命如何？」

「女命是個游娼。」

聽他脫口而出，語氣又截鐵斬釘般硬；「四阿哥」倒有些不大服氣，當即詰問：「何以見得？」

「子午卯酉謂之『四柱桃花』；年上地支之卯，見時上地支之子為『咸池』，煞犯桃花，這叫『遍野桃花』，絕非良家婦女偶爾紅杏出牆者比。」

解釋得倒也有些道理；福彭插嘴問：「那麼，何以見得是游娼呢？」

「子午卯酉，坎離震兌；請客官看一看八卦圖就知道了。」

這幅「八卦方位之圖」與乾南坤北、象徵上天下地的「先天八卦」不同。圖上畫出一個八角形，中央是半陰半陽的太極圖，標明「戊己」，便是五行生剋中的「中央戊己土」；北方「壬癸水」，是坎卦；南方「丙丁火」，離卦；東方「甲乙木」，震卦；西方「庚辛金」，兌卦。乾卦在西北，坤卦在西南；東北是象徵山的艮卦，東南是象徵風的巽卦。

至於十二地支，恰如自鳴鐘的鐘面，子時在十二點的位置，正對面的午時便在六點的位置；卯與酉是三點與九點相對。子午卯酉在八卦是坎離震兌，而在方位便是正北、正南、正東、正西，因而星士稱此格局為「全四正」，又叫「四方夾拱」，說是難得的貴格。

然而何以在女命便是游娼？福彭看了半天，始終參不出其中的奧妙，就只好老實請教了。

「南北東西，遊走四方；而且這個八字，五行缺土，託足無根，命中注定了要飄泊風塵的。」

「言之有理。」四阿哥深深點頭，「那麼，男命呢？」

「是男命，又要看他的家世出身，作何行當？不可一概而論。」一塵子略停一下又說：「講實話，我行道二十年，第一次遇到這樣一個奧妙無窮的八字，心裡倒是想到了，不敢說。」

「為甚麼？」

「現在雖未必『偶語者棄市』，忌諱甚多，君子明哲保身；先請客官說了『乾造』是何等樣人，我再就命論命。」

聽說奧妙無窮，而且話中有話，福彭深感興趣，卻不便造次開口，要看本人自己肯透露多少？因而只是看著四阿哥微笑。

「足下說這個八字奧妙無窮，倒要請教，假如說，此人是個讀書人呢？」

「是個幕友，聰明絕頂，名震四方，可惜好酒愛色，潦倒以終。」

「名震四方，好酒愛色，都容易明白，何以見得聰明絕頂，潦倒以終？」

「時辰上的子水是『傷官』，主智慧。年上卯木是個『財』，卯酉對衝，酉是『劫財』；卯上天干之辛，也是『劫財』，上壓旁衝，那怕像鄧通有座銅山，也要餓死，命中注定，無可如何。」

「嗯，嗯，」四阿哥又問：「如果是武官呢？」

「好！」一塵子脫口稱讚，「這就走對路了。秋金生於八月，是『陽刃』，強極、旺極！庚辛金加丙丁火，好比精金百煉，成了干將莫邪。子水傷官，月上之丁是『七殺』；好的是一個『殺』，所謂『獨殺為貴』，又好的是有傷官『駕殺為用』。利器在手，兵權獨操；征南討北，威震八方，一定是青史揚芬的名將。」

「『遍野桃花』不礙嗎？」

「礙甚麼？」一塵子笑道：「攻城略地，只要打了勝仗，玉帛子女，任所取攜，武將何在乎交桃花運？而且就因為南征北討，無戰不克，才會『遍野桃花』。」

四阿哥也笑了，「這話倒也不錯。不過，」他正色問道：「先生就看得這麼準？」

「是的。」一塵子毫不遲疑地答說，「這個八字的精華所萃是時辰，那個子不但是主智慧，敵『殺』生『財』，而且成了『四位純全』之格，不管做甚麼都是第一流；倘是游娼，亦一定是一顧傾人城，再顧傾人國的尤物。」

「高明之至！」四阿哥確是佩服；想了一下又問：「此人照足下所說，兵權獨操，威震八方，會不會功高震主呢？」

「這亦說不定，要細推他的大運流年，才見分曉。」

「有理。」四阿歌沉吟了好一會，方又開口，「先生，你我姑妄言之，姑妄聽之，只當聽評話。這個八字如果生在王侯家呢？」

一塵子先不作聲，然後問說：「客官真的是姑妄聽之？」

「真的。請放心，來的兩位都是我的至交，跟我一樣，都識得輕重，不會拿戲言當真。」

「而況，」福彭接口補充，「我們如果拿說不得的話，到處去亂說，豈不成了謠言惑眾，自己先就遭殃了。」

「兩位這麼說，那麼我也就說實話了。這個八字如果生在王侯家，是當皇上的命。」

雖已猜想到是這麼一回事，福彭與方觀承仍舊動容了。四阿哥卻聲色不動，只問：「是從那裡看出來的呢？」

「天命所歸，不可以常例來論。帝皇之命，第一看本身強弱。秋月之金，當權得令，外陰內陽，堅剛之性，獨異於眾，萬物遇之，無不摧毀，此為秋金之體性。」

「照先生所說，不就成了暴虐之君了嗎？」

「不然，這是論其本質，八字中只占得庚與酉兩字。是有道明君，還是淫昏之主，還要看另外六個字。」

一塵子搖頭晃腦地唸道：「『火來鍛鍊，遂成鐘鼎之材；土多培養，反惹頑濁之氣。見水則精神越秀；逢木則琢削施威。金助愈剛，過剛則折；氣重愈旺，旺極則摧。強金得水，方挫其鋒；氣旺得洩，金清水秀。』這個子時，真正是千載難得的好時辰。」

接下來一塵子為四阿哥解說：八字中三金、三火、一水、一木。譬如鍛冶，金屬要多火要旺，水則不必多但要寒。子水之性陰寒，得此淬礪，方成利器。」

「亥不也是水嗎？如果早一個時辰生，是不是差不多呢？」

「差得遠了。」一塵子答說：「第一、不能成子午卯酉四方夾拱之局。第二、如果是亥時，就是丁亥；『丁火其形一盞燈』，難言鍛鍊，而且丙是『正官』，丁是『七殺』，殺重總非好事。」

「那麼，」四阿哥又說：「這四方夾拱在這個八字上也有說法嗎？」

「怎麼沒有？坎離震兌，貫乎八方，金甌無缺，聲威遠播之象。」

「可是沒有疆土。五行缺土，總不算完全吧？」

「好就好在缺土。剛才不是說過，『土多培養，反惹頑濁之氣。』至於說到疆土，既然貫乎八方，當然土在其中，何消說得？」

四阿哥聽他談得頭頭是道，反倒有些不能相信；疑心他是有意揀好的說，因而走到小康面前，看他在水牌上畫的符號，子午與卯酉之間，都有一個「沖」字，知道是「衝」的簡寫。當即問說：「先生，子午一衝，卯酉也是一衝。有衝剋就有妨礙。不是嗎？」

「衝剋也不止子午、卯酉。」一塵子從容答道：「客官請細看，四柱的干支，不都是衝剋的嗎？」

四阿哥往水牌上一看，不由得暗中稱奇，年柱辛金卯木是金剋木；月柱、日柱都是火剋金；時柱丙火子水是水剋火。無往而不衝不剋，這樣的八字實在少見。

「惟其少見，所以為貴。凡衝剋不一定是壞事，相反亦可相成，譬如鍛冶，出火之金，不能無水來淬，這就是水火既濟，而非水火不容。這個八字正就有相反相成之妙。」

由於當時雍正皇帝最好此道，每喜為他所著重的臣下「看八字」——年羹堯、隆科多以及張廷玉、鄂爾泰的一生窮通富貴，他覺得都在他掌握之中，偶爾亦為四阿哥談一談命理；所以對一塵子所說的「相反相成之妙」，四阿哥大致亦能領略，心裡在想，所謂「水火既濟」的道理，一塵子已說得很透澈；至於火剋金為鍛鍊，拿人來說，便是受教育，四阿哥從小在嚴父督責之下，不但在上書房最用功，而且還間接受祖父——聖祖的天算之學的薰陶，在年齡相同的「小叔叔」及叔伯兄弟中，他的資質最好，學到的東西也最多，就像烈火煉精金，終成利器。可是辛卯及卯酉之間的金剋木，又說明了甚麼呢？

想了好一會想不通，少不得還是發問：「先生，你剛才說年上卯木是『財』、上面的辛是『劫財』；對衝的酉也是『劫財』，上壓旁衝，雖鄧通之富，亦歸於無用。如今又怎麼說呢？」

「鄧通會餓死，漢文帝就不會餓死了。天子富有四海，區區之財，要它何用？命理者與我同類者，稱為『比』、『劫』，兄弟朋友都是，只是性善為比、性惡為劫。比劫幫身，這個八字強極旺極，比劫無益而有害，不過害亦不大，劫財而已；不惜財自然無事。」

一聽這話，四阿哥暗暗吃驚，這上壓旁衝的兩個『劫』，不就是自己的一兄一弟——三阿哥弘時與同歲的五阿哥弘晝？三阿哥已經去世，無須再論；對五阿哥，應該緊記，「不惜財自然無事」。

可是，「朋友呢？」他問：「亦是無益而有害嗎？」

「天子無友；不算比劫。」

四阿哥對這個解釋很滿意，「先生真是高明之至，聽君一席話，勝讀十年書。」說完，他從大荷包中掏出一把碎金子，拉過一塵子的手來，將碎金納入他掌中，「區區微意，不足言謝，有機會再請教。」

在路上，平郡王福彭一直惦念著這個一塵子。原來他生在康熙四十七年六月廿六日卯時，八字是：「戊子、己未、辛未、辛卯」，亦是金命。聽一塵子說，「土多反惹頑濁之氣」，而八字中一半是土，豈非大壞特壞？因而耿耿於懷，私下囑咐方觀承，設法將一塵子接進京去，以便請他仔細推算。於是，方觀承便派了一個得力的護衛去辦此事；那知回來覆命，說是一塵子父子第二天便失蹤了。

「怎麼會呢？」

「確實不假。」那護衛說道：「我還打聽了，據說那天一塵子跟人說：他惹了殺身之禍，非連夜逃走不可。果然第二天一早，人就不見了，去向不明。」

方觀承大為詫異，細細思索，終於參透了其中的道理。四阿哥給一塵子的那把碎金子，稱為「瓜子金」，宮中每用來賞人。一塵子發覺受贈的是瓜子金，知道遇見異人了；惟恐惹禍，所以星夜遁走。

其時四阿哥也想找一塵子，為的是想大大幫他一個忙；原來一塵子自道姓陳，在關外已經歷了四代，這使得他想起了一個人，順治年間的弘文院大學士陳之遴。

陳之遴原籍浙江海寧，明朝崇禎年間的進士，順治二年歸順清朝，由祕書院侍讀學士，一路扶搖直上，順治九年就入閣拜相了。

那時漢人中有南北之爭，北派多明末魏忠賢的「閹黨」，慣於勾結太監在皇帝面前進讒。南派的領袖「二陳」——陳之遴以外，另一陳是江蘇溧陽人，名叫陳名夏，字百史，崇禎朝的狀元，入清後因為多爾袞的賞識，早就當到了大學士。及至多爾袞去世，便有個御史張煊嚴劾陳名夏任吏部尚書時，結黨行私，銓選不公；但張煊由於另案誣告坐實，陳名夏獲赦無事。

到得十一年，世居關外，早就從龍的大學士寧完我，上疏參陳名夏說：「名夏屢蒙赦宥，尚復包藏禍心，嘗謂臣曰：『留髮復衣冠，天下即太平。』其情叵測。」又指責他的兒子居鄉暴惡、包庇姻親等等，「請敕大臣鞫實，法斷施行。」結果廷臣會審，其他各款罪名都無其事，只有「留髮復衣冠，天下即太平」這句話，確曾說過。這便成了想推翻大清、恢復明朝、大逆不道的罪名，刑部奏請「斬立決」；硃筆改「絞」，留他一個全屍，其子充軍。

陳名夏一死，陳之遴益感孤立，但他不能守明哲保身之戒，出語常有怨訕之意，順治皇帝頗為不悅。終於在順治十五年以賄結內監的罪名，抄家充軍到關外尚陽堡。他的兒子陳直方，是吳梅村的女婿，亦隨父遣戍。陳之遴以後死在尚陽堡，家屬是否赦歸，不得而知。

然則既有二陳，又何以只想到一塵子可能是陳之遴的後裔呢？因為陳之遴精於子平之學，著過一部《命理約言》，共計四卷，包括「法四十八篇」、「賦二十篇」、「論四十八篇」及「新論二十四則」。四阿哥亦看過這部「名著」，推斷一麈子家學淵博，是陳之遴的曾孫。

為此，四阿哥特為找方觀承來商量，才知道一麈子已畏禍潛逃。四阿哥沒有料到有此結果，變成愛之適足以害之，心裡不免歉疚。

不過，要查明陳之遴是否還有後裔在關外，方觀承認為這並不難，海寧陳家是大族，剛剛予告，尚待歸里的大學士陳元龍，就是陳之遴的族人，不妨向他打聽。

四阿哥先同意了，但隨後又變了主意，不願多事；因為關於四阿哥的生母，已有一種傳說，說他是海寧陳家的血胤，像傳說中的「狸貓換太子」，為雍親王府「掉包」換入府中的——這當然是絕不可能的事，因為皇子皇孫的生母，以及接生的穩婆，在玉牒中都有記載，絕不可能有假冒的情形。

而況當時的雍親王，雖然長次兩子夭折，三阿哥弘時卻好好地活著，不須更從異姓抱一子來養。

那麼為甚麼會有此傳說呢？原因是有一天為大臣寫懸掛在中堂的匾額，而陳元龍家的堂名叫做「愛日堂」，原有孝親之意，而出於御筆，便容易引起誤會，因誤傳誤，離奇得無可究詰。如果現在再向陳元龍家打聽陳之遴後裔的情形，必然又會引起無稽的猜測，多一事不如少一事為妙。

但四阿哥雖已丟開，平郡王福彭卻念念不忘一麈子；曹震曾幾次聽他談到，尤其是當年的四阿哥成了當今的皇帝以後，他曾說過一段頗有意味的話。

「人苦於不自知。一麈子算他人的命，如此之準；不知道他為自己算過沒有？如果算過，何以不知命中有『貴人』，而且是真命天子？大好的一步運，自己錯過了，真替他可惜。」

看來一麈子的這步好運，快要到了。曹震這樣在想；第二天一大早，便去找到仲四，拉向一邊，低聲問道：「算命的一麈子在那裡設硯？」

仲四不懂甚麼叫「設硯」；只說：「他住在倉神廟。」

「對，我就是要到他的地方。你跟我一起走，別讓人知道。」

看他神態詭祕，仲四不免好奇，「震二爺，」他問，「你找他算命？」

「不是。」曹震答說：「到了那裡你在旁邊靜聽就知道了。」

倉神廟很大，一塵子獨占一座小院落；雖是清晨，求教的人已經很不少了，有個年輕後生在掛號。見此光景，曹震倒有些躊躇了。

「仲四哥，」他低聲說道：「你能不能想個法子，讓我跟一塵子單獨談一談？」

仲四想了一下說：「你請等一等，我去想法子，不知道行不行？」說完便即走了。

不多片刻，仲四笑嘻嘻地走了來，當然是有了滿意的結果；仲四跟倉神廟的管事極熟，找到他跟一塵子去關說。一塵子一諾無辭，請曹震到他的「靜室」去面談。

所謂「靜室」，是孤單單的一座小樓，管事的領上樓去，說一聲：「道長，客人來了。」

原來一塵子是道家裝束，不過仍舊戴著墨鏡，道士戴墨鏡，加上一部連鬢的大鬍子，形容古怪之中，透著些滑稽，曹震有些不相信，這樣一個人算命會算得那麼準。

「尊姓是曹？」一塵子回。

「是的。」

「還有一位呢？」

「姓仲，鏢行買賣。」曹震答說：「是我的好朋友。」

「客官說要私下跟我談；令友在一起，不礙事嗎？」

「不礙事。」

「好，有何見教，請說吧！」

「是，是好。」曹震咳嗽一聲，壓低了嗓子問道：「足下幾年前，算過一個子午卯酉的八字，總還記得吧？」

「當然記得。」

「足下知道這個八字是甚麼人嗎？」

「知道。」

「知道又何以失之交臂？」

「客官看是失之交臂；我自己看是躲過一劫。」

「是一劫？」曹震問道：「足下知道不，第二天就另外有位貴人，專程來敦請，那知足下已去如黃鶴了。」

「這是可想而知的，一定會有人來找我。」一塵子答說：「來找不能不去，去了不能不說；說了不能不讓人流傳，這一傳，我就在劫難逃了。」

「何以見得？」

「客官簡直是明知故問。」一塵子語氣怫然：「請問，傳入禁中，上達天聽，你倒想我犯的是甚麼罪名。」

明知他已頗為不悅，曹震卻仍舊陪笑說道：「足下實在過於高明，還請指教，以開茅塞。」

他接著又說：「我此來，就像《水滸》上所說的，有一場富貴，要送與足下。」

這幾句好話，消釋一塵子心中芥蒂，「多謝客官好意。」說了這一句，他住口側耳，靜聽了一下，提高了聲音問道：「小康，你上來幹甚麼？」

「掛了三十多號了——」小康一腳踏進來，不防有人在，便把話停住了。

「你跟客人去說，我臨時身子不爽，今天不會客；請他們明天再勞駕。」一塵子又說：「打發了客人就回來，守著樓梯，別讓人闖上來。」

小康答應著走了，一塵便進一步向曹震請教家世；聽說是曹寅的姪孫，很高興地表示，應該算是世交，但卻未說先人交往的經過，曹震想打聽又不知如何措詞，只好聽他一個人說了。

「小康走了，咱們言歸正傳。」一塵子說：「曹爺，你總知道雍正元年有一道不立儲的上諭吧？」

「是。」

「那麼你想，皇上不立儲，我竟算出來一位真命天子，豈不是替他立了儲了？就算皇上量大如海不追究；另外還有想登大寶的皇子，饒得了我嗎？」

「啊，啊！說得一點不錯，倒是我太懵懂。」曹震緊接著又說：「不過，如今情形不同了；你所顧慮的事，都沒有了。」

「不見得。」一塵子使勁地搖著頭。

曹震大吃一驚，楞了好一會才問出一句話：「莫非乾坤未定？」

「這話很難說。」一塵子答道：「後來我為這個八字細推過流年，只怕還有波折。曹爺，請勿見怪，我不能再多說了。」

「是，是，天機不可洩漏。」曹震略停一下又說：「咱們也言歸正傳吧，有位貴人，我實說吧，就是當年來敦請你的一位王爺，仍舊想請你進京，以便好好兒請教。這位王爺是皇上的親信，當年陪皇上來過，你一聽他的聲音就知道的；他自然還要帶你去見皇上，足下，如有所求，無不可以如願。」

「我只求保我一條老命。」一塵子說：「我自己知道自己的命，不可妄求富貴，否則就是自速其死。說老實話，我命果然有這場富貴，不必等你曹爺送來，我早就命小犬進京去討這場富貴了。」

然則為甚麼不進京呢？一塵子說是京中的「貴格」太多，倘或又算出一個帝王之命來，又將如何？

曹震聽他這話，越發心生警惕。一塵子的話雖含蓄，但已是極強烈的暗示，可能另有親貴會起而奪取皇位，這個人是誰呢？莫非是廢太子理密親王允礽的世子弘皙？

轉念到此，他對平郡王的八字及流年，越發關心。因為福彭之得有今日，全靠與當今皇帝有一份特殊的感情與淵源之故，彼此休戚相關、禍福與共，「如果今上」的皇位不保，平郡王或許會得不測之禍，亦未可知。

於是他沉吟了一會說道：「足下不肯受邀進京的苦衷，我明白了；怕一進了京，會有許多王公來請你推命，應付不得法，會有殺身之禍。這一點關係不淺，我亦不敢勉強了。不過，我是不是能拿一個八字來，請足下推算？」

一塵子想了一下答說：「承蒙曹爺抬愛，我亦不便推辭。不過我聲明在先，這個八字能不能細批流年，殊未敢必；不能的話，請勿強人所難。」

「是，是。遵命！」

「那麼請說吧！」

平郡王福彭的八字，曹震是記得的，「戊子、己未、辛未、辛卯。」也是金命，但辛金與「今上」的庚金，有剛柔強弱的不同。

「康熙四十七年六月生，今年廿九歲？」

「是的。」

一塵子點點頭，仰靠在椅背上，落入沉思之中。好久，好久，方始開口。

「這個八字也是好在時辰，『土重金埋』，時干辛金一『比』，可以『幫身』，很得力。時支卯木，有疏土之功。如果不是時辰好，危乎殆哉了。」

「是！」曹震答說：「這個八字，也有人說，根基很厚。足下看呢？」

「不錯，土為『印』；印者蔭也，祖上餘蔭極厚。不過蔭庇過甚，好比『唐花』，經不得久。」

「唐花」又稱「堂花」。冬季在密閉的土窟中，用硫磺及沸湯薰蒸，使春天才開的花，非時早放，謂之「唐花」；但這種揠苗助長的手法，矯揉造作，花雖開了，卻不易經久。

曹震心想，福彭十九歲那年，先帝奪其父之爵，讓他承襲；廿六歲入軍機，隨又授為定邊大將軍，膺專閫之寄，是順治以來，八十餘年未有如此早達的親藩，豈不就像非時早放的「唐花」？然則所謂「經不得久」，是壽數有限呢，還是爵位不能長保？

這樣想著，忍不住問了出來；一塵子答說：「這要看大運跟流年。」

「那麼，能不能請足下費心？」

「現在不敢說。」一塵子答道：「要有小犬作幫手才知道。曹爺下午再來吧！」

「是，是。下午再來請教。」

「不過，曹爺我得重新聲明一次，倘或不能細批，請勿見怪。」

「不敢。」

曹震一上午惦念著這件事，吃過午飯，便與仲四趕到一塵子那裡，卻是失望了。

「曹爺，實在抱歉。」

「是——，」曹震不知道該怎麼說，囁嚅了好一會才問出來一句：「是有甚麼關礙嗎？」

「中間有一番挫折，不過爵位可保。」

「這樣說，是壽數有限？」

「盛極而衰。」

「盛極而衰？」曹震玩味了一會，惴惴然地說：「目前可說極盛，莫非禍在眉睫？」

「眼前還有一段好景。」

「那麼，是那一年呢？」

「曹爺自己去琢磨吧！我不能多說了。」

「君子問禍不問福，這個八字，關聯著好些人，還請指點迷津。」

一塵子欲語還止，最後這樣回答：「八字的本身就很明白了。」

曹震還要再問，一塵子便支吾著不肯作答了。看看不可勉強，他向仲四使了個眼色；仲四將包袱解了開來，裡面是簇新耀眼的一錠「官寶」。

「這五十兩銀子，」曹震看著小康說：「請老弟收了。」

小康不作聲，要看他父親的意思；一塵子想了一下說：「賞得太多了一點兒。也罷，原是好八字，也值一個大元寶。」

聽他這麼說，曹震略略放心了；原來江湖上有個規矩，看相算命，潤金多寡，常視人而異；要得多就表示所遇的是貴人福命。一塵子肯收這筆重酬，意味著福彭的八字，怎麼樣也不能說壞。

但這是自我安慰的想法。福彭的流年中一定有很不利的事，所謂「一番挫折，爵位可保」，可見這種挫折，大到可以革爵的程度，不能說不嚴重，也就不能不關切了。

「震二爺，」仲四建議：「你回京以後，不妨跟芹二爺談談，他人聰明，又喜歡搞這些稀奇古怪的東西，也許能琢磨出甚麼來。」

由於事先接到秋月的信，曹雪芹對於烏家親事不成這一節，早已知道；具有仔肩一卸的輕鬆之感。覺得意外的是，烏二小姐不願委身，竟是為了可能有一天會向阿元執禮的緣故；因果影響，如此變幻不測，似乎有些不可思議。

阿元暫時住在曹震家，曹雪芹跟她並未見面；這是曹震特意來叮囑的。他的話說得很率直，先問曹雪芹，在阿元照料金粟齋時，與她可曾有過肌膚之親？

「沒有，沒有。」

「親個嘴，摸一摸身上，總免不了的吧？」

「也，」曹雪芹不好意思地笑道：「也不過偶一為之。」

「好，過去的算了，不必談了。一路來，我看她對你不大容易忘記；而且這一回跟她們家二小姐鬧彆扭，似乎有一肚子委屈，要跟你談。」曹震正色說道：「雪芹，她是有主兒的人了，你們見了面，就算你一點都沒有越禮的地方，而她跟你談個沒完，甚至哭哭啼啼，在旁人看，就非常不合適了。你懂我的意思吧？」

曹雪芹怎麼能不懂，點點頭答說：「我不到你那裡去，不跟她見面，不就沒事了嗎？」

「對了，我就是這意思。」曹震又說：「那也只是暫時的，我已經在找房子了。找妥了讓她搬了去，你再看你錦兒姐去好了。」

「怎麼？」曹雪芹問：「暫時不會入府？」

「那要看太太到太福晉那裡疏通的結果。不過就疏通好了，也只是進府去磕個頭，仍舊得住在外面；到了八月裡，過了先皇的忌辰才能進府。」

「嗯，嗯，是替郡王先營一所金屋。」

「大致是這意思。喔，」曹震記起來了，「我在通州遇見個異人。當今皇上跟王爺請人算命的事，你知道不？」

「知道。不就是你告訴我的嗎？」

「我原記得好像告訴過你。」曹震很興奮地說：「那個一塵子如今在通州，我跟仲四一起去看過他了。想請他進京，他說甚麼也不願意。」

「為甚麼呢？」

曹震考慮了一會說：「其中的原因很複雜，一時講不清楚。我只跟你談王爺的八字好了。」

他將一塵子不肯為平郡王福彭細批流年的經過，扼要說了些；然後提到仲四的建議。

「問王爺的壽數，說『盛極而衰』，而又不是禍在眼前，說眼前還有一段好景，這四個字是指的甚麼呢？仲四很誇你，讓我跟你琢磨琢磨，看能打破這個啞謎不能？」

曹雪芹微微頷首，凝神靜思了好一會，方始開口說道：「這個『盛』也許是指盛年。」

「盛年是幾歲？」

「要看是男是女。女子的盛年，大致指花信已過，三十歲不到；男子的盛年，通常指壯年。」

「四十歲左右？」

「應該四十開外。」

「那還好。」

曹雪芹懂他的意思，平郡王的大限在四十開外，那就還有十幾年可以倚靠，所以說「還好」。

「一塵子還有一句話，也很奧妙。」曹震又說：「我本來想問問他，王爺一生的運氣如何，他遲疑了好一會才說了句：『八字的本身就很明白了。』這句話不大容易懂。」

「怎麼不大容易懂？」曹雪芹立即接口，「命跟運是聯在一塊兒的，命中忌甚麼，到了所忌的那一年，流年就為不利。這不是『八字的本身就很明白』了嗎？」

「言之有理！」曹震很興奮地，「找本皇曆給我。」

「我這兒沒有。」

曹雪芹出去截住了一個小丫頭，讓她找秋月去要皇曆。結果是秋月自己帶著皇曆來了。

「是不是震二爺要挑好日子？」

「不是。」曹震接過皇曆來答說：「我們另有用處。」

「喔。」秋月拋開此事，另有話問：「震二爺是不是在這兒吃飯？我好添菜。」

「菜不用添，只要好酒就行了。」

「那現成。」

理說完，秋月轉身要走，曹雪芹將她留了下來，「你別走，你也能聽。」他說：「不過只聽就是。」

只聽不能說的話，當然是祕聞；秋月自然有興趣，便留下不走，一面照料茶水，順便替曹雪芹理書，留心傾聽。

「那些年分是土年？」曹震邊翻皇曆邊問。

「中央戊己土；辰戌丑未『四季土』。」

「這樣說，今年的流年不好。」曹震問：「今年不是丙辰年嗎？」

對星相術這些雜學，也曾涉獵的曹雪芹，起身到書架上，取來一本名為《滴天髓》的書，看了一會說：「好在一個丙。」

他為曹震指出《滴天髓》上對「辛金」的說法：「辛金軟弱，溫潤而清；畏土之多，樂水之盈。」金命的人生在夏天，火神當令；火可剋金，對軟弱的辛金不利，但丙辛合化為水，就成了「樂水之盈」了。

這番道理，曹震並不能完全領會，不過丙年吉吉，卻是很明白的。他又翻了一會皇曆，突然驚異地喊出聲來。

「這可玄了！雍正四年丙午，王爺不是那年襲的爵嗎？不過，」他又轉為迷惘了，「午不也是火嗎？這個火可是剋金的。」

曹雪芹技窮了，笑笑說道：「我可沒法兒跟你細論了。我有個忘年交，離這兒不遠，吃了飯，我帶你看他去。」

曹雪芹的這個「忘年交」，是馬夫人去熱河那段日子中結識的。此人是英親王阿濟格的曾孫，名叫彰寶，五十多歲，是神武門的侍衛，有一天曹雪芹到景山官學去看朋友，相偕到「大酒缸」去喝酒，與彰寶共一個「缸蓋」，談得投機，結成好友。英親王阿濟格原是鑲紅旗的旗主；所以彰寶亦住在鑲紅旗的「汛地」之內，與曹雪芹只隔一條胡同。

「既然只隔一條胡同，不如就請了來喝酒，可以詳談。」

「不知道今天是他的班不是？」曹雪芹將桐生喚了來吩咐：「你去看彰大爺在家不？如果在家，你說我請他來喝酒。」

「那可得預備一點兒菜。」秋月接口說了這一句，轉身匆匆而去。

於是曹雪芹便談彰寶。人極有趣，只是一肚子的牢騷——英親王阿濟格與睿親王多爾袞、豫親王多鐸，都是太祖晚年所寵的「大妃」所出。多爾袞病歿塞外時，阿濟格曾想取而代之；結果為當時的親貴大臣所制服。幽禁時曾經縱火，罪上加罪，與他的兒子榮親一起「賜死」，子孫廢為庶人，至康熙年間始再收入玉牒。彰寶有個堂兄叫普照，頗得聖祖重用，封為輔國公，但因他是年羹堯的叔岳，素有往還，以致受了牽連而革爵；彰寶本恃普照的提攜接濟，當慣了「旗下大爺」，一旦失去靠山，境況極窘，所以牢騷也多了。

「咱們回頭別談那些事。」曹震特地叮囑：「咱們曹家正在轉運，跟這些背時的人打交道，要格外當心，別碰那些犯忌諱的事。」

「那，」曹雪芹說：「咱們就不能把這個八字是誰的告訴他？」

「當然。」

正在談著，只聽有人大聲咳嗽，漸漸接近；曹震知道是彰寶來了，掀開窗簾往外看。這一看差點笑出來。

原來這彰寶生得一張赤紅臉，鬚眉皆白，卻亂糟糟地連在一起。身上穿的還是當差的行裝，破破爛爛地不成樣，但拴在腰帶上的小零碎，真還不少；叮叮噹噹地晃蕩不定。那副形容及裝束，有種說不出惹人發笑的味道。

這時曹雪芹已迎了出去，口中剛喊得一聲：「彰大哥！」彰寶已急步上前將他一把抱住。

「聽說你們老太太打熱河回來了。兄弟，你帶我到上房，給老太太請安去。」

「不敢當，不敢當。」曹雪芹說：「倒是有個人我替你引見。」

說著回頭望去，曹震正站在台階上含笑等待，此時便急走兩步，自己報名：「曹震。」

「喔，震二哥！」彰寶聽曹雪芹談過曹震的境況，當下執手問訊，「震二嫂好」、「小少爺好」，就像多年舊交那般親熱。

這是地道旗人的習俗，曹家在江南多年，不甚在意這些繁文縟節；而且曹震也不了解他的家庭狀況，無法回報以同樣的殷勤，因而不免有些發窘。

好在酒肴已備，曹雪芹一聲：「喝酒去吧！」拉著彰寶就走。飯是開在曹雪芹書房對面的廂房裡；恰好秋月供了一瓶晚香玉，花氣襲人，未飲欲醉，彰寶嘖嘖稱讚：「兄弟你這兒真雅致，跟我那兒一比，舍下簡直成了豬圈了。」

「好說，好說。」曹雪芹問到：「彰大哥，你是喝慣了燒刀子的，今兒我備的花雕，行嗎？」

「怎麼不行？我是喝不起花雕，才拿燒刀子抵癮的。」接著，他向曹震說道：「震二哥，你不嫌我說話寒蠢吧？」

「那裡，那裡！自己人原要說真話才好。」

「著！自己人說真話。我可不敢鬧虛套了。」說完，彰寶將桐生剛斟上的酒，立著就乾了一杯。

看他喝酒如此，曹震也就不必客氣了；坐定下來，不必多話，舉一舉杯，連著敬了他兩杯。

三杯酒下肚，彰寶的「話匣子」打開了，天南地北，無所不談；有些事在曹震聽來是新聞，譬如平則門又叫「平賊門」，據說李闖當年逃出京城時，經過一條小胡同，當方土地「顯靈」，手持大刀，攔住去路，李闖被砍了一刀，落荒而逃，出平則門往西逃走，所以平則門便成了「平賊門」。平則門便是阜成門，正就是鑲紅旗的汛地。曹震對這一帶很熟，卻從未聽過這樣一個故事，便向曹雪芹看了一眼，意思是彰寶信口開河，其言不足為信。

不過，很快地曹雪芹便能為彰寶辨釋誤解；因為要談一塵子，漸漸提到倉神廟，彰寶便講了一段故事，說祭倉神時，有人扮飾倉神，左右脅下能各挾五斗米上殿。這樣的氣力可不大容易；曹震又在心生誹薄時，曹雪芹開口了。

「確有其事。」他說：「那年我在通州親眼見過。」

曹雪芹不喜說假話，為曹震所深知；所以他證明彰寶並未撒謊，亦為曹震所接受，對這初交的朋友的觀感不同了。

「有個一塵子，」曹震問道：「彰大哥聽說過這個人沒有？」

「聽說過。可惜沒有會過。」

「他——，」曹震終於還是說了出來，「聽說他在通州設硯。」

「那可得打聽打聽，如果真的在通州，我得會一會他。」

「原來彰大哥也通子平之學？」曹震故意裝出訝異的神色。

「豈但通，」曹雪芹很快地接口，「而且是精通。」

「我可不敢說。醉雷公胡劈而已。」

「不必客氣。」曹震一變而為興致盎然的態度，「有個八字，想跟彰大哥請教。」

「別說甚麼請教；不談吧！」彰寶指著曹雪芹說：「他知道我，談命有時候會有不中聽的話。」

「這怕甚麼？君子問禍不問福。再說又不是我的八字。」

「你如果願意聽實話，我就談談。不過也不一定準。」

「一定準，一定準。是戊子——。」曹震報了平郡王福彭的八字。

「這是個靠祖上餘蔭，早發的八字；就嫌土重了。」

彰寶的說法，與曹雪芹得自命書上的了解差不多，接下來，曹震便提出他的疑問，「彰大哥，」他說：「今年流年怎麼樣？」

「今年丙辰。這個八字原不怕火，丙辛合化為水，更妙。」

「原來這個八字不怕火！」曹震急急問說：「不是火剋金嗎？」

「不然。生於六月為午；午中藏土，火生土就是洩於土，隔土不能剋金。」彰寶又凝神想了一會說：「這個八字要有火才好。為甚麼呢？金不用火煉，不能成器；辛金雖然柔弱，但有四個土在生金，源源不絕，正要火來煉，生鐵才會變成精鋼，這也是沙裡淘金的意思。」

這把福彭在丙午年何以得能襲爵的原因解釋清楚了。曹震不由得舉杯相敬；「彰大哥，乾一杯！」他說：「你要是掛牌，包管生意興隆。」

「你聽見沒有？」彰寶看著曹雪芹說：「真到沒有轍了，我還能賣『命』。」說完哈哈大笑，連乾了兩杯酒，豪邁之氣，都擺在表面上了。

「彰大哥，你的酒，留著量到晚上再喝，這會兒別喝了！」

「喔！」彰寶抬眼望著，意思是要問緣故。

「想煩你把這個八字的流年，細批一批。批完了，咱們好好兒喝一喝。」曹震又說：「我那兒有一罈十五年陳的花雕；一罈十斤，夠你喝的。」

「震二哥，你是說十五年陳，十斤的罈子？」彰寶很注意地問。

「不錯，你大概知道它的來歷？」

「怎麼不知道？當年就很難得，如今更名貴了。那酒，說實在了是二十年陳——」

彰寶為曹雪芹講這種酒的來歷，花雕銷「京莊」不是五十斤的大罈，便是五斤裝的小罈；聖祖登基六十年，浙江巡撫進貢紹酒，特裝十斤的罈子為容器，入罈之前已藏陳了五年，所以總算應該是二十年。

這樣的好酒，彰寶自然願意留著量到晚上來喝，當下止飲吃飯，彰寶不但豪飲，而且健談，唏哩呼嚕，頃刻之間吃了兩大碗大滷麵，還找補了半籠燕餃。

「這會兒可真飽了。」彰寶摩著腹部，解下腰帶上拴著的旱煙袋；一眼望見秋月，招招手說：「那位姑娘，給我來碗釅釅兒的普洱茶。」

原就熬得有普洱茶，秋月答應著，回進去用青花大茶鍾倒滿了，放在托盤上，叫新用不久的小丫頭金燕說：「你把茶端去給彰大爺。」

「那彰大爺不但髒，樣兒還怕人。」

「別胡說！」

「那彰大爺真該叫『髒大爺』。」金燕掩著嘴笑。

「你怎麼了？」秋月瞪著她呵斥：「討打不是。」

金燕卻毫不畏懼，「茶也不能只一碗啊？震二爺呢、芹二爺呢？」她嘟著嘴說：「回頭又讓我多跑一趟。」

秋月又好氣、又好笑，但還沒有辦法駁她；心裡在想，這金燕是「昏大膽子」，到得客座，說不定胡言亂語，失禮讓客人笑話，不如自己去招呼吧。

於是她把普洱茶料理好了，讓金燕捧著托盤，一起到了前面，說一句：「彰大爺，請用茶！」將茶鍾用白布毛巾裹著，放在彰寶面前，還補了一句：「挺燙的。彰大爺請留神。」

接著是端給曹震兄弟。那彰寶視線一直跟著她轉，直至背影消失，才向曹震問道：「這位姑娘是——？」

「是我們祖老太太貼身的人，一直沒有嫁。如今像我們家的老小姐了。」

「不會以丫角終老。」彰寶很有信心地說：「相生得好，將來是貴婦；而且紅鸞星快發動了。」

「這是個好消息。」曹雪芹向曹震笑道：「大概錦兒姐最愛聽了。」

曹震卻不甚關切秋月的終身，在意的是福彭的休咎。閒談了一會，起身說道：「我回去一趟，回頭再來；順便帶酒。」

這是暗示曹雪芹，應該讓彰寶辦正事了。但彰寶卻有午睡的習慣，等他靠在軟椅上，一覺睡醒，日已偏西，不過酒倒是醒了，抖擻精神，鋪紙振筆，將平郡王福彭的「四柱」寫了下來，排大運、看流年，等曹震攜酒來時，已經批好了。

曹震很仔細地看完，有些是他懂的、有些是他不懂的，當然也還有似懂非懂之處。能懂的道理都很淺顯，譬如「逢丙必利」，因為丙辛合化為水，而這個八字是「樂水之盈」。說「己未」、「戊辰」兩年，大為不利，是因為這兩年的干支都是土；「土重金埋」的話，曹震亦聽得多了，但何以己未還不太要緊，而戊辰卻有絕大凶險？同樣的，為甚麼丙午年——也就是福彭襲爵的那一年格外吉利？

「流年要合大運一起來看。這個八字兩歲起運，十二歲起大運丁巳；丁火在辛命的人是個『殺』，不過辛金座下是個『印』，足以化殺，可以平平而過。但到了丙午年，頓時改觀，其妙無比。」

照彰寶的說法，「日主」辛未、「大運」丁巳、「流年」丙午這三個干支合在一起的變化來看，丙辛合化為水，足以敵丁火之「殺」。丙午之午在辛命原是個「殺」，但與未合則為「印」所化，而且印亦變為「正印」，與緊貼巳這個「正官」，成為「官印相生」，主有加官晉爵之喜。

談到己未年的吉凶，彰寶的說法更妙了，「這年『日主』三十二歲，一過四月，交運脫運，大運是乙卯，一步好運——」

「彰大哥，」曹震不大禮貌地打斷了話，「請你給我說說，何以是好運。來、來，先喝一鍾，潤潤嗓子。」

這恰是投其所好，彰寶便不覺得話被截斷而有挫折之感；陶然引杯，拿了一把松仁往口中一呑，一面咀嚼，一面又往下說。

「乙卯是上下皆木；木能疏土，所以土重的人，最好行木運。木在金命是『財』，辛未之未跟乙卯之卯，會成半木局，財氣更旺，這十年的運挺好，是不是？」

「是。」

「不過，再來一個未年就不妙了。」彰寶滿口嚼著松子，含糊不清地說：「那，那跟人家鬧家務一樣，大小老婆爭風吃醋，搞得家宅不安。幸而——」

「慢點，慢點！」曹震忍不住又要橫加干擾了，「彰大哥，你就命論命，先說道理，再作比方。」

「好！」彰寶猛呑一口酒，將未嚼爛的松仁都嚥下肚去，拿手巾擦一擦嘴，用筷子蘸著酒，先並排寫下「辛未」、「乙卯」、「己未」六個字，然後指點著講說。

「天干是辛金、乙木、己土。木剋土、土生金、金又剋土；周而復始，糾纏不清。好有一比，有那怕老婆的人打孩子，孩子到娘那兒哭訴；好，雌老虎雌威大發！怕老婆的又只有打孩子出氣。這個比方明白不明白？」

「明白。」曹震答說：「明白。就因為有這個孩子，才鬧得老夫妻不和。」

「對了，不過，孩子還好。接下來又弄個小，那麻煩可就大了。」

所謂「弄個小」，又來一「未」；一印兩未，猶如一夫二婦，在子平之學中，謂之「爭合」。

「不過，『爭合』好比『爭夕』，煩惱是煩惱，還沒有甚麼大凶險。到了戊辰就不同了——」

「戊辰」這個干支，也是上下皆土；乙木剋戊土；戊土生辛金；辛金又剋乙木，這情形跟己未年相同。只是卯未會成半木局，衝剋辰土，成不解之局，著實可憂。

「彰大哥，」曹震問道：「是說大限到了？」

「不敢說。」

「有沒有解救？」

「誰知道呢？」彰寶用勸慰的語氣說：「事在人為，人定可以勝天。古人說：盡信書不如無書。命理也一樣，盡信命不如不講此道。我也不相信我自己能說得那麼準。人事滄桑，變化莫測，八個字那裡能容得下那麼多窮通禍福的徵兆？算命推八字，也不過自求警惕而已。」

「是，是！彰大哥談得真透澈。」

話雖如此，曹震卻非常在意。心裡不斷在提醒自己：記住己未年跟戊辰年，看平郡王會出亂子！

第八章

乾隆三年戊午，十月十二日，皇次子永璉薨於寧壽宮，年九歲。

皇后及皇帝左右最親信的親藩重臣，諸如莊親王允祿、平郡王福彭、鄂爾泰、訥親、來保、海望等人，一直在擔心的事，終於發生了，尤其是莊親王隱隱然有大禍臨頭之感。

從十天前，宮中深夜召御醫，第二天傳出二阿哥永璉高燒不退、病勢凶險的消息以後，他就日夜懸起一顆心，幾次想問皇帝：萬一阿哥不治，該怎麼辦？終於都忍住了。到了二阿哥果真不治，已無忌諱，這句話非問不可。

在養心殿謁見皇帝時，總管太監早已奉旨，一切殿上行走的太監、宮女，盡皆遠避；這樣，莊親王說話便無須有所顧忌，率直陳奏：三年前曾經為皇帝向理親王弘皙作保，永璉如果夭逝，皇位就應讓與弘皙。如今真的出了這樣的大不幸，弘皙一定會來問這件事，將何以為答？

使得莊親王多少感到意外的是，皇帝雖有悲戚之容，但神態異常沉著，絲毫也看不出心中除了傷愛子之歿以外，還有甚麼煩惱憂慮。

「我也不能馬上交位給他。祖宗付託的天下，我不能不慎重。」

「是的。」莊親王答說：「當初原議，有一年的功夫，以便從容部署。」

「一點不錯。」皇帝的語氣平靜得近乎冷漠了，「有一年的功夫，儘來得及從容部署了。」

話中有絃外之音，但莊親王覺得這時候不必去細辨，萬一錯會了他的意思，反倒不好，只是問說：「弘晳來提這件事，臣如何答他？」

「不是有一年的功夫嗎？他不必急。」皇帝又說：「十六叔，你這個保人，要到一年以後才能起作用。」

這一下，莊親王明白了，目前根本不必煩心，理親王弘晳如果來問，用「推」、「拖」二字訣足以應付了。

就在這時候，晚風過處，傳來哀哀切切的哭聲；皇帝嘆口氣說：「皇后可憐，八年心血，付之東流。」

永璉是皇后所出，幼年穎異，相貌又長得極其體面；由於先帝命名為「璉」，暗示有付以重器之意，所以皇后親自教導，從會說話時開始，便不妄語；從會走路時開始，便不妄行。這兩年是越發穩重了，八九歲的孩子，便有龍行虎步的氣象。誰知一場瘟病，盡皆成空。

「十六叔，」皇帝從桌上拿起一張紙，「你看看，還有甚麼我沒有想到的地方？」

莊親王接過來一看，是一道硃諭，分為兩大段；第一段說：「二阿哥永璉，乃皇后所生，朕之嫡子。為人聰明貴重，氣宇不凡，當日蒙我皇考，命名為永璉，隱然示以承宗器之意。朕御極以後，不即顯行冊立皇太子之禮者，蓋恐幼年志氣未定，恃貴驕矜；或左右諂媚逢迎，至於失德，甚且有窺伺動搖之者，是以於乾隆元年七月初二日，遵照皇考成式，親書密旨，召諸大臣面諭，收藏於乾清宮『正大光明』匾之後，是永璉雖未行冊立之禮，朕已命為皇太子矣！」

看到這裡，莊親王便知永璉將被追冊為皇太子；果然，第二段說：「今於本月十二日，偶患寒疾，遂致不起，朕心深為悲悼。朕為天下主，豈肯因幼殤而傷懷抱？但永璉係朕嫡子，已定建儲之計，與眾子不同，一切典禮著照皇太子儀注行。元年密藏匾內之諭旨，著取出。將此曉諭天下臣民知之。」

莊親王看到最後一句，若有所悟。心想這件大事，關係極重，自己最好別多出主意，一切讓皇帝自己去決定，最是明哲保身之道。

於是，他只這樣答說：「臣馬上咨送內閣『明發』，曉諭各省。」

皇帝點點頭；忽然問說：「李衛的病怎麼樣？」

「恐怕，恐怕要不起了。」

「如果不起，十六叔，誰可以接他？」

莊親王想了一下答說：「直隸當務之急在河工；總以能挑得起這副擔子的人為主。」

「那，有誰呢？」

「皇帝，」莊親王不叫「皇上」，用尊長的稱呼為「皇帝」，而且也是坐在矮凳上回話，此時他舒一舒腿說：「皇帝也要用自己的人。」

這話搔著了癢處；李衛、鄂爾泰、張廷玉，都是先帝的股肱之臣；但已有尾大不掉之勢。皇帝想用自己的人取而代之，卻顧慮甚多；但眼前有更大的麻煩，心中原想用緩急可恃的自己人，所以莊親王的話，正中懷抱。

當然，最使得他安慰的是，莊親王說到這話，毫無可疑地是以「自己人」自居。有此奧援，越發可以放手大幹了。

不過，這只是他心裡的念頭，表面仍舊聲色不動；只問：「十六叔，你看孫嘉淦怎麼樣？」

孫嘉淦為人鯁直，人緣不好，本不宜於作「疆臣之首」的直隸總督；但他確是皇帝所一手培植的。既然建議他用私人，自然就不能提出異議了。

「孫嘉淦如果肯改一改他的脾氣，倒是皇帝的好幫手。」

「十六叔說得一點不錯。我會告訴他改。」皇帝又說：「李衛的摺子還沒有批，這會就批了吧！」

李衛是上了一個告病請解任的摺子；這個摺子其實也是一種以退為進的手法——大約一個月前，李衛參奏河道總督朱藻「挾詐欺公，貪殘虐民」，奉旨解任聽勘，李衛占了上風。那知得意忘形，召見時在乾清宮外，與太監高談闊論；於是皇帝召總管太監面諭，指責奏事太監王常貴等人，不守規矩，「擅與李衛交談」，降旨「從重治罪」；小太監就不必交議了，各各重責四十板。打在人家股上，疼在李衛臉上，便上了個告病請解任的摺子；一直留中未發，這會兒要斷然處置了。

當下找出原摺，硃筆親批：「准予解任調治，著孫嘉淦署理直督。」這一批送了李衛的命，憂慮過度，竟致中風，請太醫急救無效，撒手西去。

「遺摺」送到宮中，皇帝不免歉然，不想一道硃批成了催命符，因而面諭優恤，下了一道上諭：

「李衛才猷幹練，實心辦事，封疆累任，宣力多年，勇往直前，無所瞻顧，畿輔重地，正資料理；前聞患病沉重，准其解任調治，特遣太醫診治，頒賜葠藥，冀其痊可，今聞溘逝，深為悼惜，著侍衛往奠茶酒，柩櫬啟程之日，除該省官員，照屬員之禮奠送外，其經過地方文武官員，在二十里以內者，俱差人護送，照看出境。所有應得恤典，該部照例查奏。」

李衛是江蘇徐州人，靈柩由保定自陸路到達直魯交界的德州，改為水路，循運河南下。他的家屬很害怕，因為李衛以善捕盜受知於先帝，江湖上的仇家很多；雖然上諭中特別交代：「經過地方文武官員，在二十里以內者，俱差人護送，照看出境。」仍恐出事，因而一路上是提心吊膽，日夜不安。

李衛在朝中亦頗多怨家，但亦結交了一些好朋友，方觀承就是其中之一；他長行南北，出關省親，曾得李衛資助。後來在公事上，因為接近鄂爾泰的關係，曾經有過誤會，但這兩年由於平郡王掌權，李衛復又修好，暗中結成很親密的朋友。所以當李衛病故，很想到保定親自弔唁，但以處理二阿哥的喪事，無法分身，心裡一直耿耿不安；這天聽到一個消息，更是徹夜不眠了。

這個消息來自鏢行，據說當年甘鳳池為李衛以延請至「總督」衙門，教授子弟武藝為名，騙到杭州，祕密處決以後，他的散布北方的徒子徒孫，表面聲色不動，私底下無時或忘報復師仇。可惜李衛防範嚴密，等了十年，未得下手機會。此時如果放過機會，等李衛的棺木到了徐州，入土為安，就永無報仇的機會了。

為此，甘鳳池的一個再傳弟子，而且是綠營千總的龔得勝，在他的防區河南汝州，祕密召集同門，密謀下手，商定的辦法是，以重金羅致漕幫中善於潛水的好手，深夜在運河中鑿沉裝載李衛靈柩的那條官船。

方觀承久歷江湖，知道這個辦法是可以行得通的；但漕幫規矩甚嚴，只要打聽到龔得勝是請了那一個好手，就能從他的「前人」下手，約束他不得有此行動。

這就要找曹震了。他現在是內務府的八品筆帖式——由泰陵陵工「保舉」上得來的官，而且也是內務府的紅員，管著好幾個差使，經常出差在外。不過這回很巧，他剛剛從關外看了幾處「皇莊」回京，一喚即到。

「李敏達，」敏達是李衛新得的諡號；方觀承說：「生前總算功在地方；現在人死還不能免禍。咱們得幫他一個忙才好。」

「是。你請吩咐，該怎麼幫？」

「我想請你跟仲四去打聽打聽——」

方觀承將他所聽到的消息，細細告訴了曹震；此訊既然得自鏢行，仲四當然容易打聽。不過曹震奇怪的是，何不向原來的那家鏢行去打聽。

「我是輾轉得來的消息，不便深問，也不便去問那家鏢行，是何字號。為的是怕打草驚蛇；像這種事，非至好不可輕易吐露。」

「說的是。不過方先生，」曹震建議，「我倒有個釜底抽薪的辦法，何不悄悄行文河南巡撫，把那個龔得勝調走，甚至看管起來，蛇無頭而不行，不就沒事了嗎？」

「緩不濟急。」

既說「緩不濟急」，可知必得上緊去辦此事。曹震不再多說，辭了出來隨即轉往前門外大柵欄通遠鏢局——仲四去年新設的一處聯號；一問不巧，仲四剛動身回通州。

「臨行交代的，明兒就回家。」通遠的管事紀胖子說：「震二爺如果有急事，我派人把他去追回來。」

「不必了。」曹震看一看暗雲密布，晚來欲雪的天氣，硬一硬頭皮說：「我自己去一趟吧。」

於是由通遠派了兩名趟子手陪著，曹震帶著魏新，當天黃昏趕到了通州；身上已有薄薄一層雪花了。

「震二爺怎麼來了？」仲四詫異地：「這種天氣。」

「等我暖和、暖和跟你細談。」曹震吸著氣說：「這個天氣可真不妙！」

仲四硬將曹震引至內宅，仲四奶奶備了一個極豐盛的海味火鍋，開了一罎陳年花雕，讓賓主圍爐密談。

「我也有風聲。事不干己，何必多管閒事。」仲四聽完曹震的話，這樣回答，「既是方老爺交代，不能不辦。」他站起來又說：「震二爺你請慢慢兒喝酒，回頭我也有一件很要緊的事跟你談。」

仲四走到前面，找了兩個得力的手下，悄悄囑咐了一番，關照分頭向漕幫首領去打聽其事；最好當夜就有回話。然後仍又回到原處。

「最好今晚上就能打聽到。不然，就得趕到德州，一定有消息。」

「那好。」曹震問說：「你有甚麼要緊事告訴我？」

「是這樣的，我們有一家同行振威鏢局的徐掌櫃，曾跟震二爺同過席，還記得不？」

「記得。倒是蠻爽快的一個人。」

「對了！正是他。」仲四放低了聲音，「他今兒一早派他兒子到京裡來找我，說有筆買賣要跟我合夥。我剛從他那裡回來，不知道這筆買賣能不能接；震二爺來得正好，我得請了你老的示才能拿主意。」

「喔，是怎麼樣的一買賣？」

「這筆買賣透著有點兒玄。據說是有位王府的貝勒，有二十萬現銀，要保到廣東。王府的銀子，運到廣東去幹甚麼用？」

一聽這話，曹震心中一動；想了一下問道：「是那個王府，你知道嗎？」

「不知道。據徐掌櫃說，只聽來的兩個人悄悄兒在說：『這件事可千萬不能讓小王爺知道。』小王爺指誰？震二爺能想得起來嗎？」

「從前我們平郡主，都稱『小王爺』，如今──。」曹震望著空中，一面沉吟，一面自語似地說：「有『小王爺』，還有貝勒，這該是那個王府？而且還不能讓小王爺知道！」

看他攢眉苦思的神情，仲四便即說道：「震二爺暫且丟開，先喝酒；想事越急越想不起來。」

曹震聽他的話，喝著酒把心放開來；忽然想到了一個人，再思索了一會，大致不差了。

「我知道了，小王爺是怡王。」

「就是『十三爺』府上的小王爺？」

仲四所說的「十三爺」，是指怡賢親王允祥；曹震點點頭說：「不錯。」

「那麼那位貝勒呢？」

「是小王爺的胞兄，名叫弘昌；小王爺名叫弘曉。」曹震又說：「怡賢親王幾個大兒子，都不大安分；怡王病重時，想到身後，怕他們將來出事，不敢讓他們襲爵。雍正爺特為派人去問，怡王說：皇上倘有恩典，只叫弘曉承襲好了。那時候的小王，才三歲還不到四歲。當今皇帝接了位，特為下一道上諭，讓他到上書房念書，又給他選了一個翰林當師傅。如今整三年了。小怡王跟皇上的情分是不同的。」

「那麼，為甚麼說這件事，不能讓小王爺知道？」仲四問說：「是怕小王爺告訴皇上？」

「說得是！」曹震矍然而起，「看來這筆銀子的用途，是不能讓皇上知道的。這可比我告訴你的那件事要緊得多，我明兒一早就得回京。」

「是！有消息最好，不然我另外打聽好了來跟你回。」仲四緊接著又說：「不過，這筆買賣怎麼樣？能不能接？」

「接！」曹震毫不考慮地說：「不接怎麼能知道這筆錢幹甚麼用。不過，你都擱在心裡，千萬別跟徐掌櫃說。」他又面色凝重地叮囑：「這件事只怕關係不小，你可千萬大意不得。」

仲四久歷江湖，而且宮闈祕辛，亦略有所聞，因而對曹震的警告，非常重視，但亦頗為不安。雍正初年，朱門府第，血跡斑斑，令人心悸；平民百姓，倘或無端捲入漩渦，不明不白地遭了禍，無處申訴，豈不太冤。

因此，他惴惴然地問道：「震二爺，接下這筆買賣，會不會出事？」

「出甚麼事？」曹震不解，「你是說半路上會有人來劫鏢？」

「劫鏢是不會的。而且有人來劫鏢，是我的事，跟客戶無關。」

「那麼會出甚麼事呢？你平平安安把鏢銀護送到地頭，交清了，別的事都跟你不相干。」

仲四很難將心事表達出來，想了一下問道：「震二爺，你說我接下這筆買賣，才能打聽他們的內幕；到底要我打聽些甚麼？」

「到時我會告訴你。」

「只怕我頂不下來。」

「不會的！」曹震覺得他的態度令人困惑，「請你打聽甚麼事，當然是你辦得到的；你我相處這麼些年，幾時看我做過『拿鴨子上架』的事？」

這一說，仲四放心了。喝酒閒談，從曹震口中聽到了好些聞所未聞的王府祕密；正聽得興致勃勃時，派去打聽的人，先後回來覆命了。

「有是有這回事，不過讓東平州的三爺擋回去了。」

「劉三爺怎麼說？」

「劉三爺說，收拾死人，算不得英雄；而且這個禍闖出來不好收場。」

「這話是誰告訴你的？」

「倉書秦五爺。」

「嗯，嗯！那就錯不了啦！」仲四很滿意地，「辛苦，辛苦！趕快喝酒去吧！」

等手下一走，仲四告訴曹震說，這「劉三爺」名叫劉鐵珊，外號「半截寶塔」，是漕幫「江淮五」的領幫當家，家住東平州，運河自臨清到濟寧州這一段，是他的地盤，他反對此舉，就沒有誰敢在東昌府九縣一州之內鬧事。

至於倉場總督衙門的書辦秦五，是劉鐵珊的得意弟子，他的消息很靠得住。

「可是濟寧州以下呢？」曹震問說：「不就輪不到他管了嗎？」

「雖輪不到他管，總還要賣他帳的。」仲四又說：「劉鐵珊的話很切實，這個禍闖出來不好收場；濟寧州的舵把子，當然也要細想一想，絕不會冒失的。」

「說得不錯。」曹震很欣慰地，「我明天一早就可以回京了。」

「我陪震二爺一起走。」仲四說道：「我這筆買賣，也要到京裡去談。」

曹震見了方觀承，當然有一番表功的說法，說是到了通州託仲四去找倉書秦五，轉託其師劉鐵珊，一定肯幫忙，李衛的棺木，定可安然運回徐州。

「這也了掉我一樁心事。不過，欠了劉鐵珊一個情，以後不知道怎麼還法？」

「只要方先生外放了，不論山東直隸，怕沒有補他們情的機會？」

方觀承久有志外用，能一展他的吏才，所以曹震如此說法；緊接下來，他就要談弘昌的事了。不過他很謹慎，特意先作一番探問。

「方先生，你是不是聽說了，有那個王府，有一筆數目不小的現銀，要運到廣東去？」

「沒有啊！」方觀承詫異，「王府為甚麼要運現銀到廣東去？」

「是啊！我也納悶兒。而且這筆款子，還真不少，到底王府有甚麼在廣東的大用途，要運那麼多銀子去。」

「多少？」

「二十萬。」

「二十萬。」方觀承面色不同了，「是那個王府？」

「怡王府。」曹震接著補充，「據說是怡王府的一位貝勒。」

「那不是弘昌嗎？」方觀承低聲問道：「是怎麼回事？請你詳詳細細告訴我，越詳細越好。」

曹震所知的實在有限，但在方觀承已很有用。弘昌是理親王弘晳的死黨；此人本性喜事，不服教訓，當年敬畏小心、一步不敢走錯的怡賢親王，特為把他圈禁在家。到得怡王去世，先帝降旨釋放，封為貝子，好讓他成服守制。「今上」即位之後，為了籠絡起見，將他晉封為貝勒，可是他跟弘晳的蹤跡，依然親密如故。這一回要運二十萬現銀到廣東去，無疑地跟弘晳有關；因為弘昌是個紈袴，金錢到手即盡，何來二十萬現銀？

成疑問的是，這二十萬銀子的用途？往好處去想，想不出做甚麼事，要花如許鉅款？往壞處去想，用途可就多了，招兵買馬，賄通廣東防軍叛變、購買西洋軍火等等，二十萬銀子也許還不夠。

「我會想法子把原因找出來。」方觀承說：「這件事我得先跟王爺談；通聲，除了王爺問你以外，你別跟任何人提一個字。」

「我明白。」

於是約定曹震每天要跟方觀承見一次面，彼此交換消息。但實際上只是曹震將從仲四口中了解的情形，向方觀承和盤托出而已。

據仲四說，這筆買賣已經談成了，是筆大買賣，因為二十萬銀子要從各地去收兌，一筆在漢口、一筆在蘇州、一筆在太原，限明年二月底以前運到廣州。這一來一筆買賣化為三筆，保費加個倍都不止。仲四估計，這一趟辛苦，起碼可分兩千銀子，所以他準備親自出馬。

「買賣雖好，風險也不輕，尤其是你老關照，我非得自己去，才能照顧得下來。不過，」仲四特別加強了語氣說：「震二爺，別的我都不在乎，那怕白當差都無所謂：就是一樣，千萬別讓我經官動府。京城周圍有你老在，我不怕；到了外省，倘或出了麻煩，呼應不靈，就算你老想救我，也要想想『鞭長莫及』這句老古話。」

他的意思很明白，怕的是由這二十萬銀子中，掀起甚麼謀逆造反的大案，那時一道上諭，責成地方官沿途捉拿，成了「欽命要犯」，即使解到京中，得以洗刷清白，無罪釋放，但苦頭已經吃足了。

為公為私，曹震都需要向仲四拍胸擔保；但誰又能擔保他呢？曹震心想，光是一個方觀承是不夠的，他希望平郡王福彭能有個明確的表示。

「方先生，」他細說了仲四的心情以後，面色凝重地說，「這十天來，只有我跟你說的話，沒有你跟我說的話；我對仲四實在不大好交代。」

「通聲，我也知道不大公平。」方觀承臉上顯得滿懷歉疚地說：「不過，這件事內幕非常複雜；我不先告訴你，實在也是為你好，不願意讓你無端擔憂。反正路遙知馬力，日久見人心，到最後你就知道你現在納會兒悶是很值得的。」

「不錯，我很放心方先生，只是說給人家聽，人家未見得相信。」

「你要怎麼說，人家才能放心呢？」

「除非——」曹震趁勢說道：「除非我見了王爺，由王爺親口交代，絕不會出事。我要能這麼說，人家才會相信。」

「你要見那位王爺？平郡王？」

「是。」曹震問說：「我還能見那位王爺？」

「我以為你想見莊親王呢！你要見平郡王還不容易；你們是至親。」

「不錯，至親！」曹震怕他故意閃避，緊釘著說：「不過公私得分一分；這件事是方先生交代的公事。」

「不敢，不敢！我那有資格交代你老兄幹甚麼，無非奉命轉達而已。」方觀承略停一下，湊近他耳邊說：「通聲，我告訴你一句話吧，足下大名曹震二字，已經簡在帝心了。」

「真的？」

「當然真的。」方觀承意似怫然，「通聲，你莫非疑心我是在胡說八道？」

「言重，言重！」曹震急忙致歉，「恕我失言。」

話雖如此，心裡卻很得意，非得是這種態度，才能逼出他的真話來。

到得第二天，曹震剛起床不久，便有門上來報，說「王府」派了人來。曹家上下所說的「王府」，當然是指平郡王府；但不一定是指石駙馬大街，已歷數世，原稱「克勤郡王府」的平郡王府。原來平郡王為了好些皇帝交代的差使，不但要「守口如瓶」，而且還須「密意如城」，言語行蹤，洩漏不得半點，所以在鼓樓附近，另設了一座公館，處理機密事務，非極親信的人是進不去的。在曹震，如說「王府派人來請」，必得問清楚，是在石駙馬大街，還是鼓樓？

福彭在鼓樓的這座公館，亦可說是「金屋」，是他與阿元雙棲之處。當然，除了曹震，或者方觀承等等關係特深的少數人以外，是看不到阿元的。這天曹震奉召而至，平郡王正在重帷深垂的花廳中，接見一名御前侍衛；傳出話來，先讓曹震到上房去見「庶福晉」，有事託付。

「震二爺，我們家老爺要升官了。」

所謂「我們家老爺」，是指烏都統；曹震還不知道這個消息，便即問道：「是那個缺？」

「是荊州將軍。」阿元答說：「不過也不一定。我聽王爺說，要等召見以後，才能定局；不過官是一定要升的。」

「有王爺照應，自然會升官。」曹震問道：「庶福晉有甚麼事交代？」

「我家太太今年整五十，我想送份禮，不想讓府裡知道；打算請震二爺替我辦一辦。」

阿元隨平郡王別居在這鼓樓的公館，太福晉頗不以為然，於是全府上下也就拿異樣的眼光來看這個「庶福晉」了。在這樣的情形之下，阿元當然要識趣，有事寧可求曹震，不願麻煩府裡的內外帳房，免得又遭人非議。

在曹震自是義不容辭的事，「好！」他說：「我替你辦。」

阿元點點頭，回身進屋；過了一會，一手拿一張紙，一手拿一個皮紙包，走來交給曹震。

「要買的東西，我已寫在紙上了。錢不知道夠不夠？不夠請替我墊上，我還你。」

曹震接過紙來看，是要打一副珠花送烏都統太太；珠子大小，穿甚麼花樣，寫得明明白白，而且還註了筆：「費銀百兩上下為宜。」

皮紙包著的是金葉子，曹震問明了重量，估計足夠；便即問說：「打好了怎麼辦？」

「最好讓我看一看，我得寫封信，還是要勞動震二爺，派人替我送到熱河。」阿元又說：「生日還有半個月。」

「那得上緊了。我今天就派人去辦。」

這時平郡王福彭所會之客，已經告辭，著人來請曹震敘話。見過了禮，福彭隨手將一張單子遞了給曹震；接過來一看，只見上面寫的是：「履親王允祹等奏定：端慧皇太子吉兆，應尊稱園寢，造享殿五間；兩廡各五間；大門五間；琉璃花門三座；燎爐一座，覆以綠瓦。題主時禮節，敬擬牛一羊二，奠帛、奠爵，讀文致祭。嗣後祭祀儀，與妃園寢同。」

曹震只知道端慧皇太子是永璉的封號，塋地在西直門八里莊，卻不解福彭以此單相示的用意，惟有看了用心記住，仍舊將單子放還書桌，靜靜聽著。

「端慧皇太子園寢的工程，奉上諭，交給恆親王世子去辦；他跟我要人，我把你的名字告訴他了。你明天前去見他，說是我讓你去的。」

「是！」

「我告訴他，泰陵的工程是你經手的，這方面的種種情形很熟悉，他大概會派你提調工程。」

曹震暗暗心喜，又得了一個極肥的差使，當下笑嘻嘻地替福彭請了個安說：「多謝王爺栽培。」

「你先別高興。」福彭正色提出警告，「第一，工程絕不能馬虎，外觀更要講究。你可以先去看看榮親王園寢的規模，作個參考。」

曹震一時無以為答，因為他想不起來榮親王是誰？

「你聽明白了沒有？」

「回王爺的話。」曹震老實答說：「那位是榮親王？」

「世祖章皇帝的第四子，端敬皇后所出。你問一問『屯田司』的人就知道了。」

這下曹震才想起來。榮親王的生母，相傳是冒辟疆的愛姬，出身秦淮，所謂「笛步麗人」的董小宛，先為多爾袞所擄；多爾袞死後被禍，妻孥皆沒入「辛者庫」，董小宛為孝莊太后所識拔，作慈寧宮的女侍，後來成為世祖的妃子，寵冠六宮。榮親王生未數月即殤，子以母貴，尚未命名，載入玉牒，即封為榮親王，起造園寢，據說吳梅村「清涼山讚佛詩」第二首結尾，「高原營寢廟，近野開陵邑，南望倉舒墳，掩面添悽悱」那四句，所詠的就是此事。

「是的。我知道了。」曹震連連點頭：「我會去問屯田司。」內務府的屯田司，專管陵寢。

「請王爺再交代第二件事。」

「第二，你知道弘昇常跟那些人來往嗎？」

弘昇即是聖祖第五子恆親王允祺的長子，早在康熙年間，即已封為世子。由於允祺同母弟允禟為世祖所惡，所以允祺亦受了連累；而弘昇則因頗得允禟契重之故，竟無端被圈禁在家。

但允祺實在是個膽小怕事、忠厚謹慎的人，世祖看他們父子並無異心，將弘昇放了出來。到得現在的皇帝即位，派為都統，並管理火器營事務，是個很重要的差使。曹震只知道他跟莊親王允祿的次子弘普，常有往還，此外就不大清楚了。

等他據實回答以後，福彭才低聲說道：「你知道不知道，他經常在理親王府行走？」

曹震頗為驚異，而且也很困惑。理親王弘晳對皇帝是反對的；弘昇既受皇帝重用，何以又會常跟弘皙接近？那不近乎忘恩負義了嗎？

但最讓他想不通的是，照弘昇的態度，應為皇帝所厭惡，而居然仍舊管理作為羽林宿衛中的勁旅的火器營，且還派了主辦端慧皇太子園寢這種要親信才能獲得的差使；這又是何緣故？

雖有重重疑團在心，卻還不便發問；曹震只是老實答說：「理親王府中，我從未去過，也難得聽人談理府的情形，不知道昇世子常在那裡行走。」

「你仍舊裝作不知道好了。不過，以後你得多留意弘昇的行跡。」福彭又說：「他們都是愛玩的人，以後會拿你當親信；你就盡力巴結吧，跟他們混在一起，越親密越好。」

曹震恍然大悟，福彭把他舉薦給弘昇的目的是，安一個「坐探」在弘昇的身邊。如果僅僅是偵察行蹤，按時報告，這個任務不難；但有一層卻必須先請示。

「回王爺的話，若說要跟他們混在一起，那就少不得會跟著昇世子，也常到理親王府走走。這，」他率直地問道：「這不犯忌嗎？」

「不會。」福彭又加了兩個字：「有我！」

那就可以放心了。曹震辭出王府，先派人去辦阿元所託之事；然後換了衣服去訪成記木廠的掌櫃楊胖子。

「震二爺，是那陣好風把你老給吹來的。」楊胖子滿面笑容地從櫃裡迎了出來，「我正打算著這一兩天抽空上你府裡去請安；有件事跟你老商量。」

「喔，有事跟我商量。你說吧！」

楊胖子回頭看了一下，躊躇著說：「這裡不是說話的地方。震二爺能不能先請坐一下，等我打發了那些朋友，陪震二爺去個地方，好好兒談。」

「是甚麼地方，我來赴約好了。」

「不，那不方便。」

「好吧！我等你。」於是楊胖子將曹震讓到客座，派人招呼茶水；道聲「少陪」，匆匆走了。

曹震心裡在想，楊胖子要跟他商量的，與他要跟楊胖子商量的，也許是同一件事。倘或推測不誤，那就該讓他先開口，以逸待勞，話就好說得多了。

車子到了楊梅竹斜街，下來一看，是弋陽腔「六大名班」之一，「集慶部」的「下處」。伶人的住處，名為「下處」，有大小之別，「大下處」是「班底」所住，稍有名氣的伶人，另占一座院落，布置精潔，足以款客。通常都冠以堂名；楊胖子帶曹震來的這個下處，名為「春福堂」，是兩個人一起住，一個叫開喜，唱小旦；一個叫曾蓮官，唱小生。楊胖子就是曾蓮官的「老斗」。

那座院落不大，正屋三間，另帶兩間廂房。曾蓮官住的是正屋東面那一間，屋子裡生得極旺的炭盆；曾蓮官只穿一件寶藍寧綢夾袍，上套一件玄緞琵琶襟的坎肩，腳上是一雙薄底雙梁鞋，梳一根油鬆大辮。衣衫雖薄，卻以炭火所熏，臉上白裡透紅，像中了酒似地。

「這位是曹老爺。」楊胖子說：「你也跟我一樣，叫震二爺好了。」

「震二爺，你好！」曾蓮官蹲身請了個安，「我叫蓮官，你多捧場。」

「好說，好說！」曹震拉著他的手問：「你今年多大？」

「十九。」曾蓮官轉臉問楊胖子：「是先喝茶呢，還是就喝酒？」

「就喝酒吧。」楊胖子又說：「拿紙片。」

「喳！」屋外有人應聲，聲音極其響亮。

這是下處的規矩。「拿紙片」是為了「叫局」；叫局自然要擺酒請客，這是進財的事，所以窗外伺候的夥計，必得高聲應客，表示恭敬，猶在其次；主要的是讓「花錢的大爺」覺得有面子。所以這些「胡同」裡，流行兩句口號：「得意一聲『拿紙片』；傷心三字『點燈籠』。點燈籠賦歸，自是黯然魂消，所以謂之『傷心』。」

當下有個穿半截黑布棉袍的夥計，手端一個木盤，掀簾而入，盤中有筆墨，另外一疊粉紅色的紙片，上印「春福堂」字樣。楊胖子持筆在手，看著曹震說：「報名吧！」

「我沒有熟人。」

「我給震二爺舉薦一個人。」曾蓮官向楊胖子說：「開喜今兒沒有客。」

「對了，開喜不錯。如果不中意，回頭再叫。」說著，楊胖子提筆寫了「本堂開喜」四字，隨手交了給夥計。

「還有別的客沒有？」曾蓮官問說。

楊胖子躊躇了一下，向曹震徵詢意見：「兩個人喝酒，好像太冷清了一點兒。」

「那就把你的同行找幾個來。」

「不能找同行。」

這就很明白了，他是要談一樁買賣，怕同行相妒，必須隱瞞。曹震便即答道：「你不找同行，我也不找內務府的朋友。」

兩人相視一笑，莫逆於心；楊胖子忽然說道：「我倒想起一個人來了，把令弟芹二爺請了來，怎麼樣？」

「也行！」曹震對曾蓮官說：「勞駕，看我的人在那兒？」

他是指魏升，已在門房裡烤火喝酒了；臉上喝得通紅地走了來，曹震一見便開罵了。

「好猴兒崽子，我這兒還沒有動靜，你倒先喝上了。」曹震接著又說：「你趕緊去一趟，把芹二爺接了來。別說我在這兒。」

「那麼，說在那兒呢？」

「混帳東西，你不會自己編嗎？怎麼著，你是喝醉了不是？」

主僕之間，原有戲謔的意味；所以魏升面不改色，笑嘻嘻地走了。

「咱們先談正事吧！」曹震又說：「回頭人來了，不便。」

於是，乘曾蓮官指揮下人擺桌子的空檔，兩人避到一邊，促膝而談；楊胖子一開口，便知彼此要談的，正是同一件事。

「說要替大阿哥造墳，震二爺你聽說了沒有？」

「不但聽說了——，」曹震驀然頓住，停了一下方又開口：「你先說你的吧。」

「我的意思，還是仰仗你老的大力，把這個工程拿了下來。」

「嗯，」曹震只應了一聲，並無別話；是要等楊胖子說下去。

「仍舊跟上次那樣，四成實領；我另外送震二爺半成。你老看呢？」

「這都無所謂，反正有『大模樣』擺在那兒，錯不到那兒去。不過，這回的工程，要做得漂亮。」

「反正照圖施工，要漂亮，工料就得多開。」

「能多開，還用我跟你提這話？」曹震又說：「這回提調是不是派我，還不知道；就派了我，是憑我一句話呢，還是得看圖樣比價，也不知道。你如果有心兜這注買賣，可別先存著撈一票的心，扎扎實實幹，讓十六爺他們說一聲：這姓楊的胖子不錯。以後，就夠你瞧的了。」

這時曾蓮官在喊了：「兩位爺請過來坐吧，酒燙好了。」

「就來！」曹震答了這一聲，轉臉問問楊胖子：「這個人怎麼樣？嘴緊不緊？」

「緊！震二爺有事儘管談。」

「還有一個呢？」

「也一樣。」

還有一個是指開喜，他比曾蓮官大一歲，但看上去反顯得稚氣；且因是唱旦的，總不免有些忸怩作態的模樣。曹震不好此道好美婦人，看開喜無甚出色，便不大理會，只跟楊胖子喝酒談心。

「要替大阿哥修墳的消息，你是那裡來的？」

「理王府的人告訴我的。」

一聽理王府，曹震不由得添了幾分注意，「你認識理王府的甚麼人？」他問。

「是一個管事的，姓姚。老姚是能在理王面前說話的人。」

王府用人甚多，能到得「王爺」面前，便算有面子的人了；何況還能進言。曹震心想，此人不妨結交，以後一定會有用處。

於是他問：「你跟這老姚是怎麼認識的？」

「那年老理親王在鄭家莊修墳，是我跟桂記木廠合辦的；有事要請示理王，都託老姚傳話。就這麼熟了。」

「光是熟，交情呢？」

「不壞。」

「幾時替我引見引見。」

這本是極平常的一件事，那知楊胖子竟有遲疑之色，這就使得曹震不能不詫異了。

「怎麼回事？莫非這還難倒了你不成？」

「不是難倒我。其中有個緣故，老姚身分不高，據說理王從小是他抱大的；可是身分雖不高，架子倒還挺大，如果跟震二爺稱兄道弟，平起平坐，你老受了委屈，心裡一定罵我楊胖子是混球，話不先說明白。」楊胖子又加了一句：「你老若是不在乎，我明天就可以把他約了來。」

曹震當然不願受此委屈，笑一笑說：「那就擱著再說吧！」

「幾時我來探探他口氣，他總也知道震二爺是平郡王的舅爺，也許禮貌上不同一點兒。」

「不必，不必！」曹震連連搖手，「我在外頭，從不說我是平郡王的至親。那樣近乎招搖，最犯忌。」

「震二爺的人品真高，」楊胖子說：「你們姐兒倆敬震二爺一杯酒。」

「甚麼『姐兒倆』？」曾蓮官一掌打在楊胖子的胖手上，接著捏住皮肉，順手一擰，疼得楊胖子殺豬似地喊了起來。

「唷，唷！快放手，快！」

「你先改口。」

「改甚麼口？」

「你還裝糊塗！」曾蓮官又一擰，這回疼得楊胖子額上見汗了。

「好，好！不是姐兒倆，是哥兒倆。」楊胖子對開喜說：「你快跟你兄弟一起敬震二爺的酒。」

聽得這一說，曾蓮官才放了手，卻掩口一笑，舉酒向曹震說道：「震二爺覺得好笑吧？」

「不是好笑，是有趣。」曹震笑道：「楊胖子大概疼在手上，樂在心裡。」

「還樂呢！」楊胖子哭喪著臉，將他的胖手伸過來，只見手背上又紅又腫一大塊。

「蓮官，」曹震知道楊胖子喜歡打情罵俏，趁勢說道：「你替他揉揉。」

曾蓮官笑一笑，從袖筒裡抽出一方雪青綢手絹，按在楊胖子手背上輕輕揉著。

「蓮官，」曹震說道：「倒看不出你的手勁還真不小。」楊胖子接口：「他是唱翎子生的，從小就打把子；手上、腳上很有兩下子呢！」

「原來如此，倒失敬了。」曹震對戲不外行，隨又說道：「幾時煩你一齣。」

「你還不快請安道謝！」楊胖子抽回手來說：「震二爺肯捧你，就是你的造化來了。震二爺捧人是有規矩的，一套行頭，一堂『守舊』，夠風光的！」

聽得這一說，曾蓮官果然站起身來，恭恭敬敬地請個安說：「謝謝震二爺栽培。」

曹震是做過那麼一次闊客，煩一個小旦唱《斬竇娥》送了一套行頭，一堂守舊；此時楊胖子為他誇耀，他不能不承認，當下說道：「快起來，快起來，值不得甚麼。我倒聽聽你會那幾齣戲？」

他的話還沒有完，開喜已取了兩個戲摺子來，請曹震挑選。翎子生不外周瑜、呂布，那套行頭做起來所值不貲，曹震覺得有些犯不著，當下挑了一齣《石秀探莊》，羅帽箭衣，費用省得多。

「日子呢？」曾蓮官問。

「那得等守舊做起來才能唱，年外的事了。」又是楊胖子發言。

曹震心中一動，「看元宵行不行？」他看著楊胖子說：「你如果上點勁，能將守舊行頭催著趕出來，元宵那天，我好好請一請客。」

「行！」楊胖子問曾蓮官，「守舊上繡點兒甚麼花樣？」

「不就是那些老套，還能出甚麼新樣兒嗎？」

「怎麼不能？」曹震倒鼓起興致來了，「你等一等，等我兄弟來了，替你出個新樣兒。他還會畫，也許就替你畫個稿子，交盔頭作照樣子繡。」

「震二爺的這位令弟，號叫雪芹，也是行二，我們管他叫芹二爺。」楊胖子的話又多了，「你們要逛廠甸，一提曹家的芹二爺，沒有人不知道的；真正是少年名士。」

梨園這一行，有些人特別熟悉「名士」這個稱謂，聽得多了，印象中脾氣大，出手寒酸，無甚好感；但加上「少年」二字，便覺不同，再有「曹家」字樣，頓時將這「少年名士」在感覺中化為「少年公子」了。

因為有此感覺，開喜的心就更熱了；他將曾蓮官的戲摺子收了起來，交回原主，口中說道：「你的事定局了。」

桌上還剩下一個戲摺子，加以他的那句話，等於表示，曹震應該一視同仁，也挑一齣戲捧捧他。在九陌行塵中也有闊客之名的曹震，當然不能聽而不聞，偽裝糊塗。

「該輪到你了。」他從從容容地開口，要讓人覺得他捧開喜，原有成算，並非臨時起意。

「二爺，」開喜格外巴結，「我先唱一段你賞賞耳音。」說著，將戲摺子攤開來，雙手捧了過去。

「暫時不必唱，你自己說吧，願意唱甚麼？」

「我想跟蓮官配一齣。」

開喜出了這個題目，大家便都在想翎子生跟小旦合唱的戲；曹震此時已另有打算，「羊毛出在羊身上」，花錢不必心疼，當即想到了一齣戲。

「你們配一齣《鳳儀亭》吧！」

唱《鳳儀亭》，自然是曾蓮官的呂布、開喜的貂蟬。這齣戲很熱鬧，是齣能「保人」的戲；蓮、喜二人最高興的是，平白能得一身華麗的行頭，所以無不笑逐顏開。

「不過，《探莊》還唱不唱呢？」楊胖子問。

「雙齣太累了吧？」

「不！」曾蓮官自告奮勇，「震二爺這麼賞面子，累一點兒怕甚麼？」

「你要是不怕累，我倒有個主意。」楊胖子說：「《鳳儀亭》接下來再唱《白門樓》。」

曹震覺得這個主意不錯，看著曾蓮官問：「怎麼樣？」

「你二位說怎麼樣就怎麼樣。」曾蓮官說，「打明兒起，我就理這兩齣戲。」

「《白門樓》是他的拿手戲。」楊胖子得意地向曹震說：「先看他那個一『跺泥』，金雞獨立的大段唱工，就不枉震二爺你替他裝那身行頭了。」

曹震點點頭，喝著酒沉吟；好一會才說：「等我明兒見了昇世子再說，果然把提調的差使派給我了，我得好好兒請一回客。老楊，你可得多幫我一點兒忙。」

一聽這話，楊胖子又驚又喜，「原來提調是震二爺！真是真人不露相。」他說：「震二爺，你請放心，明年元宵請客的事，都交給我了。」

這一來，席面上越發添了幾分興奮的氣氛；曾蓮官跟開喜爭著出主意，就「集慶部」的班底派出八齣戲，算一算辰光，午前開戲，得唱到四更天才能煞尾。

曹震成算在胸，聽他們談得起勁，卻不作任何承諾。等談得告一段落時，魏升已回來了，卻無曹雪芹的蹤影。

「芹二爺想來不能來。」魏升說道：「太太身子不舒服。」

「喔，」曹震有些不放心，「是怎麼了，氣喘病又犯了？」

「是。聽說犯得還很凶。」

於是曹震的興致便大減了。楊胖子也看出他的心事，向曾蓮官使個眼色，不再鬧酒。

「拿粥來吧！」曹震將餘瀝一口吸乾，放下杯子說：「老楊，你這幾天跟那姓姚的，多套套近乎，打聽打聽理王府跟怡王府有甚麼新聞。」

理親王府說不定會有新聞，是楊胖子隱約聽內務府的人談過的；何以怡親王府也會有新聞，不免令人詫異。

「喔，」曹震又格外叮囑：「你也別顯得太熱心，偶爾有意無意，引他們開口，你只多聽就是。」

「我明白。」

等吃完粥，傳喚「點燈籠」時，乘蓮、喜二人不在面前時，曹震問道：「怎麼開銷？」

「你甭管了。」

明知會有這樣的回答，不過曹震不能不說句門面話。過節交代過了，出門預備上車；曾蓮官和開喜都送了出來，夾弄很長，也很狹，開喜擠到曹震身邊，握住了他的手並肩而行，到得轉角處，開喜低聲說道：「震二爺在那兒應酬，可別忘了招呼我。」

「不會忘。不過，我不大出來應酬。」話一出口，曹震覺得這種天氣，潑人冷水，未免殘忍，便又說道：「你明兒跟蓮官好好兒理戲，別丟我的面子。」

開喜不作聲，只緊捏一捏他的手，作為回答。

回到家二更剛過。平時曹震在外應酬，除非事先有話，錦兒與翠寶總要等到三更天；那時候如果還未回家，便由當夜的人守候。這天回家，卻只見錦兒在燈下枯坐；翠寶所住的廂房中，一片漆黑，這是從未有過的情形。

不過他是心中納悶，口頭卻不提；只提馬夫人的舊疾復發，說他是打發魏升去請曹雪芹才知道的，「你明兒看看去。」曹震面有憂色，「聽說來勢不輕呢！」

「就因為來勢不輕，翠寶趕了去看了。」錦兒答說：「本來我要去的；她說天氣太冷，勸我在家，她去照應。其實，我還是去的好，在家牽腸掛肚，倒不如守在那兒，心裡反倒踏實。」

「翠寶今兒還回來不回來？」

「這麼冷，又是晚上，回來幹甚麼？自然睡在那裡。」錦兒又問：「今兒王爺找你幹甚麼？」

提到這上頭，曹震的興致好了些，「大概又有一個差使派我。」他說：「睡吧！我明兒還得起早呢。」

起早是為了到恆親王府去見弘昇。曹震見過他，但從未交談；所以這一回等於初見，按規矩得要磕頭請安。

「請起來，請起來。」弘昇很客氣地說：「我聽平郡王提過你，說你很能幹，也肯巴結。」

「昇大爺太誇獎了！」

「你在泰陵上當過差？」

「是。」

「陵工你是內行？」

「不敢說內行。」曹震很小心地答說：「不過那時候日夜釘在大工上，其中的毛病，大致都還得看得出來。」

「你看陵工上最該留心的是甚麼？」

「這無非料跟工兩樣，驗料一定要親自過目；查工得細點人數。反正一句老古話：勤以補拙。」

他不誇自己的本事，只著重在巴結差使；弘昇頗為滿意，點點頭說：「皇上派我修皇太子的園寢，我打算讓你來管工，你可得好好兒幫我的忙。」

「昇大爺言重了！」曹震一面請安，一面說：「昇大爺栽培，我不敢不盡心。」

「辦事原就是盡心二字。」弘昇又問：「你跟木廠很熟吧？」

「熟是熟。不過那班木廠掌櫃，見我都有點兒頭疼。」

「喔，為甚麼？」

「回昇大爺的話，要盡心，就不能不頂真；一頂真就遭忌了。」

「好！這一說，你倒是真能實心辦事的。」弘昇問道：「你看，那幾家比較規矩？」

「這還得去打聽。」

「咦！」弘昇詫異，「你不是很熟嗎？」

「是。不過那是前兩三年的話，如今情形不大清楚，我不敢大意胡說。」

「木廠是大買賣，牌子做出來了，不會差到那兒去的。你只說前兩三年的話好了。」

「是！」曹震答說：「前兩三年，最規矩的有兩家，一家成記；一家桂記。」

「嗯，嗯。」弘昇沉吟了一下說：「明兒你到工部去找該管的司官，問他們園寢的圖樣出來了沒有；如果出來了，你叫那兩家木廠，開個工料單子來。」

「是！」曹震接下來請示，「回昇大爺，陵寢工程用料好壞、施工粗細，出入很大。太子園寢是要講究呢，還是看得過去就行了，得請昇大爺先交代下來。」

弘昇遇到了難題——派他督修端慧皇太子園寢這樁差使，便有些難以消受；因為他知道皇帝的用心，有意如此鋪張，等於明白告人，皇位必是父死子繼，永璉雖已夭逝，將來還可另立太子。這在理親王看來，心裡不免嘀咕；誤會到弘昇得此差使，是改變態度，擁護「今上」的一種跡象。如果園寢修得講究，理親王的誤會將會加深。

倘說只要「看得過去就行了」，這話一傳到皇帝耳中，也很不妥，因而躊躇著始終下不了決斷。

「昇大爺，我倒有個主意。」曹震獻議，「無例不可興，有例不可滅，像這些事最好參照成案，就不怕甚麼不負責任的議論了。」

「啊，啊，說得不錯。」弘昇完全接受，「可是，這有成案嗎？」

「有！順治爺的小阿哥榮親王，不是有園寢嗎？」

「對了，不是你提，我還想不起。準定照榮親王的例子，誰都沒話說。就這麼辦，就這麼辦。」

「是。」曹震接著又說：「這得昇大爺下個條子，我才好跟工部去交涉。」

弘昇想了一下，覺得這個「條子」對皇帝、對理親王都有了交代，可以寫得，當下點點頭說：

「好！我馬上寫。」

「再跟昇大爺回，工部的司官很難纏，多年的老案，也許懶得去找；弘大爺的條子上要寫得扎實。」

「怎麼才能扎實？」弘昇說道：「乾脆你唸我寫。」

「不敢！」曹震往後退了一步，作個遜謝不遑的表現。

「不要緊。既然一起辦事，只要把事情辦妥，細節不必拘泥。來吧！」

說著，他已走向書案落坐，曹震趕緊上前將紫檀硯盒蓋掀開，濡水磨墨；借此打腹稿。及至弘昇拈筆在手，抬頭用目光催促時，曹震便即唸道：「端慧皇太子園寢，應造享殿五間及使用綠瓦等情，業經履親王議定，奉旨准行在案。一應施工細節，著參照榮親王園寢成規辦理；即速洽請工部該管司員，檢出順治年間原案，以便查看。毋得違誤切切！」等弘昇寫完，曹震又唸：「右仰提調官曹震知照。」

第二天一早，曹震興匆匆地趕到工部。工部四司，以營繕司為首；但陵寢大工歸四司之末的屯田司掌管，曹震因為修過泰陵，跟屯田司的司官很熟，交情最好的一名宗室，太祖第三子鎮國公阿拜之後，名叫富勒森；兄弟間居長，人稱「富大爺」，其實很窮，曹震因為他沒有「黃帶子」的架子，常常有所接濟，情誼日密，幾乎像異姓手足一樣。

這天去得太早了，司裡的老爺們，都還沒有上衙門；有個蘇拉李三認識曹震，上來大獻殷勤。曹震閒著無事，便跟他打聽陵工檔案的情形。

「那歸『黃檔房』管。」李三答說：「得找楊書辦。」

「喔，」曹震問道：「楊書辦不知道來了沒有？」

「來是來了。」李三略顯得猶豫地，「曹老爺最好等富大爺來了再找他。」

聽得這話，料知其中必有緣故；曹震便不再多問，靜靜地候了個把時辰，方始等到腳步姍姍的富勒森。

「老二，恭喜啊！」富勒森一見面便說：「我也是剛得到的消息，說你得了修太子園寢的差使。」

「託富大哥的福。」曹震請了個安，陪著笑說：「正為這件事，來看大哥。」

「喔，甚麼事你說吧！」

等曹震道明來意，富勒森立刻便叫蘇拉，把「黃檔房」的楊書辦請了來。此人一雙三角眼，面無四兩肉，一望而知是很難惹的人。

「這是曹老爺，內務府的紅人。」富勒森說：「有點事想麻煩你。」

楊書辦翻一翻三角眼，斜睨著曹震說：「這位曹老爺，倒像在那兒見過？」

曹震也覺得他有些面善，細細一想，不由得暗叫一聲：「壞了！」原來楊書辦在未調到黃檔房以前，本在營繕司管工，有一回奉派到平郡王府去勘估修正殿的工程，因過於浮濫，平郡王命曹震拿了估價單交還給他，記得當時說過一句：「簡直胡鬧。」這時他的神氣，顯然記著那段恨了。

此刻有求於人，不能裝不認識；但也不便再提以前的過節，只微笑著說：「是的，我也覺得在那裡見過。內務府跟工部就像一家，以後還要請多關照。」

「好說。」楊書辦冷冷地答了兩個字，轉眼看著富勒森，等候他答話。

「楊書辦，請你把榮親王園寢的老案調出來。」

「榮親王？那位榮親王？」

「就是順治爺的四阿哥。」

「順治年間的老案嗎？」

「是的。」曹震回答。

「沒地方找去。」楊書辦屈著手指說：「康熙六十一年、雍正十三年。加上順治，如今是乾隆，四朝的老檔，說甚麼也找不著了。」

一面說，一面使勁搖頭，眼望著別處，那副拒人於千里之外的神態，使得富勒森大起反感，當下用呵斥的聲音說：「你沒有去找過，怎麼知道找不著？檔案不是按年分包起來的嗎？順治一共才十八年，就算一年一年找，也費不了多少事。再說榮親王下葬，一定是順治十幾年的事，那會找不著。」

曹震怕他臉上掛不住，趕緊轉圜似地說：「年代久了不一定找得到，不過是上頭交代的，不能不盡人事，勞駕，勞駕！」說著，連連拱手。

「哼！」楊書辦冷笑一聲：「好個上頭交代！富大爺不也是上頭交代嗎？請吧，我陪你去找。」

曹震不疑有他，欣然跟著楊書辦到「黃檔房」；實在就是倉庫，一共三進。開進門去，霉爛之氣，撲面而來；腳下軟軟地像踩在毯子上，等楊書辦拉開一扇天窗，才發現地上所積的灰塵有寸把厚，大概從來就沒有打掃過。再抬頭看時，密密排排的木架，高與屋齊，架子上是一個個的大紙包；下層的紙包，細看還可以發現塵封的梅紅紙籤，中上層的紙包，根本就無從辨識，裡面是甚麼檔案。

「曹老爺，」楊書辦問：「還找不找？」

意思是讓人知難而退，曹震急切間卻辨不出他的絃外之音，毫不思索地答說：「找啊！自然找。」

「好，找！」楊書辦扯開嗓子，向外喊一聲：「來個人！」

「來囉。」

應聲而至的是個楞頭楞腦、十七八歲的小夥子，名叫三順；依楊書辦的吩咐，將一張梯子，架在東首第二座木架旁邊，人站在梯旁待命。

「曹老爺，你要找順治那一年的？」

這下將曹震問住了，「哎唷！」他說：「我可還不知道榮親王是那年下葬的。」

「不要緊！等我來查一查簿子。三順，你把順治年間的檔案簿給找了來。快！」

三順答應著走了。楊書辦卻又追出門去，叫住了他，不知說了些甚麼。等曹震慢慢踱了過去，三順已將一大疊粗藍布面黃籤條的檔案簿取了下來。

這時楊書辦已在進門的一張桌子後面坐了下來，架起銅腳老花眼鏡，細細翻閱，足足有兩刻鐘功夫；曹震站得腿都痠了，只能忍著。

「有了，順治十五年，三順，領曹老爺去看。」

三順領著曹震到了原處，「曹老爺，」他拿一支竹竿，在木架上層指指點點：「這幾包大概就是；可不知道是那一個月的？」

「取下來都找一找好了。」

「好。」

三順爬上梯子，拿竹竿一撥；曹震只見當頭有物砸到，叫聲「不好」，趕緊往後避開，只聽「噗」地一聲，頓時塵土飛揚，口中鼻中，皆有異味，大咳大嗆；即令趕緊以手遮口，還是吸進了不少泥土。

曹震勃然大怒，但就當要發作的那一刻，很聰明地忍住了。不用說，是楊書辦指使三順，故意弄點苦頭給他吃。如果不識趣，還不知道有甚麼惡作劇的花樣在後頭。

「怎麼回事？」楊書辦躲在遠處，假惺惺地問：「怎麼讓曹老爺嗆著了？」

「沒事，沒事。」曹震也大聲回答；接著向三順說：「來，來，索性再麻煩你，把這包檔案弄過來，我到亮處好找。」

檔案包搬到門口，人也到了，楊書辦一看曹震的那張臉，幾乎只看得出四個洞孔，大的是雙眼，小的是鼻孔，亦不免歉然；更怕他到富勒森那裡去訴苦，說不定會有一場風波，因而趕緊採取了安撫的手段。

「你簡直是混球！」他瞪著眼罵三順，「你看看把曹老爺折騰得這個樣子？還不快去打盆熱水來！」

三順是受了指使，不想卻又挨了頓罵，有些不大服氣；這時曹震反倒著急了，怕三順反唇相稽，抖出真相來，楊書辦的臉上下不來，會弄成僵局。

幸好，三順總算忍住了，嘟著嘴往外走；楊書辦便親自將懸在壁上的布撣子摘了下來，一面連連道歉：「曹老爺，真對不起，真對不起！」一面將曹震拉到門外，說一聲：「老爺請閉上眼睛。」接著為他身上撣灰。

曹震心想，這下事情大概能順利了；這場苦頭，不會白吃。等三順打來了臉水，略略洗了一下，開口說話，先改稱呼叫「老楊」。

「老楊，我做個小東，咱們先洗澡，後喝酒。」

「那裡，那裡。該我做個東，算是給曹老爺陪罪。」

「這叫甚麼話？老楊，你這一說，我的東可是做定了；若是讓你請我，不就成了甚麼陪罪了嗎？」

「是，是！我今兒擾曹老爺的，我先給你道謝了。」

「小事，小事，值不得一提。不過，老楊，我的公事可不能不辦。」

「那也是小事，」楊書辦略一沉吟，「這樣，調老檔不是一時三刻的事，而且挺累，曹老爺就不必等了。你老把公館地點告訴我；準明兒上午，我撿齊了送到公館。只要真有榮親王園寢的黃檔，我一定能找出來。你老放心好了。」

結果竟是不打不相識，曹震自是心滿意足；當下問道：「老楊，你看要不要約一約富大爺？」

司官與書辦的身分不同，但交往之間，不一定受身分的限制，大致硜然自守的司官，跟書辦總有一段距離；而性情隨和的就無所謂了。若是不怎麼看重操守的司官，私底下跟書辦稱兄道弟的也多得是。因為各人關係不同，所以曹震得先探問明白。

楊書辦跟富勒森的關係，極其平常，如果富勒森願共遊宴，他當然亦無所謂，於是答說：「這得看富大爺的意思。」

聽這一說，曹震心裡有數了，當下去看富勒森，也不提搞得灰頭土臉的事，只說想約楊書辦「下澡塘子」，問他可有興同行？

「老二，你跟他兩個人去吧。有些話，當著我，你們就不便開口了。」

曹震領會他的意思，點點頭說：「那也好。」接著又問：「這個年過得去吧？」

「那，」富勒森笑笑答說：「年年難過年年過。有你在，我怕甚麼？」

曹震亦不答話，只報以一笑；然後跟楊書辦一起閒談著向外走去。

經過工部大堂時，曹震忽然想起一個傳聞，便即站住腳問：「老楊，我聽說這裡有一處古蹟，是怎麼回事？」

楊書辦楞了一下，旋即省悟，「喔，」他指點著說：「喏，在這裡。」

所謂「古蹟」是工部大堂屏風後面，門檻內外各有一塊方二尺許的鐵磚；相傳是石崇的金谷園中的舊物。

聽此說明，曹震不免懷疑，「石崇是晉朝人，一千多年前的東西，還能留到現在嗎？」

「原是鬼話。」楊書辦答說：「這裡進出的人，方磚要不了多少天就踩爛了，所以安上兩塊鐵磚。不過，倒是明朝的東西，一千多年沒有，一百多年是有的。」

「總算也是古蹟。」

那楊書辦看起來是個粗濁小人，其實頗通文墨，經常愛在琉璃廠走走；聽「內務府的老爺們」居然知道石崇是晉朝人，覺得可以談談，便又說道：「我們這屯田司有一聯對子，是翰林院的前輩都佩服的。」

說著，已經到了屯田司公署門口，只見垂花門上掛著一副烏木鏤藍字的對聯，一筆軟媚的趙字，寫的是「粉署共宣猷，舊雨常懷杜工部；詞人能作吏，曉風爭唱柳屯田。」

「這是絕對。」楊書辦問道：「曹老爺，你看如何？」

曹震只知道「杜工部」是指杜甫；「柳屯田」何許人就茫然了，因而只能誇上聯。

「難得老杜做過工部的官，正好用上了。」

「老杜不希奇，難得的是柳三變當過屯田員外郎，詩人對詞人，真是絕了。」

曹震亦不知「柳三變」的出典，惟有笑笑不作聲，而心中自語：「看不出這楊書辦的肚子裡，居然很有點墨水；言談之間，別讓他小看了，得搬個救兵才好。」

出了前門到大柵欄，找了家字號沂園的澡塘子，曹震解衣磅礴，好好洗了個澡，一面喝著燜透了的茶，一面問道：「老楊，咱們上那兒吃飯？」

「叫來吃好了。對面一溜吃食店，要甚麼，有甚麼。」

「不，不！太簡慢了。」曹震不待他再提異議，便作了主張：「四宜軒的徽州菜不錯，也近，就四宜軒吧！」

「只怕太破費了。」

「嗐，怎麼又提這個了。」曹震隨又對遞手巾把子來的小徒弟說：「你去看看，跟我來的人在那裡？」

於是將魏升找了來，當面交代他去請曹雪芹；順便看看馬夫人的病好了沒有。

「那是我一個堂弟弟，號叫雪芹，如今也算是八旗中的少年名士，我叫他來作陪，大概他能跟你談得對勁的。」

「啊，曹老爺，你太抬舉我了，也把我看得太高了，請位少年名士來陪我，豈不教人笑掉了大牙？」

「你別客氣，你肚子裡有墨水，只有我兄弟能對付。」

這兩句話將楊書辦恭維得飄飄然，覺得剛從浴池中出來的身子更輕快了。

楊書辦口中謙虛，心中明白，跟曹震談文墨，是個不適宜的話題。因此，在四宜軒中把杯閒話時，便只能談談風月跟官場的軼聞了。

話頭由內務府的筆帖式提到六部的書辦，這在楊書辦便有得談了，「戶部的書辦最多，有一千多人。」他說：「亦最闊。」

戶部管錢，脂潤之地，入息必豐，是可想而知的；但戶部書辦又必與兵部書辦勾結，因為最大的好處是軍費報銷，與兵部的職掌有關。此外發餉由戶部，但審核之權在兵部，彼此牽制，即成彼此勾結。

至於吏部掌文官的升遷調補，刑部遇有外省大案發生，工部遇有大興作，都是書辦發財的機會。

「恐怕最苦的是禮部了。」曹震問說：「禮部向來是窮衙門。」

「那也不然，只要腦筋精明，處處都可以搞錢。譬如禮部就有這麼一件案子；妙的是禮部的書辦，敲本衙門堂官的竹槓。」

「這也敢！」曹震大為詫異。

「不但敢，而且那位禮部尚書還很感激那個跟他同姓的書辦。」

這禮部的尚書跟書辦都姓陳。陳尚書的封翁是武官，「三藩之役」在江西陣亡；不久，陳太太生下一個遺腹子，就是陳尚書。這是康熙十七年的事。

到得陳尚書中舉成進士，由翰林循資陞轉，當到尚書時，老母恰逢七十整壽，既是節母，又是忠烈遺寡，陳尚書的同鄉，早就開始為陳太夫人請旌。公文一到禮部，當然以最快、最周到的辦法奏報；那知「堂稿」已經「畫諾」，公事將要出部時，陳書辦夤夜來叩陳尚書的門，說有緊要公事，非面稟「堂官」不可。

陳尚書已經歸寢，聽說是部裡書辦求見，大為不悅，當時傳話：「有事明天到衙門裡，請司官來談。」

「門上」如言轉告以後，陳書辦說：「是老太太請旌的事，明天公事一出去，就來不及了。今晚上無論如何要見，否則陳大人會後悔一輩子。」

聽得這話，陳尚書不能不披衣而起，接見時當然面凝嚴霜，望之可畏；只仰面問了三個字：「甚麼事？」

「是老太太請旌的事。」

「這是公事，司裡會辦，何用你來見我？」

「大人，」陳書辦說，「公事在我那裡。這件公事要出部，大人要花一萬銀子。」

陳尚書氣得發抖，戟指厲聲，「你、你、你，」他張口結舌地，「索賄索到我頭上來了。」

「大人請息怒。」陳書辦從容不迫地說：「這一萬銀子，不是我要。我完全是為了大人，白當差而已。」

陳尚書怒氣稍平，想了一下問：「不是你要是誰要？」

「我想先請問大人，」陳書辦依然慢條斯理地，「老太爺是康熙十七年在江西陣亡，那時老太太二十歲，遺腹生了大人；如今老太太七十大慶，算起來大人應該五十一歲，可是——。」

這就不必等陳書辦說完，陳尚書便已省悟，頓時汗流浹背。原來陳尚書實足年齡雖是五十一歲，但官文書上的記載只得四十九歲。既為陳太夫人請旌，當然要細敘平生，二十歲生遺腹子，到七十歲，遺腹子應該五十一；倘是四十九歲，則為夫亡再醮，與後夫生之子。如有言官以此為言，即令辨得明明白白，已是騰笑天下了。

「啊，啊！」陳尚書改容相謝，「陳書辦，你說這件事該怎麼辦？」

「辦法當然有。報考少報年歲，是常有的事；不過大人是『入學』時就少報了兩歲，所以要更正年歲，比較麻煩，從原籍由縣而府，由府而道，由道而省，一直到吏部、禮部，所有檔冊紀錄的年歲，都要改過。幾十年的老案，調出來很費事；這一萬銀子，不知道還夠不夠。反正小人總是白當差的了。」

講到這裡曹震插嘴了，「話不錯啊！」他說：「陳尚書這一萬銀子，可不能小氣了。」

「豈止於不小氣，另外還犒賞了陳書辦一千兩。」楊書辦喝口酒說：「凡事要識竅。陳尚書是識竅的；倘非如此，一定有『都老爺』動摺子，那時候，陳尚書說不定就有終天之悔。」

「終天之悔？」曹震問道：「這話怎麼說？」

「像這種情形，原是錦上添花的喜事。老太爺勤勞王事，為國捐軀；老太太撫孤守節，教子成名，如今七十大壽，奉旨建坊旌表，曹老爺你想，壽序、壽詩，有多少敘不完的風光？那知有人參奏，年齡不符；上諭必是『著令明白回奏』，回奏明白，已經大殺風景。有趣變成無趣，倒還是小事；七十歲的節母，說她那個遺腹子是怎麼個來歷，那一下說不定就是鬱塞得一命嗚呼！陳尚書豈不就會有終天之恨、終天之悔？」

「是、是，老楊你這議論很透澈。」曹震不由得感嘆：「世上有許多事，禍福都在一念之間。陳尚書如果自以為是禮部堂官，想省這一萬銀子，拿大帽子壓下去，那就糟了。」

「可不是！俗語說，識時務者為俊傑；其實識時務以外，還要看得透。譬如一場大征伐下來，凱旋還朝，皇上正在高興的當兒，拿軍費報銷一下子辦妥當，再浮濫也不要緊。倘或拖泥帶水，今天一案，明天一案，皇上那股打了勝仗的熱呼勁兒一過去，看摺子看得很煩了，一定會出事。」

這話使得曹震別有會心。平郡王掛大將軍印專征的軍費，到現在還在兵部逐案審核，尚未了結；看樣子倒要勸一勸平郡王，索性花一筆錢，一次清理結案為妙。

「曹老爺，」楊書辦突然問道：「你老這回得了這個差使，有甚麼打算？」

這話問得突兀，言外有意，卻不知其意何在，曹震便謹慎了。

「老楊，你是老公事，我倒要請教你，該怎麼打算？」

楊書辦沉吟了一會問道：「曹老爺，你不在乎我說老實話？」

「當然、當然。原要說老實話，才能交得上朋友。」

「曹老爺拿我當朋友，我可真不能不說。這回的差使，你老別打算剩下多少錢；不是說錢不要，是要把錢花出去。」楊書辦又說：「你老連得兩回陵工差使，眼紅的人不少；財去身安樂，那才是聰明人。」

曹震聽得這話，深為警惕；臉色也凝重了。前前後後想了一遍，方始拱手道謝。

「老楊，你這真是當我朋友，才說得這麼直；我想我無意中得罪的人，一定不少，雖說我常常在留意，找機會彌補，不過見不到的地方也很多，老楊，你可得多關顧我。」

「言重、言重！」楊書辦略停一下又說：「有幾位『都老爺』，年下窘得很；雪中送炭，宜乎及時。」

「嗯、嗯，說得不錯。」曹震連連點頭，「我要快辦。」

談到這裡，魏升回來了，卻無曹雪芹的蹤影；據說從保定請來一位專治氣喘的名醫，這天下午可到，曹雪芹要接待醫生就不能來應約了。

「太太怎麼樣？」

「時好時壞。」魏升答說：「我聽秋月姑娘在說：要能熬過年就好了。」

這意思便是只怕連年都熬不過。曹震不由得面有憂色。楊書辦不知他家的事，亦不知該如何安慰；當然，酒興是消失了，略略再坐一回，止飲告辭。臨走時問：「曹老爺，你公館在那兒？明兒上午我把你要的東西送來。」

「不敢當、不敢當。還是我自己去取。」

「不必！還是我送來方便。」

彼此辭讓著，結果折衷，第二天中午，仍舊約在四宜軒見面。楊書辦說要作東回請，曹震漫然應著，心裡已想好了該作東的主兒。

這個主兒便是楊胖子。由於曹震的囑咐，見了楊書辦格外客氣，一口一個「老宗長」，十分殷勤。

「咱們先辦正事再喝酒。」楊書辦掀開單間的門簾，向外張望了一下，走回來提起一個藍布包說：「這上面有硃筆，照規矩是不能拿出來的。東西很多，捲得很扎實，一打開來不容易收攏，帶回去細看吧！」

「是的、是的。多謝、多謝。」曹震接過藍布包轉交楊胖子，「你可聽見了。要謹慎，不相干的人不准看。」

「是。」

「老楊，」曹震從皮袍子口袋中掏出一張紅紙，遞給楊書辦說：「你倒看看，這張單子。」

是一張名單，即是楊書辦所說「年下窘得很」的幾位「都老爺」，一共十二個人，都是與內務府與工部有關的監察御史，其中倒有一大半是旗人。

「差不多。」楊書辦說：「還可以添兩三個人。」說著，從靴頁子拔出水筆，添寫了三個名字。

「怎麼送法？」

「這要看各人的交情，」楊書辦答說：「少則四兩，多則八兩，也差不多了。」

「不少了一點？」

「不少，不少！」楊書辦唸了兩句描寫窮翰林窘況的詩：「『先裁車馬後裁人，裁到師門二兩銀。』門生孝敬老師不過二兩頭，你送四兩到八兩，不為菲薄。再說，都老爺的週年盤纏，也不能指望你一個，全靠積少成多。」

「是，是！」曹震欣然說道：「那班都老爺，我一個不認識，更談不上交情；誰該多送，誰可以少送，索性拜託你代為斟酌。」

楊書辦自覺當仁不讓，便又坐了下來，細看名單，就那些御史對曹震的關係大不大，定節敬的銀數多不多，或則四兩，或則八兩，唯獨一個叫鄂多的名下註明「十六兩」。

「此人是富大爺的堂兄，境況也不怎麼好，你要多送了，富大爺也見你的情。」

這就足見得楊書辦為人打算，確是當自己的事那樣用心的；曹震欣慰道謝之餘，覺得此人可交。當下將楊胖子拉了一把，掀開門簾在穿堂中有兩句私話要談。

「你打算送他多少？」

「他」是指楊書辦。楊胖子伸出四指，比了一下。曹震會意，四兩過薄，四百兩太厚，應該是四十兩。

「總得一個整數。」曹震說道：「你這個貴本家，樣子刻薄，交上了倒是夠朋友的。一個整數算你我各送一半好了。」

「不必！你這麼吩咐，我遵辦就是。」

於是楊胖子將他的跟班找了來，匆匆囑咐了幾句話，回身入內，開始上菜喝酒。

「老宗長，要不要叫條子？」

「主隨客便，看曹老爺的意思。」

曹震也不說破，這天是楊胖子作東，只說：「如果問我，我不想叫；聽老楊聊聊掌故，也很能下酒。」

「是，是。」楊胖子會意了，清談才宜於深談。

邊談邊飲，不過三巡酒的功夫，楊胖子的夥計回來了，悄悄遞上一個紅封袋；等那夥計一走，他雙手將紅封袋捧著往楊書辦面前一擺。

「這是甚麼？」楊書辦問。

「一點小意思，請老宗長過年給孩子們買花炮。」

「太客氣了。無功不受祿。」

「怎麼說無功不受祿。」曹震手一指：「那不是。」

指的是楊書辦帶來的檔案；這下他覺得不必再辭了，正要道謝時，曹震卻又在他前面開了口。

「老楊，你打開來看一看。」

楊書辦抽出來一看，不免動容，「這太豐厚了！」他說：「絕不敢領。」

「老宗長，」楊胖子將他的手撳住，「咱們以後的日子長著呢！你要是不願交我這個朋友就算了；要交，就別客氣。」

楊書辦還待講論，曹震便搶著開口，「老楊，老楊，你再客氣就見外了。」他說：「交朋友不在一時，就算欠了情，難道還愁沒有補情的機會。」

曹震回家第一件事，是問馬夫人的病情。恰好翠寶也回來了；曹震滿懷希望，她會有好消息帶回來，因為自保定延請來的劉大夫，五世儒醫，專治氣喘，著手成春的傳說，不知凡幾，沒有理由治不好馬夫人的病。

「太太的病，不光是氣喘。」劉大夫說：「氣喘好治，有鬱症在裡頭就麻煩了。說甚麼『身靜心動』，一想起心裡放不下的事，氣血上衝，馬上就喘了。這個病，不是藥治得好的。」

「怎麼會是鬱症？」曹震大惑不解，「太太這幾年日子過得很平安，有甚麼事會鬱在心裡？」

「還不就是為了雪芹！」錦兒接口答說：「從杏香的兒子得了驚風以後，太太的心境，慢慢就不同了。秋月跟我談過幾次，也只是有機會勸一勸；不想鬱在心裡，成了病根。」錦兒痛苦地捶著額頭，「早知如此，一定早就有辦法了。」

「心病要心藥。」劉大夫說：「太太的病，能夠開懷安逸，可以帶病延年；光是吃藥沒有用。」

這「心病心藥醫」五字，將曹震與錦兒引入沉思之中——杏香生了個啼聲宏亮的兒子，乳名小芹，為馬夫人帶來常開的笑口；那知去年春天，有一日天氣突變，小芹得了驚風，不治夭折。馬夫人整整哭了兩天，笑容也就從此消失了。

「芹二爺年紀還輕，杏香既然能生第一個，不愁不生第二個。太太何必傷心？」

錦兒與秋月都是這樣勸馬夫人。起初倒還有些用處，但月復一月，杏香不復再有喜信，馬夫人就只拿她們的話當耳旁風了。

這時最不安的是杏香，不知何以不懷第二胎？卻又不敢將她的心事擺在臉上，只是私底下燒香拜佛，到處打聽何處有靈驗的種子方。如今看來，若有靈驗的種子方，正就是治馬夫人痼疾的心藥神方。

「今兒上午季姨娘也探病去了。」翠寶皺著眉說：「這位姨娘真是，甚麼話想到就說。話也許不錯，說得不是地方，不是時候，可就要闖禍了！」

「她闖了甚麼禍？」錦兒急急問說：「說了甚麼說不得的話？」

「她從太太屋子裡出來，跟秋月說：『我看太太的病，得要沖沖喜了。』嗓門兒還挺大。後來太太跟秋月說：『沖喜沒有用，倒是替我看一口好棺木是正經。』你們想，季姨娘那句話糟不糟？」

錦兒不作聲，心裡在想，曹雪芹一直未娶正室，也是馬夫人情懷抑鬱的緣故之一。此時如真能有一頭門當戶對的婚姻，趕著辦了喜事；馬夫人心境必然比較開朗，倒是真正的「沖喜」。

「就是你那句話，季姨娘的話其實不錯，不過不該以為有喜氣就可以沖掉晦氣。這件事，大家得好好商量。」

「商量甚麼事？」

「看看那家有合適的姑娘，娶了來給太太沖喜。」

「這不是一廂情願的事，先得問問雪芹的意思——」

「這一回，由不得他了。」錦兒不等曹震說完，便即搶著說道：「只要大家都覺得合適，非逼著他點頭不可。」

於是大家搜索枯腸，將熟人家待字閨中的女兒，一個一個都數到了。但若非才貌不濟，便是德性有虧，即令勉強拉攏了，亦必成怨偶。在馬夫人自然是要佳兒佳婦，始足以言安慰，否則反增煩惱，就根本不是沖喜了。

一場談論無結果。到得晚上，曹震因為白天勞累，早早歸寢；及至錦兒亦將卸妝上床時，只聽「呀」地一聲，房門被輕輕推開，出現了翠寶。

「二奶奶，」她悄悄說道：「你請到我那裡來。」

看樣子是有須避開曹震的話要說。錦兒一言不發，跟著翠寶到了她的臥室，方始開口問說：「有急事嗎？」

「不是說替太太沖喜嗎？我倒有個主意，二奶奶看行不行？」

翠寶說完，望著錦兒，是那種等待答覆的神氣。「傻瓜！」錦兒笑著說：「你不把你的主意說出來，我怎麼知道行不行？」

「喔，」翠寶也失笑了，「我在想，不妨讓杏香裝假肚子。」

這是常有的事，錦兒並不覺得她匪夷所思；很認真地想了一下，使勁搖著頭說：「不好！」

「怎麼呢？」

「現在是不錯，說杏香有了喜，太太心裡一高興，比吃藥都強。不過只能騙個兩三個月，到時候說是小產掉了，太太落得一場空歡喜，那比沒有這回事更壞。」

「不會是一場空歡喜。」

「照這麼說，是到足月了，得有一個孩子，算是杏香生的？」

「不錯。」

「孩子呢？」錦兒雙手一拍，「在那兒。」

「喏。」翠寶拉著錦兒的手去撫摸她的腹部：「這不是？」

錦兒頗為驚異，「原來你有了！」她說：「怎麼不早告訴我？」

「我也是這兩天才能斷定，還來不及跟你說。」

「二爺呢？也不知道？」

「當然應該先讓你知道。」

錦兒對她的答語，頗為滿意；點點頭細想了一會說：「這件事可以做，不過得好好商量，露不得一點馬腳。」

「要跟誰商量，二爺？」

「當然也要告訴他。」

「倘或他不肯呢？」

「不會的。我有話說得他一定肯。」錦兒緊接著表白，「我可得把話說在頭裡，不是我不喜歡你的孩子，你將來就知道了。」

接下來便商議讓杏香裝假肚子的步驟細節。整整談了半夜，錦兒方始歸寢，上床時驚醒了曹震；

他問：「剛才你好像不在屋子裡，是在翠寶那兒？」

「對了。」

於是她細說了她跟翠寶所談的事。原以為曹震會極力贊成，不道他聽完了竟不開口，大出錦兒的意料。

「怎麼你不肯？」

「不是我不肯。」曹震答說：「這件事只能騙太太，瞞不住別人。我怕會有人說閒，以為我在打甚麼謀產的主意。你知道的，老太太很有些好東西留給雪芹的。」

曹震有此顧慮是錦兒沒有想到的，但卻是實情。旗人的習俗，出嗣他人為子，往往是為了繼承遺產；因此從皇帝至旗主，下及各姓的族長，要示惠於某一個人，最簡捷的辦法，就是找機會利用職權，將此人指定為身故無子而留有大筆遺產者之後。如莊親王博果鐸，本是太宗第五子碩塞的長子，雍正元年下世，照宗法應在他的胞弟博翁果諾諸子中，擇一為後，但雍正皇帝卻特命允祿出嗣。承襲了莊親王的爵位，猶在其次；主要的是博果鐸豐厚的家業，可以讓允祿不勞而獲。

因為有此習俗，曹震如果以己子作為曹雪芹之子，這個祕密一洩漏，必有人會聯想到他是有意謀產。為了避此嫌疑，不願將翠寶腹中的孩子「割愛」，用心倒是光明磊落，但錦兒卻別有打算。

「這不過一時騙一騙太太。等雪芹將來自己有了兒子，或者太太百年以後，讓翠寶的孩子歸宗好了。再說，她也還不知道生男生女，反正一說杏香有喜，太太心裡一寬，就比甚麼藥都管用。」

「這話倒也不錯。」曹震同意了，「不過，事要做得周到，別鬧笑話。」

這又何勞囑咐，錦兒加上秋月，策劃得極其周密；知道這件事的，除她們倆便只有雙方男女當事人，一共只得六個。

果然，馬夫人從得知杏香「有喜」以後，心境轉佳，病勢亦逐漸減輕，加以開春天氣回暖，更於病體有益。杏香亦能善體親心，無事總是在馬夫人面前閒坐，想些有趣的話題，逗她破顏一笑——其實，她就不必開口，馬夫人望著她的由棉絮日漸填高的腹部，心裡便很踏實了。

到了四月裡，算起來杏香應已有六個月的身孕了；不道出了一個意想不到的變化，杏香居然真的懷了孕。「怎麼辦？」她亦喜亦憂地告訴了秋月，「六個月的肚子跟三個月的肚子差著好多呢！」

對這個弄假成真的喜訊，秋月亦頗困擾，畢竟她是老姑娘，對這些事頗不在行，只有將錦兒請了來商量。

「是不是還裝下去呢？」秋月問說：「如果裝下去，等『生』了以後，仍舊是那麼大的肚子，這話怎麼說？」

當然不能再裝了。她們倆相差三個月；倘說翠寶生子，作為杏香所出，那麼三個月以後，杏香將再度分娩，那不成了天下奇聞了嗎？所以錦兒所思索的是，如何想一套說法，將杏香的產期拖延下來。

「古書上常記得有懷孕十三個月才生的，那都是有名的大人物。除非拿這話哄太太，否則再無別的說法了。」

「哄不過的。只聽人說孩子不足月，從沒有聽說月份過了一兩月還不生的。倘或這樣，必是有病；那一來，豈不是害太太擔心？」

「我看！」一直不曾開口的杏香，突然說道：「我看老實告訴太太吧！」

錦兒與秋月先不作聲，兩人對看了一眼，然後都微微點頭了。

「這法子倒是正辦。」秋月說道：「反正是錦二奶奶、翠姨跟杏姨的一番孝心，也是苦心；就傳了出去，也沒有人會笑話。」

所謀僉同，接著商量怎樣在馬夫人面前揭露真相？錦兒主張將翠寶找了來，一起去見馬夫人。

正在談著，曹雪芹蹓了進來，杏香首先起身；秋月亦站了起來，只有錦兒安坐不動，只望著杏香隆然的腹部發笑。

曹雪芹覺得她神情詭異，便笑著問道：「怎麼回事？彷彿在商量甚麼大事似地；是不是要替我做生日？」

「大事倒是大事，不過不是替你做生日——」

秋月的話未完，錦兒忽然搶著開口，「我讓你猜個謎，猜著了，我一個人替你做生日。」她指著杏香的腹部問道：「你猜那裡面是兩樣甚麼東西？」

曹雪芹一楞，「兩樣？」他仔細看了一會問道：「你們替她在裡面又填了甚麼東西？」

「你別管，除了衣服以外，你猜兩樣東西就是。」

「一樣是棉絮；另外一樣是，」曹雪芹實在無從猜起，搖搖頭說：「我認輸。」

「認輸可是你自己說的。」錦兒問道：「怎麼個認法？」

「你說好了。」

「罰你走一趟，把翠寶去接了來。」

原來從翠寶懷孕以後，曹震非常小心，不准翠寶一個人帶著丫頭出門；平時往來，不是曹震親自接送，便是錦兒相陪。所以此時要接翠寶不能光派聽差，必得讓曹雪芹親自護送。

「你可小心一點兒。」秋月提醒他說：「不光是走一趟。翠姨身子重，你可得一路照看，別讓車子顛著。」

「我知道。」曹雪芹說：「罰是罰了，錦兒姐可得把謎底告訴我。」

「行！不過得等你接了翠寶來。」錦兒又說：「去吧！速去速回。」

曹雪芹笑著走了，套了車將翠寶接了來，進門便問謎底。

「怎麼？」翠寶詫異，「你們在打甚麼啞謎？」

「我問他，杏香裙子裡面有兩樣東西。他猜不出來，我罰他去接你。」錦兒又說：「你倒也猜上一猜，是兩樣甚麼東西？」

翠寶看大家臉上都是一團喜氣，料想是件很好玩的事，便真的想用心去猜；便即說道：「海闊天空胡猜多沒有意思！總得給點兒因頭，才好琢磨。」

「好吧！」錦兒想了一下說：「一假。」

「一假就有一真。」翠寶脫口答說：「一假一真，不就是兩樣了嗎？」

「兩樣甚麼東西？」秋月說道：「真假是個空字眼。」

這一下將翠寶問住了，而曹雪芹卻突然領悟，情不自禁地大聲嚷道：「杏香是真的有了？」說著，雙手亂搓，是高興得不知如何是好的神氣。

錦兒、秋月都笑了。這一笑也就是證實了他想得不錯；翠寶不由得捶一捶自己的額頭，「看我這腦子，假的是小芹，真的不也就是小芹嗎？」接著，他握住杏香的手笑著說道：「恭喜妹妹！」回過身來又向曹雪芹道賀。

這下提醒了錦兒，「對！」她站起身來向秋月說：「剛才咱們商量了半天，不知道該怎麼跟太太說。如今咱們一起給太太道喜。不就容易明白了嗎？」

於是都站了起來，錦兒領頭，曹雪芹殿後，一起湧入東首前房。馬夫人時常在這間屋子裡起坐；見此光景，不免詫異。

「怎麼啦？你們都湊在一塊兒了！有甚麼事？」

「大喜事。」錦兒答了這一句話，回頭喚丫頭，「拿紅氈條來！」

「甚麼喜事？說了就是，拿紅氈條幹甚麼？」馬夫人轉臉看著秋月，催她快說。

「太太真的要抱孫子了。」

馬夫人不明白她這話從何而來？「怎麼叫真的要抱孫子了。」她問：「莫非本來是假的？」

由於馬夫人的臉色轉為鄭重；曹雪芹立即跪了下來，磕一個頭說：「是兒子的不是，不該騙娘的。」

「你怎麼騙了我？」

「雪芹沒有騙太太。」錦兒經這幾年的歷練，已脫盡「婢學夫人」氣味，不但大伯小叔的別號，叫得琅琅上口，而且衡情說理，也能侃侃而談，只聽她大聲說道：「不裝假的，引不來真的。是我的壞主意，太太別責備雪芹，該罵該罰，我領。這會先給太太道喜是正經。」

說著，將身子退後兩步，讓丫頭鋪好紅氈條，扶著杏香一起跪了下去；秋月便照料翠寶，自己也在她身後跪下。這一來馬夫人臉上的寒霜，自然就消融了。

「都起來，都起來！她們姐妹倆身子重，別磕頭了。」馬夫人又加了一句：「到底怎麼回事？我還睡在鼓裡呢！」

「我看，」錦兒看著秋月說道：「還是你來講給太太聽吧！」

秋月點點頭，卻暫且不開口；藉著替大家安排座位的片段辰光，暗中尋思，其中情事，有些不宜說，有些得要有個解釋，尤其是錦兒所招致的誤解——當時雖說杏香假裝懷孕，只有六個人知道，但時間一久，貼身的丫頭老媽子，那裡是瞞得住的，不過秋月曾有嚴厲告誡，誰要是在馬夫人面前洩漏風聲，出了事「吃不了，兜著走」。所以都懷著警惕，不敢輕易向外人說穿祕密，只是同伴之間，私下談論，自然不免。

由於這件事是錦兒所主持，因而有人懷疑她別有用心，說她怕翠寶生子得寵，更怕曹震喜歡幼子，分了她生的兒子的愛，所以藉此機會將翠寶腹中的孩子送了人。

這種閒言閒語，錦兒亦有所聞，苦於無從辯解；因為一辯就會張揚開來，馬夫人會知道，豈非大悖原意？難得有今天這個機會，不替她訴訴委屈，便空有多年親如姐妹的情分了。

這樣打定了主意，便坐在矮凳上從容開口，「說起來，芹二爺真該謝謝錦二奶奶跟翠姨。」

她說：「起意是翠姨，說是如果杏姨有了喜，太太心裡一高興，病就會大好了。那時她有了三個月的喜，說杏姨如果裝假肚子，到時候她那裡一發動，咱們這兒也說杏姨要生了；私下將翠姨的娃娃抱過來，當作太太的孫子。」說到這裡，她停了下來，要看馬夫人是何表情，再斟酌著講第二段。

馬夫人是向翠寶投以感激的一瞥；然後問道：「這件事，震二爺怎麼說？」

「那時候還輪不到震二爺說話，先跟錦二奶奶商量。錦二奶奶是只要於病體有益，怎麼樣都贊成的。不過，錦二奶奶也是仔細盤算過的，這是一時權宜之計，芹二爺怎會沒有自己生的兒子？到了杏姨，或者將來的芹二奶奶替太太生了孫子；那時候再說破真相，讓翠姨的兒子歸宗，有何不可？也就是一開頭有這麼個打算，震二爺才准這麼辦的。」

最後兩句話足以證明，錦兒並沒有將翠寶的孩子送人之意。錦兒欣慰之餘，正想開口；但馬夫人已發問在前。

「震二爺先不准這麼做？」

「是的。」秋月回答：「這一段請錦二奶奶自己說吧！」

及至錦兒將當時枕邊與曹震私語的情形一說，更顯得她對翠寶所出的兒女，並無歧視之意。不過她的誤會是解釋清楚了，馬夫人卻別有所感。

當然，錦兒絕不會說，只要「太太」一去世，真相便可公開。但馬夫人從語氣參詳，情理推斷，必有此舉。生前受騙，身後一場空；冥冥中難享血食，成了飄蕩無依的餓鬼。轉念到此，越發珍視杏香的身孕，當天便決定，要杏香搬到後房，與秋月同住，親自照料；從此有了事做，不愁日子難打發，身子也一天比一天健旺了。

第九章

廣州西關的鎮南鏢局，接了一筆生意，駐防的一個副都統春德，有一批箱籠，委託鎮南鏢局護送進京。

鎮南鏢局的掌櫃周虎雄，是仲四的拜把兄弟。上回仲四為怡王府貝勒弘昌，運送現銀二十萬到廣州，便是由春德驗收。二十萬銀子不是小數目；「銀鞘」又最顯眼，難免啟人覬覦之心，即或平安無事，但凡事惹人注目，即不免有人打聽或談論。若說「接鏢」的是春德，駐防的將軍或者兩廣總督都會查問；那一來就有禍事了。因此，春德日夜不安；那知有一天深夜，忽然有人求見，先遞進一封固封密緘的信來，是弘昌的親筆；這就不問可知，求見的人便是鏢客。

接談之下，春德對仲四大為讚賞；因為這趟鏢保得實在漂亮，又快又穩當不說，最難得的是竟能不露風聲。當下特為犒賞了二百兩銀子，同時問起，如果廣州有貴重之物，要護送進京，仲四能否承辦？

仲四考慮之後答說，他在廣州並無聯號，不過鎮南鏢局的周虎雄，是結義弟兄；而且鎮南也常走北路鏢，請春德斟酌，是否命鎮南效勞。

因為曾作此舉薦，所以春德特地將周虎雄找了去，說有二十口樟木箱運到京城，問他能不能承保。

「大人賞飯吃，小人那有推辭的道理。」周虎雄問道：「只不知二十口樟木箱中，裝的是甚麼？看小人擔不擔得起風險？」

「東西並不貴重，箱子的分量也很輕。不過，」春德加重了語氣，「丟了一口，不是賠錢的事。你要有十足的把握，我才能交給你辦。」

周虎雄心想，東西並不貴重，又何用交鏢局運送。這時便想起了仲四告訴他的話：如果春德有東西交給你運，你一定要問清楚，不可冒失。當下答說：「回大人的話，鏢行的規矩，一定要驗貨。而況大人又說丟了一口，不是賠錢的事，小人更要謹慎了。」

春德躊躇了一會問：「非驗不可？」

「是。家家如此，沒有例外的。」

春德又考慮了好一陣子才說：「既然家家如此，看仲四掌櫃的面子，這筆生意還是給你。箱子裡裝的是繡貨；是王府等著辦喜事用的，所以說，丟了一口，不是賠錢的事。」

接著春德叫人打開一口樟木箱，果然是香色椅披桌圍等等繡件。周虎雄也聽說過，香色是王府專用的顏色；春德並未說假話。當即欣然寫了「承攬」；回鏢局派定人手，檢點車輛，準備啟程。

及至二十口樟木箱運到鎮南鏢局，只見都有滿漿實貼的封條；提一提箱子，分量都很輕，符合裝的是繡件的說法。不過細細檢點之下，其中有兩口箱子，用的鎖似乎格外堅固；周虎雄心中一動，但不是甚麼了不起的疑竇，也就不去多想了。

到得長行吉日，周虎雄帶了鏢客、趟子手親自護送，由廣州迤邐北上，取道湖南、湖北、河南，不過一個月的功夫，已經過安陽入磁州，是直隸地界，京城不遠了。

由磁州到京師，經邯鄲、正定，走的是直隸西路大道；到得保定，剛在南關老三元店安頓下來，仲四已來拜訪。

事先原有信息，但周虎雄只說到京交鏢，可以一敘契闊；想不到仲四竟迎了上來，而且據說他在保定已經等候了兩天，這就使得周虎雄有些不安了。

屏人密談，周虎雄細說了承攬這支鏢的經過；又領仲四去看了那二十口樟木箱，外觀毫無異狀。奉命來偵察的仲四也放心了。兩人喝了半夜的酒，正當仲四要告辭時，周虎雄忽然問道：「四哥，你幹啥這麼在意這批貨？事先要我驗；今天又特為老遠的跑了來問。」

有了酒意的仲四，用手捂著嘴在他耳際答說：「我也是有人派我來的；只怕你保進京來的這批貨，內中有西洋新式法郎機，不能不防。」

「怎麼？莫非有人要造反？」

「誰知道呢？」仲四又說：「不過，是繡件大概不錯。裡頭如果有武器，分量不會這麼輕。」

「嗯，嗯。」周虎雄了好一會說：「四哥，你再來看看。」

周虎雄指出兩口箱子的鎖，比別的箱子來得堅固，似乎是個可疑的跡象。仲四用冷手巾擦了一把臉，擎燭細看，又發現了一個疑點。

「你看，這兩口箱子的接縫，都用油灰填過，別的箱子沒有。」

一看果然，「這是幹啥？」周虎雄問：「防潮濕？」

「大概是的。」

「這麼說，這兩口箱子裡的繡件特別貴重？」

「可以這麼說。不過也許還有別的緣故。」仲四沉吟了一下說：「到京以後，你的鏢先卸在我局子裡，到第二天再交鏢，行不行？」

「怎麼不行？反正到京也天晚了；當夜也不能交鏢。」

「說得是。」

仲四是很滿意的神氣，而周虎雄卻不能不疑慮，「四哥，」他很吃力地問：「卸在你那裡，要幹啥？」他越想越不安，以致語氣惴惴然地，「四哥，你不是要掉，掉——」他始終說不出那個掉包的「包」字。

「不是這麼回事；不是這麼回事！」仲四趕緊分辯；等周虎雄凝重的臉色緩和下來，他才以低沉清晰的聲音說：「老弟台，難怪你，你多年在廣州，京裡的情形不熟。掉包的事，豈是我做的？這是鏢行的大忌，除非我瘋了。不過，卸在我那裡，當然是打算動手腳，這我也不必瞞你。這會我敢拍胸脯說一句的是，這件事絕累不著老弟台你。只要你聽我的話，往後只有好處，絕沒有壞處。」

聽得這番說詞，周虎雄自悔造次；站起來抱拳唱個「喏」，其餘就都不必說。

第二日在晚霞滿天之下，周虎雄的鏢車進了俗稱「南西門」的外城右安門；仲四早已派了趟子手在接，從從容容領向仲四的鏢局，按照同行寄頓的規矩，該辦的手續、該打的招呼，一一做到，但那兩口認為可疑的箱子，已在七手八腳、一片吆喝呼吆聲中，悄悄地移到了櫃房後面，仲四歇宿之處。

當天自是會飲的局面。周虎雄的酒量很好，但卻適可而止；二更席散，在櫃房中喝茶，談到三更已盡，四更之初，鎮南的鏢客及趟子手都已呵欠連連，渴思歸寢，暗中溜得一個不剩時，仲四才使個眼色，將周虎雄帶到他歇宿之處。

「老弟台，我得把這兩口箱子打開來看看，不弄壞你的封條。」

「好了。封條也不是我的；四哥，」周虎雄問道：「是你自己動手。」

「我可沒有這個能耐。」仲四輕輕拍了兩下掌；一面穿衣鏡頓時活動，原來是一扇暗門。

門外進來一個很文靜的中年漢子，此人是北京琉璃廠的裱糊匠，仲四特為把他請來的，只見他把樟木箱側轉，含一大口燒酒，噀如細霧，噴在封條上，如是翻覆多少遍，取一把薄刃的裁紙刀，楔入封條之下，然後極輕極慢地將一張封條，完整無缺地揭了下來。

箱子上的鎖，可難不倒鏢客；仲四有黑道上的朋友所送的一串串萬能鑰匙，試了幾下，只聽「咯碌」一聲，鎖簧跳開，箱子可以打開了。

「老朱，」仲四對那裱糊匠說：「打開箱子，你不拘見了甚麼，都擱在肚子裡，連你媳婦面前都不能說。」

「我知道。」

仲四交代完了，將鎖摘了下來，打開箱蓋，三個人眼前都是一亮，裡頭裝的是明黃軟緞的繡件。

「這是進貢的嗎？」老朱訝異地問。

其餘兩人都沒有答話。仲四動手將繡件拎起來一看，卻看不出它是作甚麼用的，四尺高、兩尺多寬的一幅明黃軟緞，上繡五色雲龍；最特別的是，上半段中間開著一個方孔。

到發現同樣的另一幅，仲四便明白了。這一幅軟緞的質地、尺寸、顏色、花樣，全都相同；同中之異在於花樣是反的，龍頭一個向左、一個向右。

「這是轎圍。」

仲四的推斷不錯。打開另一口樟木箱，頂上面便是一個轎頂上的重簷，明黃絲線的流蘇，又長又密，製作得非常精緻。

三個人相顧無語，眼中都有困惑之色。那姓朱的裱糊匠，十二歲由蘇州隨父進京，今年四十多歲，也算「天子腳下」的土著了，宮中規制，大致明白，心想明黃只有皇帝能用；而像這些「上用」的繡件，必歸江寧、蘇州、杭州三處織造承辦，專差送進京來。何以這明黃軟緞繡花轎圍，是來自廣東，且由鏢局護送？這件事該怎麼說，真是百思不得其解。

「好了。」終於是仲四打破了沉寂，「老朱，勞駕，歸原吧。」

歸原比揭開更麻煩，原來滿漿實貼，有痕跡存在，須一絲不走地照原樣貼好，再用熨斗襯著淨白布熨平燙乾，最後還得拿蒲扇使勁搧，才能祛除酒味，整整耗了半夜的功夫。

當周虎雄交鏢時，曹震已接到仲四的密告；他不敢怠慢，立即趕到方觀承家，細說經過。

「光是這件事，就能招來殺身之禍。真是愚不可及！」方觀承嗟嘆了一會，又問：「鏢是交到誰那裡？」

「仍舊是怡王府的昌貝勒。」

「那就是了。」方觀承點點頭。

是有話沒有說出來，曹震忍不住問：「這裡頭甚麼講究？」

「昌貝勒是理親王的『內務府大臣』——。」

「怎麼？」曹震失聲相問：「連『內務府』都有了？」

「不錯。不過目前只設『會計』、『掌儀』兩司。」

「這位——」方觀承平舉手掌，往上提升，這個手勢指的是弘昇，「最近常跟他見面嗎？」

曹震自從跟弘昇辦事以來，頗蒙賞識；但他常念著明哲保身那句成語，深怕惹禍，所以從端慧皇太子園寢完工之後，便跟弘昇疏遠了。不過形跡也不敢太顯，偶爾走動走動；此時老實答說：「他倒是常跟人問起我，而我跟他最好不見面。」

「為甚麼呢？」

「這，方先生難道還不明白？」

「我知道。」方觀承點點頭，「你也不必太拘謹。反正王爺心裡有數；天塌下來有長人頂，你不用害怕。」他接著又說：「你不妨找機會常去走走，看看他那裡常有那些人進出。」

「好。我去找機會。」

等曹震辭去，方觀承隨即去見平郡王；細細說了曹震所作的報告，請示應該如何處理？

「自然要請旨。」平郡王面色漸形凝重，「快到圖窮而匕首見的時候了。」

「我看，」方觀承建議，「不如先跟十六爺談一談。」

「十六爺」是稱莊親王允祿。在方觀承看，他是皇帝最親近、也最信任的人。貿然請旨，面奉的上諭倘有窒礙難行之處，便成困窘，如先跟莊親王去談，比較有商量的餘地。方觀承此一建議，經過考慮，自覺必能獲得同意的，誰知不然；只見平郡王不斷搖頭，但隔了好一會方始開口。

「我告訴你一個祕密，你可千萬擱在心裡。」平郡王坐了下來，招招手指著旁邊一張椅子，示意方觀承接座促膝，然後才用僅僅讓他聽得見的聲音說：「皇上有個打算，萬不得已要拿莊王作個筏子，所以有些事不能讓他知道。」

「作筏子」亦猶墊腳石之意，皇帝又何忍將胞叔而兼「恩師」的莊王踩在腳下？方觀承的駭異之心現於形色了。

「皇上也真是不得已——」

平郡王跟方觀承談了好些外間連想都想不到的情形，說理親王弘晳好幾次自請獨對，而在皇帝面前，動輒以「東宮嫡子」自居，倨傲輕慢，毫無禮貌。皇帝的涵養功深，竟視如不見，一切都能忍住。「好幾次，理王試探，他甚麼時候才能接位？皇上裝作不懂，不接他的碴兒。有一回他居然當面鑼、對面鼓地問了出來：『你打算甚麼時候下遜位詔書？』你想，有這種事！」

「那麼，」方承觀問：「皇上怎麼答他？」

「你倒猜一猜。」

「這是誰都猜不出來的。」方觀承好奇心大起，「必是極妙的詞令。」

「也可以這麼說吧！皇上答說：這件事你別問我，去問十六叔。他常勸我以社稷為重，別操之過急；你去問他，他說怎麼辦，我就怎麼辦。沒有他的話，甚麼都不用提。」

方觀承把每個字都聽了進去，而且在心裡翻覆咀嚼著，只是口中不作聲。

「理王信以為真，對莊王可是巴結得很，三天兩頭去請安；跟莊王的幾個兒子，特別是弘普，拉得很近。提到接位之事，莊王總勸他少安毋躁。可是看樣子，理王已經迫不及待了。」

「他的心情，皇上當然也知道了？」方觀承問說：「皇上打算怎麼辦呢？」

「我剛才不已經跟你說了嗎？」

方觀承心想，逼宮太甚，皇帝會下重手。回答理親王何時下遜位詔書的話，其實是提出警告，莊親王勸皇帝「以社稷為重，別操之過急」，意思是皇帝本要治理親王以大逆不道之罪；莊親王怕因此引起變亂，動搖國本，所以勸他忍耐。同樣地，莊親王勸理親王「少安毋躁」，亦有暗示他躁急則將招禍的意味在內。那知理親王全不理會；看來宮廷喋血的局面，將不可免。

想到這裡，驀然意會，皇帝是打算犧牲莊親王，將他牽扯在這一案中，一起嚴辦。但是不是如此，卻須求證於平郡王。

「理王是自速其禍，十六爺無故株連，豈不太冤枉了。」

平郡王看了他一眼，深深點頭，「你懂了！」他接著又說：「你記住，只是拿他作個筏子。」

此時方觀承才了解真意，所謂「作個筏子」是借助此物，渡登彼岸；並無廢棄之意。這是一條苦肉計；一時挨打，事後的酬庸必厚。莊親王的後福無窮。

那麼平郡王呢？方觀承想到受恩深重，不由得要進忠告：「王爺也該乘時建功啊！」

聽得這話，平郡王報以一聲長嘆，「唉！建甚麼功？」他說：「得免咎戾就好了。」

方觀承大吃一驚，急急問道：「王爺何出此言？」

「你知道的，皇上最親近的是我，連不便跟十六爺說的話都跟我說。有一回皇上跟我說：『你最好能把這個麻煩化解掉。』我說：『臣也是這麼想，容臣跟十六爺商量看。』那知皇上連連搖手：『不，不！這件事不能讓他知道。』你想，十六爺是其中的關鍵人物，不讓他知道，這個麻煩怎麼能化解掉？」

方觀承這才省悟，莊親王是皇帝藏在身背後的一把刀，要借來殺理王的。領會到此，心生警惕；很想勸平郡王多加小心，但畢竟還是忍住未說。

沉默了好一陣，方觀承把話題又拉回轎圍上，「照仲四所形容的繡件來看，應該是一頂軟轎。」他問：「莫非是關起門來做皇帝？」

皇帝的「乘輿」有好幾種，軟轎不出宮門，只在宮中使用，所以方觀承有「關起門來做皇帝」的疑問。平郡王也覺得此事深可注意，叮囑方觀承跟內務府大臣海望去接頭，設法打聽——雍正年間海望當工部尚書時，訓練了一批密探，表面的身分是工匠，利用修繕王府的機會，穿堂入室，刺探機密，頗有收穫。不過海望非常謹慎；知道他還有這樣一個祕密差使的人，在舉朝的王公大臣中，不會超過十個。方觀承也只是略有所聞，不敢跟人去談；此刻自然是證實了。

「你請坐一下。」海望對方觀承說：「我馬上來辦。」接著，他喊一聲：「來啊！把營造司三老爺去請來。」

內務府下分廣儲、會計、掌儀、都虞、慎刑、營造、慶豐七司；營造司郎中名叫三格，因為萬壽將近，修葺各處離宮別苑，忙得不可開交。這天一大早出城，督修圓明園去了。

等蘇拉回明以後，海望點點頭說：「對了！我忘了他在園子裡。那就把堂老爺去請來吧。」

所謂「堂老爺」是指「堂郎中」。總管內務府大臣，並無定員，在滿洲文武大臣或王公內簡用；

領頭的稱為「掌鑰」——掌管印盒的鑰匙。但日常事務都歸堂郎中一把抓。此時堂郎中名叫克爾喀，是海望的表姪；但公堂不敘私誼，所以見了海望仍叫大人，不叫表叔。

「這一陣子，理王府有甚麼工程在修？」

內務府通年周流不息地修繕王公府第；施工的遲速繁簡，當然也要視王公的身分紅黑而定。當今皇帝為了籠絡起見，曾由莊親王允祿特為關照內務府，凡至理王府應差，要格外巴結；所以終年土木不斷，但恰好這個把月是空檔。

「理王府花園添造兩座亭子、五間賞花用的平房，上個月就完工了。不過昨天跟『造辦處』要了四個木匠去。」

「幹甚麼？」

「聽說是打造一頂轎子。」

一聽這話，海望目視方觀承，會心一笑；接著說一聲：「失陪片刻。」起身入內，克爾喀亦向方觀承哈一哈腰，跟了進去。

方觀承心中有數；料想他們的密談非三言兩語了，因而起身在廊上閒步，不道只來回蹀躞了一趟，已聽得海望在裡面招呼了。

「這件事急不急？」

方觀承不解所謂，亦無從回答，楞了一下問道：「請問，急又如何，不急又如何？」

「你知道的。」海望壓低了嗓子說：「理王府怕要出亂子，我不能不格外小心。如果不急，等把轎子打造好了，自然就能看出作何用處。如果鑲紅旗王爺急著等回音，我就得另使手段，比較費事。」

方觀承沉吟了一下說：「打造一頂轎子，快則三、五天，最遲也不會超過十天。就等一等好了。」

「那樣最好。請你回去跟王爺回，五天之內必有確實回音。」

那知用不到五天，隔了兩日，海望便親自到平郡王府來拜訪方觀承，帶來了很可靠的消息：「不錯，是一頂明黃軟轎；進給皇上的。」

「進給皇上的？」方觀承愕然。

「萬壽不快到了嗎？」

「原來是萬壽的壽禮。」方觀承自語似地說：「甚麼壽禮不能進，進一頂御用的軟轎！莫非鑾駕庫還少這麼一頂轎子？」

這確是一個極大的疑問，可是其中必有蹊蹺，值得細細琢磨。

終於用各種旁敲側擊但非常謹慎隱密的手段，探出了理親王弘晳的真意。原來他進這頂明黃軟轎，是打算著皇帝會認為這是個笑話，拒而不納；這一來弘晳便可以號召了，說皇帝退回這頂軟轎，表示承認他不久即可接位，有資格用明黃色。當然，他亦盤算過，皇帝在拒而不納的同時，會不會公然訓斥？他預料皇帝不至於這樣做；萬一真的這樣做了，他也有最後的打算，索性敞開來鬧一場。

打聽了這段內幕，皇帝對造膝密陳的平郡王說：「到了推車撞壁的地步了。你看怎麼辦？」

「請皇上的旨意，是否臣跟莊親王商量了再來回奏？」

「不必。」

聽得這兩個字，平郡王知道皇帝的意向了，是決定要拿莊親王「作筏子」。因此，平郡王很快地又說：「不能再姑息了！請皇上乾綱獨斷；臣必謹遵旨意辦事。」

「嗯，嗯。」皇帝點點頭說：「你找訥親去商量，看有甚麼妥當的主意。」

這訥親姓鈕祜祿氏，隸屬鑲黃旗，是皇帝除了莊親王與平郡王以外，最信任的滿洲勳臣。他的曾祖父名叫額亦都，十九歲時結識廿二歲的太祖，一見傾服，矢志追隨。太祖將一個族妹嫁了給他，以後又做了兒女親家，是這樣的至親，所以額亦都為了效忠太祖，行事亦非常情所能測度；他有個庶出之子，驍勇善戰，但額亦都看出他桀驁不馴，將來也許會叛亂，竟大義滅親，親手殺了這個兒子。

額亦都的兒子很多，第十六子名叫遏必隆，是世祖駕崩時的「四顧命」之一；又是聖祖元后孝昭仁皇后之父。訥親便是遏必隆的孫子，十幾歲時便得世宗的重用。

訥親之父名叫尹德，原來只是一名子爵。他祖父遏必隆的公爵，原來已由尹德的姪子阿爾通阿所承襲；但在康熙末年及雍正即位之初，對於皇室之間的明爭暗鬥，作為椒房貴戚的阿爾通阿，對世宗所表示的忠誠不夠，因而被革了爵，改由他的伯父尹德承襲。

只是尹德捧日有心，效勞無力，因為年紀衰邁了。雍正五年四月，在世宗的暗示，上奏告病，請以其子承襲公爵。他有兩個兒子，長子策楞已由御前侍衛外放為廣州將軍；次子即是訥親，年未弱冠，尚待歷練。照常理說，應由策楞以長子的身分襲爵；可是當時的四阿哥，也就是現在的皇帝，認為訥親年少氣銳，勇於任事，值得培植。世宗接納了他的意見，於是原為筆帖式的訥親，一躍而為二等果毅公，授為散秩大臣，命在乾清門行走；雍正九年特授為御前大臣，兼管鑾儀使，成為皇帝的近臣。再兩年派為軍機大臣，又居然列於重臣之列。

及至當今皇帝御極，訥親更加飛黃騰達了，管鑲白旗旗務，兼理內務府事務，不久又授為領侍衛內大臣，協辦總理事務，原來的差使照舊之外，復又晉為一等公。乾隆二年遷為兵部尚書兼議政大臣，而又兼管戶部三庫及圓明園事務，好得他年輕力壯，不怕辛苦；而且也不好聲色貨利，所以才具雖短，皇帝還是極其信任。

可是王公大臣對訥親卻都不怎麼欣賞，因為他賦性剛愎，而且少年得志，不免驕倨；更因為以清廉自命，誤解了「無欲則剛」這句成語，以為不要錢就可以頤指氣使，因而爵位較低的滿漢大臣，對他都很頭疼。

平郡王當然不必忌憚，只是意見不合之時居多，也不大願意跟他打交道。面奉上諭以後，當即率直回奏：「臣派方觀承跟訥親去密商。如何之處，臣明日面奏。」

得到皇帝的同意後，平郡王一回府便將方觀承找了來，告訴他有這回事；又說：「我已經面奏過皇上，你去見他，也就等於欽派了。不必怕他。還有他養了好幾條西洋大狗，你要小心。」

方觀承笑了，「訥公我不怕；他的西洋大狗我更不怕。」他說：「我見過許多。」

「啊，啊！」平郡王想起來了，「不錯，不錯，你經歷得多了。」

方觀承關外省親，南北長行七次之多，被好些豪門巨族的看家狗咬過；久而久之，學會了一套馴狗的方法。到得訥親府上，只見他對四條一擁而上、作勢欲撲的巨獒，這面摸一摸頭、那面探一探項下，四條其大如犢的狗都乖乖地搖著尾巴安靜了下來。

這一下，先就讓訥親的護衛傾服了，「方老爺真有你的！」一個個翹著拇指稱讚，然後動問來意。

「我來見訥公，有極要緊的事談。」方觀承又說：「只能跟訥公一個人談。」

這話一傳進去，訥親知道方觀承的分量；當即在他一座有「西洋大狗」守衛的院落中接見。

「方觀承，」訥親向來是這樣連名帶姓叫漢官的，「你來幹甚麼？」

「我來送一件大功勞給訥公。」

此言一出，訥親的態度不同了，「請坐！」也向外喊道：「看茶。」

進來的是個十六七歲的小廝，為賓主奉茶以後，站在訥親身後不去；方觀承便不開口。

「有話請說。」

「法不傳六耳。」

訥親一時沒有聽懂，想了一下才明白，轉臉對那小廝說：「你出去看住垂花門，不准人進來。」

等小廝走遠了，方觀承方始開口：「訥公，有人打算進一頂明黃軟轎，恭祝萬壽，訥公你聽說了沒有？」

「沒有啊！」訥親答說：「這可是新鮮事。那是誰啊？」

「想也想得到的。」

「你這一說，我明白了；必是鄭家莊的那位。」

這是指理親王——雍正元年，世宗為了隔離廢太子胤礽，命內務府在山西祁縣鄭家莊修蓋房屋，供胤礽居住，弘晳為了侍奉父親，同時移居鄭家莊，直到胤礽病歿，方始回京。

「他進這麼一頂轎子，總有個道理吧？」訥親問說：「是不是有意犯上？」

「訥公問得好。照訥公看，等他進了這頂轎子，皇上應該怎麼樣？是賞收呢，還是退回給他，或者嚴旨訓斥？」

「你也問得好。」訥親沉吟了一會說：「既然你說要送一件功勞給我，你就乾脆說吧，我應該怎麼給皇上效力？」

「先發制人。」

「先發制人，後發者制於人。」訥親問道：「這是誰的意思？平郡王？」

「是的。」

「莊親王知道不知道？」

「不知道。」

「連他都不知道？」訥親有些躊躇了，「這件就難辦了。」

「難在何處？」

「投鼠忌器，會牽累莊親王。」

方觀承知道訥親雖然驕倨，但亦識得利害，莊親王是不敢得罪的。看樣子非搬出大帽子來不可了。

「訥公，平郡王不是魯莽的人。他叫我來跟訥公商量，當然事先琢磨過，有把握不致牽累莊親王。你請放心。」

弦外有音，約略可辨，訥親心想，這樣的大事，平郡王當然要面奏請旨，至少經皇帝默許，才敢這麼做。於是他說：「好吧，請你再說下去。先發該怎麼發？」

「第一，訥公要馬上多方面打聽，到底有那些人跟鄭家莊的那位同謀；第二，要找個人，當然是要宗室，肯出頭首告。」

「嗯，嗯，還有呢？」

「還有，就是要隱祕。」

「這當然。」訥親想了一下說道：「你說要隱祕，最好你來幫我的忙。」

「我天天在『南屋』，訥公隨時招呼我好了。」

「南屋」是軍機章京治事之處；相對軍機大臣入直的「北屋」而言。訥親搖搖頭說：「那裡人多，怎麼談得到隱祕？而且我也不能老找一個人說悄悄話，你想呢！」

「是！」方觀承問道：「那麼，訥公有甚麼高見？」

訥親不答而問：「你的底缺是內閣中書不是？」

「是。」

「我跟平郡王談過，應該保你升升官才是。他說，你不願意，有這話沒有？」

方觀承何嘗不願意升官？但因平郡王不願顯出怙權的痕跡，而他跟平郡王的關係，朝中無人不知，能當軍機章京，已頗有正途出身的同列在妒嫉，如果再由平郡王的保薦而升官，更遭人妒，對他自己、對平郡王都覺不妥，所以曾坦率辭謝。

此時訥親問到，自不必細說其中的委曲，只老老實實答一聲：「有這話。」

「為甚麼呢？」

這下不能不說實話了，「我怕有人在背後說閒話，說平郡王培植私人。」他又加了一句：「不論如何，我不能不顧平郡王。」

「好！」訥親翹起大拇指說：「你是有良心，識好歹的。我更要保你了。你到我那裡來好不好？」

方觀承略想一想答說：「我在南屋不也是天天伺候訥公嗎？」

訥親懂得他的意思，方觀承不是不願到吏部當司官；而是不願出軍機，因而答說：「我不是奏請把你調回部，不過底缺升一升而已。你是吏部的司官，在南屋下了班，有事到我這裡來談，就名正言順了。」

原來是這樣安排，當然可以接受，「既然如此，我謝謝訥公的栽培。」說著，撈起亮紗袍請了個安。

「不必客氣，你是幫我的忙。」訥親又說：「文選司有個郎中的缺，我明天面奏，請皇上以特旨放你這個缺。」

方觀承喜出望外。原以為七品內閣中書調部升官，無非六品主事；不想竟是五品的郎中，而且是在最重要的文選司。這就不止於「連升三級」了；會邀准嗎？

有些疑慮，便說了出來：「訥公，這太超擢了，皇上不見得會准吧？」

「我有我的說法，一定能准。」訥親又說：「不過暫時也許不能在南屋當作，你也不必介意。等事情過了，仍舊讓你回軍機。」

方觀承心想，這一來在平郡王就不方便了。而且日夕奔走於訥親門下，也容易引起誤會。因此，沉吟了一下，很婉轉地答說：「承蒙訥公厚愛，真是感激不盡。不過訥公知道的，草茅下士，寄身荒剎，倘非平郡王識拔於風塵寒微之中，豈能有膽識貴人如訥公之今日，如果暫出軍機，平郡王或者會缺望。這一層，想請訥公先跟平郡王談一談。」

「好！我跟他談。」

談到這裡，只聽隱隱傳來「打點」之聲；日正當中，是府中開飯了。方觀承正待起身告辭，不道訥親先就留他小酌。

「你在這裡陪我吃飯，咱們好好談談。」接著，訥親不由分說地拉了他就走。

飯開在後園假山亭子上。亭前一樹桂花，開得正盛；肴饌不豐，但酒則極醇。訥親量宏，方觀承亦不弱；訥親遇到了對手，興致更好了。

他改了稱呼，因為方觀承身材瘦小，叫他「小方」，問起當年結識平郡王的經過，方觀承自然據實而言。

「當時你是在那個破廟裡擺測字攤？」

「是的。」

「這樣說，你對此道一定精通。」

「那裡，那裡。」方觀承連連搖手，「混飯吃而已。」

「你對看相、算命呢？」

「也不過懂得皮毛而已。」

訥親沉吟了好一會，突然問道：「有個『黃帶子』叫安泰，你聽說過這個人沒有？」

方觀承聽說過，此人是太祖第九子巴布泰之後，繫「黃帶子」的宗室，家裡設了個乩壇，常有「祖師降靈」；理親王弘晳每每深夜微服到壇上去問事。訥親問到此人，當然與他這天來談的事有關；所以方觀承很謹慎地答說：「我知道這個人，也見過一面，不過從沒有交談過。」

「聽說這安泰喜歡談星相命理，也愛測字占卦這類玩意。你如果能跟他常在一起談談，一定會有好處。」

所謂「好處」是甚麼，方觀承自然知道，卻故意裝作不解地問道：「請教訥公，是何好處？」

「他家裡有個乩壇，據說靈得很。我很想去看看，可是實在不便——。」

「是啊！」方觀承抓住話中停頓之處，搶先開口，「以訥公的地位，一去了會打草驚蛇。」

「正就是這話。」訥親拿筷子蘸著酒，在桌上寫了個「理」字，然後說道：「此人常到他那裡去扶乩的。」

「喔，」方觀承問道：「問些甚麼呢？」

「就是不知道。」

談到這裡，方觀承覺得不能再裝糊塗了，「訥公的意思是，讓我到他那裡去看看。」他說：「進身之階呢？我不能硬闖了去，總得有個人帶。」

「有人帶還不妥。最好能找個機會，跟他搭上話，談得投機了，讓他自己邀你去。這樣，就一點痕跡都不顯了。」

「是，是。不過這個機會不容易找。」

「要找一定有的。等我來想法子。」

方觀承亦以為是，默默地在思索如何得以有安泰邂逅的機會。

「來人！」訥親突然開口。

來的是訥親的貼身跟班，名叫福子；到得席前，先替方觀承斟滿了酒，然後遮在主客之間，傾低身子一面斟酒，一面聽候吩咐。

這是福子誤會了，以為主人有甚麼不能讓客人聽見的特別交代。所以訥親使個眼色，讓福子站直了退後兩步，他才說話。

「新三爺家祭祖是那一天？」

「是，後天吧？」

「到底那一天？」

福子細想了一會，又扳著手指數，「最大後天，八月初十。」

「好。」訥親說道：「你下去吧！我跟方老爺談要緊事。」

「是。」福子答說：「伺候的人都在假山下面。」說完，放下酒壺，退了出去。

「肅王府的新將軍，」訥親問說：「你聽說過這個人沒有？」

「不是八旗的闊少嗎？聽說過。」

「那更好了。大後天他家祭祖『吃肉』；你就有機會跟安泰見面了。」

「喔。」方觀承點點頭，在想這個機會能掌握到幾成。

滿洲大族，遇到應該上告祖宗的喜慶大事，總是請親友「吃肉」，是很隆重的大宴會。方觀承光是在平郡王府就經歷過不下十次之多，對「吃肉」的情況，極其熟悉；想一想，認識安泰不難，但要在一起搭上話，而且有從容交談的機會似乎不大可能。

「訥公，」他說：「『吃肉』的規矩，我不外行；新將軍就算我沒有見過，只要懂禮節，闖席也是不禁的。不過，我去了，怎樣能跟安泰在一起呢？」

原來滿洲人請客「吃肉」，完全是「主隨客便」的，衣冠肅賀，行完禮以後，賓客自己招邀友好，七、八個人圍成一圈，席地而坐，飲酒吃肉，毫無客套。已成之局，除非有熟人招呼，生客絕無硬擠入其中之理。所以，必須方觀承跟安泰同時到達申賀，自己湊了上去，否則就沒有跟安泰接席傾談的可能。而況，就算能湊了上去，人家是否接納，也還在未定之天。

訥親聽完了不作聲，喝著酒靜靜想了一會說：「我明天通知你，要怎麼才能跟安泰在一起。」

「新將軍」名叫新永，是肅親王豪格之後；他的爵銜極低，是第十二等的奉恩將軍，但先世屢經優差厚缺，家道極豐，所以新永是八旗有名的紈袴；方觀承稱之為「闊少」，是比較客氣的說法。

這一次請「吃肉」，是為了他嫁妹。像這樣的喜事，本無鋪張的必要，但紈袴行事，向來只要有個藉口，便要擺闊。「吃肉」照規矩是不發請帖的，可是口頭上放出風聲去，說是「新將軍這回請吃肉，預備了五十口豬」，即表示來者不拒，所以好熱鬧的旗人一傳十，十傳百，相約：「八月初十，上新將軍府上鬧一鬧去。」

曹震是必須去「鬧一鬧」的。這天早晨起得甚早，換上公服，腰帶上掛了一把刀靶上用寶石鑲出北斗七星，裝飾得極其華麗的解手刀；又在懷中揣上一疊用上好清醬浸潤，九蒸九曬，乾透了的高麗紙。但一切都檢點好了，卻不動身，只安坐喝茶。

「你怎麼還不走？」錦兒問說：「平時去『吃肉』，不都是天剛一亮就出門的嗎？」

「今兒能遲不能早；早了就見不著我要見的人了。」

「你這叫甚麼話，遲了會誤事，早去了等著，怎麼會見不著？」

「你不懂，別多問。」

「隨你去！」錦兒賭氣轉身要走，卻又回頭說道：「你別忘了，你晚上約了雪芹吃飯，別在胡同裡鬼混得老晚才回來；我們姐妹倆可沒有那麼多功夫陪他。」

「我知道。晚上約他有要緊事情，怎麼會忘？」

說完，看時候差不多了，套車帶著魏升直奔新永住宅。他家在皇城以南的東江米巷，那條胡同極寬，但車馬填塞，熱鬧非凡；曹震的官小，自己識趣，在胡同口下了車，步行而往。只見新永家張燈結綵，門口站著大興縣的四名差役，以及本宅的幾個下人，一律簇新的藍布大褂，戴著紅纓帽，挺胸突肚，神氣得很。

其中有一個聽差，認識曹震，閃身出來，含笑招呼，將他引了進去。轉過屏門，只見天井中已搭了高與階齊的「地平」，上鋪猩紅氈條，一圈一圈的客人，席地而坐，幾無隙地。

曹震不慌不忙地抬眼看去，有個三十來歲，臉如銀盆，氣概軒昂的貴公子，穿一件月白四開衩袍，腰繫黃帶，上罩一件石青補褂，繡虎的補子，頭上是藍頂子，是宗室而封奉恩將軍的服飾，正為主人無疑。

因此，曹震不待通報，便從中間留出來的走道上，疾趨而前，蹲身請安，口中說道：「恭喜，恭喜。」

新永不認識曹震，但亦不必請教姓氏，只是照樣回了禮，答一聲：「多謝，多謝，請隨便坐。」

等曹震一轉身，只聽西南角上有人站起來招手，口中喊道：「通聲，通聲！來這兒坐。」

這是訥親特意安排好的，那個人名叫志海，是個藍領侍衛；認識曹震，而與安泰極熟。這天相約來吃肉，而特為占了較寬的地位，等曹震走上前來，他往一旁挪一挪，騰出來一個座位。

「這位見過吧？」志海指著安泰問。

「不是安三爺嗎？」曹震答說：「見過，見過。」

「喔，喔，恕我眼拙。」安泰向志海說道：「志二哥，勞駕，你給引見引見。」

「內務府的曹二爺，平郡王的內親。」

「啊！」安泰的神氣顯然不同了，「失敬，失敬。」

這時主人家的聽差給曹震送來一個小銅碗，志海從公用的大銅碗中為他舀了一杓肉湯；曹震從容不迫地掏出高麗紙來，撕了半塊扔在小銅碗裡，白湯馬上變黑了。然後，取出解手刀，連肥帶精片下一大薄片，在醬湯碗裡浸一下，送入口中大嚼。

「喝酒吧！」

酒是上好的「燒刀子」，盛在白磁海碗中，遞接而飲，猶存傳杯的古風。曹震喝了一口，遞向下手，順便請教：「貴姓？」

那人年紀很輕，顯得有些靦腆，艱於作答；志海急忙從旁插嘴：「這位是安王爺；安三爺的令弟。」

「喔，幸會，幸會。」曹震自我介紹：「敝姓曹，單名震，行二。」

「曹二爺！」

就招呼了這一聲，安王再無別話了。曹震原想「套近乎」，竟無從啟齒。志海是訥親的親信，受命為曹震與安泰拉攏，見此光景便託故起身，以便曹震得與安泰接席，有交談的機會。「聽說安三爺府上的乩壇，靈驗無比。」

安泰立刻抬起眼來，「曹二爺，」他很注意地問：「是聽誰說的？」

「是聽舍弟所說。」

「令弟？」安泰凝神想了一會問道：「令弟多大年紀？」

「二十四，不，二十五了。」

「那就沒有見過。我有三、四個姓曹的朋友，年紀最輕的也四十歲了。」安泰又問：「曹二爺也好此道？」

「我很相信，不過不大有機會拜壇。舍弟是內行，他們也常請神，每次舍弟都派職司的。」

「原來如此！」安泰又問：「令弟在壇上是甚麼職司？」

「他是『下手』。」

扶乩是用木製的乩筆，在鋪沙的乩盤中寫出字來，為降壇之神代言；木筆兩端延伸成了個丁字形，左右二人各以中指頂住橫棒的兩端，在右者名為「上手」，負責操縱；在左者名為「下手」，必須配合上手移動，當乩動如飛時，下手配合如果不夠嚴密，就會出錯。

安泰那個乩壇，有兩名下手，但都欠敏捷，所以聽得曹震的話，心中一動，隨即說道：「幾時帶了令弟，到舍間來玩兒嘛！」

「是，是。理當來拜候。」

「不敢當。」安泰問說：「知道舍間在那兒嗎？」

「要請教。」

「舍間在東城為將軍胡同西口路北第二家。」

「那不離大興縣衙門挺近嗎？」

「對了！」安泰欣然答說：「往北隔一條胡同就是大興縣。你可一定來。」

「是，是！就這幾天帶舍弟去請安。」

「好說，好說！」安泰將接到手裡的大酒碗轉給曹震。

一入座，曹震就問起扶乩。他只聽說曹雪芹頗好此道，以為必然確信冥冥之中，自有乩仙，不道曹雪芹脫口答道：「假的！」

這就不但曹震，連錦兒亦忍不住要質問了，「既然是假的，你怎麼一直迷信玩意呢？」她說：「世界上從沒有明明知道是假的，還當真的一樣，你又不是癡了。」

「好玩兒嘛！」曹雪芹略作回憶，不自覺地破顏而笑，「看扶乩的人，或者問事的人受窘，實在是件很好笑的事。」

「好嘛！」錦兒興味盎然地，「你倒講來聽聽。」

「慢，慢！」曹震此時還沒有聽笑話的心情，向愛妻搖手說道：「我先跟雪芹談談正經。」

所謂「談正經」就是要問明何以見得扶乩是假；如何假法；為甚麼要作假？

「要問為甚麼作假，原因可多著呢！拿我來說，我扶乩作假是好玩，隨便高興要甚麼人降壇，就甚麼人降壇。」曹雪芹說：「有一回輪到我扶乩，有人告訴我，來客中有個姓秦的，不信扶乩，存心要來找碴，最好把他攆走。我說『容易。』到焚符召仙以後，我判了一首降壇詩『飲酒讀書四十年，烏紗頭上有青天。男兒欲到凌煙閣，第一功名不愛錢。』」

「那不是岳飛的詩嗎？」曹震插了一句嘴。

「不錯。相傳是他的詩。有人便問：『尊神是岳武穆？』我判道：『然也。』接下來乩筆如狂，卻沒有字；這表示降壇的乩仙在發威，問事的人面色如土，趕緊磕頭。我把乩筆停一停又判：『會之後人，何得在此？』大家恍然大悟，主人家趕緊跟姓秦的說好話，把他請了出去。你們想，好玩不好玩？」

曹震聽得哈哈大笑，錦兒卻不明白，怔怔地問說：「這有甚麼好笑？」

「有『會之後人』在座，才會有岳武穆降壇。」曹震為她解釋，「會之就是秦檜的號。在河南姓岳的跟姓秦的是不打交道的，那年我跟老太爺起早進京，經過湯陰，親眼看見一個趕車的，聽說車上進京會試的舉子姓秦，無錫人，當時就停車，非讓姓秦的下車不可。後來那姓秦的還中了狀元。」

「原來是你故意搗鬼！」錦兒看著曹雪芹，笑罵了一句：「真缺德。」

「像我這樣還算是好的，有的惡作劇揭人陰私，真能教人下不了台。」曹雪芹又說：「乩壇人花樣很多。專有一班江湖游士，裝神弄鬼，弄得好為主人家奉為上賓；弄得不好，混一頓吃喝，早早走路。」

曹震將他這段話，一字不遺地都聽了進去；心中尋思，安泰家必定也養著這樣的幾個游士，而且可想得到的，必是高手，不然不至於會讓理親王如此迷信。

「怎麼叫弄得不好？」錦兒問說：「是弄假讓人拆穿了？」

「對，那些人有個祕本，上面都是些吞吞吐吐的話，看起來暗藏玄機，其實是故弄玄虛。」

曹雪芹又說：「那些人的手段，高下就在出不出毛病；出了毛病能不能補救。」

「你倒舉個例子，看看是怎麼出了毛病？」

曹雪芹想了一下說：「好！我說個故事你聽。」

他說：有一回文友雅集請來一個生客扶乩；乩仙的降壇詩是兩首七絕，第一首是：「沉香亭子好春天，斗酒題詩可百篇。妃子妙年親捧硯，至今衣染御爐煙。」第二首是：「滿林楓葉薊門秋，五百年前憶舊遊。偶與瑤池仙子遇，相攜且上酒家樓。」

「原來是李謫仙！」

乩筆判道：「然也。」

「大仙，」突然有人抗聲說道：「降壇詩與大仙生平行誼，不甚相符，是何緣故？」

乩筆又判：「何言不符？」

「第一，」那人屈著手指數，「照杜工部〈醉中八仙歌〉形容，大仙斗酒詩百篇，不在沉香亭；第二，『妃子』自然是楊貴妃，馬嵬坡香消玉碎時，已經三十八歲，在沉香亭為大仙捧硯那時，已經不是妙年了；第三，大仙生平足跡未到薊門，怎麼說『忽憶舊遊』；第四，唐玄宗天寶到現在，也不止五百年。大仙是不是記錯了。」

大家一聽駁得有理，都目注乩盤，看李太白如何作答？那知乩筆停了半天，只判得四個字，用了半句陶淵明的詩：「我醉欲眠」。扶乩的人卻真如中了酒一般，雙頰如火，連耳朵後面都紅了。

「照你說來，都是假的，」錦兒不服氣地問：「莫非就從來沒有應驗過？」

「當然有。這跟測字一樣，偶爾觸機，如有神助，說的話準得很，而且準得離奇，準得意想不到。這也就是扶乩好玩的地方。」

「扶乩怎麼好玩？」監廚回來的翠寶在門外接口。

有了三、四分酒意的曹雪芹，談興來了，「我講件妙事給你們聽。」他略想一想說：「有個姓陳的翰林——」

這姓陳的是翰林院編修，有一天扶乩問前程；乩仙判下一首詩：「春風一笑手扶笻，桃李花開潑眼濃。好是尋香雙蛺蝶，粉牆纔過巧相逢。」陳編修猜詳了一夜，始終莫測高深，也就丟開了。

過了有半個月，「翰詹大考」，定制詹事府少詹事以下，翰林院侍讀學士以下，數年一「大考」，題目出自欽命，由翰林院掌院及特簡的大學士、尚書閱卷，高下共分四等，一等超擢；二等內記名，有應升之缺出，題請升補；三等罰俸；四等降調。如果連四等都夠不上，足見文字荒疏，就要「勒令休致」，回家吃老米飯去了。

陳編修考在四等，降調知縣。大家說乩仙那首詩的第二句應驗，「桃李花開潑眼濃」，是用河陽一縣花的故實——漢置河陽縣在今河南孟縣附近，縣中遍種桃花，而晉朝的美男子潘岳曾作宰河陽，這兩件事攏在一起，傳為美談，也成了做縣官的一個典故。

新進士朝考，如果不能入翰林，用為部員或知縣；陳編修散館留館，歷時三年，又當了四年編修，不道回頭去當風塵俗吏的知縣，七年辛苦，付之東流，失意可想，因而同年紛紛慰問。到得陳家，門上拄了一支拐杖來應門，一問起來，第一句詩也應驗了。

原來主僕的想法不同，陳編修是個窮翰林，聽差長隨，跟著受罪；如果外放做地方官，此輩的生路就來了。尤其是門上稱為「門稿」，百姓打官司呈遞狀子，照例要送「門包」，最少亦須二兩銀子；倘或是富家出了命案，或者與人爭奪田產，或者是關乎婦女名節的風化案子，那張狀子的門包，上百兩亦是常事。

這天有人來送信，說陳編修外放知縣，那門上正站在台階上，聽得主人壞消息，卻是他的意外喜信，情不自禁地手舞足蹈，大聲笑道：「這下該我交運了。」一句話未完，只聽「咕咚」一聲，從台階上失足摔在院子裡，把條腿摔壞了，所以策杖而行。這不是「春風一笑手扶笻」？一首詩應驗了半首，而三、四兩句，仍舊不得其解。

幾天以後，陳家鄰居聽說陳編修，開革了兩名聽差，卻不知是何緣故，一打聽之下，才知道那兩句詩之妙。原來那兩名聽差，因為門稿是「肥缺」，都想謀奪到手；但原來的門上，順理成章當門稿，非得主人格外眷顧，不能如願。

這兩個聽差，不約而同地都去求教一個一向有「智多星」之稱的同伴，許以重酬。此人來者不拒，教了他們同樣的一條「美人計」；當然，那兩個聽差彼此都不知道，暗中還有對手。

那天是月底，晚上黑沉沉一片，那兩個聽差的老婆，都打扮得花枝招展，一個捧了一盤點心；一個捧了一壺茶，沿迴廊摸索著到陳編修的書房，準備自薦。不道時間湊得巧，兩人在牆角撞了個滿懷，點心茶壺都打碎在地，驚動了上下來探問，兩人無地自容之下，都遷怒到對方，一個罵「不要臉」；一個罵「狐狸精」。陳編修看著不像話，把那兩個聽差都辭退了。

這便是「好是尋香雙蛺蝶，粉牆纔過巧相逢」。曹雪芹的這個故事，講得錦兒與翠寶笑不可抑。曹震心想，這樣下去，曹雪芹喝醉了就無法再談正事。於是開口發話：「你們也笑夠了，暫請迴避，我跟雪芹有話談。」

曹雪芹不免納悶，一上來就談扶乩，又說談正經；這兩者如何能有關聯？因此，他止杯不飲，向翠寶要了一碗小米粥，一面喝著，一面凝神靜聽。

「有個安泰，家裡有個乩壇，你總知道吧？」

「安三家裡的乩壇很有名，怎麼不知道？不過，我也只是聽說很靈，不知其如何靈法？」

「你想不想去看一看。」

「當然想啊？」曹雪芹問道：「震二哥，你認識安三？」

「以前見過，今兒早晨在吃肉會上才交談。」曹震停了一下又問：「他如果想請你在乩壇執事，你幹不幹？」

曹雪芹料知其中必有講究，便不作承諾，「那得看情形。」他說：「震二哥你知道的，我不喜歡受拘束。」

「我知道。不過這件事關係很大，你能不能為大局，暫且受一點委屈？」

「震二哥這麼說，我不能講個不字了。」曹雪芹接著便問：「可不知道要我幹甚麼！」

「反正是在乩壇上幹活兒，我也不知道他會要你幹甚麼？不過，有一層你一定得花點心思，要讓他相信你，你才能明白他們在搞甚麼鬼？」

「『他們』？」曹雪芹不解，「是指那些人？」

曹震蘸茶水在桌上寫了個「理」字，輕聲問道：「懂了沒有？」

「嗯！」曹雪芹有些躊躇了，想了又想，終於忍不住說了出來：「震二哥，參預人的隱私，可不是一件好玩的事；而況他們幹的是玩兒腦袋的事。」

「你怕甚麼？有王爺作主。」曹震又說：「這件事辦完了，有你的好處。」

聽說有平郡王作主，曹雪芹的疑懼稍減；但他一向喜歡光明磊落，覺得類此行徑，是小人之所為，因而雖默默同意，臉上卻總帶著不甚情願的神氣。

曹震閱歷甚深，而況是從小看著曹雪芹長大的，自然能從他臉上看到心裡。他在想，幹這種事，全靠自己處處留意，隨機應變，方有所獲；如果漫不經心，毫不起勁，露了行藏，那就無益有害了。

曹雪芹的性情，不是幹這種事的人；曹震不免氣沮，心想，不必強人所難吧！但想來想去，想不出可託以腹心而能打入安泰家乩壇的人，不用曹雪芹便是放棄大好機會。既然如此，說不定只好想法子鼓舞他了。

略一思索，他有話說了，「雪芹，你不是最好奇嗎？這件事是千載難遇的奇事，它會怎麼變化，你最先知道，這還不能讓你過癮嗎？」他極力慫恿：「你倒想想，自古以來，有皇上當得好好地，忽然說，皇位不能傳給兒子，要傳位給別人了，有這種奇事嗎？」

「那也不足為奇。」曹雪芹答說：「宋朝的『金匱之盟』就是。」

曹震自然不知有此一段史實，當即問說：「那是怎麼回事？」

「宋太祖的杜太后，臨終以前把宋太祖找了來，說國賴長君，你將來傳位給老二匡義；匡義傳位給老三光美；再傳位給你的兒子德昭。宋太祖很孝順，表示遵命照辦。於是把『半部論語治天下』的趙普找了來，拿杜太后的遺命寫了下來，藏入金匱。這就是『金匱之盟』。」

「後來呢？」

「後來，自然是宋太宗得了皇位。」曹雪芹又說：「『燭影搖紅』是樁疑案。不過既有『金匱之盟』，大家也就沒話說了。」

「原來是『燭影搖紅』啊！」曹震有理會了，「再以後呢？傳位給誰？」

「宋太宗傳子而非傳弟。」曹雪芹答說：「那是因為趙普的一句話：一誤不可再誤。」

「意思是宋太祖傳弟而不傳子是錯了；勸宋太宗不能一錯再錯。」

「就是這個意思。」

「那就對了！現在跟當年就是不一樣。當今皇上就是不願意當宋太祖，連一錯都不肯錯。好戲在後頭呢，你難道不想在其中演一角；所謂『躬逢其盛』，我都替你可惜。」

一番話將曹雪芹說得好奇心大發，終於有了躍躍欲試的勁道。不過他也拖定了一個宗旨，只作旁觀，絕不參預；只當助手，不作主張。

於是第二天下午，曹震備了一份珍貴的土儀，帶著曹雪芹去拜訪安泰。曹震的禮貌周到；曹雪芹氣度安詳，在在給了安泰極大的好感。談到扶乩，曹雪芹有問必答，頗為內行；不知不覺，暮色將臨，曹震即起身告辭。

「別走，別走！在這裡便飯。」安泰伸手作個阻攔的姿勢，「今天晚上是壇期，你們不可錯過。」

意思是說，有甚麼疑難之事，正好乘此機會，請降壇的乩仙，指點迷津。曹震便即欣然答說：「是，是，真是不可錯過。不過初次拜候，便要叨擾，成了惡客了。」

「言重，言重，吃頓便飯，算得了甚麼。可有一句話，我得先說，今兒沒有酒。過一天咱們好好兒喝。」

「是的。喝得滿臉通紅，瞻仰乩壇，未免不敬。」

「這倒也不能一概而論。如果是濟顛降壇，總得叫人陪他喝一陣。」安泰又說：「我是因為曾經有人喝醉了，頂撞乩仙，後來出了事，所以不得已立這個規矩。」

於是早早吃了飯，閒坐喝茶時，賓客漸集，都是來趕壇期的；曹震的熟人很多，曹雪芹卻一個不識，便悄悄退避一旁，冷眼觀察。

「令弟呢？」他看見安泰在問曹震。

「在這兒。」曹雪芹不待曹震開口，便即現身上前，「安三爺有話吩咐。」

「我給引見兩個朋友，都是敝壇的好手。」

這兩人便是所謂「江湖遊士」，一個叫張友龍，一個叫何彤，都在四十歲上下，儀表都還不俗。彼此互道了「久仰、幸會」；只聽安泰高聲說道：「時候差不多了。各位請吧！」

賓客隨著主人家領導，來到假山上一座閣子中的乩壇，燒香焚符，由何彤作上手；張友龍作下手，在大家屏息等待之中，乩筆動了。

「萬乘棄草芥，一擔裝山河。自古帝王宅，相殘骨肉多。」降壇詩以後，乩仙報名：「老衲應文是也！」

這時便有人竊竊私議；曹震也在低聲問說：「這老和尚是誰？」

「是給燕王奪了天下的明惠帝。」

就在這時候，有個聽差在安泰耳際不知說了句甚麼？安泰隨即疾趨而出；過不多久，陪著一群賓客復回乩壇。為頭的中年人長得極高，瘦削的臉，膚色極白，兩耳貼肉，雙眼上插，一副不愛理人的模樣。

「這是誰？」曹雪芹低聲問說。

「你沒有見他『臥龍袋』下一截黃帶子？你想還有誰？」

原來他就是理王！曹雪芹心想，這晚上有好戲看了。

一個念頭還未轉完，「好戲」似乎便上場了。只見理親王一看從乩盤中錄下來的詩，頓時臉色大變；左右隨從及安泰亦都顯得很緊張了。

其實乩筆又動了，是催人發問：「諸居士有待老衲說法者乎？尚有滇南溥洽大師之約，不克久待也。」

催歸催，沉默歸沉默。因為不知乩仙來歷的人，不敢隨便說話；知道的因為牽連著建文遜國之事，怕觸犯時忌，更不敢隨便開口。這樣冷著場，使得安泰大為不安；舉目環視，一眼發現曹雪芹，臉上立即顯得輕鬆了。

「老弟，」他走過來輕聲說道：「你總知道這位乩仙是何方神聖？來，你上！」

曹雪芹還在躊躇，發覺曹震在他身後輕輕推了一把，那就不必推辭了。走上前去行禮通誠，心想，最好問些無關宏旨的話，千萬別惹是非。

「上仙自稱法號，那麼，谷王開金川門迎燕王進城，上仙出亡是確有其事囉？」

「久成定論，何勞查問？」

這樣的口吻，似乎不太客氣，曹雪芹心裡在想，這上手何彤有些可惡，不妨出個難題考一考他。轉念又想，在這種場合，謹慎為妙，忍一忍不必多事。

於是他又問道：「世傳上仙出亡，是由溥洽大師剃度，可有這話？」

「若非溥洽剃染，何致繫獄多年？」

依然是詰責的語氣，但曹雪芹仍舊忍住了，「鄭和七次下南洋，」他問：「是為訪求上仙蹤跡？」

「然也。」

「胡濙呢？遍走天下二十年之久，想來一定尋到上仙了？」

「試猜之。」

這又是故意刁難，曹雪芹心想，若說遇見，他可說沒有；若說沒有，他又可說有，反正總要給人一個沒趣，不如不猜。

「弟子愚昧，請上仙明示。」

「胡濙於永樂二十一年還朝，星夜馳赴宣化，吾四叔夜半披衣召見。即此一事，思過半矣。」

乩仙所說的「吾四叔」，即指先封燕王，後來稱帝的明成祖。「靖難之變」既由金川門入南京，宮中大火，火熄獲屍體一具，指為建文自焚的證據。其實這是皇后的遺屍，建文帝已削髮為僧，取法名應文，渡江遠走西南。為之剃染的是高僧溥洽，因此繫獄十六年；後由助燕王取天下的姚廣孝求情，始獲釋放。

為了訪尋建文蹤跡，除遣太監鄭和出海以外，並派都給事中胡濙，以訪「仙人張邋遢」為名，遍行天下州郡鄉邑，隱察建文藏身所在。永樂二十一年還朝，其時成祖親征漠北，駐蹕宣化，得報胡濙已到，不及等到天明，便即召見，漏下四鼓，方始辭出。

顯然的，胡濙已覓得建文，並獲保證，絕無再爭天下之心；此所以星夜馳謁，為的是向成祖報喜。

其時乩筆又動，判的是：「爾尚有所詢否？」

好勝的曹雪芹，本來已不想問了；看乩仙這樣語氣，不能不有所表現，想了一下問說：「上仙既棄萬乘如草芥，又如何『收拾起大地山河一擔裝』？有不捨之意。」

降壇詩中那一句「一擔裝山河」，原是由一本家喻戶曉的雜劇《千鍾祿》，又名《千忠戮》的曲文，就是曹雪芹所唸的那一句「收拾起大地山河一擔裝」套來的。與「萬乘棄草芥」自相矛盾，看來不易回答。

不過何彤是個中高手，乩筆動處，判下兩句：「皇位可棄，吾土吾民不可棄。」

一看是這話，曹雪芹立即警覺，再問會有「致干未便」的話出現；當下表示誠服，行禮而退。

這時安泰上前祝告：「弟子知道大仙跟溥洽大師有約，不敢久留；只不知何時能請仙駕再臨？」

乩仙的答覆是：「問我何時復降？總歸有日重來。人間遊戲識英才，欠我壇前一拜。」

曹雪芹上口便知，是半闋〈西江月〉；心中自語：這「雄才」不知說誰？反正絕不是指自己，因為早在壇前拜過了。

念頭尚未轉完，乩筆又動；續寫那首〈西江月〉的後半闋：「舊日燕享未到，今朝北國低徊；高牆幽死有餘哀，嫡子東宮猶在。」

這就很明顯了，所謂「雄才」指的是一向以「東宮嫡子」自居的理親王弘皙。轉眼看時，弘皙已疾趨上前，拜倒壇下，唇吻翕動，是在默禱。

「鑒子心誠，來日三鼓，且復一行。老衲去也！」乩筆戛然而止。

二更天回去，錦兒共翠寶都還未睡；一見曹雪芹跟在身後，而且臉上都沒有酒意，錦兒不免詫異，「怎麼？」她問：「到這時候還沒有吃飯？」

「飯是吃了，不過沒有喝酒。」曹震答說：「看有甚麼可以消夜的？我得跟雪芹好好兒琢磨琢磨。」

「錦兒姐，」曹雪芹說：「我渴了。你得先給我沏一壺六安茶。」

這夜月色如銀，又是「桂花蒸」的天氣，翠寶的主意，在院子裡擺桌子設茶置酒，讓他們兄弟靜靜地談話。

「你看出一點兒甚麼來沒有？」

「豈止一點兒？」曹雪芹從從容容地說道：「那何彤肚子裡有貨色，居然想出一個建文帝來，很妙。」

「怎麼呢？那段掌故，我可不大明白。」

「是這樣的，當初明太祖立長子朱標為太子；太子薨死於東宮，立太子嫡子為皇太孫，就是建文。你倒想，建文的身分，不跟理親王弘皙一樣嗎？」

「啊，啊，怪不得有那一句，『嫡子東宮猶在』，原來說他自己，也是說理親王。」

「對了，還有一樣相同，建文遜位，弘皙也沒有當上皇上。這一點，以後必有文章。」

「這文章怎麼做？」

曹雪芹暫不作答，喝一口酒，又喝一口茶；靜靜想了一會說：「『高牆幽死有餘哀』，是在挑撥弘皙，別忘了他父親死於非命。前面又許弘皙為『雄才』，震二哥你倒想呢？」

「雄才大略，當然是勸他謀皇位。」

「一點不錯。」曹雪芹說：「明兒建文降壇，一定拿他自己作譬，要極力進取，退讓自己吃虧。」

「嗯，嗯！」曹震深以為然，因而也就越為關心了，「安三邀你了沒有？」

「邀甚麼？」

「明天的乩壇啊。」

「明天開壇，怎麼會邀不相干的人？當然力求隱祕。」

曹震不作聲，默默地喝著酒。曹雪芹知道他心裡想的甚麼，覺得該勸一勸他。

「震二哥，你不必打甚麼想混進壇去的主意！事情是很明白的了；操之過急，反而會壞事。」

「話是不錯，不過即使不能親眼目睹建文降壇，總也得打聽打聽理王問的甚麼？乩盤上怎麼說？」說到這裡，曹震大聲喊道：「魏升、魏升！」

「幹甚麼？」錦兒應聲，「我怕雪芹在這兒聊得晚了，太太惦著，叫魏升去通知了。」

「喔，那就算了。」曹震轉臉說道：「我想起一個人，是理王府的管事老姚；成記木廠的楊胖子跟他有交情。我明兒一早讓魏升把楊胖去約了來，託他跟老姚去打聽。」

「準能打聽得到嗎？」

「準能打聽得到。」

「有把握不妨試一試。」曹雪芹說：「不過還是慎重為妙。」

「我明白，一定能辦到。」曹震又說：「你後天中午來；那時一定有消息了。不過有些事大家都弄不清楚，得要問問你。」

曹雪芹一口應諾，準時赴約，只見楊胖子已經在座。彼此招呼過了，曹震將原來拿在手裡的一張紙，遞了給曹雪芹，正就是楊胖子從老姚那裡打聽來的消息。

紙上沒有多少字，分成三行，便是三問。第一問：「準噶爾能否到京；天下太平否？」第二問：「皇上壽算如何？」第三問：「我還昇騰與否？」

「這是老姚寫給他的。」曹震指著楊胖子說：「老姚沒有能跟到壇上去。不過在書房看到一張理王親筆寫的字條，照抄下來就是這一張。」

原來是理親王發問之詞，「乩盤上怎麼說呢？」曹雪芹問。

「現在還不知道。」楊胖子答說：「不過老姚已經許了我，一定會打聽出來。」

「嗯。」曹雪芹問說：「姓姚的有沒有問你，幹麼打聽這個？」

「問了？」

「你怎麼說呢？」

「是震二爺教我的。」楊胖子答道：「我昨天問老姚：『外頭傳說你家王爺要當皇上了；乩仙降靈，已經許了你家王爺。我得趕緊巴結巴結。到底有這回事沒？』老姚回答我：『王爺要當皇上的話，傳了不是一天了。乩仙降靈，我也是剛聽說，還不大清楚。』我就說：『今兒在安三爺家開壇，你能不能打聽打聽。』他答應了。結果給了我這一張紙條。」

曹雪芹點點頭，猜詳了好一會問說：「這準噶爾是怎麼回事？跟理王所謀的事，似乎沒有關係。」

「怎麼沒有關係？」曹震答說：「其中有個緣故。」

原來準噶爾酋長葛爾丹策零作亂，自康熙五十六年開始，起伏不常。雍正七年春入寇，世宗決心討伐，以領侍衛內大臣傅爾丹為靖邊大將軍，川陝總督岳鍾琪為寧遠大將軍，結果傅爾丹中伏大敗，詔降為振武將軍，以順承郡王錫保代領其軍。雍正九年十月，額駙超勇親王策棱，大破準噶爾兵；第二年八月，復又在杭愛山打了一次大勝仗。但兵費支出，已達白銀七千餘萬，這場仗再打下去，非兩敗俱傷，因而乘噶爾丹策零請和的機會，決意收束，一面派平郡王福彭代替錫保，控制全局，並降旨罷征；一面派禮部侍郎傅鼐、內閣學士阿克敦議和。但其中牽連著一個策棱，和局變得頗為棘手。

原來策棱是元太祖的後裔，世居蒙古喀爾喀地方，康熙年間歸順後，尚聖祖第十女和碩純慤公主。噶爾丹策零內犯，即是東侵喀爾喀地方；到議和時，噶爾丹策零要求劃定的邊界，與喀爾喀部的游牧之地密接，策楞上奏朝廷，堅持不可。由此往復爭論，議定以阿爾泰山為界，準噶爾在西，喀爾喀在東，雙方游牧都不許超過界限。

話雖如此，還不能算是定局，因為噶爾丹策零，非常狡猾，勢窮則請降；力足則不馴，非要他親自進京，納貢輸誠，這一場勞民傷財的大征伐，才能算結束。當理親王弘晳，纏著莊親王允祿，要他執行世宗的遺囑時，莊親王即以收服準噶爾為藉口，說皇位遞嬗，絕不能妨國家大計；為收服準噶爾而用兵，歷時幾二十年，好不容易有個化干戈為玉帛的機會，將在九轉丹成之際，如果九重之上，顯出有爭權奪位，在根本上發生變化的跡象，則以噶爾丹策零之奸狡，豈有不利用機會，翻悔成約之理？因而勸理親王弘晳，稍安毋躁。

這番說詞，不但入情入理，且亦是用兵邊陲多年，好不容易得來的一個善果。弘晳自然不便反對；且亦知道反對毫無用處，因為勢既不敵，在理上再站不住腳，恰好授人以反擊之柄。

於是，他唯一的希望，就是噶爾丹策零真個悔悟，親自來京請罪納貢。那時當今的皇帝，功既成，身可退，再無戀位不去的理由。

談到這裡，曹震說道：「雪芹，你們喜歡扶乩的人，對乩壇的消息，一定靈通，能不能去打聽一下，昨天安泰家的情形，建文降壇了沒有；理王問的三件，乩上怎麼說？」

曹雪芹思索了一回，想起一個人，也是咸安宮的侍衛，名叫納彌，專好打聽豪門朱邸的新聞，問他也許能有滿意的答覆。

於是他答應著，在曹震那裡吃了飯，一直到咸安宮來訪納彌。多日未見，備覺親熱，敘了一陣契闊，曹雪芹閒閒問道：「納大哥，最近有甚麼新聞沒有？」

「多得很，你要聽那一路的？」納彌問說：「你知道禮王府三格格，為甚麼鉸了頭髮要出家？」

「我可不愛打聽人家閨閣隱私。」曹雪芹湊近他低聲問說：「理王府有甚麼新聞？」

一聽這話，納爾的神色顯得有些緊張，先四面看了一下，然後將曹雪芹拉到一邊，悄悄問說：「你打聽他幹甚麼？」

「怎麼？」曹雪芹問說：「有甚麼不妥？」

「你最好少提他。這一陣子步軍統領衙門的密探，到處都是，只要誰一提理王，馬上就被掇住了。你少惹是非！」

「多承關照。」曹雪芹拱拱手道謝，「我不跟別人去說，只跟你打聽。」

「你要打聽甚麼？看我知道不知道？」

聽他這樣答覆，曹雪芹就不必再拿話套他了，率直問道：「有一個安泰，你知道這個人不？」

「怎麼不知道？理王很信他的話；我看將來他的麻煩不小。你問這個人幹甚麼？」

「他家有個乩壇。這一陣子天天扶乩，理王也常去的。也許你有路子，能把昨天安泰家扶乩的情形打聽出來。」

「路子是有。」納爾躊躇了一會，忽然問說：「這不是很急的事吧？」

看樣子話中有話，曹雪芹便先反問一句：「急又如何，不急又如何？」

「不急就等兩天。」納爾不好意思地說道：「實不相瞞，理王府的護衛霍老三，是三十年的老弟兄，我要問他，他不能不說。只是我跟他還有幾兩銀子的首尾未清；等後天關了餉，我給他錢送去，順便就把你的事辦了。你能不能等？」

曹雪芹亦曾風聞，納爾拿出賣朱門祕聞，作為副業。如今看來，確有其事；當下毫不考慮地從荷包掏出來幾塊碎銀子，掂一掂約莫五兩重，托在掌中說道：「納大哥你先使著，不夠我明天再給你送來。」

「不！不！我怎麼能使你的銀子？」納爾一面說，一面推他的手。曹雪芹便將手掌一覆，正好將銀子閣在納彌手中。

「你我還分彼此。」曹雪芹將他的手掌握成拳，又問：「我甚麼時候來聽消息？」

納彌仰臉看一看天空：「這幾天的月色真好。」他說：「咱們今晚上在什剎海老陶茶棚子喝酒賞月。你看怎麼樣？」

「好！晚上見。」

到了傍晚，曹雪芹帶著桐生，策馬到了地安門外，大街西面就是什剎海，又名海子，夏天荷花極盛，是銷夏第一勝地，不過秋水明潭，殘荷高柳，這時候的風景也不錯，所以遊客很多。沿湖多的是酒店茶棚，曹雪芹依照約定，在相熟的老陶家落座。

「芹二爺好久沒來了。」老陶親自來招呼，「就你一座？」

「不，還有咸安宮的納大爺。」

「喔，他是常來。」老陶問道：「芹二爺是先喝著茶等呢，還是就叫他們送酒來？」

「等一等吧。」這一等等到月出，還不見納彌的影子。

老陶可來催了，「芹二爺，」他說：「南酒店快關門了。你愛吃『蝦米居』的兔脯，我讓他留了一塊；那兒小徒弟來問，還要不要？」

原來京師的酒肆，共分三類，一類專賣藥酒，有酒無肴；用燒酒以花果蒸浸，大致皆名之為露，如茵陳露、山楂露等。一類名為南酒店，以紹興酒為主；酒肴亦是江南水鄉風味，諸如火腿、糟魚、醉蟹、松花皮蛋之類。再一類是京酒店，以燒酒為主，有淶酒、木瓜、乾榨等等名目，下酒以乾果、肉脯為主。

曹雪芹在家喝南酒，到這些地方，卻喜愛京酒店，因為他有一個很淵博的朋友，說京酒店猶有北宋汴梁的遺規；為了一溫《東京夢華錄》中的風味，所以特意照顧京酒店。其中有一家無名小店，蝦米極美，便稱之為「蝦米居」；那裡所製的兔脯，亦為曹雪芹每來必嘗之物。

「好吧，我一面喝，一面等。納大爺愛喝南酒，讓他們送兩斤花雕來。」

酒肴剛備，納彌到了；見他滿頭大汗，曹雪芹覺得很過意不去，但也很高興，看樣子必有所獲。擦了臉先喝茶，等緩過氣來，納彌方始開口，「咱們挪到院子裡喝去。」他說：「外頭的月亮好，咱們賞月。」

說著，站起身來，親自指揮著將桌椅移向籬落邊僻靜的所在。曹雪芹心中有數，賞月是個名目，便於說話是實。

「納大哥，」曹雪芹舉杯說道：「先乾一杯，慢慢兒談。」

納彌乾了杯，一面自己取壺斟酒，一面悄悄說道：「只怕就這兩天要出事。」

「何以見得。」

「理王府四周的『暗樁』多了好多。他們不認識，我知道。」

「喔，」曹雪芹問：「扶乩的事，打聽出來了沒有？」

「要緊的打聽出來了。」納彌答說：「乩盤上說：準噶爾不會到京，可也不會再造反。皇上的壽算很長。理王問他還能昇騰不？乩上說：『有望。』問在甚麼時候？批了一句詩，那就猜不透了。」

「怎麼一句詩？」曹雪芹急急問道：「納大哥記下來沒有？」

「包裹歸堆七個字，我還記不下來，是幹甚麼去了？」納彌答說：「這句詩是：『萬年以後無多日』。」

「怎麼叫『萬年以後無多日』？這七個字很費解。」曹雪芹問：「理王自己有甚麼看法？」

「據說理王覺得兆頭不好，在發愁。當皇上要等當今皇上駕崩，而且就當上了也沒有幾天。」

「把這七個字分作兩截，也是一種解法。不過，我總疑心，別有奧妙。」曹雪芹心中靈光一閃，急急問說：「納大哥，你剛才說，理王府附近埋伏的人又多了好些？」

「是啊！只怕這兩天要出事。」

「那就對了。就在這幾天。」曹雪芹說：「萬年就是萬壽；『萬年以後無多日』，是說過了皇上萬壽沒有幾天，這日子就到了。今兒幾時？」

「八月十八。」

「皇上萬壽是八月十三，過了五天了。我看再有五天，必有動靜。」

「你是說理王就要當皇上了？」納爾困惑地問：「這個皇上可怎麼當上去啊？」

「就是這話囉！」曹雪芹擎杯說道：「納大哥，『天子萬萬歲，小人日日醉』，來，咱們喝著酒，看熱鬧吧！」

就在他們舉杯邀月之際，康親王巴爾圖府中，正在舉行會議。巴爾圖之父傑書，是禮親王代善的孫子，三藩之亂時，傑書是平福建耿精忠一路的統帥，戰功彪炳，較諸他的祖父叔伯，毫不遜色。傑書歿後，由他的第五子椿泰襲爵。此人豁達大度，精於武藝，「六合槍」為一代宗師。椿泰下世，其子崇安承襲，不幸也像他父親一樣，英年早逝；其時為雍正十一年。

康親王也是世襲罔替的「鐵帽子王」，在宗藩中地位甚高。但王爵如果年紀太輕。輩分較卑，說話就欠力量；世宗想將它造成強藩的地位，以便有所匡助，因而康親王的爵不歸於崇安之子，特命崇安的伯父，亦就是椿泰的胞兄巴爾圖承襲。論輩分，他是世宗的堂兄，年逾六十，行輩、年紀，為諸王之冠，自然而然地成為宗人府的宗令；也就是愛新覺羅氏的族長。

世宗的老謀深算，此時發生了無可比擬的大作用。巴爾圖以宗令的身分，將理親王弘晳、莊親王允祿找來問話；在座的還有左右兩宗正，右宗正便是平郡王福彭。

「理親王，」巴爾圖是用「官稱」，更顯出這是談公事，不是敘親親之誼，「有人訐告你謀為不軌；在皇帝面前，毫無人臣之禮。我想問問你，是怎麼回事？」

理親王弘皙原以為要談如何接位的事；一聽與想像完全是兩回事，既驚且憤，楞在那裡，半天開不得口。

「怎麼？莫非有甚麼難言之隱？」

弘皙一定心，神智稍微恢復後，冷笑一聲說道：「有難言之隱的不是我。請莊親王說好了。」

「我很難說。」莊親王允祿低著頭說：「我也很為難。」

「哼！」理親王微微冷笑，轉臉向行四而長一輩的康親王說：「四伯，你是宗令，也就是咱們的族長，這件事你得說句公道話。」

「我連怎麼回事都還沒有鬧清楚呢？那年八月廿三圓明園出大事，你們在園裡大內關起門來密談，我都不在場，今天能教我說甚麼？」

「可是，四伯，你今天不是插手來管這件事了嗎？」

「那是因為有人告到宗人府，我是堂官，要推也推不掉。」

「是誰告我？」

「這，我可不能告訴你。不過，」康親王加重了語氣說：「我也還沒有出奏，特為請你來問一問。如果你不承認有這回事，我跟皇上面奏，辦那個誣告你的人，不就大事化小，小事化無了嗎？」

這完全是一番好意，理親王正要道謝同意，驀地裡醒悟，這是一個圈套。如果照康親王的話做，那道上諭上表面為他洗刷，實際上就是否定了以前的一切約定；也就是不承認有接收皇位的資格。那時再有甚麼舉動，就真可以把他辦成個謀反大逆的罪名了。

轉念到此，氣憤填膺；但馬上警覺，面對這樣的局面，說錯不得一句，走錯不得一步，因而沉住氣答說：「四伯，我不是甚麼『謀為不軌』，我是等著皇帝昭大信於天下。」

話還是說錯了；康親王雖已六十開外，腦筋卻毫不糊塗；抓住他話中的漏洞，故意裝作不解地問：「甚麼『昭大信於天下』。」

理親王把自己恨得要死，明知不能說錯，偏偏說錯；皇位如何嬗遞，原是密約，既未「布告天下，咸使聞知」，那裡就談得到昭不昭大信？

「我看，」康親王趁機勸道：「你如今安富尊榮，日子過得很舒服，何必多事？」

「不是多事，是這口氣忍不下。」

「算了，算了。」

「不！」理親王搶著說道：「這件事一定得講講理。」接著話鋒轉向允祿，這回他改了稱呼：「十六叔，一樣都是你的胞姪，你不能偏心。」

「我沒有偏心，我是為大局。」

「大局？」理親王冷笑，「這句話說了一年了。我不相信，我會把大局搞壞。」

莊親王不語，康親王便看著平郡王福彭說：「你有甚麼意見？」

「總以和為貴。」福彭答說：「據我所知，皇上也並沒有堅持的意思。如果大家都覺得理王應該接位，皇上也不能不聽公意。」

「可是，」康親王躊躇著說：「這公意從那裡來。像這樣的大事，總不能一個一個去問啊！」

莊親王是跟平郡王早就有默契的，聽得這話，便即說道：「我倒有個主意，不過先得問問理親王。」

「你是甚麼主意？」康親王問。

「如果理親王願意，我想請四哥以宗令的身分，找大家吃頓飯，問問大家的意見。」

「吃頓飯算不了甚麼。不過所謂『大家』到底是指那些人呢？」

「咱們擬個名單出來。請理親王先說。」

理親王不知不覺地便開始想名字；正要開口，福彭搶在他前面說了幾句話。

「宗室很多，總要有個範圍，人多口雜，看不出公意。四伯看，是不是呢？」

「說得是，你們公議吧！」

「我想，除了『鐵帽』以外，只限於聖祖一系，爵位在貝子以上的，好不好？」

康、莊兩王沒有意見，理親王也同意了。於是福彭執筆開名單，「鐵帽」王，除了在座的康親王與福彭自己以外，還有鄭親王德沛、順承郡王熙良、信郡王德昭、顯親王衍璜，一共六個人。

聖祖一系，爵位貝子以上的子孫就多了，「你先報吧！」福彭向理親王說。

理親王按著輩分排行去想，聖祖之子，也就是他的胞叔，在世的還有八個，最長的是行十二的履親王允裪；其次是行十四的允禵，他倒是可望說公道話的，但自從當今皇帝得位，將他放了出來，一再要復他的間郡王原封，而他不願，最後勉強接受了一個輔國公的爵位。照福彭提出來的辦法，他不在被邀之列，那就不必去想了。

再次是行十六的莊親王允祿，是此事的關鍵人物，無須他提。接下來便是二十幾歲五個小叔叔，排行自二十至二十四，爵位是兩王三貝勒，都在雍正年間所封，料想都會幫著皇帝講話，敗事有餘，算了吧。

弘字輩的從兄弟可就多了。理親王細想了一下，開始提名：「十二叔履親王當然必請的；十六叔在這裡；十四叔能不能請？」他姑且試探。

「不必了。」莊親王答說：「請他，他也不會來。」

「五位小叔叔，」理親王說：「當年都還小，我看不必驚動他們吧。」

「也好。」莊親王點點頭，「你提弘字輩的吧！」

「咱們按著次序來。」福彭接口，「直郡王府沒有貝子；你的幾個弟弟，也都不是。誠親王的老七是貝子；恆親王府的弘昇，當然在名單裡面。淳郡王不必說，一定得請。再下來就是怡親王了。」

理親王心想怡親王弘曉年紀尚輕，雖說必是向著皇帝的，但不能不邀。不過怡府還有貝勒弘昌、寧郡王弘晈，或許可以利用他們說服弘曉，不必參加。

再下來是允禎的第二子弘明；允禑的第三子，襲愉郡王的弘慶，以及允祿的第二子弘普。理親王算一算，弘字輩中站在自己這方面的，至少有五個人，而會幫皇帝說話的，只有一個弘曉，如果能設法讓他辭謝，優勢就更明顯了。

「十六叔，」福彭突然問道：「六阿哥怎麼樣？」

「六阿哥」是指世宗第六子，為謙嬪所出，生於雍正五年；一直至世宗駕崩，六阿哥尚未命名，只稱之為「圓明園阿哥」。去年果親王允禮去世無子，皇帝承允禮生母勤太妃的意旨，以六阿哥為果親王嗣子，襲爵，並命名弘瞻，今年才十三歲，尚未成年，是否亦可參與這樣的大事，平郡王須向莊親王請示。

「不必了，不必了。只請和親王好了。」

「是！」平郡王福彭將和親王弘晝的名字添上，數了一下，聖祖一系子孫，允字輩兩王；弘字輩由理親王弘晳領頭，合計十一個人；另加六「鐵帽」，一共是十九個人。

「四哥，」莊親王問說：「這個客怎麼請法？」

康親王想了一下說：「算是宗人府請大家議事，備個便飯而已。」

「既是便飯，不必演戲，那就用大圓桌分兩桌坐吧！」

「這樣最好，說話也方便。」康親王表示贊成，當即傳了宗人府的司官來，吩咐發帖備飯，時間是次日午刻。

一回府第，理親王立即將他的兩個弟弟，行六的弘曣、行七的弘晀找了來，說知其事，決定立即召集會議。

要請的一共五個人，怡王府的貝勒弘昌、寧郡王弘晈；恆王府的貝子弘昇；莊王府的貝子弘普；還有原恂郡王允禵的次子貝子弘明。

除了弘明，其餘的人都請到了。花廳擺席，理親王坐了主位，首座不是寧郡王弘晈，而是他的「謀主」弘昌；他的右首便是弘普。

「老爺子怎麼說？」弘昌問弘普；「老爺子」是指莊親王允祿。

「老爺子實在很為難。」弘普答道：「他說：『從古以來，做中做保的人不知有多少。保人當皇上的，可只有我。閨女坐花轎，頭一回；心裡七上八下，不知道該怎麼辦？』」

「這是以前的話；我也聽說過。我問的是，你來之前，老爺子有話交代沒有？」

「老爺子說：但望贊成理王的人多，他進宮就容易說話了。」

「那也得他老人家領頭發話，才有力量。老普，你得在老爺子面前，好好說一說。」

「好！我一定說。」

「咱們算一算人數。」弘昌看著主人說：「在座的，連你我就是五個；老明今兒不來，明兒大概也不會去；就去了縱然不幫咱們，也不會幫那面。如今算一算老一輩的。」

老一輩的，履親王允祹會站在皇帝那一方，但有莊王可以抵制；和親王本來亦是能問鼎大位的，如今因為皇帝盡以先帝在藩邸豐厚的私財相賜，已被收服，發言的態度，自是可想而知。

關鍵是在六「鐵帽」。平郡王不必說；康親王亦傾向於皇帝，不過以他的地位，可以用話擠得他不能不說公話。如果其餘四鐵帽王，能拉住三個，事情就大有可為了。

當下決定，怡親王弘曉由弘昌、弘晈設法，不讓他赴會；鄭親王德沛等四「鐵帽」，找關係連夜去活動，此事由弘普負責。商定歡飲而散，分頭去辦事；但弘昌卻讓理親王留了下來。

「你看明天的局面怎麼樣？」理親王問說。

「據理力爭。」

「爭不過呢？」

「怎麼會爭不過？」弘昌像是很有把握地，「你只釘住莊親王不鬆口，看他當中間人的怎麼辦。」

「那麼爭來爭去沒有結果呢？能不能鬧？」

「能！」弘昌斬釘截鐵地說。

「既然如此，咱們就得把那一著棋拿出來了。」理親王緊接著說：「事不宜遲，銀子現成。」

原來理親王弘晳為此事，已祕密部署了好久了；最後一著便是大鬧宗人府，大鬧要人捧場，所以派人分頭去策動境況艱窘的閒散宗室與覺羅，如果答應捧場，先送十兩銀子，一接通知就得到宗人府四周集合，光看熱鬧送二十兩銀子，鼓譟助威的送五十兩，倘或有膽子開口幫腔，看情形重重酬勞，只要站在理親王這一面開一句口，起碼也得送兩個大元寶；足紋一百兩。

「好！我那裡有張名單，一共是四十多人。」弘昌說道：「頭一回的十兩是早就送了；如今還得先送，才能把大家的勁兒鼓起來。」

「那也無所謂。」理親王辦大事不惜小錢，很大方地答道：「你說好了，該怎麼送就怎麼送。」

「不可不送，不可全送，仍舊先送十兩一個。」

「說得不錯。其餘的也照你的辦法辦。」理親王又說：「一共接頭了三百多人，能有一半到，也就很熱鬧了。」

第二天一大早，曹震剛剛起身，門上來報，工部的「富大爺」來了，說有要緊事，非立刻見面不可。

曹震不由得有些驚疑，顧不得衣冠不整，將富勒森請到上房堂屋中相見。

「富大哥這麼早！用了早點沒有？」

「別客氣。」富勒森開門見山地說：「老二，我遇到一件怪事，要跟你來商量。」說著，他一撈長袍下襬，掏出十兩一錠銀子，放在桌上。

「這是幹甚麼？」曹震詫異。

「大概兩個月前，有個人；也是黃帶子，名字就不必說了。拿了十兩銀子來跟我說，有位王爺，想請我捧場。我問他怎麼捧法？他說：也許有一天，得請我到那裡看熱鬧。如果願意，今天先送十兩，到時候再送二十兩。這不是邪門兒嗎？我問他到底怎麼回事？他叫我別問。不問就不問，我把銀子收了下來；花光了也就忘了有這回事了。那知道這個人昨晚上又來了，給我帶來了這錠銀子——」

「喔，」曹震不由得大感興趣，「是要請你看熱鬧了，在那兒啊！」

「宗人府。」富勒森說：「一聽是這個地方，我心裡就打鼓了。老二，你的手面廣，眼界寬，你倒說，是看甚麼熱鬧？」

「我還不十分清楚。就知道了，富大哥，我也不能告訴你。」

「嗯，嗯。」富勒森充分諒解，「以咱們的交情，你能告訴我的，一定會說。既然如此，我也不必打聽了。不過，老二，你得替我拿個主意，這熱鬧能不能去看？」

「不能！」曹震平靜而簡截地回答。

「銀子呢？得退回給人家。」

「幹甚麼？」曹震答說：「富大哥，這錠銀子燙手，還是怎麼著？你儘管拿著花，當時不必去看熱鬧，事後的熱鬧看不完。」

富勒森凝神細想了一會說：「我明白了。」

「明白就好。富大哥我連茶都不留你了，你請吧！」

「我知道，我知道。你要去辦事。」富勒森一面說，一面拱拱手，往外疾走。

「富大哥，富大哥。」曹震將他喚住，鄭重叮囑：「這錠銀子，還有剛才咱們倆的話，你千萬別跟人說。」

「嗯。不會。」富勒森答說：「昨兒該我值夜，沒有睡好。這會兒我到大酒缸鬧一頓，回家睡大覺，天塌下來都不與我相干。」

等富勒森一走，曹震亦就匆匆出門，輕車直駛鼓樓，到平郡王祕密治事之所在。門前車馬甚稀，心知平郡王上朝未回，便在門房中坐等。

一等等到巳末午初，方始見到平郡王；將從富勒森那裡得來的消息，據實面陳。平郡王已從他處獲得密報，所以並不訝異，只點點頭問：「此人去不去呢？」

「我勸他別去。」

「這就對了。」平郡王接著又問：「恆王府的昇貝子，你跟他共過事，你覺得他怎麼樣？」

曹震想了一下答道：「人是很好一個人，就是功名心太熱了一點。」

「他在你面前，批評過皇上沒有？」

「沒有。」

「對理王呢？」

「也沒有跟我談過。」

平郡王沒有作聲，起身蹀了一陣方步，突然站住腳說：「恆王跟允禟同母，性情大不相同，恆王忠厚，顧大局。」他停了一下又說：「你不妨去看看他，探探他的口氣，看能挽回不能。」

話說得過於含蓄，曹震不甚明白；心想，這是件大事，不把話弄清楚，無從措手，因而問道：「王爺所說的『挽回』是指——？」

「指他自己。」平郡王這回指示得很明確，「你到他那裡去一趟，探探他的口氣，如果他不打算赴約，你就不必說甚麼。要是赴約呢，你得看情形，露點口風給他，君子明哲保身。」

曹震這才完全明白，平郡王是顧念恆親王平日謹慎顧大局，不忍眼看弘昇遭禍，當下答說：「王爺是一片保全他的心；我想昇貝子一定會感激。」

「也不用他感激，我只是能盡一分心，盡一分力。如果他真的執迷不悟，那就是自作孽；你我都不必為他可惜了。」

這「自作孽」三字，聽入曹震耳中，悚然而驚，「天作孽，猶可違；自作孽，不可活。」看來弘昇殺身之禍，就在眼前。

這樣想著，便不敢有片刻遲延；還怕車慢，拉過魏升的馬來，騰身而上，加上一鞭，直奔恆親王府。

「我要見昇大爺。」剛下馬的曹震，氣喘吁吁地說：「請你馬上通報。」

「震二爺，你先請坐，緩一緩氣。」門上受過曹震的好處，張羅著說：「有甚麼話交代給我，回頭我上去回。」

「不！我得當面跟昇大爺談，這會兒就請你上去回，說有要緊事面稟。」

「那不巧。我們大爺剛走——。」

「是上那兒？」曹震迫不及待地問：「宗人府？」

「是！」

來晚了一步，怎麼辦？曹震楞了好一會，總覺得弘昇待人不薄，不能見死不救；說不得只好到宗人府，看有辦法挽回不能。

結果是連宗人府的大門都沒有看到——步軍統領等康親王所約而願來的人到齊，立即下令戒嚴，斷絕通路。曹震嘆口氣黯然迴馬。

理親王弘晳發覺情勢不妙。

為了等莊親王允祿，一直不曾開飯；等到未初一刻，康親王巴爾圖說：「咱們先坐吧！邊吃邊等好了。」

大家都不說話，因為都知道康親王是在徵詢理親王弘晳的意見，該他開口答覆。但他也沒有作聲，只是臉拉得極長。也難怪他，平日身子極好的莊親王，忽然說是「頭昏」得歇一會兒才來；這不是有意規避，不打算談判嗎？

看看要成僵局，除了康親王以外，輩分最高的履親王允祹便附和著說：「對！邊吃邊等。我可真餓了。」

不打算來的，已早有通知；數一數在座主客只得十個人，就加莊親王，大圓桌也坐得下；康親王提議：「併一桌坐吧，也熱鬧些。」

這一點，理親王倒是同意了。因為集中在一起說話比較方便；倘照原議分成兩桌，不但力量分散，更怕有意拿他隔開，呼應不靈，孤掌難鳴，大為不利。

於是先敘輩分再敘齒，康親王名為主人，依然坐了首座；其次是履親王允祹；下面空一個座位，留給莊親王允祿。

餘下八個人，七個輩分相同，都是皇帝的堂弟兄。年齡最大的是肅親王豪格後裔的顯親王衍璜，接下來就是理親王弘晳、平郡王福彭、貝勒弘昌、貝子弘昇、寧郡王弘晈、莊親王之子貝子弘普。順承郡王熙良居末；他真是「敬陪末座」，不但輩分低，而且他的父親錫保，掛大將軍印帶兵征準噶爾，喪師失律，被革了爵，由熙良承襲。這天應約而來之前，錫保千叮萬囑，多執禮、少開口，以免惹禍，所以熙良格外恭謹，親自執壺斟酒，一一致意，倒像是主人的身分。

席間氣氛很沉悶，這都在康親王與平郡王意料之中。看看是時候了；平郡王開口說道：「正事要等十六叔來了才能談。咱們行個酒令吧！」一面說，一面望著顯親王衍璜，意思是希望他附和。

衍璜一向忠厚和平，知道此日一宴是鴻門會；能夠在席間上行行酒令，談談笑笑，對化解戾氣總是有益無害，因而接口說道：「對了！喝寡酒可不是味兒。咱們行個甚麼令呢？」

「太難的可不行。」履親王允裪說：「太容易又沒有意思。總要雅俗共賞才好。」

「有！」平郡王點點頭，「前天在鄭王那兒，有人行了個新酒令，挺有意思。這個令叫做『無所不在』，唸一句五言詩，最後是個『在』字，意思要一正一反。平仄不調，或者意思是『一道湯』，就得罰酒。」

「好！」履親王同意，「你先舉個例聽聽。」

「譬如，老杜的詩：『國破山河在』。」

「唉！」康親王大為搖頭，「這個例舉得不好！」

「是。」平郡王承認，「我罰酒。」他乾了杯又說：「四伯，你老是令官。」

「嗯。」康親王喝了口酒，慢吞吞地唸道：「龍去餘恩在。」

一聽這五個字，理親王弘晳與他的謀主弘昌，不由得互望了一眼；彼此會意，這是康親王借此諷勸。弘晳之父廢太子允礽至死並無封號，弘晳亦就無爵襲；他的理親王是先帝所封，「龍去餘恩在」是提醒他飲水要思源。

念頭尚未轉完，履親王在接令了，說的是：「齒落舌猶在。」

一聽這句詩，在座的都像喝了一碗醋似的，牙根發酸；平郡王皺著眉說：「十二叔，包裡歸堆五個字，倒有四個仄聲，而且不是入聲就是上聲，真難為你是怎麼湊起來的？」

「不是一三五不論嗎？」

「一三五不論，不能這麼講。莫非你老自己都不覺得拗口？」

「那就是『拗體』。」

大家都笑了。允禵長於事務之才，書沒有念好，而口頭應對卻很有一套；強詞奪理，竟無以為難，令官只好放他「過關」，由顯親王衍璜接令。

他是早就想好的了，從容唸道：「人遠衣香在。」

「這句好！」顯親王說：「大家該賀一杯。」說罷，怡然引杯。

接下來是理親王弘晳，他放下杯子，開口說道：「駕崩盟約在。」

一聽這話，席中的臉色大多凝重了；不過平郡王福彭似乎很沉著，平靜地唸了一句：「知足身長在。」

「罰酒！」寧郡王弘晈立即發話，「這句話說的意思不是一正一反；違令了。」

「是的。」平郡王神色自若地，「最好不要反。」說著，乾了一杯酒認罰。

這時弘晳的臉上很難看了；弘昌便先以眼色示意，然後接令：「勢孤公理在。」

這是為弘晳聲援，壁壘逐漸分明了。大家都看著弘昇，等他表明態度；眾目睽睽之下，弘昇大感窘迫，當然也有些怯意，只好找句不相干的話來敷衍了。

「人窮志氣在。」

「這句也好！」顯親王稱讚著，喝了口酒又說：「人總要有志氣，只患德不修，學不進；不患名不成，利不就。寧郡王，該你了。」

寧郡王弘晈是個紈袴，肚子裡沒有甚麼墨水；要像他大哥弘昌那樣，借酒令幫襯弘晳，他辦不到。而且就是不相干的話，他亦無法說得雅馴；抬腿持著靴子，說了句俗語：「幫破底子在。」

「四哥，」有意想把氣氛弄輕鬆些的弘普笑道：「你得加倍罰酒。第一，平仄不調。是不是？」

弘晈唸了一下，果然錯了，便老老實實地認罰了酒。

「第二，你的靴子並沒有破。」

「我不一定要說我。你這是歪理；我不能喝。」

「好！我再說一個理，有身分的人，不能說失體統的話；你這句話一傳了出去，倘或有人誤會，說堂堂郡王，連靴子都是破的，這豈不有傷國體？」

弘晈語塞，便向顯親王說道：「請令官示下。」

「他的話有理。」顯親王說：「你的酒量好，就多喝一杯好了。」

「是！四伯賞酒喝，我不能不識抬舉。」弘晈舉杯一飲而盡，轉臉看著弘普說：「倒要聽聽你的；說得怎麼個好法？」

「老四真開竅！」一直在緩舉慢飲的履親王允祹，深為讚賞「老四」——寧郡王弘晈，「明明是罰酒，他說成是長輩賞酒喝；這杯酒喝下去，比罰酒可就受用得多了。既有面子，又有裡子；做人就要這麼識趣，才有意思。」

都知履親王擅於詞令，這幾句話說真是露了本事，借題發揮，暗存規勸。康親王與平郡王互看了一眼，取得默契，理親王弘晳這一回再不聽勸，就是「吃了秤鉈，鐵了心了」。

「十二叔的話說得真好。」平郡王福彭特為附和，然後舉一舉杯，向弘普說道：「該你接令，你可別說『有傷國體』的話；知法犯法，我可要請令官加倍罰你的酒。」

弘普只是笑笑；停了一下說：「我接得並不好，可也絕不至於受罰。」接著便唸：「人老童心在。」

「這好像是說我。」康親王笑著說。

「不敢，不敢。」弘普顯得誠惶誠恐起端起杯子。

「不，不！」康親王急忙搖手，「人老童心在，不失其赤子之心，不是句壞話。你用不著這個樣。」

「那，我就算敬四伯。也替我父親道歉，今兒怕要偏勞四伯了。」

這就表示莊親王是絕不會來了；而且託病也是早就計畫好了的。理親王弘晢的臉色開始發青了。

「小良，」康親王的表情也有些沉重，指著順承郡王熙良說道：「你說一句收令吧！」

熙良記著他父親的話，但求平安無事；當下陪笑說道：「請令官的示下，能不能喝個雙杯算過關？」

康親王尚未答話，理親王弘晢突然看著熙良，大聲問道：「你是不打算說了？」

「是。」熙良囁嚅著。

「我替你說：親亡遺恨在。」

這就不但語驚滿座，連一干執役人等都屏息以待了。而就在這令人窒息的氣氛中，只聽平郡王福彭，用不疾不徐但顯得很有分量的聲音說道：「今日之會，言不及私；言私國法在。」

理親王弘晢毫不示弱，厲聲而言：「背盟天理在。」

一語未終，儀門外一條極響亮的嗓子高唱：「宣——旨——。」

餘音猶在，自康親王始，已紛紛起立，拂一拂馬蹄袖，趨向一旁候旨；弘晈略一遲疑，隨之而起；接著是弘昌站起來時，還順手拉了弘晢一把。

這時已有內務府的司官，帶領七八個蘇拉，一擁上前，將大圓桌抬向一旁，接著七手八腳地挪開椅子。很顯然地，弘晢再不見機，就要被拖下去了。

這時宣旨的御前大臣、隆科多之弟慶復，已緩步進入儀門，隨帶八名御前侍衛，都是紅頂花翎，在院子裡雁行序立。慶復在廊上稍後，等接旨的香案陳設妥當，方始走上堂去，在香案之後，面南而立，開口說道：「康親王暨諸王貝勒聽宣。」

「臣接旨。」康親王一面答應，一面躬身而前；履親王允祹等人跟在後面，都在香案之前面北而跪，弘晳也為弘昇、弘普架著，跪倒在地。

慶復咳嗽一聲，清一清嗓子，朗然宣旨：「諭宗人府宗令康親王巴蘭圖等，有人密奏，莊親王允祿與弘晳、弘昇、弘昌、弘晈等結黨營私，往來詭祕；莊親王之子弘普，亦與其謀。莊親王與弘晳等人私相交結，形跡可疑，朕上年即已聞之，朕於天潢支派，念一本之親，冀其悔悟，漸次散解，不意至今仍然固結。著宗人府迅即傳召莊親王、弘晳、弘昇、弘昌、弘晈、弘普，暨案內比附人等，分別審問明白，務期水落石出，並限三日內具奏，候旨處分。原摺併發。欽此。」

「欽此」二字剛完，理親王弘晳已跳起來氣急敗壞地嚷著：「你們看，你們看！怪道莊王不露面；這不是一條苦肉計！」

「理親王，你膽敢抗旨！」慶復大聲說道：「本爵面奏上諭，倘有人抗不遵旨，得以便宜行事。」接著暴喝一聲：「拿下了！」

「我是東宮嫡子。」弘晳昂首抗聲：「誰敢拿我？」

「我敢！」他背後不知何時出現了訥親，雙手一圍，連手臂一起抱住；弘晳猶在掙扎，訥親在他耳際說道：「請王爺自己尊重，不然就難看了。」

一語未終，訥親帶來的人，將一副十三斤重的鐵鍊，驀地裡往青磚上使勁擲落，「嘩喇喇」一陣暴響，連康親王都嚇得打了寒噤。

弘晳面如死灰；弘昌強自鎮靜；弘昇垂頭喪氣；弘晈緊皺雙眉；只有弘普神色自若。

「別難為他們。」康親王交代司官，「好生看守。」然後向慶復作個手勢：「欽使請！」

慶復將上諭連同所發密告原摺，在正中供桌上安放好了，算是交代了公事；這才按身分敘禮，打康親王起始，一一請安問好，然後到西花廳密談。

「這一案該怎麼辦？皇上有交代沒有？」康親王問說。

「皇上交代，總以安靜為主。又說：凡事由康親王、平郡王細心商量。」說完，慶復起身，「皇上還等著我覆命呢。」

慶復一走，諸王亦將告辭；平郡王便說：「我倒勸各位暫住為佳。一回府去，有人來打聽消息，豈不為難？」

此言一出，履親王首先附議：「我也是這麼想。咱們兄弟叔姪，難得有這個清清靜靜相敘的機會，索性在這裡住兩天吧！」

大家都覺得這倒是個避囂躲麻煩的好辦法，當下各自傳喚跟班，交代回府跟福晉報平安，同時把鋪蓋及動用的什物帶來。顯親王衍璜的起居服飾，一向講究，又有各種好癖，要帶來的東西得開單子，其中包括一頭哈巴狗與兩籠鳥。

康親王與平郡王卻避到僻處，密商處置辦法。又因為照《會典》規定，類此事件應該會同吏部辦理，而訥親正是吏部尚書，所以隨後將他亦邀在一起商量。

「上諭中有莊王，」顯親王問：「是不是把他亦要請了來受委屈？」

「我看不必。不過，親供是要的。」

王公百官凡是涉案須赴指定處所聽勘受訊的，照定制須以書面自白，稱為「親供」。聽了平郡王的話，康親王觸類旁通，想得了一個處置軟禁諸人的辦法。

「這樣，現在就讓理王他們寫親供，如果直認不諱言的，奏請先行釋放。倘或不老實，那就說不得只好留下了。」

「這個辦法好。」平郡王說：「說了實話就能回去，那也是極好的一種鼓勵。」

「這怕不行。」訥親有異議：「上諭交代，務期水落石出，光憑他們一份親供，只怕無法出奏。」上諭是不能不這麼寫，但奉旨的人並無不准代為求情的規定，只是訥親正在「紅」的時候，兩王都不能不賣他的帳，當下決定，先讓大家寫了親供，再作道理。

其時已來了兩個得力的官員，一個是方觀承；一個是吏部考功司的掌印郎中，名叫何志平。他們都是預先由平郡王與訥親約好了的，只看慶復進宮覆命，便知事情決裂了，應該立刻趕到。

「好了。」平郡王接到報告，輕鬆地說：「有這兩個好手，諸事都能放心了。」

於是傳召方觀承、何志平，及宗人府府丞楊一帆，行了禮由康親王交代：「有人告發莊親王與理親王等人結黨營私，奉旨審問明白，三日內覆奏。這件欽命案子，情節重大，要請三位費心。」

「是。」方觀承的官階最高，所以由他答應；但案子是宗人府主管，所以轉臉問道：「楊府丞有何高見，請當著兩位王爺跟訥公說明白。」

楊一帆點點頭，向上說道：「請示：左右兩司理事官，應否隨同辦案？」

宗人府的建制，宗令及左右宗正、左右宗人之下，以府丞總領庶務；另外有左右兩司理事官各二人，掌左右翼宗室、覺羅，襲爵、派職、戶口、田產等事。理事官規定由宗室充任；而府丞卻是漢缺，為的是與旗人毫無瓜葛，地位超然，凡事可以秉公處理。

因為如此，康親王便搖搖頭說：「不必！人多主意多，就你們三位好了。」

「是！」楊一帆看了看方觀承，意思是別無他事請示，仍舊由方觀承來主持。

「回王爺，聽說原摺併發，是否──。」

「喔，喔，」康親王不等他話說完，「我倒忘掉了。在這裡。」他從匠几上將原發的密奏，交了下來。

方觀承略看一看又問：「王爺還有甚麼交代？」

康親王想了一下說：「你們總識得這件事的輕重？」

「識得。」

「總也知道這件事會搖動人心？」

方觀承懂他的意思——其實是了解皇帝的想法，務求安靜。但何志平跟楊一帆未必知道，不如讓康親王親口宣示，免得臨事有爭執。

於是他說：「搖動人心，必不可免。應該如何辦理，請王爺定個宗旨。」

「能夠順順利利問明白最好。倘或不甚順利，也不必劍拔弩張，鬧得滿城風雨。」

「是！」方觀承向何、楊看了一眼，意思是你們聽明白了？

「你們兩位，」康親王問平郡王跟訥親：「有甚麼話交代。」

「我的話，四伯已經說了。」平郡王答說：「沒有別的交代。」

「我要提醒三位，別誤欽命限期。」

由於案情重大，關防格外嚴密，楊一帆特為收拾出一座跨院；出入之處，都派人看守。那座院落跟軍機處相仿，也是南北屋各三間；問官只占南屋，留著北屋作問話之用，表示尊重親貴。

雖是熟人，私下也經過一番謙讓，終於還是推定方觀承主持。他先將告密的摺子傳觀既畢，方始開口說道：「奉命辦理這件欽命要案，不瞞兩位說，我實在很惶恐，不求有功，但求無過。不知兩位的想法如何？」

「我有同感。」何志平答說：「反正辦這件案子，頂石臼做戲，吃力不討好；得罪人是得罪定了。」

「這倒也不盡然。」楊一帆跟旗人打的交道多，深諳趨避之方，所以態度又自不同，「反正咱們是奉命辦事，只要禮數不缺，就不會結甚麼怨。」

聽了他的話，最不安的何志平心裡好過了些；當即問道：「咱們從何下手？」

「柿子揀軟的捏。」方觀承說：「先找最好說話的人？」

誰是最好說話的？應該是弘普。但弘普父子行的一條苦肉計，已經彰明較著，他說的話對弘晳、弘昌不但不能發生甚麼啟導的作用，或許還會惹起反感。幾經斟酌，決定先預備紙筆，讓各人自書親供，看情形再作道理。

於是楊一帆命人在北屋備妥五份筆硯，然後將弘晳等人都「請」到，楊一帆站在門口向上說道：「兩位王爺跟各位貝勒都受屈了！我們是上命差遣，身不由己，請王爺跟各位貝勒包涵。」說著，蹲身下去，總請了一個安。

「這是甚麼？」弘昌指著紙筆問道：「莫非還要寫親供？」

「是！」

「我不寫。」

「昌大爺襲爵的時候，不也遞過親供嗎？」楊一帆笑嘻嘻地說。

那只是敘三代履歷，但也叫親供；弘昌無以相駁，不開口了。

「王爺跟各位貝勒動手吧！要甚麼儘管吩咐。」說著，楊一帆往後退了兩步，正要轉身時，為人喊住了。

「慢著！」是寧郡王弘晈，「我可懶得寫；你替我找個人來。」

「老四，」弘昌問道：「你是要幹甚麼？」

弘晈尚未答話，楊一帆已經開口了。他很機靈，心知弘晈無法寫親供要找人代筆；這個機會不容錯過，「王爺，」他很快地說：「我來效勞，請到南屋來，免得打擾大家。」

說罷便躬身來延請；弘晈不自覺地跟著就走，弘昌在後面大聲說道：「老四，你別去！」一面說，一面追過來阻攔；弘晈也有些遲疑了，但禁不住楊一帆手腳靈活，手下得力，只見他橫身一擋，兩名蘇拉已經將屏門關上了。

「開門，開門！」弘昌在屋中大吼，「彭，彭」地踢著門。

「不必如此！」是弘普的聲音，「咱們沉著一點兒，別叫人笑話。」

這句話很管用，北屋中頓時寂然無聲。南屋中方觀承與何志平一見弘晈都起身請安，將他延入上座。

「王爺，」楊一帆說：「你也不必費甚麼心思去打腹稿，想到就說；我們替你記下來，回頭再整理。」

弘晈點點頭，想了一下說：「我真不知道該打那兒說起？」

「這樣吧，」方觀承提議，「我們把該問的話提出來，請王爺開導。如何？」

事實上這就是審問；不過措詞很客氣，而且被問的人上坐而已。弘晈只求省事，覺得這個辦法不錯，當下便同意了。

於是三個人將職司分派了一下，方觀承發問，何志平筆錄，楊一帆照料接應。

他叫人去沏了好茶，還擺上四個高腳果碟；居中高坐的弘晈，嗑著瓜子談話，氣氛顯得很輕鬆。

「咱們從先帝駕崩那天談起。」方觀承問道：「王爺是怎麼得到消息的？」

「是，理王家的老九。那天後半夜我睡得正沉，丫頭來叫醒我，說理王有大事來請。我起來一問才知道宮裡出了大事，先到我大哥那兒，一起進宮，天已經亮了。」

「進宮以後呢？請王爺把看見的情形，跟我們說一說。」

「當時人很多，不過凡事都是莊王作主。理王跟莊王爭，應該由他接任；可是兩道遺詔不同。」

「那兩道？」

「一道是鄂爾泰手裡的，據說是先帝駕崩之前，親手交下來的。另外一道，就是早年跟王公大臣宣示過的，要理王進宮去住，亦就是將有繼承皇位資格的那一道。」

「那麼，」方觀承問道：「照王爺看，應該以那一道作準？」

弘晈遲疑了一下，方始回答：「我覺得應該以從前的那道為憑。」

「這是王爺心裡的想法，還是說出來過？」

弘晈復又躊躇，但終於毅然決然地說：「我說過。」他還挺一挺胸，大有好漢一人做事一人當的意味。

「以後呢？」

「以後，」弘晈回憶了一下，「莊王要我到易州去看陵地，我就去了；過了四五天才回來，聽說理王跟今上談好了。」

「這話是誰告訴你的。」

「是我大哥。」

「他怎麼說？」

「他說，也是看永璉的分上，由莊王作保，倘或永璉能夠成人繼位，沒有話說；倘或永璉二十歲以前去世，皇位便得傳給理王。」

「那麼，去年端慧太子薨逝；王爺，你是怎麼個想法呢？」

「我心裡在想，這下皇位怕要動了。過了幾天，理王約我吃飯，跟我說：『老四，等我一年之後接了位，把你晉為親王。』我說：『那敢情好。』以後理王就常來請我過府去玩，差不多每回都要唱戲，玩得很晚才回來。」

「就是玩玩嗎？」

「還有甚麼？」

方觀承報以歉然的一笑，又問：「今天呢？是理親王請王爺你來的；還是只為了宗人府的通知？」

「都不是。是我大哥告訴我，一定要來。」

「王爺的意思是，如果昌貝勒不關照，就不來了？」

「也可以這麼說。」

由遠而近，已問到眼前，方觀承覺得夠了，便向何志平示意，把問答變個體裁，化成自白的親供。何志平的筆下很快，真可說是一揮而就；一筆趙松雪的行楷，漂亮整齊，弘晈毫無困難地讀完，指出一點，要求修改。

「別提今天是我大哥叫我來的。」

「好！」方觀承很快地答應：「只說接到宗人府的通知，自然應該來。」

「對。」弘晈問說：「還有甚麼事？」

「沒有了。王爺請回北屋吧。」方觀承又說：「請王爺順便跟昌貝勒說一聲；他如果願意看你的親供，就請過來。」

等楊一帆送他回北屋時，只見弘昇、弘普埋頭在寫親供；弘晳、弘昌則坐在遠處，促膝而談，一見弘晈，兩個人都抬起眼來看著他。

「老四！」弘昌問道：「你說了些甚麼？」

「話很多，」弘晈老實答說：「方問亭託我帶話，大哥你願意看我的親供，就請過去。」

弘昌看了弘晳一眼，取得了默契，點點頭說：「好！我去看。」

依舊是楊一帆陪著到南屋。方觀承對他比對寧郡王還恭敬，等他一進門便跪下說道：「給昌貝勒請安。」

「別客氣，別客氣。」

「請上坐。」

等弘昌在弘晈原坐之處坐定，也重新換了茶，何志平便向楊一帆使個眼色，雙雙彎腰後退，悄悄踏出門檻，而且順手輕輕地將屏門掩上。

方觀承改了稱呼，「昌大爺！」他嘆口氣，是那種無可奈何的神情，「你怎麼也跟理王在一起蹚渾水呢？」

「你這話甚麼意思？」

「我是懷念怡賢親王待我的好處，不能不替昌大爺你著急。」方觀承緊接著說：「如果說，先帝虧待了廢太子，可沒有虧待怡賢親王。」

弘昌不作聲，停了一下才說：「先王當初受了怎麼樣的委屈，你總知道吧？」

「我知道。老王迴護先帝，逾於常格；先帝酬庸老王，也逾於常格。上一輩的恩怨都有了很好的交代；請問昌大爺，理王又有甚麼逾於常格的恩惠到你身上？」

弘昌語塞，但臉上卻仍是不以為然的神氣。

「也許，」方觀承毫不放鬆，緊接著說：「理王許了昌大爺，他一登大位，封你親王世襲罔替。那是件很渺茫的事，俗語說：『賒一千不如現八百』，你拿現成的一個貝勒去賭那個不知道在那兒的親王，豈非太不划算了嗎？」

這話說中了弘昌的心病，而口頭上還不肯承認，「我是抱不平。」他說：「並非貪圖富貴。」

「不貪富貴，性命總要的吧？昌大爺啊昌大爺，你簡直在玩兒命！」

弘昌勃然變色，「你們敢把我怎麼樣？」他急促地責問。

「昌大爺這話錯了。身為臣子，無非遵命行事。」方觀承從從容容地說：「皇上仰體先帝晚年寬猛相濟之心，克保親親之誼，是故處處委曲求全，而且加恩九族，不吝爵祿，就像昌大爺，你這個貝勒不是今上封的嗎？」

弘昌語塞。原先那股盛氣一洩，心裡不免嘀咕；自己想想，實在也稍嫌魯莽。但事已如此，也只好寄望在理親王弘晳身上了。

「現在你說甚麼我都不必辯。反正誰是皇上，誰的話就有理；將來理親王又有一套話，一樣也振振有詞。」

「哼！」方觀承冷笑一聲，接著用微帶訓斥的語氣說：「你以為理親王還有將來嗎？真未見有執迷不悟如此者！」

這一下，弘昌才真的害怕了。不過，他還是只能用大言恫嚇，「莫非還敢殺親貴？」他說：「還敢挑起天怒人怨的倫常骨肉之禍？」

「禍福無門，惟人自召。不必提一個『殺』字，也儘有讓人吃不了兜著走的處置。」

弘昌想到當年被圈禁的滋味，不由得一哆嗦；洩氣的模樣落在人家眼中，就連色厲內荏的空架子都支不住了。

見此光景，方觀承放緩了神色說道：「昌大爺，這下你才知道，我是好意了吧？」

「你也是先王賞識的人，我沒有說你不是好意。不過，光說也沒有用。」

「當然我要替你想法子。」方觀承接口說了這一句；略作沉吟，方又說道：「禍是已經闖出來了，只有期望將來還有將功贖罪的機會。」

「將功贖罪？」弘昌問道：「你們打算給我安上一個甚麼罪名？」

「昌大爺，你又說錯話了。並不是我們跟昌大爺有甚麼深仇切恨，拿你羅織入罪。昌大爺，你自己設身處地想一想，是個甚麼罪名？」

除非弘昌能說一句「我沒有罪」；如果承認有罪，這罪名當然輕不了。可是，他心裡七上八下地盤算了好一會，始終沒有膽量說一句：「我沒有罪！隨便你們怎麼辦好了。」

「昌大爺，人孰無過？過而能改，善莫大焉。改過就從這會兒開頭。」

「怎麼改法？」弘昌情不自禁地問。

「喏！」方觀承將現成的紙筆往前一推：「昌大爺，你先寫個親供。」

弘昌不作聲，一枝筆拿起又放下，放下又拿起，最後終於不能不向方觀承請教了。

「問亭，你說該怎麼寫？」

「無非悔悟之詞，只說誤信人言，不知輕重好了。」方觀承又說：「你寫完了，我再替你斟酌。」

弘昌的書讀得比弘晈好，但這篇親供一句一停頓，寫得極慢，直到日落時分，方始寫完。

「問亭，」弘昌平時的矜躁之氣，絲毫不存，低聲下氣地說：「你替我好好改一改。」

「是。昌大爺的事，我沒有不盡心的。請放心好了。」

「還有件事。」弘昌臉上很尷尬地，「能不能另外替我找間屋子？我不能回北屋。」

「怎麼？」

「我怕見理王。」弘昌答說：「他要問我是怎麼回事？我怎麼說呢？」

「那麼，理王如果問，昌貝勒在那兒，我們可怎麼說呢？總不能照實回答，說你怕見他吧？」

弘昌楞了一會，突然說道：「你乾脆這麼說吧，已經把我扣起來了。」

又是一個願行苦肉計的。方觀承心想，這麼辦，倒是對迫使弘晳就範有幫助的；當下答說：「昌大爺願意我們這麼說，亦無不可。請稍坐一坐，我來安排。」

這時楊一帆已經將弘昇、弘普的親供都取來了，唯獨弘晳始終不合作，口口聲聲要見莊親王。

「我看咱們不必等他了。我還有個法子，索性連寧郡王他們三位，一起都挪了開去；讓理王一個人待在那兒，人單勢孤，心裡覺得不好受，說不定就會軟下來。」

楊一帆也贊成這個辦法，於是另外找了一座院落，先將弘昌送了去；接著便到北屋去接另外三個人。

「楊府丞，」理親王弘晳神色嚴重地問：「你們到底讓不讓我見莊親王？」

「回王爺的話，我們作不了主。」

「那，你讓我去看康親王。」

「是！等我上去回。」楊一帆很快看著弘晈說：「請寧郡王，還有兩位貝勒跟我來。」

那三人還未答話；弘晳卻開口問了：「你把他們三位帶到那兒去？」

「親供上有些事還不大清楚，得請了去問一問。」

說完，將弘晈、弘昇、弘普，帶到弘昌那裡；只見好幾個蘇拉正在忙碌，一個點蠟燭，兩個擺桌面；另外還有兩個正提著食盒進屋。後面跟著的是方觀承。

「康親王送的席，給四位壓驚。」

聽這一說，大家覺得心頭一鬆；接著，便聽得有人肚子裡作響。

「我可真餓了。」說著，弘晈動手揭開食盒，抓了幾片火腿往口中塞。

「今晚上，」弘普問道：「我們睡那兒？」

「總有地方睡。請先寬心喝酒。」楊一帆答說：「我這會兒就去張羅。」

於是由弘昌帶頭，相將入席；方觀承代作主人，一一敬過了酒，何志平來接替主位，方觀承道聲：「失陪。」退了出去，找楊一帆去商議。

「理王怎麼樣？」

「你聽！」楊一帆指著北屋說。

方觀承凝神靜聽，是理親王在發脾氣、摔東西；不由得皺眉說道：「這得跟兩王去請示。」

兩王是指康親王跟平郡王；到得那裡一看，非常意外地，莊親王允祿亦在座。

方觀承便將四分親供呈了上去，簡要地說了處置的經過，康親王覺得很滿意，大為誇獎方、何、楊三人「有辦法」。

「不過理親王可不好辦。原來打算把他孤立起來，也許能聽勸；那知道脾氣越大。體制所關，不能用強，得請三位王爺定個宗旨，以便遵循。」

「聽說他一直要見我？」莊親王問。

「是。」

「好吧！我跟他見見面，談一談。」

對他的這個決定，無不感覺意外，「十六叔，」平郡王福彭問說：「你老預備跟他談些甚麼？」

「先要聽他問我些甚麼？」莊親王昂一昂頭說：「反正避不見面，絕非上策。」

「是！」方觀承覺得莊親王很高明，力贊其成，「只要王爺一露面，理親王先就發楞了。」

果不其然。弘晳原以為莊親王使這一條「倒脫靴」的苦肉計，一定情虛不敢露面；所以一直嚷著要見莊親王，表示他自己理直氣壯，不道莊親王居然會來，一時倒有些手足無措之感。

「十六叔怎麼也來了？」

「還不是受你的累！」莊親王說：「上諭中不是也有我的名字嗎？」

「十六叔，你如今也知道了吧！你這麼迴護他，他居然翻臉無情！我早說他天性薄，十六叔該相信了吧！」

「話倒也不是這麼說。」莊親王故意停了下來，等陪著來的方觀承退了出去，方又小聲埋怨著說：「我早勸你別心急，事緩則圓，等自己處處把腳步站穩了，他無所藉口，只好乖乖退位。你就是忍不住，一逼再逼，到底逼出事來！小不忍則亂大謀，真是豎子不足與共事。」

說著，莊親王嘆了口氣，大有無端受累之慨。

弘晳一聽語氣不妙，隨後感覺得有股冷氣從脊梁上冒起來，似乎整個身子像浸在冰桶中一般；不知是怒是悲，是憂是急，好半晌說不出話來。

「古語說得好，退一步天地皆寬。」莊王又說：「先皇是病中胡思亂想，又不是神智清明時候說的話；這叫做亂命，原不能作數的。當初你別那麼認真，不就甚麼事都沒有了嗎？」

這總算正如蔴心緒中，讓弘晳抓到了一個線頭，能從此開始來清理了，「十六叔，」他問：「你說我甚麼事別認真？」

「不就是傳位的事。」

「那就怪了！」弘晳氣往上衝，一陣一陣地臉上發燒，「原是先王的皇位，讓他奪走了，自願物歸原主；這是何等大事，我能不認真嗎？」

「要說物歸原主。老姪，」莊親王仍是不徐不疾地，「神器另有所屬，我不說你也明白。」

「另有所屬？」弘晳問道：「你是說十四叔？」

「是不是。我不說你也明白的。」

弘晳語塞。聖祖決定將皇位傳給十四阿哥恂郡王，這是個不爭的事實。世宗一半以遁詞強辯；一半是得了怔忡症為求自我解脫，以為愧對廢太子。在弘晳來說，最初確是有著一種意外驚喜之感，可是既然作了承諾，而且今上即位時，已經取得協議，就非爭不可。

轉念到此，又覺得振振有詞了，「真是這樣的話，先皇駕崩那天，為甚麼發生爭執；又為甚麼有盟約。尤其是，」他提高了聲音說：「十六叔不該作中。」

「我作中是從權顧大局。」凡此指責，都在莊親王意料之中，所以回答得極快，顯得胸有成竹，他停了一下又說：「國不可一日無君。當時是聖祖有一段遺訓盤桓在我胸中，不能不作中。」

「喔，我倒要請問十六叔，是聖祖的那一段遺訓？」

於是莊親王為弘皙細談康熙年間兩次廢太子的經過，提到聖祖曾有一段遺訓，說皇子樹黨結私，各懷異謀，等他一旦身死，必然會將他的遺體置於乾清宮不顧，手足之間，束甲相攻。

莊親王說他對聖祖的這番感慨，銘記不忘，自誓如有這樣的情況出現，一定要化干戈為玉帛；當世宗初崩時，極力調和的本意在此。

這番說詞何能令弘皙折服，他冷笑說道：「原來十六叔之所謂調和，就是欺騙？」

對尊長如此措詞，無禮之甚；莊親王臉色勃然，但馬上就恢復平靜了；「你說我欺騙，就算欺騙。不過，人必自侮，而後人侮之。」他說：「怪來怪去要怪你自欺！」

「怎麼說是我自欺？」

「我剛才說過，先帝當初接你入宮，許了你也有繼承皇位的資格，那是病中的亂命。先帝有病，你沒有病，怎麼信以為真呢？」

聽得這句話，弘皙只覺得一股氣堵在喉頭，呼吸都不通了；等將一口氣緩了過來，只見他驀地裡左右開弓，打了自己兩個大嘴巴，同時咬牙切齒地罵道：「我該死，我該死！」

「你別這樣子！」莊親王說：「我索性把話說得透澈一點兒，才能攻掉你心裡的那塊病。聖祖的實錄俱在，對你父親心是傷透了，心也灰盡了。所以第一次廢立的時候，大受刺激，痛哭流涕，六天夜夜不能闔眼；到第二次再廢，若無其事，說是談笑處置而已。」

停了一會，又說：「為甚麼前後如此不同，就因為你父親不可救藥，君臣之義既盡，父子之情亦絕，視如陌路，無足縈懷。這你不是不知道；知道了而又以東宮嫡子自居，豈非自欺？還有一層你得冷靜下來想一想，聖祖駕崩，你父親跟你都沒有封號，你的理親王是怎麼來的，不是先帝封的嗎？」

弘晳心緒如麻，悔恨不已；思量往事，平日擁護他的那班兄弟姪子，此時都為他所怨尤，自覺為人誤得不淺。

此念一生，恐懼之心，隨之而起；莊親王既不責備，亦不解勸，只是默默地看著。

在窗外窺伺動靜的楊一帆，看著是時候了，逕自推門入內，向莊親王打個扦說道：「王爺怕餓了；宗人府備得有飯。」

「好！你開上來吧，我跟理親王一塊兒吃。」莊親王又說：「我怕今天不能回去，叫人叫吃的來，你看看來了沒有？」

「是。」

楊一帆答應著退了出去。不一會帶著蘇拉來擺飯桌；八樣極豐盛的菜以外，還有個肥鴨燉火腿的一品鍋，一小罎陳年花雕，這都是莊親王送來的。

「來吧！」莊親王向弘晳招呼，「咱們喝著酒聊。」

弘晳那裡喝得下酒，但卻願意聽莊親王說話。而莊親王也正要借杯酒，談先世，來作開導，所以關照不必伺候，以便摒絕從人，密談出一個圓滿的結果來。

「在帝王家，骨肉倫常之變，實在也無足為奇；大家想當皇上，自然是皇上權威，獨一無二，這個引誘，可是太大太大了。不過也不盡是為了私意，是覺得自己真有一套治國平天下的本事，想拿出來造福蒼生。」莊親王說到這裡，停下來問道：「老姪，你想當皇上，是為了甚麼？你可以不答我的話，可別騙我。」

弘晳已很明白，騙也未必騙得過去，只好老實聽他的話，默然不答。

「大家爭著想當皇上，有時候並不是一件壞事——我是指對天下人而言，見得那是個有為的朝代；倘或連皇上都不想當了，人家看著他可憐，他羨慕人家自由，那個朝代，大概也就快完了。」

弘晳拿他的話，想了一下說：「莫非先帝自信治天下，一定比十四叔強？」

「當然。」

「我看不見得。」

「人都過去了，這是件爭不出結果來的事。我要告訴你的，本朝有過許多天翻地覆的風波，不過到頭來都有好結果。」

「好結果？」

「對了，好結果。」莊親王自問復又自答：「甚麼叫好結果？就是於社稷蒼生有益。」

「這個好結果是怎麼來的，你倒說給我聽聽。」

「你不知道，就根本不配爭皇位。我告訴你吧，這個好結果是，爭不到的人能顧全大局；或者本人心不服，旁人覺得有害大局，不准他爭。」莊親王略停一下又說：「當初恂郡王能爭不爭；如今和親王也是能爭不爭。」

「哼！」弘晳輕蔑地冷笑，「十四叔還罷了。別的人，是財迷心竅，不說也罷。」

這是指和親王弘晝而言。當今皇帝為了安撫弘晝，盡以先帝在藩邸的私財相賜，所以弘晳說他「財迷心竅」。

「他的心竅就是財不迷，也耍不出甚麼高招來，倒不如當爭不爭，見機為妙。」莊親王趁機開導：「你倒問問你自己，如果是你當皇上，日理萬機，你能頂得下來不？聽說你常常扶乩，如果軍國大計，要請教乩仙，老姪，我看大清朝天下，非斷送在你手裡不可。」

「那──。」

「你不必辯！辯也沒有人聽。乾脆說吧，你是人家不准你爭！」

這最後一句，簡直是當頭棒喝，弘皙汗流遍體，滿懷慚惶，漲紅了臉好久說不出話來。

見此光景，莊親王知道已將他徹底制服了。不過弘皙的性情他也聽人說過，欺軟怕硬，剛愎自用；所以把本想加以安撫的念頭收起來，靜等他來求情，再相機應付。

「十六叔，我斗膽得怪你，這些道理，你早該跟我說的。」

「你這麼大人，都快做爺爺了，自己不知道輕重，還等我來說？」

「唉！」弘皙嘆口氣，「當局者迷！」

莊親王沒有理他，管自己陶然舉杯。弘皙這時候六神無主，一會兒站起，一會兒坐下，憋了好久，終於憋不住了。

「十六叔，」他說：「我想跟普二弟聊一聊。」

「我也不知道他在那兒？」

「只要你老答應了，我自己去找。」

「好吧！」莊親王回身向外問道：「楊府丞在不在？」

「在！」楊一帆在外應身，接著推門入內。

於是在莊親王指示之下，楊一帆將理親王弘皙帶到軟禁弘昌等人的那座院落；經過一座跨院，聽得曲韻悠揚不由得就站住了腳。

「怎麼，還唱曲子？」

「是的。」楊一帆答說：「是顯親王，把他府上『小科班』的場面也傳來了。」

弘皙也喜歡崑腔，便捨不得離去；凝神細聽了片刻，辦出正是《千鍾祿》中的建文帝在唱〈慘睹〉。這一折曲文共計八段，結尾都押「陽」字，俗稱「八陽」。顯親王唱完第四段，陡然拔高，聲如裂帛般接唱第五段「小桃映芙蓉」。

這段曲文，弘晳也熟，一面聽，一面在心中默唸：「慘聽著哀號莽，慘睹著俘囚狀，裙釵何罪遭一網，連抄十族新刑創；縱然是天災降，消不得誅屠恁廣，恨少個裸衣撾鼓罵漁陽。」

一面默唸，一面卻又心驚，燕王即了帝位，建文的忠臣被戮，妻孥發往教坊；方孝孺不肯草詔，燕王威脅以滅九族，方孝孺抗言滅十族亦不懼，燕王竟真的滅了他的十族。

蒼涼高峭的歌聲，加深了弘晳的感慨，同時也加重了他的恐懼；雖未掩耳，卻是疾走，不敢再聽「八陽」了。

到了軟禁弘昌的那間敞屋，又另是一番光景；杯盤狼藉，四個人臉上都是紅的，看來酒喝得不少。

「王爺用了飯沒有？」代作主人的何志平站起身來問。

「我不吃，別客氣。」弘晳看著弘普說道：「普二，咱們說幾句話。」

「是！」弘普答應著站身，領弘晳進了西間，匠上鋪著溫軟的被褥；兩人便並坐在匠沿上談話。

「老爺子來了，你知道不？」

這是指莊親王，「我不知道。」弘普微感詫異地問：「你見過了？」

「見過了。說了一篇大道理。」弘晳憤憤地說：「我實在不明白，何以事先一點兒都不透露，一直到今天才開口？」

弘普不知道他父親說了些甚麼，不敢造次，便只有付諸沉默了。

「你應該是知道的吧？」

「甚麼事？」

「還不是讓位的事。打一開頭就是個騙局，你總知道吧？」

「我可不知道。」弘普斬釘截鐵地說：「我只知道皇上一時不打算讓位，要把準噶爾的軍務弄妥當了再說。我不是幾次勸你別心急嗎？」

「話是說過，無非一句空話而已，他根本就沒有遜位的打算。」

這個「他」是指當今皇帝；弘普立即反問：「他跟你說過這話？」

「這還用說嗎？情形明擺在那裡。」

「既然如此，你又何以催著要接位呢？」

弘晳語塞，心裡卻是憤懣不平，覺得弘普的詭辯，比他父親還難纏。他平常不是這麼善於詞令的，可見得這套辯駁翻來覆去已演練過不知多少遍了。由這一點上，更可證明一開頭就是個大騙局。

「到現在我算是明白了。」他獰厲地說：「甚麼人長的甚麼五臟六腑，看得清清楚楚。」

弘普讓他去發牢騷罵人，若無其事地笑一笑，開口說道：「你回頭也搬來了跟我們一起住吧！我們商量好了，鬥葉子消夜，加上你一個，正好輪流『做夢』，輪流休息。」

「哼！」弘晳冷笑道：「我可沒有你那份閒情逸致；夢做得夠長了。」

「你的意思是，你的夢已經醒了？」

這句話就更露骨了；弘晳冷笑著說：「不醒怎麼著，莫非真的連死了都做糊塗鬼？」

「死是絕不至於——」

弘普故意尾音曳長停了下來，看弘晳一臉殷切的神色，心知他口雖不言，心裡相當焦急，迫切希望知道前途的吉凶禍福。

於是，他忽然換了很莊重的神色說道：「我想，你不得已而求其次，還是可以作一家之主。」

「這，」弘晳搖著頭說：「我不懂你的話。」

弘普很含蓄地為他解釋，事已至此，罪不可免，但不至於死；王爵亦不會取消，只是須另擇人承襲。弘普認為他如能表示悔改，則此另行承襲之人，可以由他來挑選。這樣，他在兄弟之間，便仍可維持家長的地位。

弘皙的兄弟很多，一時想不起由誰來承襲為宜；當然，這也是他捨不得拋棄爵位，以致意緒如麻、無法作冷靜思考之故。

「怎麼樣？你如另有主意，不妨說出來商量。」

到此地步，弘皙真有萬般無奈之感；通前徹後想下來，只有用「識時務者為俊傑」這句俗語來自譬，老老實實地說道：「普二，你倒替我拿個主意看。」

「老十不很好嗎？在他，你是長兄如父。」

弘皙的幼弟，庶出而行十的弘㬙，自幼喪母；由弘皙的妻子所撫養，所以名為兄弟，情同父子。弘普的建議，在弘皙自是求之不得，但怕其餘諸弟，特別是老六弘曣、老七弘晀提出反對，很難處置。

「這一點，你不必擔心，我跟老爺子說，無論如何幫你的忙。」弘普說道：「倘若上諭讓你自行擇人，奏請承襲，你會為難；直接由上諭指定，就誰都沒話說了。」

兒戲式的宮廷政變，談笑間就處置了。當然會有人倒楣，但比起雍正朝那種重臣大吏，動輒五條鐵鍊綑起，解到「天牢」，甚至送到圓明園或西苑，由皇帝親審的恐怖景象，僅僅革爵訓斥，真算不了一回事了。

皇帝的心思很深，他不在乎弘皙「造反」，關心的是，這麼一件可謂之「謀反大逆」的要案，竟輕輕發落，在臣民心目中會引起怎樣的一種猜測？

經過數度思考，他決定親自動筆，輕描淡寫地讓大家知道有這回事，而會很快地忘記。然後再看情形，逐漸加重刑罰。

於是他根據宗人府議奏，莊親王允祿與弘皙、弘昇等結黨營私，往來詭祕，請分別革爵，永遠圈禁的摺子，寫了一道硃諭。拿莊親王來「開刀」，沖淡弘皙為「主犯」的身分，也是預先策畫好的。

他說：「莊親王允祿，受皇考教養深恩，朕即位以來，又復加恩優待，特令總理事務，推心置腹，又賞親王雙俸，兼與額外世襲公爵，且畀以種種重大職位，俱在常格之外，此內外所共知者。乃王全無一毫實心為國效忠之處，惟務取悅於人，遇事模稜兩可，不肯擔承，惟恐於己稍有干涉，此亦內外所共知者。」

連用兩個「內外所共知者」，一筆帶過，可以避免敘述當初爭奪皇位的真相；接下來要表示他將此事看得甚輕：「至其與弘皙、弘昇、弘昌、弘晈等私相交結，往來詭祕，朕上年即已聞知，冀其悔悟，漸次散解，不意至今仍然固結。據宗人府一一審出，請治結黨營私之罪，革去王爵，並種種加恩之處，永遠圈禁。朕思王乃一——」

寫到此處，皇帝覺得為難了，要將莊親王形容成怎樣一種人？說他能幹，則「私相交結」弘皙等人，便是有心謀反，處置不能不重；說他庸碌，則「畀以重大職任，俱在常格之外」，顯失知人之明。考慮下來，惟有自承無知人之明，才能「開脫」莊親王，當下又寫：「朕思王乃一庸碌之輩，若謂其胸有他念，此時尚可料其必無，且伊並無才具，豈能有所作為？即或有之，豈能出朕範圍？此則不足介意者。」

寫是寫了，內心不免愧怍。他從小由莊親王允祿的生母宓妃王氏，及果親王的生母勤妃陳氏所撫養，聖祖晚年萬歲之暇，課幼子自娛，親授允祿以天算之學、火器之道，而皇帝又從允祿受教，名為叔姪、義同師弟。自己一向講究尊師重道，如今將胞叔而又為恩師的莊親王貶得一文不值，所謂師道尊嚴，掃地無餘，良心實在不安。

但非如此，這條苦肉計便無效用，只好隨後補過。就文氣推敲了一回，提筆又寫：「但無知小人如弘皙、弘昇、弘昌、弘晈輩，見朕於王加恩優渥，群相趨奉，恐將來日甚一日，漸有尾大不掉之勢，彼時則不得不大加懲創，在王固難保全，而在朕亦無以對皇祖在天之靈矣。」

這樣措詞，意示為了保全莊親王，不得不然；稍稍道出了苦衷。接下來論弘晳之罪，筆下就不必客氣了。

「弘晳乃理密親王之子，皇祖時父子獲罪，將伊圈禁在家，我皇考御極，敕封郡王，晉封親王，朕復加恩厚待之，乃伊行止不端，浮躁乖張——。」浮躁乖張者何在？皇帝心想，照實寫出來，自己亦覺得丟臉。但如不寫，便是欲加之罪，何患無辭；而且，以後倘有必要加重刑罰時，亦無根據。

所以決定據實而書：「於朕前毫無敬謹之意，惟以諂媚莊親王為事。胸中自以為舊日東宮之嫡子，居心甚不可問。即如本年遇朕誕辰，伊欲進獻，何所不可？乃製鵝黃肩輿一乘以進，朕若不受，伊將留以自用矣。今事跡敗露，在宗人府聽審，仍復不知畏懼，抗不實供，此尤負恩之甚者。」以下論弘昇之罪：「弘昇乃無藉生事之徒，在皇考時先經獲罪圈禁，後蒙赦宥，予以自新之路。朕復加恩用至都統，管理火器營事務。乃伊不知感恩悔過，但思暗中結黨，巧為鑽營，可謂怙惡不悛者矣。」

這就要輪到弘昌、弘晈了。想到這兩個人，皇帝覺得最不可恕，而且心中浮起了難以形容的厭惡之意。怡親王受先帝之恩，天高地厚，所以他人略欠忠愛，猶有可說；怡王子孫如此，便是忘恩負義，絕無可恕。

深一層去想，弘昌、弘晈實在亦非背叛先帝，只是對他個人有成見而已。最明顯的一個事實是，在以前，他們對和親王弘晝跟對他的態度是大不相同的；偶然流露出來的那種認為他「出身微賤」的輕蔑神色，一想起來就會百脈僨張，無名火發。

此刻就是如此。但多年來他從師傅之教，學會了一個「忍」字；對「小不忍則亂大謀」這句成語，了解得再透澈不過。因此一到這種時候，他就不期而然地會作自我提示，心境也就比較能夠平靜了。

「弘昌秉性愚蠢，向來不知率教。」皇帝寫道：「伊父怡賢親王奏請圈禁在家；後因伊父薨逝，蒙皇考降旨釋放。及朕即位之切，加封貝勒，冀其自新，乃伊私與莊親王允祿、弘晳、弘昇等交結往來，不守本分，情罪甚屬可惡。」至於「弘晈，乃毫無知識之人，其所行為，甚屬鄙陋，伊之依附莊親王諸人者，不過飲食讌樂，以圖嬉戲而已。」

寫到這裡，又出現了一個難題，弘普比他小五歲，從小就拿他當個小弟弟看待，與同胞手足無異；弘普亦當他胞兄看待，處處唯馬首是瞻。即如弘晳的行徑，便經常由他來密陳。這樣一個論事有功、論人有情的人，加以莫須有的譴責，實在問心有愧。

可是漏了他就是一個易於引起猜疑的漏洞，也就只好狠一狠心不顧他了。

不過話雖如此，措詞還是盡量求緩和，「弘普受皇考及朕深恩，逾於恆等，朕切望其砥礪有成，可為國家宣力，雖所行不謹，由伊父使然，然亦不能卓然自立矣。」

罪狀是宣布得相當明白了。接下來該定處分，當下宣召平郡王至養心殿，打算聽聽他的意見。

平郡王很聰明，何肯亂作主張，平白地得罪人，當下磕頭說道：「莊親王誼屬懿親，其處分除出宸斷以外，任何人不得擅擬。」

皇帝亦知道他的用意，只好自己先定了處分，再跟他斟酌，「先說莊王，當然不會革爵；內務府亦仍舊要他管。我想親王雙俸及議政大臣是不能保留了；還有理藩院尚書，想來他亦不好意思再跟蒙古王公見面，也免了吧？」皇帝問說：「你看如何？」

「臣愚。」平郡王答說：「竊以為皇上莫如先召見莊親王加以溫諭，以示倚任如故。」

「這——。」皇帝有些躊躇，因為不知道召開莊親王時該說些甚麼？

「或者，」平郡王很機警地又說：「召見貝子弘普，囑咐他轉告莊王。」

「這倒行！」

平郡王立刻接口：「弘普現在鑾儀衛。臣當傳旨，命其即刻進見。」

「可以。」

平郡王就此脫身，親自到鑾儀衛傳旨，陪著弘普到養心門前，拍拍他的肩說：「記住！做戲。」

要言不煩地兩個字，說得弘普心情改變了，已知是「做戲」就不必認真；所以進殿磕頭以後，表情木然。

「小普，」皇帝仍舊用從小至今未改的稱呼；他用不勝疚歉的聲音說：「你總知道，我是萬不得已。俗語說：『做此官，行此禮』，當皇上也是一樣。官樣文章，亦不能少。反正我心裡知道就是了。」

「是。」

「小普。你能不能把你的貝子借給我？」

這使得弘普想起十年前的一樁事，不知道是誰從「羅剎」——俄羅斯奉使回來，貢上兩個精巧的打簧錶；先帝分賞了「四阿哥」和他。那知四阿哥在圓明園沿著福海散步，取視金錶時，一不小心，掉在湖中。第二天先帝召見，他怕問起金錶，無以為答，便去找弘普商量：「小普，你能不能把你的金錶借給我？」

回憶到這段往事，少年友于之情，油然而興，不自覺地出以當年戲謔之詞，「金錶能借；貝子不能借。」他說。

「算了，算了！」皇帝笑道：「先把你的貝子借給我，將來還你一個貝勒；也許是郡王也說不定。」

處置分作兩部分，一部分照宗人府所議；一部分加恩從寬。弘昇永遠圈禁；弘昌革去貝勒，都是宗人府的原議。弘普的貝子，既為皇帝所「借」，當然也革去了。

從寬的第一個是莊親王，免革親王，只撤雙俸及議政大臣、理藩院尚書。他的差使還多得很，何者應去，何者應留，自行請旨。懲罰臣下，開一新樣；而其中自有深意，暗示對莊親王的處分，別有衷曲。

第二個是寧郡王弘晈，上諭中說：「弘晈本應革退王爵，但此王爵係皇考特旨，令其永遠承襲者，著從寬仍留王號，伊之終身永遠住俸，以觀後效。」

宣旨的是方觀承。奉差既畢，正心裡在想應該如何安慰弘昌時，忽然發現弘晈淚流滿面，接著伏地飲泣，不免詫異，急忙蹲身下去，將他扶了起來。

「王爺何以如此傷心？王號仍舊保留；住俸亦不是甚麼了不起的事。」方觀承還有句沒有說出來的話：怡賢親王留給子孫的家業，幾輩子都吃不完。

「我不是為我的處分，我傷心的是，皇上把我看得一個子兒不值。」弘晈且泣且訴：「說我『毫無知識』，說我『卑陋』，已經讓人受不住了；還說我的『依附莊親王等人，不過飲食讌樂，以圖嬉戲』，把我看成甚麼人了？我大小是個王，竟把我當作打『鑲邊茶壺』的『篾片』了。您想，作踐得我這個樣子，我還有臉活下去嗎？」

原來為此！方觀承倒是深為同情；但語言「卑陋」，卻絕非苛責。心想：難得他還有羞恥之心，不正好切切實實作一番規勸。

「王爺，你別錯怪皇上；皇上是一番『恨鐵不成鋼』的至意。譬如說吧，甚麼『鑲邊茶壺』，這種市井之語，出諸有身分之人之口，能讓別人瞧得起嗎？王爺，你得仔細想一想上諭上『以觀後效』那四個字。既有受了羞辱不想活的志氣，何不發憤讀書？讀書可以變化氣質，化鄙陋為醇美，不但可洗今日之恥，將來還有大用的日子呢！」

弘晈把他的話，每一個字都聽進去了；抹一抹眼淚，怔怔地想了好一會說：「我也不望大用，不過一定要一洗今日之恥。」

說話馬上不同了，方觀承大為讚美，「這才是。」他說：「我把王爺悔悟向上的情形跟皇上回奏，皇上一定也很高興。」

覆命仍須待命；皇帝交代方觀承：「還有事要交給你辦，等一等。」這一等就是一個時辰；茶膳房的太監馬勝，帶了挑著食盒的蘇拉來傳口諭賜食。

「這是御膳上撤下來的。」

以方觀承的身分來說，賜食已不尋常，何況是上方玉食？當下朝皇帝所在之處磕了頭，起身看御膳上撤下來的是，一盤包子、一大碗紅白鴨絲燴魚翅。他的量小，吃了四個包子就飽了；魚翅還剩下一大半，心裡不免可惜。

「方老爺，」馬勝說道：「吃不完帶回去好了。」

「這也能帶嗎？」

「怎麼不能帶？有的還特意不吃，好帶回去。這是皇上的恩典，帶回去孝敬老人家再好不過。」

「是，是！我帶回去孝敬我娘。不過，包子好帶，這魚翅湯湯水水的——。」

他的話還沒有完，馬勝便已接口，「不要緊！」然後轉臉對蘇拉，「去找樣傢伙來盛魚翅！回頭方老爺有賞。」

這是特意提醒方觀承，頒賞本就該給打賞的。只是銀子並未帶在身上；但即說道：「不錯，不錯。回頭到我那裡來領賞。」

於是蘇拉去找了個敞口的綠釉陶罐來盛魚翅。剛收拾好，奏事太監來「叫起」。

皇帝已換了便服。冬至將近，天氣已很冷了，皇帝將雙手籠入狐裘袖筒中，在西暖閣中散步；聽得簾鉤響動，回身站定；方觀承隨即跪下磕頭。

「吃飽了。」

「是。」方觀承老實答說：「賜食過豐，臣還能帶回去，以便臣母同沾恩榮。」

皇帝不作聲，忽然嘆了口氣，然後向首領太監說道：「你們都出去。」

等太監退出以後，皇帝在炕上坐了下來，命方觀承站著說話；他的身材矮小，站著亦僅及坐著的皇帝之肩。

「你還記得吧，我接位那年，有一天看了恂郡王回來，跟你談起的事？」

方觀承楞了一下，隨即記起，恭敬地答道：「臣何敢忘？」

「我說過，這件事怎麼辦，我完全聽你的。如今看來，該要辦了。」皇帝說道：「皇太后越來越不行了。」

方觀承亦曾隱約聽說，慈寧宮的御醫，一天要請三次脈；太后娘家的弟婦——承恩公凌柱長子伊通阿之妻，本來每半月進宮省視一次，這一陣子常常奉召入慈寧宮，每來都是宮門將下鑰時才走，足見病勢沉重。

「皇太后原是帶病延年，當初都以為朝不保夕，只以皇上、皇后純孝，得享數年天下之養。萬一不諱，皇太后必是含笑於天上；皇上亦應無憾。」

皇帝點點頭說：「承恩公家，應該都看得出來我的一片心。不過——，」他略停一下又說：「我剛才聽了你的話，感觸很深。」

臣子之母，得以樂享天倫；天子之母，卻不能不獨處離宮。稍為皇帝設想，實在是情何以堪？方觀承不由得有些激動了。

「辦理此事的步驟，曾面奏過，皇上如別無指示，臣今天就去看伊通阿。」方觀承說：「伊通阿是明理的人，必能聽臣的話。」

「好！要機密。」

「是。」方觀承又問：「去接『在熱河的太后』，非內務府辦差不可；應該跟誰接頭，請旨。」

「你跟海望商量。要快！」

「是。」方觀承停了一下，看皇帝別無指示，方始慢慢退了幾步，跪安而出。

一出來就到內務府，找到海望，屏人密談。「海公，」他說：「皇上派我跟你去看伊通阿，你知道是為甚麼？」

這是試探，看他知道不知道「以偽作真」的計畫？如果不知道，就得好好想一想如何跟他說明。因為海望此人，確如皇帝在口諭中所宣示的，「心地純良，但識見平常。」這件機密大事，如果講得不夠清楚，發生誤會，以致行事出錯，那關係就太重了。

「不就是要唱一齣『狸貓換太子』嗎？」海望答以隱語，以宋真宗的李宸妃比作「在熱河的太后」；接著又說：「不過，我可不知道皇上派我去看伊通阿。」

「現在我一傳諭，海公不就知道了嗎？皇上交代，要快！咱們甚麼時候去？」

海望與淩柱都是皇親國戚，平時常有往還，對淩柱家的情形很熟悉，沉吟了一會說：「承恩公瘋癱了，老大不大管事；他家是大奶奶當家，有事只跟老二商量。咱們不能找通大奶奶，不如跟老二，讓他跟他嫂子去談。」

「原來海公跟他家是通家之好，那就容易著手了。」

「不！話要你來說，因為只有你對這件事最清楚。」海望又問：「你跟他家有往來沒有？」

「沒有。我只見過老大伊通阿。」方觀承問說：「老二是叫伊松阿不是？」

「不錯。照這樣看，你到他那裡去也不方便，只有在我那兒談。晚上我請客。」

正談著時，天上已經飄雪；是初雪，也是瑞雪，更值得一賞。但伊松阿因為心情不好，天又下雪，婉謝邀約；海望只好再派親信聽差去面見伊松阿，說明有極要緊的事談，伊松阿方始冒雪而來。

其時方觀承已先到了，經海望引見以後，伊松阿很客氣地拉手問好，沒有那種貴介公子驕倨的神色；但透出一臉的精明，方觀承便不敢怠慢，言語之間，十分謹慎。

「咱們是先談事，後喝酒呢；還是邊喝邊談？」海望看著伊松阿問。

「看方先生的意思。」

「那我就放肆，妄作主張了。先談事吧！」

密室是早就預備好的，在一個假山洞裡，洞壁用油灰填實，刷上石灰水；地面也是油灰築實砑光，鋪墊極厚的狼皮褥子，關上兩面厚重的木門，不但溫暖如春，而且不虞隔牆有耳。

三人圍著一張紫檀長方矮几，席地而坐，方觀承與伊松阿兩對面，聲音雖輕也聽得很清楚。

「松二爺，你的臉色很不好，想來是因為皇太后聖體違和，心煩的緣故。」

「是啊！」

「皇上也是愁得眠食不安。」方觀承問：「到底怎麼樣了呢？」

「據我大嫂說，不過拖日子而已。」

「皇太后的病，」海望插嘴說道：「有好幾年了。」

「是的。」伊松阿說：「如說拖日子，這日子也拖得太久了。」

「也許，」方觀承說：「帶病延年，還有好些日子。」

「難！」伊松阿搖搖頭，越發憂形於色。

看看是時候了，方觀承便陡然問說：「松二爺，恕我問一句不該問的話，萬一太后駕崩，你看皇上是不是照舊會照看外家？」

伊松阿無以為答；他先要琢磨方觀承問這話的用意，想了半天反問一句：「你看呢？」

「我不敢瞎猜。不過，我倒帶了一篇文章在這裡，松二爺不妨看看。」

這篇文章是從國史館中抄來的〈費揚古傳〉。字寫得很大，句子點斷；鋪敘戰功之處，多從簡略；所詳的是「天語褒獎」以及所獲的各種恩典。伊松阿以為其中有何重要的啟示，所以很仔細地看完，結果大失所望，甚麼也沒有看出來。

這個結果表現在他臉上，卻早存於方觀承心中，「松二爺，」他問：「你知道費揚古是甚麼人？」

「不寫得很明白嗎？」伊松阿指著傳記唸道：「『費揚古，棟鄂氏，滿洲正白旗人，內大臣三等伯鄂碩子，年十四襲。』」

「是的。可是，松二爺，你知道不知道，他是端敬皇后的弟弟？」

「端敬皇后？」伊松阿想了想說：「從沒有聽說過有這位皇后。」

「那是因為後世忌諱，有意不談的緣故。」

「不錯。」海望說道：「有這位皇后，我也是到了孝陵，細看碑文才知道。祔葬孝陵是兩位皇后，一位是聖祖的生母孝康章皇后；一位就是端敬皇后。傳說她是——。」他縮住口沒有再說下去。

「啊！」伊松阿恍然大悟，「原來就是她啊！莫非真有其事？」

伊松阿亦未將小宛的名字說出來。他亦只知有此傳聞，不悉其詳；一半好奇，一半也是覺得特意談到端敬皇后與費揚古，必有跟他家有關的緣故在內，所以要求方觀承細細談一談。

「世祖跟端敬皇后的故事，一時談不完。」方觀承說：「我只告訴松二爺，端敬皇后只是認了鄂碩為父，跟費揚古不是真的姐弟。費揚古是靠他自己的功勞，並非因為他是椒房貴戚才發達的。你看，他的傳中，凡是上諭嘉獎，從來不提他是端敬皇后之弟，因為本來就不是嘛。端敬皇后在日，鄂碩進封伯爵；鄂碩之弟羅碩封男爵。人在人情在，端敬不在了，那裡還會推恩后家？所以費揚古傳中從不提端敬皇后。」

這「人在人情在」五字，恰如暮鼓晨鐘般，發人深省。伊松阿心想，真皇帝假太后，眼前不能不盡孝盡禮，一旦太后駕崩，既非骨肉之親，難期孺慕之思，想不起太后就想不起照應「舅舅」，要長保富貴，只怕難了。

「再說，」方觀承將聲音壓得極低，「今上原是有生母的。母不能以子而貴，只為太后的名分被占了。眼前是無可如何的局面；將來太后駕崩了，自己生母卻不能補這個缺。朝思暮想，想到頭來，松二爺，萬一遷怒，府上說不定就有不測之禍。」

這話說得伊松阿一驚。仔細想想，似乎不合常理，絕不會有這樣的事，但這是第三者看的常理；設身處地去想一想，貴為天子，富有四海，而生身之母不但未能迎養、甚至見面都不能夠，那種痛苦會逼得人發瘋，就甚麼事都做得出來了。

轉念到此，不由得毛骨悚然，「方先生，」他說：「這得替皇上想辦法，不能讓他們母子隔絕。倘有這樣的情形，那怕是窮家小戶，都讓人覺得可慘，何況是皇上？」

「松二爺，」方觀承大大地鬆了一口氣，「你有這番見識，我得跟你道賀；府上世世代代，富貴不斷了。」

伊松阿心頭一陣鼓盪，不知是驚喜，還是興奮；囁嚅著說：「方先生，你一定有好主意，請你教導。」

「言重、言重。」方觀承沉吟了好一會說：「凡事沒有十全十美的，只有一件事，賢昆仲要看得破、想得透。」

「那一件事？」

「當今太后駕崩了，一時還不能祔葬泰陵。」

「這！」伊松阿發楞，「方先生，這話我不懂。」

「那我就明說吧，府上少了一位太后，可又添了一位太后。讓在熱河的太后，頂如今聖體違和的太后的缺！不就兩全其美。」

「那——，」伊松阿細細琢磨了一下，想通了，「你是說，就當我姐姐——太后沒有死？」

「一點不錯！」方觀承很高興地，「松二爺，你比我的想法高明；不是少了一位又添了一位太后，是出於府上的太后，仍舊好好兒活著，那是多美的事。」

「可是我姐姐死了就連祭享都不能夠了？」

「誰說不能夠？當然得找個極妥當的埋骨之地；皇上能夠按時祭掃，盡他的孝心。」

「這樣，」伊松阿躊躇著說：「總覺得有點兒對不起我姐姐似地。」

「唉！」海望不以為然地插進來說：「五倫君臣第一，顧全君臣之義，手足之情欠缺一點兒，也就沒有甚麼不安的。移孝作忠也多的是，何況是姐弟之情。」

「松二爺，你不能光是由你想，你也得替太后想一想，生前有皇上盡孝；駕崩了仍舊有人代替她當太后，娘家長保富貴，太后雖死無憾。如果有這個機會而放棄了，太后在天之靈，一定怨你不懂事，不識大體。」

伊松阿是完全被說服了，因而口氣也變成賓主易位的情勢，原來是方觀承唯恐他不會同意；此刻變成他向方觀承請教，應該如何將這件事辦得圓滿。

「要辦得圓滿，只有俗語所說的『神不知，鬼不覺』。」方觀承說：「目前，連老爺子那裡都不必說破。」

「是。不過我總得告訴我大哥吧？」

「那當然。我想最要緊的是你嫂子。」方觀承問：「你看她怎麼說？」

「她？」伊松阿很坦率地答道：「有這樣的好事，她還能說甚麼？再說，事情擺在那裡，誰也不敢違旨。」

「松二爺，你這話說得很透澈。不過，你千萬得跟她說明白，這是件極好的好事，但如果口頭不謹慎，稍微露一點風聲，事情就會弄得糟不可言。」

「我知道，我知道。」

「那好。你嫂子是怎麼個意思，能不能明天給我個回話？」

「行。」

「那麼，」方觀承看一看海望說道：「明天，咱們仍舊在海公這兒見面。」

第二天見面，伊松阿帶來的回話，如所預期的，伊通阿之妻毫無異議以外，而且還意想不到地，她竟自告奮勇，願意去接「在熱河的太后」。

這看來是個很好的主意。但仔細想一想，倘或行跡洩漏，反易惹起猜測，所以方觀承持著保留的態度。

但皇帝倒是贊成的，而且也是嘉許的。不過方觀承仍舊非常謹慎，他先不作肯定的答覆，要看部署的情形而定。

首先是選奉迎的「專使」。依舊是選中了曹頫，因為他在熱河行宮修「草房」時，見過「聖母老太太」好幾次，而這個差使是非熟人去辦不可的。

可是曹頫卻不善於辦庶務，因而又非要加上曹震不可。方觀承將他們叔姪請了來，告訴他們有這麼一件事，說是：「上頭的意思，仍舊要你們兩位去。」

曹震很興奮，因為這件差使辦好了，必蒙重賞；而曹頫卻有恐懼不勝之感，甚至現之於形色了。

「上命差遣，本不敢辭。但責任實在太重了，萬一出了甚麼差錯，粉身碎骨不足贖其辜。」

「請放心，」方觀承說：「出了差錯，大家都有責任，只要事先策畫周詳，絕不會出差錯。」

曹頫還想說甚麼，曹震攔在前面說道：「四叔，這是辭不掉的事。再說，只要多加小心，也不會出甚麼差錯。」

「就是這話囉。」方觀承說：「只要你出個面，一切都有通聲替你辦，不必擔心。」

曹頫無奈，只得默然而坐，聽方觀承與曹震策畫。

「事情比較麻煩的是沒有準日子。」方觀承說：「這裡的太后一嚥了氣，聖母老太太就得接進宮去，早了不行，遲了也不大好。而且，進宮總還得挑個好日子。通聲，你看這件事怎麼辦最妥當？」

曹震凝神細想了一會說：「我想家叔應該先動身到熱河，把有這麼一件事，先跟聖母老太太說明白。」

「是的。」方觀承說：「這是第一步。下一步呢？」

「下一步有兩個辦法，一個是我到熱河去預備，一接到消息就護送聖母老太太進京，挑好了日子，一到京就進宮。」曹震忽然說道：「進宮那一刻最難；辦差也只能辦到送進京為止。」

「這一點，我已經想好了。你說另外一個辦法吧！」

「另外一個辦法就是，先在城外找一處隱密妥當的地方，把聖母老太太接了來住著，說進宮就進宮，比較省事。」

「這倒也是個辦法。不過隱密妥當的地方，不容易找。」

「容易。」曹震說道：「京城這麼大的地方，還能藏不住一位老太太。」

「那麼，先找房子，能找到妥當的地方就這麼辦。」方觀承向曹頫說道：「請回去預備吧！明天就有旨意。」

第二天，內務府為熱河行宮年節祭祀，應派人先期預備一事，開出名單請示。硃批是：「著曹頫去，即日啟程。」

通知送到曹頫那裡，不敢怠慢，立刻出城，暫且找客棧住下，算是遵旨「立刻啟程」，事實上總得預備一兩天，才能真的動身。

「倒是甚麼差使，這麼要緊？」季姨娘跟錦兒訴苦，「震二爺就不能替他想法子搪一搪，年近歲逼，又是雪，又是雨，我真怕他這一趟去會得病。」

「好了，好了！」錦兒沒好氣搶白：「快過年了，你就說兩句吉利話吧！」

話雖如此，心裡卻不能不承認季姨娘的顧慮，並非杞憂；只是皇命差遣，身不由己，如果真的得了病，也只能認命。

「你也不必多想。四老爺這幾年運氣不錯，路上一定平安，只是吃一趟辛苦而已。你回家在佛堂多燒一炷香，菩薩會保佑四老爺一路順風。」

錦兒好言安慰了半天；又取了些時新花樣的尺頭相送，將季姨娘敷衍走了，正想歇個午覺時，曹震從城外回來了。

「四老爺暫住東便門外南河坡的幡桃宮，他出了個難題，我可真不知道怎麼辦了。」曹震皺著眉說：「他叫我跟太太去說，打算把雪芹帶了去陪他。」

「那怎麼行？」錦兒毫不考慮地回答：「太太的病，剛好了一點兒，又快過年了，雪芹不在身邊，朝思暮想，不又添了病。」

曹震默然半晌，方又開口：「不過四老爺也確是少不得雪芹。」

「為甚麼？」

曹震考慮了好一會，拉著錦兒到後房，低聲將曹頫此行的任務，告訴了她，然後又說：「你想，這是多機密的大事！傳句話、寫封信，不能沒有一個自己人在身邊。不然走漏了風聲，還得了？」

「他不會把棠官帶了去？」

「知子莫若父，棠官是甚麼材料，四老爺會不知道？再說，棠官在圓明園護軍營當差，就算能請假，也不是一兩天就能准得下來的。」

「那麼，你的意思怎麼辦呢？」

「這就是我要跟你商量的。」曹震說道：「你倒想個甚麼法子，能讓太太准雪芹去？」

「准是一定會准的，說四老爺有緊要差使，非雪芹幫他不可，太太能說不行嗎？就怕口頭上說：不要緊，讓他去好了。心裡卻捨不得，那就壞事了。」

「照你這麼說，是要想個法子，讓太太能高高興興准雪芹跟了四老爺去？」

「這個法子不容易想。」錦兒慢吞吞地說，「只有我跟翠寶輪班兒陪著太太，想法子哄得她高興就是了。」

「那好。就你們兩個都去也行。」

「都去？」錦兒冷笑：「我們都去了，你也就不必回家了，反正『口袋底』多的是樂子；再不然還有『八大胡同』。」

「你又想到那兒去了。好了，好了，咱們別為這個抬槓。勞你駕，趁早去一趟。」曹震又說：「你可別說四老爺是幹甚麼去的；只說這一回是優差，交了差大家都有好處。」

「大家都有好處？」錦兒很關心地：「對雪芹能有個甚麼好處？」

「那就難說了。他是名士，不談功名利祿，就有好處他也不稀罕。」

錦兒不再作聲，只找到翠寶，說一句：「我得去看太太有事談。回來我再告訴你。」然後關照套車，帶著丫頭，匆匆而去。

一進門就遇見秋月，使得錦兒遇到了難題，曹震叮囑：「別說四老爺幹甚麼去的。」這話對秋月用得上，用不上？

細想卻不是難題。曹頫此行的任務，可瞞別人，不能瞞曹雪芹；曹雪芹知道了，豈有不告訴秋月之理。然則此刻之瞞，完全是多餘的事。

「我到你屋子裡去，告訴你一件千載異事；不過你得守口如瓶。」

秋月緊皺雙眉，在牙縫裡吸著氣說：「我的媽呀！你別掉文行不行？甚麼『千載異事、守口如瓶』都酸死了。」

錦兒臉一紅，「還不是跟你們這班酸溜溜的人泡的。閒話少說，」她指著曹雪芹的書房說：「在不在？」

「在寫春聯。」

錦兒點點頭，沒有再說甚麼；跟著秋月到了她臥室，先把房門關上，逕自往套間走了去。

秋月很少看到錦兒有如此鄭重其事的態度，料想這件「千載異事」，關係重大，心情也就自然而然地變得嚴肅了。

「四老爺要到熱河出差，你知道不知道？」

「不知道啊！」秋月詫異地，「快過年了，還出差？」

「今兒早晨的事，奉旨馬上動身，已經住到城外去了。不但四老爺，雪芹也得去一趟——。」

等她將整個經過說完，秋月臉上不由得就有難色。她心裡的想法不難測度，正就是錦兒所顧慮的。

「我在想，去是不能不去；只有想法子哄著太太，讓她沒有閒心思去想雪芹。我打算跟翠寶輪班兒來陪太太，把孩子也帶來，跟小芹一塊兒玩；家裡一熱鬧，太太的日子也容易打發了。」

「也就只有這麼辦了。」秋月問道：「你自己跟太太去說；還是我替你去說？」

「自然是你說。」

「這也行。不過是去幹甚麼，又為甚麼非要芹二爺陪著去，這得有個很妥當的說法。倘或話中有了漏洞，太太一動了疑心，那可就大糟其糕了。」

「是啊！如果是別的事，大不了說了實話，疑心也就去掉了；無奈這件事是萬不能說的。」

秋月沉默不語，只見她眼珠不斷在轉動；過了好一會，方聽她徐徐說道：「其實也沒有甚麼不能說的。太太肚子裡最能藏得住話，你是知道的；很可以明說。事先明說了，還有一樣好處，這是個很有趣的差使，太太沒有事，心裡會想，聖母老太太聽說皇上去接她，會是甚麼個樣子；聖母老太太見了芹二爺，是不是也喜歡他？只是想這些事，就不會想到芹二爺路上辛苦，替他擔心了。」

正在談著，聽得外房有推門的聲響；秋月起身張望，是小丫頭文玉，「芹二爺來了。」她說：「是來看錦兒奶奶的。」

「請芹二爺在堂屋裡坐一坐，我們就來。」秋月回身向錦兒說道：「暫且別告訴他，等回了太太再說。」

「這樣，我到他那裡看看杏香去；你趁這會兒跟太太去回，我在那兒聽消息。」

說停當了方始出房；只見曹雪芹迎上來問道：「聽說四叔已經出城了，是震二哥送了去的。怎麼回事？」

「待會兒你就知道了。」錦兒答說：「走，看看小芹去。」

於是一起出了垂花門，分路而行；曹雪芹陪著錦兒到他所住「夢陶軒」——前年就隙地新蓋的一座院落，三間正屋，兩間打通了的廂房，院子裡一樹蠟梅，黃橙橙地開得正熱鬧。

「杏香，你看誰來了？」

杏香掀開門簾，笑嘻嘻地將錦兒迎了進去，「書房裡坐吧！」她說：「那兒暖和。」

書房裡生著一個雲白銅的大火盆，暖氣將兩盆紅白梅花都催開了，但花香之中雜著藥香，錦兒便即問道：「誰服藥？」

「喏，她。」曹雪芹努一努嘴，是指杏香。

「怎麼啦？」錦兒關切地握著杏香的手問：「那兒不舒服？」

「沒有甚麼。」杏香問道：「你喝甚麼茶？有水仙；有碧蘿春。」

「錦兒姐，」曹雪芹插嘴：「試一試我的『雙清茶』如何？」

「甚麼叫『雙清茶』？」

「你看了就知道了。」

「水仙加梅花瓣。」杏香說道：「甚麼稀罕的東西，無非巧立名目。」

「他不是花這些閒心思，可怎麼打發日子？」錦兒笑著問說：「你製的墨怎麼了？」

「唉！別提了。」曹雪芹尚未開口，杏香已發怨聲：「廂房裡到處是煤煙，一片漆黑，害我整整收拾了兩天。」

「這麼說，是製成了，拿來我看看，自己製的墨，是怎麼個樣子？」

「真的能製成了，倒也好了。」杏香面無表情地說：「一團稀泥。」

曹雪芹任憑她埋怨揶揄，只是憨笑著不作分辯。而杏香說是一回事，做又是一回事；取茶葉、取磁海，取棕帚幫著曹雪芹從紫檀條案上掃落梅——紅白梅英掃了一碟子；接著匆匆而出，取來一碗水，將梅英都傾倒在水中。

錦兒一直默默地看著，心中感觸很多；此時卻忍不住問了：「那是幹甚麼？」

「梅花瓣上有灰塵，也許還有看不見的小蟲子。得拿鹽水過一過，加到茶葉裡頭，喝了才能放心。」

「這是她想出來的主意。」曹雪芹補了一句。

「這麼說，你們倒真是一對兒，好事之徒遇見好事之徒了。」

曹雪芹得意地笑了，杏香卻有委屈的表情，「還不是將就著我們這位二爺。」她嘟著嘴說。

「真是，」錦兒笑道：「一床上睡不出兩樣的人來。」

「嗨！」曹雪芹突然喊道：「水開了，快把壺提下來；水一老就不好了。」

他的話還沒有完，杏香已拿乾布襯著手，將坐在火盆上的水壺提了下來。曹雪芹已在大磁海裡放了茶葉，提起壺來，沖得八分滿；順手取銀匙舀了一匙紅白梅英傾入茶水，用一張皮紙封住碗口。

這時杏香已取了三個小號的楓木碗來；曹雪芹揭去封皮，用大竹杓舀了一碗茶，鄭重其事捧給錦兒。

見此光景，錦兒不敢怠慢，站起來雙手接住；捧到鼻下嗅一嗅，點點頭，說道：「似乎真有點兒梅花的香味！」

「你也聞見了吧？」曹雪芹滿臉像飛了金似的，「有雪水就更好了，那是『三清』。」

「你就忘不了雪水煮茶那段掌故。」錦兒笑著說：「你們定情的那一晚，只怕也沒有想到今天吧？」她突然想起，緊接著又問：「小芹呢？」

「睡了。」杏香笑說。

看曹雪芹臉上恬然自適的神情，錦兒心頭的感想，紛至沓來；有半碗茶的功夫，那些感想凝結在一起，覺得有話可說了。

「雪芹，你倒像是『有子萬事足，無官一身輕』的樣子？」

「豈敢！」曹雪芹答說：「你把我看得太高了。」

「我不是把你看得太高了，是把你看得太懶了。」

「太懶？」

「可不是太懶？」錦兒答說：「像四老爺，這種時候，還得吃一趟辛苦。你不願意做官，就可以躲懶了。」

杏香聽出錦兒對曹雪芹的懶散不滿，同時也不無有怪她的意思，正想開口有所辯解，卻被馬夫人派來的一個丫頭打斷了。

「太太交代，請錦兒奶奶跟芹二爺馬上就去。」

曹雪芹不知何事相召，錦兒心裡卻明白，站起身來，向杏香說了句：「咱們回頭再聊。」隨即向外走去。

曹雪芹跟在她身後，一進馬夫人的院子，便發覺異樣，丫頭們都聚在垂花門前的走廊上，離上房遠遠地。唯一的例外是老胡媽，在堂屋門口，端了張小凳子坐著。曹雪芹略想一想，明白了是怎麼回事；必是馬夫人有極要緊而又不可洩漏的話要說，所以讓丫頭們都迴避，而派兩耳重聽的老胡媽看門。然而那又是甚麼極要緊而又不可洩漏的話呢？顯然的，秋月是在屋子裡；而剛才她是跟錦兒在一起，屏人密語，這樣看來，此事必又跟錦兒有關。

轉念到此，不由得便扯一扯錦兒的衣服；等她站定腳轉臉過來，曹雪芹先看她的臉色，毫無異狀，便更詫異了。

「是怎麼回事？錦兒姐，你總知道吧？」

「別多問！快進去，聽太太說些甚麼？」

一進了屋子，錦兒先蹲身向馬夫人請安；曹雪芹卻只叫得一聲，細看母親的臉色，是深沉中微顯得興奮的神情，心想大概不是甚麼壞事，心就放了一半了。

「芹官，你得跟你四叔到熱河去一趟。」馬夫人的聲音極低，但秋月與錦兒都是連大氣也不敢喘，所以聽起來很清楚。

曹雪芹料知還有話說，且先答應一聲：「是！」然後也是屏息靜聽。

「這幾年你總不肯好好當差。我懂你的心思，嫌那些差使太委屈。你是內務府的閒散白身人，身分比工匠、蘇拉高不了多少，我也不願你去受那種委屈；再說像你三叔的那種茶膳房差使，也不是你能幹的；別人弄了好處，拿你去頂缸，真遠不如不幹還好些。不過，這一回是很漂亮差使。」

「喔，甚麼漂亮差使？」

「讓秋月跟你說吧！」

「是去接『聖母老太太』——。」

秋月將曹頫的任務，以及非得有個「自己人」在身邊才方便的道理，細細地告訴了曹雪芹。

「震二哥也要去？」曹雪芹問錦兒。

「他是第二撥；四老爺是奉旨馬上要走的。」

「這樣說，我也得趕緊預備。」

「對了！儘明天一天，預備妥當。」馬夫人接下來又說：「咱們曹家，受恩最深；康熙爺在日，凡有不便叫人辦的事，都是交你爺爺辦。如今這個差使，更是非同小可；老太太如果知道你跟著你四叔去辦這個差使，皇上把最機密、最看得重的大事交了給你們叔姪，真是拿你們當自己人看了，她老人家一定也會很高興。你懂我的意思不？」

曹雪芹一面聽，一面體味，自然深喻其意，能辦這樁差使，第一是意味著繼志承先，曹家又將恢復當年天子家臣的榮耀與地位；其次是能辦這件差使，便表示他已長大成立，能擔當大事了。想到這一點，不自覺地感到肩頭沉重，心生畏懼。

「四叔要我幫他，我還不知道幹得下來，幹不下來？」

「寫寫信，傳傳話，也沒有甚麼幹不下來的。最要緊的是謹慎，處處留心，別顯出形來。」

「是。」曹雪芹又問錦兒：「不知道要去多少日子？」

「這得問震二爺才知道。」錦兒答說：「乾脆你跟我回去，有甚麼話，你們哥兒倆一對面就都說清楚了。」

曹雪芹點點頭；轉臉向母親請示：「娘看呢？」

「也好。」馬夫人又說：「早去早回，我回頭還有話跟你說。」

「那就去吧！」

錦兒起身告辭，秋月相送；出了院子，忽然說道：「你到我那兒來一下，我有點東西，你帶回去。」

「甚麼東西？」

「給小犢兒的。」

錦兒之子，生在癸丑年，乳名就叫「小犢兒」；次日是他八歲生日，錦兒原邀了秋月跟杏香去吃麵，如今不能去了。

「明兒得給芹二爺收拾行李，一整天怕都忙不過來，明天沒法子到你那兒去了。給小犢兒的東西，你帶了回去。」

小犢兒的名字是曹雪芹所起，單名一個綏字。此中另有深意，先只有錦兒與秋月知道；為小犢兒起名，是在繡春失蹤以後，那時她腹中懷著曹震的孩子，而且也預先請曹雪芹起了名字，生女叫曹絢、生男叫曹綏。以後雖不知道她是生男還是生女，但總希望是個男孩，多少年以後，如果真有緣分，兩個曹綏遇見了，談起名字的來源，便是同氣連枝的確證。以後馬夫人也知道了，大讚曹雪芹想得深，想得巧，說他「雖不愛做八股文，書總算沒有白念」。又說：「能存著這份心，小犢兒跟他那異母的胞弟，必有骨肉重圓的一天。」

這是接杏香進門以後的話，曹雪芹觸動舊情，將杏香的胎兒的名字也取好了，生男名叫曹紀；生女名叫曹繡。說了給秋月聽，秋月執意不可，邀了錦兒一起來勸；曹雪芹付之一笑，不置可否，害得杏香快臨盆的那些日子，擔心不已，生怕杏香生了女孩，曹雪芹真的會將那個「繡」字帶出來。幸好一索得男，曹紀的紀，看來必是紀綱的紀，沒有人會知道那是紀念繡春的紀。

「小犢兒，你看你秋姑姑給了你甚麼東西？」

錦兒一面說，一面解開從秋月手裡接過來的那道大紅紙包，裡面是一個西洋撲滿、一串小金鈴、一個到時候會「咕咕」叫的小自鳴鐘，另外是一個細白棋子布的書包，繡著一幅「飯牛圖」，一頭雄壯的黃牛，臥在柳蔭下吃草，是秋月花了半個月繡製成的。

「這花樣是我替秋月描的。」曹雪芹問錦兒：「你看怎麼樣？」

「不好！」錦兒笑道：「把我們小犢兒形容成一頭懶牛了。」

「你可別這麼說。」曹震接口：「人家秋姑姑送書包，是提醒你早該送小犢兒上學了。開年九歲，無論如何得送他上學堂。」

原來依曹震的意思，小犢兒壯得似牛犢子一般，六歲就想送他上學；無奈錦兒捨不得，只說「還早、還早」，以致耽誤了兩年。此時仍舊捨不得，但卻不能再說「還早」；心中一動，向曹雪芹說道：「你反正也沒事，讓小犢兒跟你念書，好不好？」

「行。」

「人家雪芹要用功，怎麼能替你教蒙童。」曹震怕曹綬從小耳濡目染，將來也是一副名士派，所以極力反對，而且直截了當地說：「雪芹，你別聽她的。孩子受教育，不關她們娘兒們的事。」

錦兒眼一瞪，正待發作；曹雪芹見機急忙打岔，「小犢兒，小犢兒，你過來！」他說：「把你的這串牛鈴戴上我看看。」

小犢兒戴上那串小金鈴，蹦蹦跳跳，鈴聲「琅琅」，看孩子玩得高興，錦兒的氣也消了，站起身來說：「你們哥倆談談吧。我到廚房去看看。」

「雪芹，」曹震第一句話就問：「太太怎麼說？」

「許我跟了四叔去。」曹雪芹答說：「看樣子還挺高興的。」

這給曹震帶來了意外的欣喜，但也不免困惑，何以馬夫人會覺得高興？這倒要問問清楚，抓住了使馬夫人高興的原因，才會皆大歡喜。

等他問出口來，曹雪芹將母親的說法和他自己的看法，約略說了一遍。曹震沒有想得如他們母子那樣深；不過對曹雪芹的「不肯好好當差」，卻另有與馬夫人不同的看法。

「這趟固然是漂亮差使，不過這種差使不常有；就算常有，你也不見得喜歡幹。咱們是南京來的，從小聽慣、看慣的，別說跟內務府的人不一樣；就是咱們曹家自己人，也有點兒格格不入。我們覺得咱們家能夠出個『名士派』也不壞。這總比俗氣要好些。」

曹雪芹心想，在南京時，大家都認為曹震是最俗的；不想如今他倒批評人家俗氣。是曹震氣質變換了呢，還是內務府的人比曹震更俗？

想想還是以後者居多。這就使得曹雪芹越發無意於內務府的差使了。此念一起，不由得有了顧慮。

「這趟到熱河，真的把差使辦漂亮了；倘或皇上倒賞個一官半職，震二哥，你說該怎麼辦？」

「那要看甚麼差使？你如今不是在御書處有名字嗎？」

「在這些地方當個閒差，自無不可，我是怕那種要奔走趨奉的差使。」

曹震想了一下說：「不要緊。如果要開保舉的單子，我會替你跟四叔說，別把你開在裡頭，就沒事了。」

「那好！你可千萬別忘了這回事。」

「不會。」曹震突然想起，「喔，如今有件事，你看看能不能幹。寧郡王要折節讀書了——。」

「要折節讀書了。」曹雪芹不由得打斷了他的話；因為這實在是件新聞。

「這四個字是王爺嘴裡說出來的，我也覺得新鮮。寧郡王肯折節讀書，不跟小犢兒不往熱鬧地方擠，一樣不容易嗎？後來聽王爺一說，才知道是皇上激出來的。」

只為皇帝的上諭中，過於蔑視寧郡王弘晈，激得他要發憤讀書，一洗「毫無知識」、「行為鄙陋」之恥。平郡王亦願扶植他這片上進之心，想物色幾個能跟他常在一起盤桓，談文論文，猶如伴讀的八旗子弟。曹震亦知其事，此時想到曹雪芹可能入選，因而徵詢他的意見。

「我不能幹！」曹雪芹毫不考慮地拒絕，「伺候貴人，我沒有那個本事。」

曹震知道他的脾氣，而且也只是自己想到，並非奉平郡王之命來游說；既然曹雪芹不願，也就算了。當下付之一笑，換個話題。

「不過，熱河這趟差使，非辦漂亮了不可。」曹震很鄭重地，「你固然是『懶和尚只求沒布施』，對四叔，對我可是很要緊。」

「我明白。」

「尤其是四叔。」曹震說道：「四叔吃這趟辛苦，皇上心裡當然有數。四叔今年『京察』考得不錯，已經『記名』了；這趟差使辦好了，明年可望外放知府。倘或得個松江府，那就樂大發了。」

「怎麼？」曹雪芹問說：「如果是江寧府，等於衣錦還鄉，那才是一件值得高興的事。松江府有甚麼好？」

「天下三個府缺，成都府、辰州府、松江府，推松江府第一；松江府兼管海關，真正是『三年清知府，十年雪花銀。』而且松江地方富庶，日子過得舒服。」

聽這一說，曹雪芹不由得想到「巨口細鱗」的四腮鱸；嚥了口唾沫笑道：「震二哥，你說得我動了尊鱸之思。」

「只要四叔真的放了江南的知府，你跟了去還不容易。閒話少說，我得告訴你幾件事，第一、關防要機密，這不用說；第二、四叔交代你的公事，要用心，這一點，我想你也知道；第三、麻煩的是聖母老太太，精神有點兒失常，見了人如果是她對勁的會拉著你說個沒完，倘或如此，你要忍耐，只順著她，等她嘮叨完了，自然沒事。」

「只怕有點兒難，我最怕嘮叨。不過，」曹雪芹緊接著說：「我總忍著就是。但願她看我不對勁。」

「那更得小心！」曹震接口說道：「是她不對勁的，見了就罵；聽人提到了也罵，那就得連四叔都要小心了。」

「這——，」曹雪芹不由得替曹頫擔心，「她看我不對勁，我躲著她好了；萬一跟四叔也不對勁，那差使可怎麼辦呀？」

「不會。四叔見過她幾次，都很好。」

「那好。」曹雪芹放心了；猶待往下再說時，瞥見翠寶的影子，便即站了起來。

原來曹雪芹跟錦兒，因為從小在一起，禮數上一直是隨便的，反倒是對翠寶，一則因為同情她甘居庶位，特意尊敬；再則他也是做個榜樣，希望他人以他對待翠寶的態度來對待杏香。

翠寶懂他的用意，要為杏香做個榜樣，所以總是還以同樣的尊敬。

「芹二爺，你請坐。」接著，她學旗人的規矩，從馬夫人起，一一問好；最後還想起一個人，「桐生呢？傷勢好了吧！」

桐生兩個月前墮馬折斷了腳，幸虧「上駟院」的「蒙古大夫」接骨手段高明，不致成為殘廢，但至少還得休養三、四個月，才能復原。

「但願他別成瘸子才好。」翠寶說道：「為他腿斷了，阿蓮哭了不知多少場。」

提起阿蓮與桐生的事來，也是曹雪芹耿耿於懷的一件心事。正待談起時，只見小犢兒奔進來大聲喊道：「爸、二叔，媽叫你們去喝酒。」

「甚麼『叫你們』。」曹震呵斥著，「該說『請你們』。一點規矩都不懂。」

「媽是這麼說的嘛。」小犢兒歪著脖子表示不服。

「你媽是怎麼說的。」曹雪芹摸著他的腦袋問。

「媽說：『叫爸爸、二叔來喝酒。』」小犢兒又說：「爸不是常要我別撒謊，有甚麼，說甚麼嗎？」

「言之有理。」曹雪芹向曹震笑道：「『有甚麼，說甚麼』如此解釋，不能說他錯。」

「唉！」曹震站起身來嘆口氣。

「你也別嘆氣。」錦兒正掀簾而入，笑著說道：「都怪肖牛不好，牛脾氣。」

「我就不明白，你的脾氣好，我的脾氣也不壞——。」

「好了，好了。」錦兒不讓他說下去，「喝酒去吧！」

「對了！」曹震突然說道：「你以後說話也要檢點，孩子們學了樣，不懂規矩，那像個大家子弟。」

「得、得！」曹雪芹怕他們夫婦生意見，趕緊插進去打岔：「錦兒姐，回頭我得跟你談件事。」說著，牽著小犢兒的手，領頭走了出去。

其時翠寶已搶先一步，到了堂屋，正在斟酒。曹雪芹看一桌子的菜，卻只兩副杯筷，就他跟曹震享用，覺得未免太過。

「菜太多了。」

「明兒小犢兒長尾巴，本來邀大家來吃麵，多做了一點兒菜；如今都不來了，自然是請你。」

「也別專請我。連小犢兒也上桌，都在一塊兒吃吧！」

翠寶不答，只看著錦兒；錦兒又看著曹震；曹震說一句：「也好。」便添上兩副杯筷，又端來一張大方凳，上加小椅子，是小犢兒的座位。

小犢兒吃飯要人哄，那常是翠寶的「差使」。這天小犢兒格外不乖，張牙舞爪，片刻不停；曹震少不得又要呵斥了。

「快！」翠寶趕緊向小犢兒提出警告：「要挨罵了。快吃！」

小犢兒總算安靜了下來；錦兒便即問說：「雪芹，你不是說要跟我談事。」

曹雪芹是要談小蓮。但有小犢兒在，怕孩子不識輕重忌諱，到處亂說，因而默不作聲。翠寶善體人意，看出他的心意，便低聲對小犢兒說：「咱們上別處吃去，別打攪二叔。」

等把小犢兒弄走了，曹雪芹才談到桐生與阿蓮，耽擱得太久的婚事。原來在曹雪芹第一次去熱河以前，四兒借題發揮，打傷了桐生以後，痛悔不已，除了向秋月痛哭流涕，誓言改過，請她代求馬夫人寬恕以外，對桐生仍舊深情默注，只要有機會能跟他接近時，總是體貼入微。桐生倒也是個多情種子，既難以割捨阿蓮，又不忍辜負四兒，在這種左右為難的心情之下，婚事一直拖延不決。妙的是阿蓮與四兒，居然亦能體諒他的處境，不忍逼他而又甘願等待，信心十足地覺得總有一天會等出一個結果來。

見此光景，秋月對四兒、錦兒對阿蓮都曾苦勸過幾回，不必為此癡心；那知兩人竟像約好了似地，任憑勸的人舌敝唇焦，聽的人只是不承認癡心。

日久天長，桐生也覺得這樣拖著不是回事，但終覺得這個也好，那個也好，無從抉擇。曹雪芹看在眼裡，曾催問過他好幾次，但每次都是白問。

「桐生有點神魂顛倒了，那天從馬上摔下來，也就是因為極濃的霜，在他視而不見，以至於馬失前蹄，他也把條腿摔斷了。錦兒姐，」曹雪芹遲疑了一下說：「我有個主意，你看使得使不得。」

「你沒有把你的主意說出來，我怎麼知道。」錦兒笑道：「看你自己都不大相信自己的神氣，那個主意只怕擱得太久了。」

「你別損他。」曹震說道：「桐生的事，連我都覺得不能再拖了，你且聽雪芹說，是甚麼主意？不管好歹，只要能解開這個結就行。」

受了曹震的鼓勵，曹雪芹有了信心，「他既捨不得要一個、扔一個，阿蓮跟四兒，又都癡心不死。既然如此，何不索性都成全了？」

「怎麼叫索性都成全了？」

「把阿蓮跟四兒都嫁了他。」

錦兒「噗哧」一聲笑了出來，「我說你是餿主意不是？」她說：「虧你怎麼想出來的，且不說阿蓮跟四兒誰大誰小，太太能答應這麼辦嗎？」

「大小倒不要緊。桐生是三房合一子，娶個『兩頭大』算不了甚麼。」

「哼！你說得真輕巧，算不了甚麼！」錦兒正色說道：「你趁早把你的餿主意收起來，那家有這個規矩，給小廝配親，一配就是兩個？讓太太知道了，你不挨罵才怪。」

「這個主意可真是不大高明。」曹震說道：「我倒也有個主意，來齣『雙搖會』如何？」

「甚麼叫『雙搖會』？」錦兒問說。

「把她們兩個都叫了來，問她們誰肯退讓。如果都不肯，那就拈鬮，憑天斷了。」

錦兒不作聲，靜靜想了一會，忽然說道：「好，就這麼辦。」接著便露出了笑容。

這一笑洩漏了機關，曹雪芹便問：「這個鬮怎麼個拈法？」

「當然是一個有名字，一個沒有名字；拈到有名字的，就算中選了。」

「那麼誰先拈呢？」

「那都無所謂。」錦兒答說：「如果是在我這裡拈鬮，當然禮讓四兒先拈。」

「是我的人，在我那裡拈好了。」

「也好。」錦兒的聲音中，顯得有些勉強。

「那就這麼說定了，明兒就拈。了掉桐生的大事，也了掉我的心事，可以放心上熱河。」

錦兒點點頭，想了一會問道：「雪芹，照你看，桐生娶誰好？」

「我也不知道。」

「那麼你這個鬮是怎麼做法？」

問到這一句，曹震詫異，「甚麼『怎麼做法』？」他問：「還不是就照你所說的，一個有名字，一個沒有名字。還有第二種做法嗎？」

「有。」曹雪芹接口，「不但有第二種做法，還有第三種做法呢！」

「別說了。」錦兒大聲打斷，「雪芹你到底說一句，桐生是娶阿蓮好，還是四兒好？」

曹雪芹報以詭祕的一笑，反問錦兒：「你看呢？」

「四兒好。」

「四兒好。」曹雪芹笑道：「只怕言不由衷吧？」

「既然你知道我言不由衷，你就別攪局。」

「甚麼攪局？」曹震連著問：「甚麼攪局？」

「你不懂。少問。」

曹震看錦兒神色嚴重，曹雪芹卻透著頑皮的模樣，不免困惑，不知道他們叔嫂在打甚麼啞謎？看樣子錦兒很不高興，真的生了氣，實在大殺風景，因而頻頻向曹雪芹拋眼色示意。

曹雪芹自然懂得適可而止，笑一笑說：「好吧，我不攪局。在你這兒拈鬮好了。」

這一下，錦兒才回嗔作喜，但又正色提出警告：「你可別洩漏機關！」

曹震又插嘴了，「甚麼機關？」他有些不滿地，「你們倆打啞謎打得太久了。」

「是雪芹在搗亂。」錦兒問曹雪芹，「你倒說，第三種做法是怎麼做？」

「兩個都有名字，先拈後拈都一樣。」

「那才真的是搗亂了。」

「這跟你的兩個鬮都沒有名字，是一樣的。錦兒姐，你那個辦法不妥，會露馬腳。」

「那，你說應該怎麼辦？」

原來錦兒打算把阿蓮配給桐生。拈鬮時使個障眼法，做兩個沒有名字的鬮，名為禮讓四兒先拈，其實是個圈套，不論怎麼樣拈，都會落空。既然一個落空，另一個自然落實，無須再拈。

「原來這就是第二種做法。」曹震聽明白了，對錦兒說道：「你這種花樣，怎麼瞞得住雪芹？」

「至少把你瞞住了。」錦兒反唇相稽，「你不是一直蒙在鼓裡，等雪芹說破了才明白？」她緊接著又催雪芹：「快說吧，你有甚麼高明的辦法？」

「這拈鬮原是有典故，明朝末年，皇帝拜相，資格相當的人好幾個，不知排誰好，於是想出一個辦法，名為『枚卜』。皇帝設香案、供金瓶，瓶子裡裝鬮子；皇帝祭天祈禱以後，從瓶子裡拈鬮，拈著誰就是誰——。」

「這不跟吏部掣籤分發一樣嗎？」曹震打斷他的話說。

「不大一樣。吏部掣籤是自己掣。咱們照枚卜的辦法，就得錦兒姐拈鬮，而且鬮子還得先給大家看過，一個有名字，一個沒有名字。」

「那怎麼行！」錦兒嚷著：「我可沒有未卜先知的本事，想拈誰就是誰。」

「你別忙，我話還沒有完。」曹雪芹說：「有我幫忙，包你如願就是。」

「不！你得跟我說清楚，我才能放心。」

曹雪芹教她：到了那天，先讓阿蓮跟四兒自己商量，誰先誰後？然後作鬮子驗明；到裝入瓶中時，曹雪芹使個掉包的手法，將兩個鬮子變成一樣，假如阿蓮占先，兩個鬮子都有名字。由於事先驗過無弊，另一個鬮子自然就不用拈了。反之，是四兒占先，兩個鬮子就變成空的了。曹雪芹說：「這叫做瞞天過海。」

「法子倒不錯，就怕你弄不好當場出彩。」

「這種小戲法算得了甚麼？」曹雪芹用左手拈了幾粒杏仁，交到右手，然後又一粒一粒往左手心放，一共是四粒，捏攏拳問：「幾粒？」

「不是四粒嗎？」

「你看！」

攤開來一看，錦兒驚異地喊：「怎麼變了五粒了？」

「你再看！」

手掌一闔一放，杏仁又多了一粒，「你看，這裡還有一粒。」曹雪芹將手一翻，手背指縫中還夾著一粒。

錦兒大為高興，「你這套把戲是那兒學的，真不賴。」她笑著說：「既然這樣，索性請太太來拈鬮。」

「不！我不能幫太太作弊。」

這話在錦兒不免刺心，帶些勉強地笑道：「其實能談得好，又何必掏神使這套花樣。」

「那就再談一談。」曹雪芹說：「我回去就找秋月。」

百忙中將秋月找到靜處，曹雪芹開門見山地說，他已許了錦兒，將阿蓮配給桐生，希望她勸得四兒情甘退讓，免得自討沒趣。

「芹二爺，」秋月埋怨他說：「你這件事做得有點兒冒失了；倘或四兒不願，不是變成我自討沒趣了嗎？」

「這看你是怎麼個說法，反正她要是不願意，一定自討沒趣。」

「這是怎麼說？莫非太太也答應了？」

照秋月的想法，如果四兒不讓，就只有馬夫人宣布，准桐生娶阿蓮，那樣四兒才是自討沒趣。但是她意料馬夫人未必肯這麼辦，因而提出疑問。及至聽曹雪芹說明打算「枚卜」的經過，不免替四兒抱屈。事已如此，她當然絕不能洩漏機關，那就只有照曹雪芹的話去做了。

盤算了好一會，秋月才將四兒找了來，很委婉地說：「我要告訴你一件事，你可別難過，桐生的親事已經定了；不是你。」

四兒臉色一變，但看得出來，她是強自保持鎮靜，「秋姑娘，」她問：「這是桐生自己說的？」

「不是。」秋月答說：「跟你說實話，這是芹二爺跟錦兒奶奶商量定規的，桐生自己還不知道。」

「那麼，要不要問一問桐生自己呢？」

「當然要問他。」

有這句話，四兒頓時眉目舒展了，「秋姑娘，」她說：「請你先問一問他。」

「怎麼？」秋月心頭疑雲大起，「你有把握，他會要你？」

「是的。」四兒低著頭答說：「他許了我的。」

「甚麼時候？」

「今年夏天。」

「今年夏天？」秋月急急問道：「他怎麼說來著？」

「他說——，」四兒越發把頭低了下去，很吃力地，「他說他絕不會沒有良心。」

秋月體味她的話，看她的神色，恍然有悟，隨即一驚，「桐生跟你好過了？」她問。

四兒不答，顯然是默認了。秋月心裡又生氣又著急；恨恨地說：「好吧！你也知道咱們家的規矩，看桐生怎麼交代？」

一聽這話，四兒跪了下來，「秋姑娘，」她說：「是我不好，不干桐生的事。」

曹家的規矩，小廝若有這種行徑，看情節輕重，反正最輕也得打一頓板子，所以四兒才發急為桐生開脫。秋月自然不會信她的話，連連冷笑，毫無寬恕桐生的跡象。

「秋姑娘，」四兒撲在秋月的膝上說：「就當我沒有說這些話。芹二爺跟錦兒奶奶打算把阿蓮配給桐生，我讓她就是。」說著眼淚已往下掉了。

秋月好生不忍，一把將她拖了起來問道：「莫非你就讓桐生白欺侮你了？你不會懊悔？」

聽這一問，四兒的眼淚越發如斷線珍珠一般；「那有甚麼法子？」她這樣回答。

「你也不會做出甚麼傻事來？」

「我不敢。」四兒斬釘截鐵地，「絕不敢。」

秋月是怕她存了甚麼拙見，懸梁或是投井，弄出一場大風波來。看她這麼堅決的神態，比較放心了；嘆口氣說：「冤孽！」

「秋姑娘，」四兒怯怯地問：「你是饒了桐生了？」

「我那有權來饒他。」

「那，那就請秋姑娘包容，求你把我剛才說的話全拋開。」

「你拋得開，我倒拋不開。你先回去，等我把這件事好好兒想一想。」

一個人獨坐沉思，越想心越亂，而曹雪芹卻派人來請去說話——在夢陶軒的廂房中，除了曹雪芹別無他人。

「怎麼樣？」曹雪芹說：「有人看見四兒打你那裡出來，好像掉過眼淚。」

「我要告訴你了，只怕你也要替她掉眼淚。」

「喔，」曹雪芹放下手中在檢點的書，很注意地問：「你這話中，大有文章。」

「這篇文章還不知道怎麼做呢！只怕該退讓的倒是阿蓮。」

接著，秋月將經過情形細說了一遍。曹雪芹大為讚嘆，「想不到四兒情深如此，真該羞殺世間的妒婦！你的話不錯，退讓的真該是阿蓮。不過——。」曹雪芹突然頓住，細想了好一會，憂心忡忡地說：「會偷腥的貓兒不叫。我得把桐生找來問一問。」

當下將一瘸一拐的桐生找了來，曹雪芹先讓秋月避到大理石屏風背後，然後寒著臉先提警告。

「我可告訴你，你的事我全知道了。你要說一句假話，害自己也害了人家；你別指望我會管你的閒事。」

「甚麼事？」桐生又說：「二爺，明兒就走了，有事回來再辦不行嗎？」

「你還想拖，你打算拖到甚麼時候？我問你，今年夏天，你跟四兒是怎麼回事？」

「今年夏天」四字，直刺桐生方寸，心知瞞不住了，當即跪了下來說：「芹二爺既然知道了，就別問了。」

「阿蓮呢？」

「那，那——。」

看他結結巴巴地，情虛之狀顯然；曹雪芹大喝一聲：「那是甚麼時候？快說。」

「那，那也是今年夏天。」

曹雪芹頓時氣往上衝，「你這個混球！偷了一個不夠，還偷第二個。今年夏天你交的甚麼倒楣桃花運。」他戟指問道：「你到底安的甚麼心思？你說！」

「是我一時糊塗。」桐生「啪、啪」地自己打了自己兩個嘴巴。

這時秋月出現了，她比較冷靜；向桐生問道：「你跟誰在先？」

桐生低著頭答說：「跟阿蓮在先。」

「既然跟阿蓮在先，你是打算娶阿蓮了，可又怎麼去惹四兒？」

「對了！」曹雪芹接口，「這一層你沒有交代，可就不能饒你了。」

「是——。」桐生遲疑久久，禁不住曹雪芹不斷催促，他搖頭說道：「二爺，我不能說。只好領罰。」

曹雪芹與秋月互相看了一眼，取得了默契；「我看杏香去。」秋月一面說，一面往外走了。

「怎麼回事？」曹雪芹說：「這會兒可以實說了吧？」

在曹雪芹不斷催逼之下，桐生終於吞吞吐吐地透露了祕密，他說那天是六月廿六平郡王的生日，全家都到王府拜壽去了，桐生因為替曹雪芹曬書，留在夢陶軒；傍晚收好了書，倦不可當，在廂房磚地上鋪了一床涼蓆，好夢正酣時，為人推醒，是四兒特為送菉豆湯來給他吃。

她剛洗過頭髮，腦後簪了一排銅絲貫串的晚香玉，正當盛放之時，香氣蕩人心魄，加以四兒穿一件極薄的紗衫，不知有意還是無意，鬆著兩個紐子，桐生情不自禁，一把抱住，滾倒在地；四兒竟未推拒，雙雙成了好事。

「你這是真話？」

「不敢有半個字欺二爺。」

「事後呢？」曹雪芹問：「她怎麼說？」

「她哭了。」

「哭了？」曹雪芹又問：「你呢？你怎麼說？」

「我說我對不起她，不過絕不會做沒有良心的事。」

「這話甚麼意思？照你這麼說，你是打算辜負阿蓮娶四兒了？」

「不是。」桐生答說：「我誰也不娶。」

曹雪芹大感意外，「荒唐！」他大聲呵斥，「你以為這樣子就算對阿蓮、對四兒都有良心了？你知道不知道，這是害了人家一輩子？」

「沒有法子。」桐生答說：「娶這個對那一個就是始亂終棄，只怕二爺換了我，也只好這麼辦！」

「是，是，是！換了我也只好這麼辦。」曹雪芹又好笑、又好氣，卻奈何他不得。

因為聲音太大將秋月、杏香都驚動了，雙雙趕來，探看動靜。曹雪芹只好先讓桐生退下，然後談了經過後又說：「看樣子是四兒有意要把生米煮成熟飯，可惜飯是夾生的。」

杏香亦已聽秋月談過這種風流公案，此時接口說道：「是夾生的，也得讓他吃下去。」

「阿蓮呢？」

秋月默然；杏香欲語不語，最後還是曹雪芹自己提了辦法。

「只有一個法子，都攆出去。」

「都攆出去？」秋月與杏香不約而同地驚呼，也都從心底不能相信他是真話。

看她倆的臉上，猜到她倆的心裡，曹雪芹說：「我不是說笑話，非如此不足以維持咱們的家規；也非如此不足以成全這三個糊塗東西。」

秋月的閱歷多，已經明白曹雪芹的用意了，「你是說把桐生薦到別處去，然後讓他娶她們兩個？」她警告地說：「這件事可得先安排好了。不能冒失。」

「你猜得不錯。」曹雪芹得意地說：「我這一著很高吧？」

「高不高現在還不知道呢！」杏香也提警告：「一山不能容二虎，你準知道他們處得來嗎？」

「這話倒也是。」秋月接口，「阿蓮比較老實，四兒，瞧她的行事，可真是個厲害腳色。」

「厲害不要緊，只要桐生駕馭得住就行。」曹雪芹說：「你只看她怕桐生挨打，情甘退讓這一段，就可以知道了。只要桐生對阿蓮不變心，四兒看他的分上，一定不會欺侮阿蓮。」

「凡事到了你嘴裡，都是好的。」秋月笑道：「如今你可以放心上路了，我慢慢兒來跟錦兒奶奶商量；等你回來了，也就差不多了。」

「不！我明天下午才出城，上午還有功夫談這件事。」

秋月與杏香都勸他不必如此心急，但曹雪芹覺得這是件很好玩的事，一定要跟錦兒先談一談。於是第二天一早，派人將她接了來，仍舊是在夢陶軒談論。

「我倒沒有想到，桐生有這麼大的魔力。」錦兒說道：「不過，我有點兒擔心阿蓮會教四兒欺侮了。等我回去問問她，看她願意不願意？」

「不會不願意的。」曹雪芹說。

「那可說不定。」杏香又說：「不但阿蓮，就四兒也得當面問一問她。」

「好吧！」曹雪芹無奈，「錦兒姐，你這會就請回去問吧。怎麼一個結果，派人來跟我說一聲。」

「對了！」秋月也叮囑：「錦兒奶奶，你可一定得有回話，不然他在路上都不會安心。」

「好！」錦兒一口承諾，「一定有回話，也許很早，也許晚一點兒，看我的功夫，反正不耽誤你上路就是。」

「錦兒姐，」曹雪芹善於聽絃外之音，立即提出疑問：「怎麼叫看你的功夫？」

錦兒考慮了一下答說：「老實跟你說吧，阿蓮也只是問她一聲。這件事，我得好好替阿蓮想一想，如果今晚上就想好了，那明天一大早就有信給你；不然得看我明兒上午忙不忙，反正午前一定有信息。或者你明兒到我那裡來吃午飯，不就知道了嗎？」

「我看情形。」

誰知第二天上午，錦兒那裡倒是派了人來了，不過只是傳達曹震的一個通知，內務府有好些公事託曹頫順便代辦，須晚兩日動身；曹雪芹不必亟亟，盡可從容收拾行裝。問到錦兒可有話帶來，回答是「沒有交代」。

到了下午，曹雪芹沉不住氣了，打算親自到錦兒那裡去探問消息；杏香也覺得事有蹊蹺，不過她不贊成曹雪芹去，理由是倘或好事不諧，其中必有特殊的原因，或許不便在錦兒那裡談，去亦無用。

「打發一個人去好了。順便把我要的模子借了來。」

於是打發老楊媽到錦兒那裡去借作「餑餑」用的棗木模板，同時帶了一句話去：「芹二爺說，有件事要聽錦兒奶奶的回信。」

回信是：「錦兒奶奶說：明早上午她來跟芹二爺當面談。反正能如芹二爺的意。」

其實呢，大悖曹雪芹的本意。原來錦兒考慮下來，認得曹雪芹的辦法也可以，只要他能保證，將來四兒如果欺侮阿蓮，他必出面說公道話。那知阿蓮不願。

「阿蓮說，她等了這麼多年，不能只要半個桐生。我勸了她一上午，她始終不肯鬆口。我就問她，桐生是芹二爺的人，芹二爺如果一定要把四兒配給他，你怎麼辦？她說她會找桐生去算帳。你們想，是這麼一個撒潑的混帳東西，我都沒有想到，我會調教出這麼一個人來！真是知人知面不知心，萬萬不能留了。今兒一早，我找了她父母來，把她帶走了。」錦兒氣忿不平地說：「我倒要看看她，將來怎麼找桐生算帳。」

聽她說完了，大家都默然不語；當然，心裡都很不是味道。最後是曹雪芹說了句：「始料所不及，但亦只好這樣子快刀斬亂麻。」

第十章

到熱河那天是十二月初七，曹頫叔姪仍舊被安置在以前住過的那座公館——如今是真正的「公館」了。戶部司官出身，在湖北收稅的房主出了事，家產查抄入官，這所大宅撥了給熱河都統衙門，專供招待過往官員之用。第二進上房與花園中的金粟齋等處，都住得有人，第一進還空著三間，外帶一個廂房，曹雪芹住廂房，將正屋都讓了給曹頫住。

安置初定，熱河都統凌阿代已經派車來接，請去赴洗塵宴。凌阿代原是副都統，烏思哈擢任吉林將軍後，遺缺由凌阿代坐升；曹頫跟他很熟，曹雪芹卻是初見，不過凌阿代很健談，所以三巡酒後，初見亦同舊交了。

「世兄，」凌阿代說道：「我有句話，怕嫌冒昧。」

「言重，言重。」曹雪芹急忙答說：「老世叔有話請吩咐。」

「我是想打聽打聽，當初世兄跟烏二小姐那段親事，大家看，都是美滿姻緣，何以後來就不談了呢？」

此中內幕非常複雜，曹雪芹覺得很難回答；如果隨便編個冠冕堂皇的理由，似嫌不誠，因而支吾著久久不能接話。

曹頫看出他的為難，便代他答說：「家嫂跟烏夫人從小就是閨中姐妹，還特為這件事到熱河來過一趟。婚事中變，是因為烏二小姐另有顧慮。」

凌阿代深深點頭，「我也聽說了，是因為烏太太的一個丫頭，成了平郡王的側福晉；府上跟平王府是至親，烏二小姐嫁到府上，將來難免要跟平王的新寵見禮，她不願委屈自己原來的身分，寧願錯過良緣。」他接著又說：「烏家對這件事不願深談，我們也不便打聽，如今聽四哥的話，是確有其事了？」

「大致如此。」

「那麼，平王的那位側福晉呢？聽說要生小子才會有封號。」

「已經香消玉殞了。」曹頫答說：「是難產不治。」

「喔，」凌阿代似乎很很關心地，「是甚麼時候的事？」

「你記得嗎？」曹頫轉臉問曹雪芹。

「是今年春天的事。」

「是在烏將軍赴新任以後。」

這件事就談到這裡。曹頫因為有正事要談，不肯多飲；飯罷，分作兩處，凌阿代與曹頫在簽押房密談；曹雪芹由都統衙門的幕友王師爺陪著，在客廳品茗閒話。

王師爺是辦筆墨的，肚子裡自然有些貨色，跟曹雪芹談得還很投機。曹雪芹發現他與此新交有一樣同好，便是好奇；王師爺從小隨父幕遊各省，遠至雲貴，遍歷湖湘，所見的奇聞異事甚多，這一談開來就更無休止了。

凌阿代與曹頫商量正事，亦頗費功夫，直到二更天方罷；叔姪倆坐原車回公館。送到上房，曹雪芹說道：「四叔今天真累了，早點上床吧！」說著，退後兩步，便待離去。

「你先別走。」曹頫將他喊住了說：「凌都統談起，說烏二小姐猶是雲英未嫁之身；如今既然王府的顧慮沒有了，不妨舊事重提，他願當蹇修之任，問我的意思如何？我說我要回來商量。你看呢？」

曹雪芹頗感意外；想了一下答說：「四叔，我看咱們得先打聽打聽。」

「打聽甚麼？」

「打聽烏二小姐何以至今未嫁。」

「那也是可想而知的，自負才媛，不肯輕許。」曹頫又說：「我倒覺得這件事很可以辦。你寫封信問問你娘的意思。你今年二十五了吧？」

「是。」

「不能再耽誤了。」

曹雪芹只好再答應一聲：「是。」

「另外，」曹頫又說：「你替我寫封信給烏將軍，致問候之意。」

「措詞呢？」

「只說奉差到此，追憶舊遊，益增渴想。再要說，你是跟了我來的。還有，你說你娘託我帶信問候烏太太跟烏二小姐。」

「只問候烏太太吧！」曹雪芹說，「帶上烏二小姐，痕跡就太顯了。」

曹頫想了一下說：「也好。」

一早起身，先把曹頫交代的兩封信寫好，方始漱洗穿著，到上房去陪著曹頫吃早飯；剛扶起筷子，只見公館的門上來報：「凌大人來拜訪。」

於是曹頫叔姪，雙雙迎了出去；凌阿代眼尖，看到室內餐桌，便即說道：「請先用早飯。」

「不忙，不忙。」曹頫答說：「正事要緊，請這面坐。」

「也好。我耽誤四哥幾句話的功夫。宮裡我已經接頭了，等聖母老太太午睡過了去見最好。回頭我派車來接，在我那裡便飯之後一起走。」

「是，是。」曹頫問道：「我想帶舍姪進宮瞻仰瞻仰，不知道行不行？」

「有何不可！」凌阿代轉臉問說：「世兄帶了官服沒有？」

「他還是白身。」曹頫代為回答。

「那就戴一頂大帽子好了。」凌阿代又說：「如果沒有帶，我派人送一頂過來。」

「是要借一頂，不過不必派人；反正回頭要過去叨擾的。」

「好！好！我預備著。」說著，凌阿代仔細看了看曹雪芹，「我的帽子，大概能用。」

午初時分，到了都統衙門，在客廳中剛剛站定，有個十六七歲的丫頭，一手提著帽籠，一手握著手鏡，從屏風後面走了出來，揭開帽籠，裡面是一頂八成新的貂簷紅纓大帽。那丫頭是伺候「升冠」慣了的，用右手自裡托起大帽，正面朝著自己，捧了過去；曹雪芹雖是初戴官帽，但司空見慣，並不外行，說聲：「勞駕。」雙手接過帽子，不必再看正反，只往頭上一戴，微微仰頭，那丫頭已退後一步，略蹲身子，將手鏡斜著上舉，曹雪芹望著鏡中戴著紫貂紅纓的自己，忽然有「沐猴而冠」的感覺，差點忍俊不禁笑了出來。

「大小怎麼樣？」凌阿代在問。

「正合適。」

「合適就好。世兄，這頂大帽就奉贈了。」

「不敢當，不敢當。」曹雪芹知道行情，帽子本身不甚昂貴，那條油光水滑的紫貂帽簷，起碼也得五十兩銀子，初次相見，受人這份重禮，於心不安。

反倒是曹頫說道：「『長者賜，不敢辭。』你謝謝凌三叔。」既有此吩咐，曹雪芹不必再說甚麼，當下蹲身請安，恭恭敬敬地說：「多謝凌三叔厚賜。」

「算不了甚麼，你別客氣。」

「雪芹，」曹頫正色說道：「你該領受凌三叔的盛意，這頂帽子附帶著凌三叔對你的期望；你得好好上進，經常能戴這頂帽子，凌三叔就很安慰了。」

「正是。」凌阿代接口，「我正是這個意思。」

於是曹雪芹少不得再一次鄭重道謝。然後將大帽子先取下來，擱在磁帽筒上，進行宮時再戴。因為要進宮，午飯不備酒，很快地就結束了。喝過了茶，略略休息，聽得午炮聲響，曹頫便起身說道：「是時候了！寧願早伺候著。」

「是的！」凌阿代看一看那頂大帽子，又看一看曹雪芹說：「請吧！」

題名「避暑山莊」的熱河行宮，在承德府治東北，左湖右山，宮城建制如紫禁城，周圍十六里，中有聖祖御筆所題的三十六景。此外尚有清舒山館、靜寄山房、秀起台、靜含太古山房、玉岑精舍、獅子園諸勝。

獅子園原是先帝居藩時的賜園；起造在當今皇帝誕生以後。由於位處獅子嶺下，所以聖祖御書賜名獅子園。先帝即位後，獅子園自然而然成為行宮的一部分。曹頫這天的「進宮」，實在就是到獅子園。

獅子園的宮門在東，策騎到此，都下了馬。管園的內務府八品筆帖式巴呼穆，已在側門迎接；匆匆見過了禮，將從人留在宮外，巴呼穆帶路，領著曹頫叔姪與凌阿代進宮，折而往南——南面碧溪縈繞，有橋相通，勝境都在溪南、溪東。

過橋而南是一座精舍，題名樂山書屋，屋東迴廊，中峙方亭；由於是坡地的緣故，亭子特多，迤邐折往東北，經歷了環翠亭、待月亭，地勢漸高，北面一座七開間的大廳堂，額題「群山環翠」，東北拓出一大片平地，有一座很大的敞廳，巴呼穆帶領到此站住了腳。

曹雪芹注目細看，對這座看上去還很新的敞廳有一種很奇異的感覺。廳作長方形，用的木料很講究，柱子都是徑尺的杉木，上塗一層防蛀的桐油；人字形的屋頂，上覆的不是琉璃瓦而是極厚的茅草。

「這裡得題個名兒才好。」曹頫捻著鬍子說。

「四哥，」凌阿代問道：「你倒說，要怎麼題才合適？」

曹頫又捻了一會鬍子，搖搖頭不作聲。巴呼穆便即問說：「兩位大人這會兒就進去？」

「好！」曹頫回頭吩咐曹雪芹：「你在這兒待著，別亂走。宮禁重地，錯不得一步。」

曹雪芹答應著，目送他們再往東北走，殿宇深沉，一時也看不清還有幾重？收攏目光，又看那座敞廳，心裡不由得在思索，應該題個甚麼名字？

細細想去，真個無以為名。就表面看，像座射圃，可是沒有垛子；若說是座演武廳，卻又缺少刀槍架子。空落落地，不成名堂。

再往深處去想——曹雪芹猜也可以猜得到，這裡就是當今皇帝誕降之地，當初是座馬廄。後來起造賜園，因為地勢的關係，不能不把這裡包括在內，但崇樓傑閣之間，不能有一座馬廄，因而把它拆了，改成敞棚，稱為「草房」。及至成為龍興之地，曹頫奉命重修，圖樣經過欽定；曹雪芹一時實在想不明白，何以會弄成這麼個不倫不類的樣子？

「就因為不倫不類，顯得與眾不同，才能傳諸久遠，供後人懷念。」曹雪芹這樣在想：「潛邸向不住人，先帝的『雍親王府』不捨了給喇嘛，改成『雍和宮』了。以此而論，就必得修成這種不能住人的樣子。」曹雪芹自以為終於想通了。

幾乎讓曹雪芹都等得不耐煩了，方始發現巴呼穆領著曹頫與凌阿代循原路而回。三個人的腳步都很匆忙；這是可想而知的，暮色已起，倘或不上緊些，趕回城裡就不知道是甚麼時候了。

因為如此，大家都不願說話，怕耽誤了功夫。走到半路，天色已黑，幸一鉤上弦月自身後斜照，路還不算難走，起更時分進城，直趨都統衙門。

撣一撣土，洗一把臉，喝一碗茶，隨即開飯，曹頫與凌阿代對去見聖母老太太的情形，隻字不提。曹雪芹當然也不敢問，不過聽他們閒談不相干的事，興致卻都很好，便可推想得到，此行頗為順利。

飯罷告辭，回到公館已是二更將盡；曹頫這時才說了句：「你得替我寫信，把今天的情形，告訴方問亭。」

「是直接給問亭先生去信？」

「你說呢？」

「信不如給震二哥，讓他轉告。否則不是另外又得給震二哥一封信嗎？」

「說得也不錯，就這麼辦吧。今兒下午——」

下午去見聖母老太太，只是曹頫一個人，凌阿代與巴呼穆都守在外面。這位老太太一直對曹頫很好，這天尤其高興，因為年近歲逼，即令是忍受慣了寂寞的人，亦不免會有感觸；所以曹頫的出現，在她倍感親切。而也就因為如此，問長問短，話就多了；直到她叫人去「熱臘八粥來給曹四老爺吃」時，曹頫才有開口的機會。

依照他跟曹震商量好的步驟，開頭只是試探。因為怕盡說實情，她心理上會承受不住，所以曹頫只問她：「是不是想到北京去玩一趟？」

就這樣已使得聖母老太太興奮得不知如何是好了。她說她從八歲到熱河，至今整整四十年；北京是怎麼個樣子？常常只在夢裡出現，但每次都不一樣，究竟如何，真的恨不得馬上就能看一看。

利用她這份像孩子聽說要去逛廟會的心情，曹頫連哄帶要挾，已經跟她說好了，一路上不亂說話不亂走，行止動靜都聽曹頫的招呼，絕不會亂出主意。

「只是有件事麻煩。」曹頫皺著眉說：「她養了四隻貓、兩條哈巴狗、一隻鸚鵡，還有一隻猴子，都想帶走——。」

「那不天下大亂了嗎？」曹雪芹失聲而道，不由得把他的話打斷了。

「原就是這話。跟她軟磨了好一陣子，真是舌敝唇焦，好不容易總算讓步了，只帶一條狗、一隻猴子。」

「最難料理的就是猴子。」曹雪芹問說：「四叔何不答應她帶別的。」

「不行！我答應她帶貓跟鸚鵡，她說非把猴子帶去不可。你知道那是甚麼道理？」

「莫非其中還有說法？」

「自然有。聖母老太太生在康熙三十一年壬申，肖猴的。她說，那頭母猴子是她的『老伴兒』，她不能丟下牠不管。如果不讓她帶，她寧願不進京。」

「原來這樣！聖母老太太倒真念舊。不過，」曹雪芹說：「老太太懷裡抱一頭哈巴狗倒沒有甚麼；弄隻猴子在她身邊，蹦上蹦下，可真不雅。」

「我也是這麼想。」曹頫又說：「你在信上提一筆，帶個會調教猴子貓狗的人來。」

「那，」曹雪芹說：「不知道桐生能來不能來；他最會弄這些東西。」

「能讓桐生來最好，不然也得找謹慎、不會多嘴的人。」沉吟了一會，以一種興奮欣慰的語氣說：「除了這麼一點兒麻煩以外，另外都好辦；只要你震二哥來了，隨時都可以走。」

「也不能說隨時都能走。」曹雪芹提醒他說：「還是挑一挑日子比較好。」

「嗯，嗯，我倒沒有想到這一點。」

皇帝巡幸、啟蹕回鑾都得由欽天監挑選幾個吉日吉時，先請管理欽天監的王公初步斟酌，然後再奏請欽定，事極鄭重。以聖母老太太的身分，不挑日子就動身，一路平安，還則罷了，倘或出了甚麼差錯，譬如路上感染風寒以致「聖體違和」之類，那就得擔很大的責任了。因此曹頫完全接納曹雪芹的意見，即時找了《本時憲書》來挑日子。

幸好，這半個月之中，宜行長行的黃道吉日很多，當下挑了十二月十三、十四、十七，一共三個日子，看曹震何時能到再說。

「你今天晚上就把信寫好，明兒初九，一大早就送給凌都統，請他派專差飛遞，後天初十就可以到。」說到這裡，曹頫停下來考慮了一會說：「十三、四怕他趕不到。你乾脆寫明白了吧，準定十七動身；過了這一天，就得等到廿一，太晚了。」

「是！」曹雪芹又說：「不過也不一定，震二哥辦事很麻利，或者已經在路上了，亦未可知。」

由於曹雪芹有這麼一個想法，所以第二天派專差送信時，特為關照，一路上要在驛站跟客棧打聽，有沒有內務府的「曹老爺」經過，打聽到了，信就不必送到北京了。

虧得有此一番關照，不然會在半路上錯過——曹震是十二月十一日到的，一行五男二女；女的是內務府傳來的「婦差」，為的沿路伺候聖母老太太。男的有仲四，還有一名御醫。仲四是曹震特為找了他來幫忙的，一路上有他，要方便得多。

「聖母老太太要走了。」在為曹震接風小酌時，凌阿代說：「有件事要請教四哥跟通聲，我們在熱河的文武官員，是不是該表示一點兒意思？譬如給聖母老太太餞個行，或是在宮門外行個禮送行甚麼的？」

這是個頗費斟酌的難題，保密當然很要緊，禮數似乎也不能不盡。琢磨了好一會，決定只由凌阿代與副都統，還有承德府知府的妻子們，進宮請安，另外備一桌酒，為聖母老太太餞行。

「十三餞行，十四動身。」曹頫說道：「現在就差一個小麻煩得想法子。」

那就是為聖母老太太照料她的「老伴兒」。善於馴猴的人不是沒有，但不能專為這件事另添一個人；曹震帶來的人，都是經過慎重挑選過的，不宜臨時增加生手。

「交給我好了。」御醫黃太玄自告奮勇，「我養過猴子。」

這就甚麼都妥貼了。曹頫深感欣慰，當即在席間約定，次日上午一起進宮，料理聖母老太太進京這件大事。

由草房往東北走，林木深深掩映著一片屋宇，共是三進，第一進、第二進都是五開間的廳堂，第一進題額兩字特大：「澂懷」；第二進題名「松柏室」；繞殿而過，後面一條極長的白石甬道，連接著圍牆環繞的第三進，月洞門上嵌著一方澄泥水磨磚砌出來的匾額，先帝御筆親題的，名為「忘言館」。

「咱們就在這兒待命吧。」凌阿代用嚴肅低沉的聲音說，同時雙眼上視；大家跟著他將「忘言館」三字又看了一遍。

進館去的，只有曹頫一個人；由巴呼穆帶領，進了月洞門，將他交給了「忘言館」的總管齊二姑，隨即又退出月洞門。

「聖母老太太今兒個有點兒煩躁。」滿頭白髮但極為健旺的齊二姑輕聲關照：「曹老爺，你多順著她一點兒。」

「我知道。」說著，曹頫在廊上站住了。

齊二姑隨即掀簾入內，曹頫屏息靜聽，只覺微有人聲；等了約莫一盞茶的功夫，尚無動靜，正在疑惑之際，突然覺得肩背上有樣東西撞了上來，轉臉一看，不由得吃了一驚，正就是聖母老太太的那頭母猴，跳了在他身上。

「滾下來！」

突然這一聲大喝，讓已受微驚的曹頫又嚇一跳；急忙轉臉望時，是聖母老太太站在門簾前面。

猴子受了叱斥，從曹頫身上跳了下來，躲向一邊；聖母老太太便先招呼：「曹老爺，聽說要走了？」

「是！」曹頫先恭恭敬敬地請個安說：「我帶了幾個人來見聖母老太太，這會兒都在館外待命。」

「老太太，」齊二姑在她身旁說：「請曹老爺進屋談吧！」

「對了。曹老爺，你請進來。」

屋子裡生著極大的火盆，這使得曹頫想起館外有人在凜冽的西北風中待命，只怕手都凍僵，當即站在門口說道：「請聖母老太太的示下，是不是讓他們進來請安？」

「是那些人？」

「一共四個人，凌都統以外，其餘是一路辦事伺候聖母老太太的人，一個是太醫姓黃，聖母老太太的猴子，由他照看；另外兩個是我的姪子。」

「喔，」聖母老太太有些躊躇，「曹老爺你知道的，我不喜歡見生人，不過，一個是太醫，另外兩個是你的姪子，不算外人——。好吧！見一見。」

有這一聲，曹頫立即轉身掀簾而出，在廊上大聲喊道：「聖母老太太傳見。」

有西北風傳送，館外諸人聽得很清楚，急步而入，上了台階；凌阿代問道：「四哥，平時來都是請安，今天怎麼樣？是不是要磕頭？」

「你們看呢？」

「應該磕頭。」曹震接口。

「我也覺得應該磕頭。」凌阿代又說：「四哥，請你報名。」

於是照引見的規矩，曹頫帶頭先行，進門以後，他往聖母老太太身旁一站，等他們都跪下了，剛要逐一報名，不道聖母老太太已站了起來，亂搖雙手，搶先開口。

「不要，不要。我不慣人家給我磕頭。趕快起來，趕快起來。」

局面有些僵。曹頫心想，既然已經跪下了，不磕頭豈非枉此一屈膝？當即一面向齊二姑使個眼色，一面說道：「以聖母老太太的身分，豈可不行大禮。請安坐受禮。」

「老太太，你就別謙了。人家要磕了頭，才能跟皇上交代。」

「好吧，我就算替皇上受你們的頭。」

「皇帝！」齊二姑糾正她用「皇上」的稱呼。

「啊，啊，皇帝，皇帝！」

這時跪著的人已磕下頭去；曹頫便即報名：「熱河都統凌阿代；御醫院御醫黃太玄；內務府司庫曹震；內務府官學生曹霑給聖母老太太請安。」

「喔！喔！請起來，請坐。」

站是都站起來了，卻都未坐。聖母老太太從未見過衣冠整齊的這麼五個男人，在她面前雁行斜立，因而深感窘迫，那手足無措的神情，很明顯地都擺出來了。

凌阿代比較了解她的情形，當即向曹頫使個眼色說道：「一切都請你代陳聖母老太太，我們暫且告退。」

「是的。」

於是凌阿代領頭請了安退出。聖母老太太如釋重負，「真不敢當。」她問：「曹老爺，我們甚麼時候動身？」依舊鄉音，不說「咱們」說「我們」。

「後天是宜於長行的好日子；辰刻啟程。」曹頫又說：「明天中午，給聖母老太太餞行。」

接著便陳明凌都統的妻子等要來叩謁。

「凌太太倒是見過的。其餘——。」說到這裡，只見齊二姑拉了她的袖子，聖母老太太便把話嚥住了。

這下曹頫想到剛才轉過的一個念頭，當即說道：「內務府傳了兩個婦人來，一路伺候聖母老太太進京。不過，我看內裡還得齊二姑照應。」

「她，」聖母老太太躊躇著說：「她要替我看家。」

曹頫此時還不便明說，此去可能很快地就會住入慈寧宮，只說：「看家不如照看聖母老太太來得要緊。」

「這話也是。」聖母老太太轉臉問說：「你看呢？」

「我自然捨不得老太太。」齊二姑向曹頫說：「不過曹老爺，我是有名字的，能不能伺候了老太太去，只怕還得有個交代。」

所謂「名字」即是職司；曹頫還不知道她是何身分。不過一定屬內務府管轄，可以斷言；這點主他能作。

「不要緊，有我。你儘管收拾行李好了。不必多帶，路上夠用就行了。」

「是。」齊二姑意味深長地說：「我明白。」

「曹老爺，」聖母老太太問道：「我們進京，住在甚麼地方？」

曹頫已聽曹震說過，挑了兩處地方，一處在北城，一處在崇文門外，定居何處，要進了京看情形再說。此時當然不必細談；含含糊糊地答道：「已經預備了一處公館。」

「那麼，要住多少日子呢？」

「這可不一定。」

「怎麼不一定呢？」

曹頫詞窮，只好向齊二姑乞援；其實，不用他使眼色，齊二姑也已打算為他解圍，當即說道：「那得看老太太高興，願意多住就多住，願意回來就回來。」

聖母老太太想了一下說：「也不必多住，看一看就好了。還是回來，日子倒過得舒服。」

說到這裡，一陣金鈴響；一頭鼻煙色的哈巴狗搖搖擺擺地跑了來，聖母老太太俯身一伸手，狗就跳到她懷裡來，卻望著曹頫大吠。

「別叫！那是曹老爺。」她像哄孩子似地說：「你不乖，曹老爺就不帶你進京了。」

也真怪，那隻哈巴狗居然就乖乖地不叫了。曹頫內心頗有感觸，覺得真該不怕麻煩，連她的鸚鵡也帶了去，為她旅途作伴。皇太后「以天下養」，這點點麻煩算得了甚麼？

不過想是這樣想，終於還是不敢多事；就這樣沉默著，正待起身告辭時，聖母皇太后開口了。

「剛才那兩個年輕的是你的姪兒？」

「是。」

「叫甚麼名字？」

「一個叫曹震；還有一個叫曹霑。」

聖母老太太沒有聽清楚，「還有一個叫甚麼？」她問。

「霑。霑恩的霑。」曹頫又說：「不過，他平時都是用號。聖母老太太就叫他曹雪芹好了。」

「喔，你是說年紀最輕的那一個？」

「是的。」

「現在做甚麼官？」

「是白身。」

「白身？」聖母老太太問：「是說跟老百姓一樣的身分？」

「是。」

「怎麼會呢？看他年紀很輕，生得也很體面；而且聽說，內務府的人，沒有沒有差使的。」

「那，那是因為他不上進，不願意當差。」曹頫說道：「是從小讓他祖母寵壞了的緣故。」

「你是說，你娘從小寵他？」

「是的。」

「他爹呢？是你哥哥，還是你弟弟？」

「是我過繼的哥哥？」

「怎麼叫過繼的哥哥？」聖母老太太想了一下問：「你是說，你跟他爹，不是同一個老子？」

「是的。雪芹之祖，是我伯父。雪芹之父本來承襲了織造。——。」

「慢點，慢點。」聖母老太太突然打斷他的話，睜大了眼睛，望著曹頫楞了好一會問：「曹老爺，你是南京人？」

「是。」

「你家是織造？」

「是。」曹頫答說：「先祖是國初放的江寧織造；先父原先是蘇州織造，後來蒙聖祖改派江寧；先父棄養以後，由先兄承襲。先兄不幸承襲不久就去世了；蒙聖祖天高地厚之恩，命我承繼襲職，那時雪芹尚未出生。」

「啊——啊——」聖母老太太驚詫連連，眼中閃耀出一種無可言喻的光彩，融和著親切、感嘆與意想不到，彷彿夢幻性的一種神情，「原來你家就是曹織造！說起來都不是外人，我們家是孫織造衙門的。」

「是杭州。」

「我不是杭州人，我是紹興人。」聖母老太太說：「從小聽我爹說，我們紹興人在杭州孫織造那裡做工的很多。我們也算『欽差衙門』的人，紹興府管不著我們，家裡種田，連錢糧都不要繳的。」

這些情形，曹頫比她更清楚，織造衙門的織工，名為「機戶」，屬於內務府籍，不受地方官管轄。不過，他也不必細加解釋，只「唯唯」稱是而已。

「那曹、曹雪芹，你的姪兒，莫非是遺腹子。」

「聖母老太太說得是。他是遺腹子；先祖一支的親骨血，只有他，所以先母格外寵愛，養就了他不肯上進的性情。」

「怎麼不上進？又嫖又賭？」

「那倒不是。」

「那麼是甚麼呢？」

「是──，」曹頫覺得很難回答，想了好一會說：「養成了一副名士派頭。」

「甚麼叫名士？」

「名士就是，就是不大看得起人，也不大講究做人的道理；自以為讀了幾句書，很了不起似地。」

「喔，」聖母老太太笑道：「原來就是徐文長那種人。」

曹頫大為詫異，聖母老太太不懂何謂「名士」，卻又知道徐文長這個人。但轉念一想，又不足為奇；徐文長是紹興人，她大概是從小聽家人談過。

「曹雪芹那裡可以跟徐文長比，差得遠了。」

「他現在年紀還輕。」聖母老太太忽然面現憂色，「你倒要好好勸一勸他，學徐文長那種樣子，自己吃虧。」

「是！聖母老太太的訓誨，我一定切切實實轉示給他。」

「我看他是有出息的。」聖母老太太又問：「你怎麼不當織造了呢？」

「這，這話說起來很長。」曹頫說道：「容改日為聖母老太太細陳。」

「對！對！一路去，路上有談天的時候。」

「是，是！路上儘有請聖母老太太教導的機會。」曹頫乘機起身告辭。

這天是借宿在離古北口不遠的一處莊院。自北京東行，經通州、三河至薊州，出馬蘭關到東陵；北行由順義、懷柔、密雲出古北口到熱河；這兩條路上，閒散宗室及上三旗的包衣很多，有些是皇莊的莊頭，有些是世襲管陵的差使，地大物博，又無徭役，幾代經營，真當得殷實二字的人家，不知道有多少？曹震這回辦差，顧慮到下客店易顯行藏，所以早在京裡打聽好了，請海望出面安排，為聖母老太太安排的公館，便都是這些藉藉無名，卻家家有窖藏金銀的富戶。

這家人家姓佟，跟聖祖的生母、孝康章皇后是同族，領著古北口外一大片「皇莊」；老主人佟益，算起來是孝康章皇后的姪孫，據說先帝居藩時，每次自熱河往還，都要借宿在他家。

但後來佟家自佟國維到鄂倫岱、隆科多，下場無不很慘；惟獨這一家不僅絲毫未受株連，且反獲得許多賞賜，都為的是這佟益為人極其謹慎，卻善能識時，當年看出「雍親王」胸懷大志，問到他知無不言、言無不盡，先帝在奪位以後翦除異己時，頗得力於從他口中所獲知的、有關佟家的許多故事及祕密。因為如此，儘管古北口外還有幾家比佟家更有錢的富戶，而海望卻認為只有這佟益是可以共機密的，關照曹震，一定要住他家。

這一行上下廿三口人、八輛車子、十三頭騾馬、外帶一猴一貓，走在路上，浩浩蕩蕩，很惹人注目；但到達佟家時，由於庭院屋子，寬敞高大，便顯得稀稀落落，不甚起眼，加以遠離市集，左右僻靜，也沒有甚麼人來看熱鬧，曹頫對這一點非常滿意。

佟益有三個兒子，當家的是老二佟仲平。佟家父子顯然知道他們接待的是甚麼人？派出來招呼的人很多，也很周到，但不多問一句，也不亂走一步，尤其是聖母老太太所住的那座院子，自動地視為禁地，箱籠行李都只送到角門，由齊二姑指揮兩名內務府的婦差，還有一個名叫如意的使女，自己動手搬。

安頓粗定，時已薄暮，佟仲平送了一桌飯到聖母老太太那裡，另外設席款待「官客」；仲四不肯上桌，說：「車把式、馬伕那些粗人，必得有我在，才會安分。」曹震知道他嫌拘束，勸主人隨他自便。

在桌上作主人的是佟益，談鋒很健，酒量亦宏，賓主的興致都很好。飲到半酣時，曹震的跟班悄悄把他找了出去，只見仲四手中持著一封信在等他。

「是海大人派人送到鏢局，關照連夜趕送；趟子手小劉下午到了灤平，打聽到咱們已經走了，趕緊又翻回來，剛剛才到。」仲四將信遞了過去，「震二爺，請你馬上拆信看一看，看誤了甚麼事沒有？」

曹震便往簷前走了去，拆開信來，就著如銀的月色細看。信很簡單，只說如未動身，暫且留在熱河；倘或已在途中，可至佟家過年。末尾綴了句，「容另詳函」。

這突然發生的變化，曹震一時竟不知如何應付？只好將信上的話，告訴仲四，向他問計。

「海大人說另外有信，那就等他的信好了。我想，早則明天，遲也不過後天，一定會有第二封信。」

聽此一說，曹震稍覺寬心；回到席上，亦不作聲，直到席終，散坐喝茶時，才把海望的信拿給曹頫看。

「那可沒法子，只好不走。不過，這話怎麼跟居停說呢？」

「咱們不必說甚麼，只把信拿給他看，聽他怎麼說，再作道理。大不了，我趕進京去當面請示。」

於是將佟益請了過來，示以海望的來信；原以為他總還得問一問情形，那知他毫不遲疑地說：「大家能在舍下過年，那可是太好了。曹四老爺、震二爺，你們儘管住著，就怕怠慢了。」

「好說，好說。」曹頫遲疑了一會，終於向曹震說道：「裡頭得怎麼去說一聲。」

「我知道。」曹震看著佟益，放低了聲音說：「佟大爺，我說你留大家多住幾天，行不行？」

「行，行，怎麼不行？」

於是曹震便以此理由，宣布暫且不走。至於聖母老太太那裡，叮囑曹雪芹去轉告。

曹雪芹非常不樂意任此差使，但說不出半句推諉的話，因為他已見過聖母老太太一次，真個非常投緣，這樣就「公事」來說，他的話易於見聽，便是義不容辭。

其次是他自己有過承諾，願意勉為其難。即令無此承諾，「有事弟子服其勞」，派到他去，亦無話說。便只有問一句：「我該怎麼說？」

「對！」曹震看著曹頫說：「咱們得好好兒核計一下，就趁這個機會，看讓雪芹怎麼由淺入深，把真情一步一步透露給聖母老太太？」

曹頫不即置答，想了好一會，徐徐答說：「還是以暫緩為佳。看京裡第二封信怎麼說；萬一事情有了變化，還來得及補救。」

「是，是。」曹震覺得這個顧慮是必要的，「還是只說佟家留客吧！」

「今兒，」曹雪芹提出疑問：「今兒晚上去見，似乎不大合適；明兒一早好了。」

「不！就是晚上好，你只在窗子外面回一聲，不就可以溜了嗎？」

「說得是。」

曹雪芹隨即請佟家的長工，提一盞燈籠，照著到了聖母老太太所住的院落；角門已經關了，敲開了請出齊二姑來，道明來意，請她代為稟告。

「是！請曹少爺略等一等，我馬上去回。」

「那，我就不必等了。」

「還是請等一等。也許我們老太太有甚麼話交代，請曹老爺帶回去，比較省事。」齊二姑又殷勤地說：「外頭冷，請到裡面來。」

「不！就這兒好。」

曹雪芹想不進去，還是進去了；因為齊二姑傳話，聖母老太太弄不清是怎麼回事，要請曹雪芹去當面說明。

曹雪芹無奈，只得走到窗外，望著窗內熒熒一燈，高聲說道：「跟聖母老太太回——。」

一語未畢，只聽窗內高聲說道：「二姑啊，怎麼讓曹少爺在外頭吃西北風？趕快請進來。」

「是囉！」齊二姑答應著，已經將門簾掀開了。

曹雪芹進了堂屋，請了安仍舊站在近門之處，作出隨時可走的模樣，「我叔叔打發我來回聖母老太太的話，這兒的主人很客氣，一定要留著多住兩天。」他說：「明兒個不走了，請聖母老太太多睡一會兒，不必趕早兒。」

「喔，」聖母老太太擺一擺手：「曹少爺，你請坐啊！」

「謝謝聖母老太太。」曹雪芹說：「我叔叔還等著我回去給他寫信呢。」

「明天不是不走嗎？有的是寫信的功夫。」

「這封信是要一早就送進京的。」

聖母老太太想了一下說：「我不耽誤你的功夫。不過明天，看是上午，還是下午，請你再來一趟；我要問問你曹織造的情形。」

「是！我明兒下午來。」說著，曹雪芹的腳下已在移動了。

聖母老太太渾似未覺，復又問道：「你爹也是織造。」

「是。」

「那麼老織造就是你爺爺了？」

「是。」

「這樣說起來，我們都不是外人。」聖母老太太眼望著空中說道：「老織造我見過兩回，高高的個子，長隆臉，看起來很嚴厲，其實和善得很，最肯體恤下人。曹少爺，我說得不錯吧？」

「我連我爹都沒有見過。」

答非所問，讓聖母老太太一楞；齊二姑便在旁邊說道：「人家曹少爺是遺腹子。」

「喔，喔，對，對！」聖母老太太失笑了，自己拍了一下額角，「看我這記性。」

「聖母老太太請安置吧！」曹雪芹很快地退後兩步，一轉身掀簾而出。

第二天近午時分，海望的信又到了。這封信遠比前一封詳細，說是決定請聖母老太太在佟家過年，原因有三，第一是太后的病，有了轉機，聖母老太太進京不必亟亟；其次是聖母老太太到京以後，跟皇帝母子相會，很難安排一個能不為人所知的妥當途徑，如果暫時不見，則近在咫尺，竟缺定省，尤其是在歲尾年頭，皇帝會更感不安，所以不如不進京；最後還有一個原因，皇帝怕聖母老太太未習儀注，打算找一個命婦來跟她作伴，亦就是來教她如何當太后。這件事當然亦以在遠離京城之處來辦，比較適宜。

「這可成了難題了。」曹頫大為皺眉，「重重曲折，話不容易說得清楚；而且有些話也很難說，咱們得好好核計。」

「事情明擺在那裡，非先將本意說破了不可，不然，光是在這裡過年的話，就說不出口。憑甚麼走走不走了，既不在京，又不在熱河過年，無緣無故來擾人家？」

「說破了以後呢？」曹頫問說。

「那只怕也還是照實說為妙。」曹震又說：「如今還不知道聖母老太太聽說要進京當太后了，會是怎麼一種想法？咱們先不必費這個心思，辛辛苦苦想出來一個主意，也許用不上。」

曹頫點點頭，「雪芹，」他問：「你有甚麼看法？」

「震二哥的話不錯。只是看怎麼說。」曹雪芹想了一會說：「聖母老太太多年以來，只以為自己給打入冷宮了，就算兒子當了皇上，她似乎也沒有想過會當太后。我看她是多少年一個人過慣了，忽然之間，黃袍加身，說不定會——。」他說不下去了。

曹震卻要追問：「會甚麼？你說！」

「會，」曹雪芹很吃力的答道：「說不定會精神失常。」

「你是說會發瘋？那不成了《儒林外史》上的范進了嗎？」

「這倒也保不定。」曹頫贊成曹雪芹的看法，「范進不過是中了進士；聖母老太太可是當皇太后，這分量又大不相同。」

「既然四叔跟雪芹都這麼說，那就小心一點兒好了。」曹震又說：「喜出望外是一定的；不過總還不至於像范進那樣。」

「真的要那樣了，我可真擔不起這個責任。」曹頫憂形於色地，「雪芹，你得多花點心思，一步一步來。」

曹雪芹原以為這件事應該曹頫去辦，才合道理，不想又落到他頭上。而且曹頫自己去辦，不論得何結果，都有可辯；如是他去陳告而出了意外，曹頫先就錯了！不在其位，不謀其政，如此大事，何能委諸少不更事的子弟？光是這一款過失，便百口莫辯。

轉念到此，頓生怯意，「四叔，」他囁嚅著說：「我怕辦不了這樁差使。」

曹頫不作聲，顯然亦在考慮，讓曹雪芹去說，是否合適。但曹震的想法不同，他覺得聖母老太太如真的會因為遽爾大貴，以致精神失常，那麼誰去說都一樣。倘或有倖免的希望，這個希望只有曹雪芹才能達成。

因此，他鼓勵地說：「雪芹，你別膽怯，你肚子裡的花樣多，想個甚麼法子，譬如打個譬仿，講一段掌故，慢慢兒引到正題上去，就不會驚著老太太了。」

曹雪芹無奈，只好硬著頭皮答應下來。

聖母老太太為曹雪芹預備了茶，還有她從熱河帶來，預備在旅途中消閒的零食——一個磁罎子，下置石灰，灰上鋪紙，紙上是一包包的「乾點心」與瓜子、香榧、小胡桃之類；打開紙包，擺滿了桌子。

「曹少爺，你到我這裡來，就像到自己家裡一樣，不要跟我客氣。」

曹雪芹為了想圓滿交差，已下決心要跟她「泡」了，因而乘機答說：「老太太既然這麼說，就別叫我『曹少爺』，叫我名字好了。」

「你小的時候，家裡人叫你甚麼？」

「叫我芹官。」

「好！我也叫你芹官。」聖母老太太問：「芹官，你屬啥？」

「老太太是問我生肖？」他說：「我肖羊。」

「今年也是羊年。那就是廿五歲。」

「是。」

接下來便問曹雪芹的家世，談到平郡王的太福晉，聽說是他的姑母，聖母老太太便即問說：「是不是老織造的大小姐？」

「是。」曹雪芹知道，「老織造」是指他祖父曹寅。

「這樣說，我是見過的。」聖母老太太眼中頓時閃出一種故人久別重逢的喜悅。

曹雪芹卻有些疑惑，「老太太是在那裡見過？」他問。

「自然是在你們織造衙門。」

聖母老太太說：她八歲隨父進京，由運河北上。當時是曹寅由杭州「解送龍衣」進京，他們這批機戶，一共是四家人家，跟著曹寅一起走；路過江寧，曹寅因為有事，勾留了三天。她的母親有個表姐妹，在曹家「做針線」；她隨著母親去探親，在後花園一座石舫中，見到一個比她大不了三四歲的小姑娘，說是曹家「大小姐」。她還清清楚楚記得，「大小姐」鼻梁正中有一粒小小的硃砂痣。

說有硃砂痣不錯；曹寅由杭州「解送龍衣」進京，也是可能的，因為那時江寧、蘇州、杭州三織造，輪流進京述職，往往附帶解送其他兩處的貢品，所以曹寅會由杭州進京。但說在江寧織造衙門見到「大小姐」就不對了，因為運河並不經過江寧。

細想了一會，曹雪芹恍然大悟，「老太太，你記錯了。」他說：「是在揚州，不是在江寧。」

聖母老太太詫異，「揚州也有織造衙門？」她問。

「不是織造衙門。先祖那時兼著巡鹽御史，衙門在揚州。」曹雪芹指出證據，「不錯，揚州鹽院的後花園很大，有湖；湖中有一座石舫。」

「你說得有憑有據，那就一定是在揚州了。」聖母老太太又說：「我還記得我表姨媽說：這個小姑娘將來不得了！看相的說她有那顆硃砂痣，將來大富大貴。果然嫁到王府，真是好福氣。」

「要說好福氣，」曹雪芹以話引話，「天下那裡還有比老太太福氣更好的。」

他的話還沒有說完，聖母老太太已連連搖頭，作出大不以為然的神情，「我們紹興人有句話：『三斗三升的命，多吃一合要送命。』我想過多少遍了，我好比『狸貓換太子』的李娘娘，做皇帝的兒子，不是我的。」她神色豁達地說：「我也不敢出頭來認；一認，性命就不保了。」

曹雪芹驚異莫名，不道聖母老太太竟是這樣的一種想法；但她想像中有一個宋真宗的劉后在，這個誤會很嚴重，非為她化解不可。

「老太太，你完全錯了。那時候的仁宗皇帝自己不能作主，上朝都有劉皇后在一起，所以李娘娘不敢說破，仁宗皇帝也不知道他另外還有個生身之母。當今皇上就不同了，上面那位太后病在床上；凡事皇上作主，而且皇上也知道他是老太太親生的。」

「知道是早知道了，不過他也不敢認。」聖母老太太說：「面子嘛！」

能夠顧慮皇帝不敢公然相認是為了「面子」，事情就好辦了。聖母老太太通情達理，自己曾顧慮她會精神失常，顯然是錯了。不過以前確曾有此跡象，還是不能不防，所以他的措詞仍舊非常慎重。

「皇帝還不光光是顧他自己的面子，還要顧到皇上的面子。」聖母老太太不斷地搖頭，「這件事我想過不曉得多少遍了，一個字：難！」

「皇上」是指世宗。當今皇帝的身世之謎，果真大白於天下，勢必暴露先帝的失德。這比僅僅從當今皇帝的面子上去著眼，想法又要深得多，足見她所說的，不知已想過多少遍，確是真話。

轉念到此，曹雪芹好奇心起，便即問道：「既然如此，老太太總還從好的地方去想過吧？」

「怎麼從好的地方去想？」

「譬如說，皇上會照應老太太的娘家人，就像宋朝仁宗皇帝，找到李宸妃的弟弟，也就是他的舅舅，給他官做那樣。」

「我父母就生我一個。聽說我家姓李的人，在紹興倒是很多，不過我連名字都不曉得；而且，我不想皇帝來認我，那裡又談得到這上頭。」

「是。」曹雪芹忽有所悟，點點頭說：「這原是該由皇上自己來施恩的。」

「他也有他的難處。既然他不敢認我，就只好一切都裝不知道了。」

「皇上不是不敢認，是老太太所說的，為了面子，一時還不便來認。不過，」曹雪芹很謹慎地說：「要有一個又能認老太太是生身之母，又能顧全面子的法子想出來，那就好了。」

「那裡有這樣好的法子？」

「說不定會有。」

「那，你倒說說看！照你想，是怎麼個法子？」

「這個法子要慢慢去想，或許還要看機會。不過，我在想，既要顧實際，又要顧表面，說不定要請老太太受點委屈。」

「我受委屈也不是一天了。」

聽到這話，曹雪芹大感欣慰，知道事情有把握；但他也有警惕，越是到此緊要關頭，越要慎重，所以決定回去跟曹頫商量了再說。

「老太太受的委屈，總有補報的一天。到了那一天，老太太想要甚麼，就有甚麼。」曹雪芹問到：「果真到了那一天，老太太第一件想做的事是甚麼？」

「我不知道。」聖母老太太說：「我還不知道你說的那一天是怎麼樣的一天。」

「就是皇上認了老太太，把老太太接到宮裡去當太后。」

聖母老太太失笑了，「那裡會有這一天？」她說：「你不要說夢話了。」

「就算是夢話好了，談談不妨。」

「說夢話有甚麼意思？」聖母老太太兀自搖頭，不屑一顧。

於是一直未開口的齊二姑說話了，「不是聊閒天嗎？」她說：「老太太幹麼這麼頂真？」

聖母老太太破顏一笑，拈起一塊米粉烘焙，用石灰收燥，堅硬異常的紹興「香糕」送入口中；她的牙口還很好，只聽「咯嗒」一響，咬斷了一截香糕，津津有味地嚼著，而略已昏花的老眼中，漸漸地閃耀出迷惘的光芒，口角亦出現了忘其所以的笑意。那種神遊太虛的表情，能令人屏聲息氣，唯恐驚擾了她。

終於她收攏目光，開口作答了，「我不曉得做過多少回夢，夢到我在杭州上倉橋的家裡。紹興我只去過兩回，還是三回，記不清楚了，不過，也常常夢到的。」

她指著耳際說：「現在，好像烏篷船『嘎嘰、嘎嘰』的搖櫓聲音，就在我耳朵邊。」

江南水鄉的烏篷船，曹雪芹也不陌生，所以聽她這一說，也勾起了他那近乎鄉思的悵惘，同時也更了解她的願望了。

「老太太心裡最想的，大概是第一、回杭州看看老家；其次是到紹興去一趟。不知道我猜對了沒有？」

「猜是猜對了。不過沒有用。」聖母老太太說：「老家也不知道在不在了。」

「一定在的。」曹雪芹說：「想來是機戶的住房，織造衙門每年都會撥款去修的；那怕上百年都是老樣子。」

「如果在，如果我能回杭州，」聖母老太太興奮地說，「我一定要在我老家住幾天。」

「住幾天恐怕辦不到；要想去看一看，一定能夠如願。」

「你是說，皇帝肯送我去？」

「是。」

聖母老太太發了一會怔，最後搖搖頭說了一個字：「難！」

曹雪芹還想往下再說，而突然警覺，就剛才的那一番交談，已惹得聖母老太太心中大起波瀾，再談下去，她會入迷；老年人魂夢不安，最是傷身，且適可而止吧。

於是他說：「老太太把心放寬了，皇上是孝子，一定有辦法能讓老太太如願，盡他的孝心。」

「曹少爺是很實在的話。」齊二姑旁觀者清，心知事出有因，所以幫著勸解，「老太太聽他們的，沒錯兒。」

談到這裡，如意來報，佟家送食盒來了。曹雪芹乘機告辭，聖母老太太想留他卻不曾留住。

一出屋子，撲面一陣西北風，凍得他打了個哆嗦；但頭上冷、心裡熱，回想這個把時辰的盤桓，自覺所獲的成就是值得興奮的。

同樣地，曹頫與曹震也很興奮；商量下來認為說實話的時機，已經來臨，而且決定，仍舊是由曹雪芹去跟聖母老太太打交道。

「老太太咱們得在這兒過年了。」

「在這裡過年？」聖母老太太問說：「為甚麼？」

「這話說來很長。」曹雪芹轉臉問道：「二姑，昨兒晚上老太太睡得怎麼樣。」

「昨兒晚上沒有睡好。不過，今兒的午覺歇得很長，足足一個半時辰。」

「芹官，」聖母老太太問道：「你為啥問這話？」

「我怕我一說，老太太晚上會高興得睡不著覺。」

「是，是不是皇帝要送我回杭州去看一看？」

「那是以後的事。」曹雪芹問道：「皇上接位的喜信，老太太是甚麼時候知道的？」

「九月——，」聖母老太太問齊二姑，「九月初幾？」

「初五。」

「是她告訴我的。」聖母老太太說：「我先不相信。第二天烏都統帶了他的太太來看我，一見就磕頭，又改了現在你們叫我的這個嚕哩嚕嚇的稱呼，我才相信了。」

「相信了以後呢？」

「我哭了一場。」

「哭了一場？」曹雪芹微感驚愕，不過稍微多想一想，也不難了解她喜極涕零的心境。誰知他猜錯了。「我是哭我自己。」她說：「兒子做皇帝，別人做太后，心裡不舒服。不過哭過這一場，也就沒事了；想通了，命該如此。」

「不然。老太太還是太后。」

「你在說笑話了！」聖母老太太大不以為然，「芹官，我曉得你心好！說假話騙我是安慰我。不過我雖不識字，也不是沒有知識的，世界上那裡會平空出來一個太后？如果我是太后，在皇帝登基的那天就是；那天不是，就永遠不是。」

曹雪芹只是笑著，等她說完，立即問說：「老太太，你要不要跟我打個賭？」

「為甚麼打賭？」

「看老太太到底是不是太后？」

「喔！」聖母老太太是疑惑的語氣，「你倒先說說看，我怎麼會變太后？」

「不！」曹雪芹故意裝出頑皮的神情，「要老太太跟我打了賭，我才說。」

「好嘛，你說怎麼賭？」

「如果我輸了，老太太要聽我的話。」

「你這叫甚麼話？」聖母老太太大為困惑，轉臉問齊二姑，「你聽得懂，聽不懂？」

「我都鬧糊塗了！」齊二姑笑著回答。

「等我來算算。」聖母老太太向曹雪芹指指點點地，「你輸了，意思就是我不是太后，我要聽你的話？」

「是！」

「世界上那有這個道理？你輸了，反而我要聽你的！」

「老太太要聽我的，才會高興；這就是我輸，要補報老太太的地方。」

聖母老太太笑了，「原來你是說，你輸了，就說一個笑話讓我開開心。你這個人真滑稽，喜歡說怪話。好吧，」她說：「如果你贏了呢？」

「我贏了，老太太也要聽我的話。」

「那還用得著說？」聖母老太太答說：「如果真的有那一天，我當然聽你的話；你要我同皇帝怎麼說，我就怎麼說。不過，芹官，你也不要夢想，靠我幫忙會升官發財。」

雖然仍舊是不相信的語氣，但神態相當平靜，理路也很清楚；這是到了真的可能深談的時候了。而就在曹雪芹盤算如何措詞時，齊二姑開口了。

「曹少爺，談了半天，到底要到那一天，才知道誰輸誰贏啊？」

「對了，應該有個揭曉的日子。等我想一想。」

原來曹雪芹的想法是，聖母老太太本已認命了，卻忽然為她帶來了一個夢想不到的機會，如今這個機會，由於太后的病勢好轉，而有趨於淡薄的模樣，倘或慈寧宮中帶病延年，那時本來心如止水的聖母老太太，要想恢復原來的心境，就著實需要一番解勸。他之所以說「我輸了，要聽我的話」，就是解鈴繫鈴，預先留下一個將來好為她勸慰譬解的餘地。

曹雪芹心想，太后的病原已有朝不保夕之勢，如果能拖上幾個月，可知藥已對症，一時不會仙去，那時便要作勸慰聖母老太太的打算了。

於是他估計得稍微寬些，「以明年七月初一為期。」他說：「在這個日子以前，老太太挪到慈寧宮去住，就都算我贏。」

「你永遠也不會贏。」聖母老太太只關心眼前，「芹官，我們為甚麼要在這裡過年？」

「是皇上派人交代下來的。」

「這又是甚麼意思呢？」

「是因為還沒有到能跟老太太見面的時候。」曹雪芹說了海望信中所提到的第二個原因，「可是既然到京了，又是過年，皇上不能來見老太太，想想看那心裡有多難受？」

這話使得聖母老太太心頭一震，多少年來，她一直在抹掉她心中的一個男孩的影子；而因為曹雪芹的一句話，那個原已淡忘的影子，遽爾加濃，她的眼眶也發酸了。

不過她還是將眼淚忍住了，「在人家家裡過年，吵擾了人家，自己也不舒服。」她說：「芹官，你同你叔叔去說，我還是回熱河。」

「這又有難處。因為皇上說不定馬上就可以跟老太太見面，離京越近越好。」

「芹官，」聖母老太太面現不悅之色，「你說的都是滑頭話，我聽你那一句好？」

「兩句都要聽。」曹雪芹復又擺出頑皮的神情，「不過話中有話，一句可以化作千百句，怕老太太一時聽不完。」

「那你就挑要緊的說幾句。」

「幾句話說不盡。」曹雪芹想了好一會，欣然說道：「我講個故事給老太太聽。有家人家姓王，兄弟兩個，都是秀才；王二犯了錯，讓學台把他的秀才革掉了，不能去考舉人，只有王大一個人趕科場，那知臨時忽然有病，就由王二去頂名代考。現在我來跟太太猜一猜以後的情形。」
「怎麼猜法？」
「先猜考中了沒有？」
「當然考中了。不中就沒有戲唱了。」
「是的。不中，我的故事也講不下去了。」曹雪芹說：「中了舉人，有頭報、二報；老太太，你猜王家怎麼樣？」
「要開發賞錢，請客，好好有一番熱鬧。」
「熱鬧不起來。王大病在床上，快斷氣了。」
「可惜！」
「就因為可惜，所以有人出主意，說本來就是王二去應考的，現在就算王二是新舉人好了。」
「這倒也是個法子。」聖母老太太說：「冒名頂替倒不怕人識破？」
「識破了也不要緊。人家跟他無冤無仇，何必出頭來做這種損人不利己的事？王家有的是錢，好好兒請一請客，自然能把人的嘴塞住。」
「就怕官府曉得。」
「這也不要緊。即令王二硬說就是王大；倘或不相信，調出鄉試卷子來對筆跡，看看有沒有兩樣。」
「那麼，王大呢？」
「死掉了！」
「死掉了就沒話說了，王二不算對不起哥哥。」聖母老太太想了一會，忽然問道：「如果報子報來的時候，王大病在床上，不能出面，王二撿撿便宜，是說得過去的；萬一王大倒好了呢？」
「麻煩就在這裡！新舉人當然仍舊是王大；做弟弟的落得一場空歡喜，就不知道怎麼樣安慰他了。」

「命！」聖母老太太毫不遲疑地說：「王二命裡注定不是舉人老爺，怪不來別人。」

「王二能有老太太這種想法就好了。」曹雪芹忽然抬眼說道：「二姑，請你看看外屋有人沒有？有人不便。」

外屋三個人，兩名內務府的婦差，還有如意，都讓齊二姑遣走了。

「老太太，」曹雪芹壓低了嗓子，但語聲卻很清楚：「我現在還不敢給你磕頭道喜，不過報子已經報來了，老太太，你就是王二；太后就是王大。」

這張底牌一掀開來，齊二姑就先失態了，上來抓住曹雪芹的手臂問：「曹少爺，你怎麼說，老太太真的要進宮當太后了？」

原來齊二姑是下五旗的包衣人家，隸屬先帝居藩時的雍親府；中年守寡，並無子女。如今的太后，當年的熹妃鈕鈷祿氏，看她老成可靠，建議先帝，派她來跟聖母老太太作伴。平時由於關防極嚴，宮中情形，非常隔膜。她也只以為當今皇帝既尊熹妃為太后，聖母老太太便得委屈終身；這天聽曹雪芹談到聖母老太太還有出頭之日，當然也很熱中，但旁觀默想，始終想不出聖母老太太是由怎樣的一條路進入慈寧宮，如今才明白有個令人夢想不到的冒名頂替之法，怎不教她又驚又喜？

「二姑，請你先穩住，老太太還不知道其中的曲折，等我慢慢兒細談，請你幫老太太記著。」

「是！是！」齊二姑放開了手，「曹少爺你得慢慢兒講給老太太聽。」

這時兩人才發現，聖母老太太雙眼發直，嘴唇翕動，不知是在默默自語，還是抽風？曹雪芹不由得大驚失色。

齊二姑卻是見過的，先作個手勢，示意曹雪芹不必驚慌；然後拍著聖母老太太的背說：「哭出來，哭出來！曹少爺是自己人，不要緊。」

聖母老太太久受貶抑，在熱河行宮這麼多年，起先想到傷心之處，連哭都不敢；直到得知當今皇帝接位的喜訊，才情難自抑地放聲一號。不過多年的習慣仍在，有時想哭而不能出聲，必得齊二姑先寬她的心，方能催出她的眼淚來。

果然，她的方法很有效，聖母老太太嘴一扁，抽抽噎噎地哭出聲來；一面哭，一面訴說，語音本就模糊，加以鄉音又重，越發聽不清楚，曹雪芹只是搓著手，焦急地等她哭停下來。

「好了，好了！」齊二姑去絞了一把熱毛巾來，為她擦拭著眼淚說：「老太太，這是喜事！你想不當太后也不行，你是跟誰賭氣！快把心定下來，聽曹少爺細說。」

原來是賭氣不願當太后。曹雪芹不由得想到先帝與恂郡王的生母、孝恭仁皇后烏雅氏，當年聖祖駕崩，圓明園中掀起了驚天動地的大事，她由真太后變成假太后，也是賭氣不願受太后的尊號，而且堅拒移居慈寧宮。不想十幾年前的奇事，復見於今日，真是奇而又奇的奇談了。

這時門簾晃動，彷彿有人在窺探，齊二姑趕過去一看，是如意來回事。

「曹老爺來了，問是怎麼回事？」

齊二姑這才想到，聖母老太太的哭聲，將前面的人都驚動了，急急走回來告知曹雪芹；他想了一下說：「我去。」

走到角門，只見曹頫、曹震都在，臉上都有驚惶之色；曹震且還有些慍怒的神色，彷彿怪曹雪芹處理不善似地。

因此，他開口第一句話便是安慰，「情形還不錯。」他說：「哭過一場大概就沒事了！」

曹頫、曹震的臉色，頓時都緩和了，「你跟聖母老太太說明白了？」曹頫問說。

「細節還沒有談。不過，她大致已經知道了。」

「你是怎麼說的？」

「我作了一個譬仿。」曹雪芹說：「這會沒法子細談。四叔、震二哥放心好了，事情弄妥當了，我馬上回來。」

「好！我在前面等消息。」

「今天，」曹震問說：「四叔得要見聖母老太太不要？」

「要看她的意思。」

「好，我們在前面聽招呼。」曹頫說道：「你快進去吧！」

等曹雪芹回到原處，聖母老太太已經收淚，神色中卻有些焦躁不安，「芹官，」她問：「熹妃病重了？」

曹雪芹愣了一下，方始明白，「老太太是說太后？」他用發問的語氣，提醒她應該改口了。

「對！現在是太后。」

「太后的身子一直不好。」齊二姑在一旁插嘴，「有氣喘的毛病，發起來挺怕人的。」

「太后是甚麼病，我可不大清楚；只知道前一陣子病勢很重。」曹雪芹略停一下說：「不過，她還是會長生不老，還是會當太后。」

聖母老太太跟齊二姑面面相覷，對他這話連問都無從問起了。

「太后會有一個替身，就是老太太；豈不是還是長生不老，還是會當太后。」

「曹少爺真會繞彎子說話。」齊二姑湊在聖母老太太耳邊說道：「老太太，你別忘了，你是從前的熹妃的替身。」

「最好把替身這個念頭都丟掉了，老太太就是從前的熹妃。」曹雪芹問：「二姑，你伺候過從前的熹妃，如今的太后？」

「是的。」

「這更好！得空你就把當年的情形，跟老太太多談一談。」

「是！」齊二姑深深點頭。

聖母老太太卻搖搖頭說了一句：「沒有用。」

「怎麼會沒有用？」曹雪芹說：「太有用了。」

「有用也用不著，我不要當太后，我不習慣。」

語聲未終，齊二姑已經搶白：「又來了，又來了！」她說：「這不是隨你老太太要當不要當的事。天下只有一位皇上；生皇上的就是太后，你老太太要想開缺也不行。」

太后居然亦可「開缺」！曹雪芹差點想笑出來，剛想附和解勸，意有未盡的齊二姑，侍著多年跟聖母老太太作伴，彷彿亦同姐妹的深厚情分，還有話要說。

「熬了這麼多年，好不容易熬出頭了，這樣天大的喜事，應該把甚麼委屈都蓋過去了，你老太太可又無緣無故賭上了氣。這不是——」齊二姑強自頓住，總算沒有讓那「身在福中不知福」七個字說出口來。

曹雪芹不似齊二姑與聖母老太太，有那種「一人得道，雞犬升天」的密切利害關係，因而能冷靜地找出癥結，他搖一搖手，向齊二姑作個不以為然的表示，等聖母老太太也不作聲時，他才開口。

「老太太不是賭氣，不習慣是真話。二姑，你設身處地想一想，多年清靜慣了，忽然說要住到宮裡去，皇后妃子天天一大早就來伺候，多少八旗命婦，輪著班兒進宮請安，這可真是件教人受不了的事。」

「再說，我又不是真的熹妃。」聖母老太太說：「王二終歸是王二，到底不是王大。」

齊二姑默然，照曹雪芹的話，設身處地去想一想，聖母老太太的處境，確是有些不易應付。

但是，「莫非不習慣，就算了不成？」她說：「天下世界，那件事是一個人生來就習慣的？」

「這話倒也是。」曹雪芹忽然覺得不但真正找到了癥結，而且也找到了解開癥結的辦法，他說：「老太太，你儘管把心放寬了！齊二姑的話說得不錯，甚麼事都不是生來就習慣的；日子到了，先把老太太送進宮去，除了皇上、皇后以外，別的人不願意見就別見，等慢慢兒習慣了再說。老太太看這麼樣行不行？」

聖母老太太不能說「行」，可也說不出何以「不行」？雖然遲疑未答，但不願當太后的決心，顯然不是那麼堅定了。

齊二姑卻能充分領會曹雪芹的意思，而且有把握能為聖母老太太開譬明白。當下向曹雪芹使個眼色說道：「反正要在這裡過年，總能說得清楚的。」

能談出這樣一個結果來，曹頫與曹震都很滿意。曹震更為興奮，一直誇獎曹雪芹：「真是把書讀通了，能借古喻今，把極難說得清楚的一件事，輕輕巧巧地都交代了。」

「也真難為雪芹！」曹頫也說：「事情說完了，該留的留，該打發的打發，才有個下手之處；不然一大幫人待在這兒，不上不下，進退兩難，那才真是件揪心的事。」

於是將佟益、佟仲平父子與仲四都請了來，細細商量。車馬自然都用不著了，但遣散容易，要讓這些馬伕車把式守口如瓶，不是交代一句話的事。

「說不得了，只好拿錢封他們的嘴。」佟益說道：「這件事怕只有拜託仲四掌櫃了。」

仲四義不容辭，慨然允諾。接下來商量過年；作居停的佟益表示，世受皇恩，情願報效這趟差使，但如何才不算委屈聖母老太太，他卻沒有主意，要跟曹頫叔姪討教。

「我也不敢胡出主意。」曹頫問曹震：「你看怎麼辦？」

「只有我進京去一趟，跟上頭請示。」

「對，對！這樣最好。你明天就走，而且得盡快趕回來。」

於是決定由仲四送曹震回京，除了跟海望接頭以外，曹頫另外應該有信給方觀承。這封信當然是曹雪芹來寫，此外他還要為曹頫寫家書，自己也應該有封向馬夫人請安的信，整整忙了半夜才都料理妥當。

「喔，」曹頫突然想起，「是不是該跟聖母老太太說一聲，有人進京，看她有甚麼事要辦，或者要捎甚麼東西來。」

「說的是。」曹震看著曹雪芹笑道：「這可又是你的差使了。」

「我看不必問。據我所知，聖母老太太不會有事要在京裡辦。」曹雪芹提議：「至於過年，最好能按宮中的規矩辦；一旦聖母老太太進宮，心裡也有個譜。」

這跟海望信中提到的，皇帝怕聖母老太太未習儀注，打算找一個命婦來跟她作伴，教她如何當太后的本意，正相吻合。曹頫欣然接納，而且頗為稱許。

宮中如何過年？內務府出身的人，自然熟悉。不過佟家到底不是行宮，諸如「立燈竿」、貼白絹門聯之類宮中特有的規例，無法照辦，只有在飲食上模仿了。

曹震是送灶那天趕回來的，箱籠行李甚多；還帶來兩名在乾清宮茶膳房當差的廚子。

「上頭交代，明年一過燈節就請聖母老太太進京，安頓的地方也有了，是皇后娘家。」曹震又說：「皇后的嫂子，就在這兩天到，來跟聖母老太太作伴；據說，這是皇后的意思，請她嫂子代替她來侍奉婆婆，真是賢慧。」

「皇后的嫂子很多，是那一個呢？」曹頫問說。

「是最小的十嫂。」

「喔，那是傅恆的夫人。」曹頫點點頭：「我見過。」接著又說：「她來了可不大方便。」

「為甚麼呢？」

曹頫因為有佟益在座，不願多說；顧而言他地問：「海公還有甚麼話？」

「有一件事交代，這件事還有點難辦，說聖母老太太的那隻猴子，絕不能帶進京，不然會鬧笑話。我可不知道這話該怎麼跟聖母老太太說了？」

「那容易。」曹雪芹接口，「請皇后娘家嫂子找機會進言。聖母老太太不是不明理的人，當然也知道太后帶隻猴子進宮，是多大的笑話。」

想一想實在好笑，連曹頫都有些忍俊不禁了。

「佟大爺，」曹震轉臉說道：「該咱們倆核計了。海大人有好些話讓我轉告，走，上你那兒談去。」

等曹震與佟益離去，曹頫正色對曹雪芹說道：「傅恆的夫人年紀很輕，性情很爽朗，有時候跟男孩子一樣，說話不大顧忌；你可自己檢點，能避開她最好避開，免得惹些無謂的是非。」

原來他說的「不大方便」是指此而言。曹雪芹心想他四叔說話一向含蓄；所謂「爽朗」，所謂「男孩子一樣」，所謂「說話不大顧忌」等等，說穿了就是風流放誕。

這樣的人可是招惹不得！曹雪芹答說：「我知道輕重。四叔請放心好了。」

話雖如此，他心裡卻又是一樣想法——還是好奇心使然，很想見識見識這麼一個風流放誕的少婦；同時也在猜想，不知道長得怎麼樣？

曹雪芹是在傅恆夫人下車時，遠遠瞥見背影，印象特深的是腦後所垂的一個極大的「燕尾」；要頭髮多才能梳出這麼一個頭來，旗下女婦最得意的，就是能示人以盛鬋之美的這樣一個大燕尾。

由佟益的妻子和兒媳，接待到內室，稍事寒暄以後，傅恆夫人便問：「曹四老爺呢？」

「曹四老爺在等著傅太太。」佟仲平在窗外回答。

這是預先商量過的，傅恆夫人一到，應該先讓她明瞭聖母老太太的情況，然後謁見，才不至於格格不入。不過曹頫卻不便至佟家內室敘話；就只有請她在客廳敘談了。

客廳中只有曹頫、曹震與佟益；當佟仲平引導至廊上，傅恆夫人帶著丫頭進門時，大家都站了起來，微微低著頭，而首先招呼的卻是堂客。

「曹四叔，有兩年沒見了？你好！」

原來傅恆的族叔傅鼐，是曹家的女婿，算起來與曹頫是郎舅；所以她按著輩分叫「四叔」。

曹頫自然謙稱不敢當，仍舊叫她「傅太太」。

見過了禮，說些路上的情形；佟益看要談到正題了，便即起身，道聲「失陪」，出門囑咐他家的下人迴避，而且親自把守著入口。

「曹四叔，皇后派我這個差使，我不敢辭；可是，心裡實在有點兒怕，怕伺候不周到，皇上會不高興。」傅恆夫人問道：「聽說聖母老太太脾氣挺怪的，是不是？」

「這也不盡然，能順著她的性子，也很容易說話。」

「她是怎麼一個性子呢？從來沒有見過，也很少聽說──，」傅恆夫人頓了一下說，「曹四叔知道的，一直都忌諱談這件事。」

「是。」

僅答一聲「是」，未答她之所問；少不得還要追問：「聖母老太太到底是怎麼一個性子呢？」

「這──。」曹頫一上來就窮於應付了。

「我看，」曹震忍不住要開口了，「讓雪芹來告訴傅太太吧？」

「那是誰？」

「也是舍姪。」曹頫答說：「他跟聖母老太太倒還投緣，有些話都是由他跟聖母老太太去回稟的。」

「這麼說，他一定摸得清聖母老太太的性子！在那兒，請來見一見。」

於是曹震親自去把曹雪芹找了來。由於曹頫事先的叮囑，曹雪芹進門不敢仰視，但就初見的那一眼，便讓他心中浮起無數念頭。

「這是傅太太。」曹頫兩頭介紹：「他叫雪芹，也是行二。」

「喔。芹二哥請坐。」

「傅太太，」曹震插嘴：「叫他雪芹好了。」

「那不太好吧！」傅恆夫人笑著又說：「不過震二哥、芹二哥叫混了也不好。」

那響音就像雪後簷前掛著的冰柱，斷落在堅實的磚地上般清脆；曹雪芹實在忍不住了！緩緩地抬頭，幸好視線未曾相接，得以讓他從容相看；但覺豔光照人，不可逼視，同時一股馥郁的香氣，飄到鼻端，分辨不出是襟袖之間的衣香，還是發自肌膚的體香？

曹雪芹不敢過分平視，低下頭來不由得想起兩句唐詩：「石家蠟燭何曾剪，荀令香爐可待熏。」就這意馬心猿之際，只聽曹頫喊道：「雪芹，你把聖母老太太的情形，跟傅太太說一說。」

「是！」

在回話時，當然要抬頭；這時才看清楚整個情況，傅太太坐在上首椅子上，曹頫對面相陪，曹震坐在曹頫下首。他雖說傅太太曾招呼他坐，自覺還是站著比較方便。

「聖母老太太自己知道處境，曾經以宋真宗的李宸妃自況——」

「雪芹，」傅太太打斷他的話，笑著說：「你可不許跟我掉文；更不許前朝後代的談掌故。」

「是。」曹雪芹在思索，措詞如何不太粗俗，而又能讓她聽得懂。

「你剛才說那一朝一位甚麼妃子來著？」

第一句話就難解答，她連宋朝都沒有聽出來，如何能將宋真宗、李宸妃的故事說清楚？

曹震看他為難的神氣，不能不替他解圍：「傅太太，」他說：「有齣戲叫《斷太后》聽過吧？」

「喔，原來就是《仁宗認母》。」

崑腔中有這齣戲，改為「亂彈」才叫《斷太后》；曹雪芹如釋重負，一迭連聲地答應：「是，是，就是《仁宗認母》。」

「那麼，聖母老太太怎麼樣呢？她把自己比成那位打入冷宮的妃子？」

「對了！這比擬也許不大妥當，不過可以看出來兩點：第一，她認命了，自己覺得受苦是命中注定的；第二，她怕有一位劉后容不得她。如今，我是跟她解釋清楚了。可是她還是不願當太后。」

「那，那是為甚麼呢？」

「為了——，她自己說的兩個字：不慣。」曹雪芹又說：「就好比一下子讓我當了內務府大臣，我也會覺得不慣。」

傅太太很響亮地笑了起來，「雪芹，你要這麼譬仿，我就全懂了。」她又問：「你可又怎麼跟她說呢？」

「我說，慢慢兒就慣了。」曹雪芹說道：「照我的看法，不能操之過急；一切都得順著她，她不願意見人，就別讓她見人。總得有些日子，讓她慢慢兒練。」

「一點不錯。把她膽子練大了就好了。」傅太太問道：「她身邊有個齊二姑，是不是？」

「啊，我忘了告訴傅太太了。這個齊二姑，人很明白；聖母老太太也聽她的話，傅太太最好先問問她。」

第二天上午，曹頫要曹震計議，奉迎聖母老太太的差使雖還不能交卸，但該辦的事都辦了；至於照應聖母老太太過年，有曹震在，也儘夠了，至多再留下曹雪芹辦辦筆墨，他實在不必在此逗留，而且身子虛弱，夜臥不安，很想回京過年，稍資休養，問曹震的意思如何？

「四叔儘管回京；也應該回京，兩頭才有個呼應。今兒是來不及了；明兒一早走吧！我讓仲四送四叔到京。」

「不必到京，送到通州就行了。」曹頫又問：「你看，我要跟聖母老太太回一聲不要？」

「照道理上說，應該回一聲。順便也跟傅太太招呼一下。」

於是，曹頫由曹震陪著，到後院找齊二姑，說要見聖母老太太。不道引入堂屋，見到的卻是傅太太。

「曹四叔，咱們按著宮裡的規矩來，你要見聖母老太太甚麼事，能不能先跟我說？」

傅太太此時的身分，就彷彿是慈寧宮的總管；曹頫倒覺得仔肩一輕，說話的詞氣也就不同了。

「請傅太太跟聖母老太太回，過年有曹震在這裡照料一切，我無事可幹，想先回京。這樣兩頭有人，不至於呼應不靈，反倒比我在這裡好。」

「是了。我替曹四叔回。」傅太太又問：「曹四叔那天走？」

「明兒一早動身。」

「喔！」傅太太一雙烏黑的大眼珠，不斷滾動，彷彿在思索甚麼。

曹頫不作理會，「我這就算辭行了。」說著，身子後退，便待離去。

「曹四叔，你請等一等；我想拜託你帶封信回京。」

「是！」曹頫問道：「信寫好了沒有？」

「還沒有寫吶。而且，我得找個人替我寫。」傅太太躊躇著說：「找誰呢？」

曹頫不打算自告奮勇，想了一下答說：「請黃太醫代筆吧！」

「黃太醫！」傅太太想了一下說：「這恐怕不太合適，有些話我不便跟他說；就說了，怕他也不懂我的意思。喔，」她突然眼睛發亮，「不現成有個人嗎？曹四叔，你讓雪芹來給我寫信。」

「他行嗎？」

「行！只有他最合適，我這封信是談聖母老太太的事。」

曹頫亦不能不承認，確是由曹雪芹代筆最合適。但傅太太的神情，為他帶來了憂慮與警惕，所以口中答應；心裡另有想法。

「通聲，」辭出來以後，他對曹震說：「我不打算回京了。」

「怎麼回事？」曹震詫異，「四叔怎麼一下子變了主意。」

「我告訴你吧！我不放心。」曹頫低聲說道：「傅太太毫無顧忌；雪芹不知輕重，倘或惹出甚麼閒言閒語，那可不是件鬧著玩的事。」

曹震認為是過慮；但即令應作防範，亦不必曹頫在此，「我知道了。」他說：「四叔還是回京，我來管住他。」

「管住他」三字語氣很實在，曹頫放心了；但仍舊叮囑一句：「你可好好兒管住他。」

「你可坐啊！」

「不，謝謝傅太太，我站著好了。等傅太太交代完了，我回去把信寫好了送來。」

「不是寫信，我是給皇后寫個奏摺。」

曹雪芹一楞，從來沒有聽說過有人給皇后寫奏摺；一時倒茫然不知所答了。

「我看應該用奏摺。」傅太太徵詢著說：「你看呢。」

「我說不上來。」曹雪芹老實答道：「我還不知道有這個格式沒有？」

傅太太當然也不知道；她將雙臂環抱在胸，然後改用了左手托著右肘，右手托著左下頦，偏著臉凝神細想。

曹雪芹倒是想到了一個主意，但為貪看她這個姿態，故意不開口。突然間看她臉一揚，曹雪芹猝不及防，視線碰個正著，不免有些驚惶；搭訕著說：「要不然，我回去問一問。」

「不必。」傅太太說道：「給皇上寫奏摺，你會不會？」

「那倒是勉強能對付。」

「你就照給皇上寫奏摺的格式，不過語氣上改一改就是了。」

曹雪芹本就是如此打算，於是點點頭說：「請傅太太說吧，給皇后回奏些甚麼？」

「你說，我是甚麼時候到的，路上平安。也見了聖母老太太，會照皇后交代我的話辦；只怕辦不好，因為聖母老太太——，」傅太太沉吟了一下才往下說：「因為聖母老太太很客氣。」

「這話，」曹雪芹躊躇著說：「似乎有點兒接不上。按道理說，客氣不就容易辦了吧？」

「是這樣的，我跟你實說了吧，皇后讓我代她侍奉聖母老太太；這一客氣，不是彼此都不自在了嗎？」

「是，是！我明白了。」曹雪芹問：「還有呢？」

「還有，」傅太太想了一下說：「請皇后把宮裡過年消遣的那些玩意，捎些給我。」

「還有呢？」

「還有就以後再說了。」

「好！我馬上去寫了送來。」曹雪芹想起一件事，「這奏摺前面，自己要有個稱呼；請問傅太太娘家，是那一家高門貴族。」

「我跟你說過，不許跟我掉文。」傅太太笑道：「問娘家姓甚麼就是了，甚麼高門貴族？我娘家姓章，立早章。」

原來傅太太娘家是漢軍。曹雪芹心想，刑部尚書尹繼善姓章佳氏，不知可是同族。

「雪芹，」傅太太體恤地說：「你何不就在這兒寫呢！天這麼冷，讓你一趟一趟來，真教人不過意。」

「可是沒有筆墨——。」

「我有。」傅太太不等他說完，便截斷了他的話；隨又喊道：「來個人！」

應聲而至的丫頭，不止一個，先來的有十七八歲了，梳一根極長的辮子，身材卻不高；後來的只得十一二歲，頭上梳兩個抓髻，滾圓的臉，紅白分明，就像靈堂中的「二百五」似地，惹人發笑。

「看我的墨盒子擱在那兒啦！」傅太太對年長的說：「紅玉，給曹少爺沏杯好茶。」

事已如此，料想推辭不掉，曹雪芹便靜靜地站著，一面等筆硯，一面構思。

「雪芹，」傅太太問：「你現在幹著甚麼差使？」

「有時候在御書處打雜。」

「御書處？在那兒啊？幹甚麼的。」

「在武英殿；替皇上刻板印書。」

「喔，」傅太太又問：「那是有出息的差使嗎？」

「這很難說了。」曹雪芹緩慢地答說：「我不知道傅太太的意思，怎麼才叫有出息？」

「無非升官容易。」

曹雪芹笑笑不答；傅太太似乎也不便再說下去，場面顯得有些僵，幸好那小丫頭捧著一個紫檀托盤走來了。

盤中有個琺瑯墨盒、兩枝筆，還有一疊「白摺子」，該用的都有了，那小丫頭似乎很內行；同時也看得出來，傅太太原是預備著要給皇后常常上奏的。曹雪芹心想，以後這代筆的差使怕常會有。

「曹少爺，請用茶。」

「對了，」傅太太看他忙著掀墨盒，便說：「喝了茶再寫，不忙。」

「不要緊。我寫完了再喝。」

說著，他拈筆在手，略一思索，便提筆寫道：「奴才章佳氏跪請皇后萬福金安。竊奴才自奉面諭，遵即啟程，已於臘月二十六日安抵熱河，當日叩見聖母老太太，敬謹傳話，聖母老太太深為嘉悅。奴才並即面稟代為侍奉，以盡皇后孝心。聖母老太太謙沖為懷——。」

寫到此處，忽然覺得鼻端有一縷香味飄到，抬頭一看，不由得心跳；不知何時，傅太太已悄悄坐在他旁邊，看他寫字。相距不過尺許，連她鼻子上兩點芝麻似的雀斑都看清楚了。

「『謙沖為懷』好像——」傅太太笑著，露出雪白的牙，「好像沒有搔著癢處。」

那麼，那裡才是癢處呢？曹雪芹在心裡問，不由得有些意馬心猿，管不住自己。

「傅太太看，應該怎麼改？」曹雪芹趕緊把頭低了下去，盡力收束心神；當然也就無法構思了。

「還是我原來的話，『太客氣』。」傅太太接著解釋，「並不是我自己覺得自己的話，比你的好；實在是我心眼兒裡的想法就是這個樣，太客氣了，讓人不容易親近。」

「是，是！」曹雪芹心思略定，已能領會，「『客氣』是形容讓人難以親近，我懂了。」

「譬如說吧，」傅太太又說：「不論我替她倒杯茶，或是遞個靠枕甚麼的，她總是不住口的『罪過』。」她學聖母老太太一面說「罪過」，一面雙手合十的神態，「雪芹，你想，這不是讓人不敢親近嗎？」

「是。我來寫。」

再一看，才知道得重寫，因為原來那句話用不上了，卻又不能塗改；考慮了一下，決定將它改為草稿。

這一來，下筆就快了：「惟是聖母老太太過於客氣，凡奴才侍奉之處，聖母老太太必合十言『罪過』。奴才何人？敢當此禮！曾婉轉陳請數次，而聖母老太太謙抑如故，以致奴才內心，日夕不安；所期侍奉日久，或能熟不拘禮，俾奴才得以多多親近。」

寫到這裡，將稿子轉過來，放在傅太太面前問道：「你看看，這麼寫行不行？」

傅太太點點頭，一個字、一個字指著，看得很仔細；她的指甲很長，上套一個金比甲卻似嫌俗氣了。

「很好。就這麼著。」

曹雪芹便將稿子收回來，提筆又寫：「轉瞬年節，奴才馳想宮中歡娛，不勝瞻戀。茲求皇后飭下敬事房，將宮中新年玩具檢賜數套，以便伺候聖母老太太新年消遣之用。」

傅太太看了稿子，並無更動；曹雪芹謄正以後，校對無誤，建議寄給內務府大臣海望轉遞，傅太太也同意了。

「我拿出去。」曹雪芹起身說道：「讓家兄派專差送進京。」

「那就勞駕了。多虧得有你，我很感謝，也很高興。不過，雪芹，我還得求你一件事。」

「傅太太言重了。只要我能辦，請你儘管吩咐。」

「我得請你幫我交差。」傅太太說：「聖母老太太提到你，很誇讚的；齊二姑跟我說，老太太跟你很投緣，你能不能常常進來陪陪她。」

「這，」曹雪芹遲疑著說：「怕不大方便。」

「怎麼不方便？」

「這裡不是我該來的地方。」

「那你不是來過了嗎？而且也不是第一回。」傅太太說：「辦事有時候要從權，像皇后讓我來替她盡孝心，不也是不得已的辦法嗎？再說替皇后盡孝，也就是替皇上盡孝，你身為臣子，不也是應該的嗎？」

責以大義，曹雪芹無可推諉，只好答應下來。

到得第二天下午，齊二姑來傳話，聖母老太太要找曹雪芹去聊天。由於有言在先，不能推辭；不過，這自然先要告訴曹震。

「你去是去，有句話我可不能不告訴你，四叔對你，不，」曹震急忙改口，而且將聲音也壓低了，「是對傅太太不大放心；深怕你跟她在一起，惹出甚麼閒言閒語來，關係不淺。」

「那麼，」曹雪芹問道：「震二哥你呢？你是不是也不放心？」

「我對你倒是放心的。不過，傅太太對你是怎麼個情形，我沒有瞧見，那話就很難說了。反正，只要你把握得定，說話行事有分寸，別人造謠也造不起來。」

聽得這話，曹雪芹頗感安慰，「我懂你的意思。」他說：「我會記住你的話。」

「芹官，」聖母老太太說：「我同傅太太在談織造衙門；我當時太小，有些情形不懂，也記不大清楚，你總曉得吧？」

「我也不十分清楚，不知道老太太要問甚麼？看我答得上來，答不上來。」

「是傅太太在問，誥封也是織造衙門織出來的，我一點都不曉得。」

「是的。織造衙門的職司，有這麼一款。」

「那誥封上的字，」傅太太問：「是怎麼織出來的呢？」

「這可就問道於盲了。」曹雪芹笑著回答。

「說的啥？」聖母老太太問傅太太，「芹官說的甚麼？」

「他是說，這一問就好比跟瞎子問路。」

「喔，他也不曉得。」

「對了。」傅太太向曹雪芹覷然一笑，「是不是，我勸你別掉文，你總不肯聽。」

這一笑百媚俱生，曹雪芹無法答話，也不敢再看。而就在這時候，齊二姑走來問道：「該傳膳了吧？」

原來傅太太為了讓聖母老太太熟悉宮裡的規矩，有許多說法都改過了，開飯不叫開飯，照宮裡的話是「傳膳」。而且傳膳的時刻，亦與宮中一樣，早膳是午前巳時；晚膳是午後申時，一天只吃兩頓；當然，這是正餐，此外，想吃甚麼隨時可以要，這也是宮裡的規矩。

「老太太傳膳，我該告辭了。」

聖母老太太倒是想留住曹雪芹，陪她一起吃飯。但記起傅太太所告訴她的，宮中「主子」「進膳」，向例只是一個人享用，即便偶爾奉諭陪侍，也是站在那裡進食，而且一等「主子」擱著，那怕只剩下一口飯，也不准再吃，得要馬上放下飯碗。因此，也就打消了原來的念頭。

曹雪芹其實很不想走，所以出得門來，惘然若失；還癡心妄想齊二姑會受命來招呼他回去，所以腳步放得很慢。但妄想畢竟只是妄想。

這一夜，曹雪芹甚麼事也不能做，傅太太的影子盤踞在他腦中，揮之不去，忘之不可。心裡不斷在猜想，傅太太這時候在幹甚麼？已經起更了，該睡了吧？上床以前自然要卸妝，不由得想起她那一頭燦若雲霞的頭髮，解開燕尾，披散下來，不知是如何動人心魄？

這一起遐思，心神更難收束；自己想了個法子，背誦詩篇，但不期而然湧到心頭的，偏是李義山、溫飛卿、韓冬郎的豔詞綺語。想背一背老杜的〈北征〉，那麼熟的詩，竟記不得起句是甚麼；記得起的，依舊是「擣麝成塵香不滅，拗蓮作寸絲難絕」、「不必繁絃不必歌，靜中相對更情多」這些句子。

到得半夜，起身小溲，凍風撲面，恰蓬寒雞初唱，頓覺滿腔莫來由的熱念，消失得無影無蹤；同時也記起了曹震的那些話，竟驚出一身冷汗。

懸崖勒馬，為時未晚；回家過年去吧！他心裡在想。

一想到家，心頭頓覺有無限的溫馨，馬夫人、杏香、秋月、錦兒的形相，重重疊疊地將傅太太的影子蓋住了。

一覺醒來，歸心如箭，找到曹震說道：「震二哥，我想我還是回京。」

曹震大為詫異，「怎麼回事？」他問：「出了甚麼漏子，還是怎麼著？」

「會出甚麼漏子？我是覺得四叔的話不錯，以遠避是非為宜。」他沒有說傅太太希望幫著敷衍聖母老太太，只說：「傅太太除了代筆不會找我；聖母老太太找我陪她聊閒天，我不能不去，那一來外面如果有閒言閒語，是件無從分辯的事。」

曹震想了一下說：「這樣也好。不過，得找個理由；還得說得響的理由，否則聖母老太太會留住你不放。」

「那容易。」曹雪芹說，「得假造一封信，說平郡王急召；問是甚麼事？就說不知道。」

「行。」曹震點點頭說：「也不用假造甚麼信，說一聲兒就得了。」

「最好你去說。」

「好！我去說。」

於是曹震請見傅太太，說這天平郡王遣急足來召曹雪芹回京，明天動身，問傅太太要捎帶甚麼書信不要？

「好好兒的，怎麼要回京了呢？」傅太太大為訝異，「是甚麼急事要找他。」

「是啊！」曹震搓著手，也裝出納悶的神氣，「怎麼樣也猜不出來。」

「我倒有點猜著了。」傅太太說：「請你告訴雪芹，讓他來一趟，我有話跟他說。」

「是！雪芹在收拾行李；原要跟聖母老太太、傅太太來辭行的。」

曹震的謊撒得點水不漏，傅太太深信不疑，轉告了聖母老太太，頗有難以割捨之感。因此，聽說曹雪芹一來，她先就搶在前面來接見。

「芹官，你為啥說要回京去了，年近歲逼，有甚麼大不了的事情，要你去辦。你能不能過了年再走嘛？」

「怕不能。」曹雪芹囁嚅著說。

「老太太，」傅太太閃身出來：「他不能不走，留不住的。」接著對曹雪芹說：「想來是平郡王奉了旨意，要問你聖母老太太的情形，你打算怎麼說？」

曹雪芹一愣，心想所謂「打算」，即是別有說法，不能照實而言。但當著聖母老太太又不便反問……你要叫我怎麼說？想了一下答說：「傅太太上皇后的奏摺上，不是說得很清楚了嗎？」

「我來了才兩天。我沒有來以前的情形，平郡王會問你。」傅太太暗示地說：「太瑣碎的話，你不必提。」

「是。」

「雪芹，你到底想幹個甚麼差使？」傅太太停了一下又說：「咱們是第一回見面，你幫了我很多的忙，我實在有點兒過意不去，很想也幫你一點兒忙。」

「多謝傅太太。我這會兒還沒有想出來，以後再說吧！」

「以後你要跟我見面，怕不容易。」

這番殷勤的情意，又讓曹雪芹心中一動；但還是硬著頭皮，答應一聲等於沒有表示的：「是。」

「雪芹，」傅太太一面看著傷感的聖母老太太，一面吩咐：「你跪安辭行吧！」

「是。」曹雪芹走到正中，恭恭敬敬地跪了下去，口中說道：「給老太太辭行，順便辭歲。」

聖母老太太打算遜謝，卻讓傅太太按住了，不教她起身；不過，她的手可以自由活動，探懷說道：「芹官，我給你壓歲錢。」

她在懷中掏摸了好一會，取出來一枚金錢，向前一遞；曹雪芹略一遲疑，決定接受，「長者賜，不敢辭。謝謝老太太。」說完了又請了個安，才將那枚金錢接到手裡；好熱的錢，一直暖到他心裡，差點要掉眼淚了。

「這個錢，我算算，」聖母老太太想了一下說：「在我身上十七年了。那年康熙爺登基六十年，四月底到熱河，端午那天有人來叫我，說宓妃要我去，皇帝那時候就養在宓妃宮裡。到了才知道康熙爺也在，我一生就見過這一回；當時嚇得渾身發抖，也沒有看清他老人家是甚麼樣子。跪在地上只聽宓妃在說，這就是某人的生母。康熙爺也沒有說啥，後來叫人拿了這個錢來，說是皇上賞的。我一直放在身上，現在送了你。」

原來有這樣一段來歷，曹雪芹倒不知道該受不該受了。正在遲疑時，傅太太說道：「老太太請進去歇著吧！我還要交代雪芹幾件事。」說著，向齊二姑使了個眼色。

於是齊二姑便半強迫地將聖母老太太攙了進去；曹雪芹已發現她面有淚光，低著頭，不敢多看。

「雪芹，」傅太太直待聖母老太太的影子消失，方始開口，「我得告訴你一件事，皇上不願人家知道聖母老太太以前的情形，所以這回你見了平郡王，不必提到聖母老太太跟你怎麼談她的過去。那對你沒有好處。」

曹雪芹恍然大悟，怪不得她會問他，見了平郡王打算說些甚麼？同時他也想到，這是傅太太特為關照，實在令人心感。

「多謝傅太太指點，感何可言。」

「我也不要你感激。我們總算有緣，我能幫得上忙，何樂不為？我再問你一句：你想要個甚麼差使？老實跟我說。」

「那，」曹雪芹毅然決然地答道：「我就老實跟傅太太說，我根本就不想當差。」

「喔，」傅太太大為詫異，「那是為甚麼？」

「是因為我生性不善於伺候長官。」

「原來你很清高，倒失敬了。人各有志，我就不必勉強了。」

「不過！我還是很感激傅太太的。」

「不必這麼說。」傅太太急轉直下地換了個話題，「我託你件事。你見了平郡王，就說我請他跟內務府大臣商量，是不是能奏明皇后，再派一個能幹的人來幫我忙。我一個人，你看，你一走，我連代筆的人都沒有了。」

「傅太太的意思是，請再派一位命婦來跟聖母老太太作伴？」

「也是給我作伴。」

這就不必一定要命婦了。曹雪芹心想，傅太太如能得秋月相伴輔佐，聖母老太太身上所發生的難題，大概都可以解消。

但此念甫起即消，自覺匪夷所思得可笑了。於是口中答應著，辭了出來，低頭疾走，下決心要將傅太太的一切拋開。

無奈這是辦不到的。因為不是他一個人的事。

第十一章

回京那天，正是除夕，馬夫人不承望愛子會趕回來過年；平生第一次發現，令時佳節，闔家團圓是多麼重要的一件事。

圍爐守歲，當然要談聖母老太太，少不得要談傅太太。只是傅太太跟他之間所打的交道，在馬夫人及杏香面前，隻字不提。直到夜半，爆竹愈來愈密，看著是時候了，秋月到廚房裡照料下餃子，預備接神。

這年接神，格外熱鬧；因為馬夫人白天看曹雪芹忽然歸來，認為這意外之喜，皆蒙神庥，吩咐買一掛兩萬響的鞭炮接神。給的錢多，桐生樂得把各式各樣的爆竹，都買了回來，一交子時，便開始在放了，「咚」、「噹」兩聲的「二腳踢」，間雜著「咚」地一聲，到得半天，「劈里啪啦」一陣亂爆的「飛天十響」，一直放到五更天接神，兩萬響長「鞭」加「麻雷子」驚心動魄，將曹雪芹的征途倦意，驅遣得乾乾淨淨。

沾著「臘八醋」吃完了元寶餃子，馬夫人說道：「都快睡一會兒去吧！我可撐不住了。」

「不要給太福晉拜年嗎？」曹雪芹說：「我可不睡了；一睡非睡到下午不可。」

這一來便得有人陪著，到天亮照料他出門拜年。秋月與杏香商量下來，決定輪班，杏香先睡，等曹雪芹出了門再換班。

「你不是說，你是託辭王爺急召，傅太太還託你帶話給王爺？」

「那些話也用不著說了。根本沒有王爺急召這回事，一說不露了馬腳？」

「不好！」秋月不以為然。

秋月認為這是兩回事，對平郡王來說，他不必提賦歸原因；只說辭行之時，傅太太託他帶口信好了。這口信沒有帶到，傅太太就會查問，那時馬腿盡露，反為不妙。

「你的理路很清楚。」曹雪芹笑道：「無怪乎我當時會有那種念頭？」

「甚麼念頭？」

「傅太太說，要請王爺跟內務府大臣商量，奏明皇后，能不能再派一個人去，跟她作伴，幫著她應付聖母老太太。我當時心裡想，要是你去，倒是再合適不過了。」

「怪念頭！」秋月又問：「你既然要回來過年，怎麼不早寫信？四老爺回京，為甚麼不請他捎個信呢？」

「我是臨時起意。」

「喔，」秋月問說，「是忽然想家了？」

「是啊。」

「震二爺倒肯放你回來？」

曹雪芹不作聲；傅太太的影子，以及曹震所轉述的曹頫的顧慮，一下子都想了起來，在心裡有點藏不住了。

「我跟你說了實話，」曹雪芹看著她說，「你可千萬不能洩漏。我這些話，在杏香面前都不說的。」

看他如此鄭重囑咐，秋月便即答說：「如你覺得關係重大，怕我不小心洩漏，你就別說。」

「你小心一點兒好了。」

曹雪芹遲疑了一會，方始說道：「那傅太太是很爽朗的人，不知道甚麼叫避嫌疑，常常找我去問話，替她代筆；四老爺怕惹出是非來，一直在擔心。我想想也不錯，還是敬鬼神而遠之為妙。」

「原來是因為這個！」秋月問說：「那傅太太年紀很輕吧？」

「大概跟我差不多年紀。」

「長得怎麼樣？」

曹雪芹點點頭，不作聲。

秋月是從小看他長大的，當然看得出他還有未說的話；想了一下，試探著說：「能讓你看得上眼，而且竟然可形容了，想來不是國色，就是天香？」

「這四個字也當得起；反正——。」

等了一會，曹雪芹還不開口，秋月忍不住催問：「反正怎麼樣？」

「反正，反正我下決心回來是對的。」

秋月將他的話體味了一會，不由得驚出一身冷汗，「居然讓你快把握不住，非躲她不可了！」她說：「萬一真要惹出是非來，那可是一場禍事；而且小不了。總算你心地還明白。」

「我也是想了一夜才下的決心。不過，也因為原來就有點兒想家。」

他有戀家之念，主要的當然是因為有杏香與孩子之故。秋月心裡在想，如果沒有杏香，而娶了個凶悍或者不明事理，說不上三句話便要吵嘴的「芹二奶奶」，成了怨偶，根本就不想回家，那樣事情就很難說了。

這樣一轉念間，對前幾天她跟馬夫人在談的，打算著開了年，要多方託人物色，無論如何在這一年要為曹雪芹完姻這件事，便覺得似乎亦不必亟亟。

「秋月，」曹雪芹忽然問說：「傅太太託我的那件事，我看只有給王爺寫信了。」

「你是怕見不著王爺，不能當面跟他回？」

「不但怕見不著王爺；只怕連太福晉都見不著。」

照往年的情形來說，他不能沒有這樣的顧慮。

大年初一，平郡王要進宮朝賀，也要跟幾位輩分高的親貴，像履親王、恂郡王、莊親王去拜年，當然不容易見到；就是太福晉，倘或有女客在，也就見不著了。

「老王爺倒是一定見得著的，不過，這種事怎麼能跟他談。」

「對了！」秋月深以為然，「不但不能跟他談，還怕他會問你。」

原來老平郡王因為閒廢太久，加以奉旨不准出門，脾氣變得很乖僻了，有時無緣無故，暴跳如雷；有時信口開河，不知所云，所以秋月特為提醒曹雪芹。

「我知道。反正我一概不知就是了。」

「這樣最好。你寫信去吧！」秋月說道：「我再替你去弄些吃的來。」

等她去熱了現成的點心來，曹雪芹已經用正楷梅紅箋寫好了信；唸給秋月聽了，封緘妥當，扶起筷子吃雞湯麵時，只見窗紗上曙色已現，胡同裡隱隱有人聲了。

「今年的喜神在南，」秋月說道：「王府在西，方向不對，你不如先給四老爺去拜年，順便兜喜神方。」

「也好！四叔還不知道我回來了呢。」

對曹雪芹之突然出現，曹頫頗感意外，而且也有些驚疑，以為在熱河出了甚麼事，曹震特為派他回來報信的。

「快起來，快起來！」他等曹雪芹磕過頭起身，急急問道：「你怎麼回來了呢？」

「我覺得還是回京來得好。」曹雪芹答說：「傅太太要找我代筆，那不是一回兩回的事；加上聖母老太太也會找我去聊閒天。這樣子會惹起閒言閒語，很不妥當。」

曹頫大為高興，「你真是長進了。」他說：「你能事事這麼想，你娘為你少操多少心，身子也就會好得多。」

這平平常常的兩句話，在曹雪芹心裡激起一連串的漣漪。他是第一次發覺，原來母親為他所操心，不止於親事一端；而且彷彿怕他不懂事，在外面闖了禍，或者得罪了人，因而放不下心，身子也就好不起來了。

這是多大的罪孽！曹雪芹愧悔交併，忘卻身在何處？這一來，卻又惹起了曹頫的懷疑，「你怎麼啦？」他問：「你要回來，通聲怎麼說？」

「呃，」曹雪芹定定神，想了想說：「他也贊成我回來。傅太太那兒，就是他去說的。」

「為甚麼你自己不去說？」

「因為得找個忽然要回京的緣故。震二哥跟傅太太說，接到京裡的信，是因為王爺急召，不能不趕緊回京。這話要他去說才像。」

「傅太太怎麼說呢？」

「她當是真有其事，找了我去跟我說，關於聖母老太太的一切，以少說為妙，因為皇上不願讓人多知道聖母老太太以前的情形。」

「嗯、嗯！」曹頫深深點頭，「這很有用。這才叫關照。」

「傅太太還託我面回王爺，想找個幫手。我怕見不著王爺，也不便託人轉陳，所以備了一封信。」說著，將信取了出來。

「還有這件事？你信上怎麼寫的？」

信上怎麼寫？一看自然明白；曹雪芹心想重開一個信封也不費事，便將信拆了開來。

「這樣，」曹頫說道：「既有請王爺跟內務府大臣商量，奏明皇后的話，不如乾脆請海公轉告。我本要替他去拜年，你跟我一起走。」

「是。」曹雪芹問道：「是不是先給太福晉去拜年？」

「午後去好了。太福晉那兒，不過請管家嬤嬤進去說一聲，倒是老王爺那裡得騰出功夫來對付他。咱們先辦了正事再說。」

海望是正黃旗。八旗各有防區，正黃旗在內城東北地帶；由西南往東北，費時甚久，近午方到。京城拜年，向來只是到門投帖，主人只坐在車上，都由長隨跟門上去打交道。所以海家門前的僕役，一見曹頫帶著曹雪芹從車上下來，先就注意了；及至看清楚是曹頫，便有個飛快地奔了上來。曹頫認識他，是海望的貼身跟班長福。

到得走近了，長福先請安賀年；等站起身來，緊行兩步，開口說道：「大人天不亮就進宮照料去了，臨走的時候，特為把我留下來，專等曹四老爺。」

「喔，喔，」曹頫急忙問道：「是有甚麼話交代嗎？」

「是的。大人交代：曹四老爺如果來了，請留下來，大人回來了，有要緊話說。」

「好！」曹頫沉吟了一會，指著曹雪芹說：「這是我姪子。他剛從熱河回來，也有事跟海大人回。我讓他一起留下來。」

「是，是。」門上彎腰作個肅客的姿勢，「曹四老爺跟姪少爺請。」

引入花廳，有海家的總管來正周旋著。海望回來了，見面先相互賀了年，接著，曹頫便為曹雪芹引見；一說了名字，海望立即現出很注意的神情。

「這位令姪我還是初見。」海望隨即直接向曹雪芹問話：「世兄是那天回來的？」

「昨天午後。」

「喔，我聽說聖母老太太跟世兄很投緣。」

「這怕是誤傳了。」曹雪芹記起傳太太的話，故意否認，「我只是承家兄之命，去傳過兩三次話而已。」

「是這樣子？」海望略有失望的神色，「那麼你這次回來，跟聖母老太太去辭行了沒有？」

「禮當如此。」

「聖母老太太有甚麼話跟你說？」

「沒有。」曹雪芹緊接著說：「不過傅太太倒是託我捎了信，我已經面稟家叔了。」

這就表示他的話到此為止，以後該由曹頫發言了。於是曹頫將傅太太希望再派個人去的話，細細說了一遍；特別聲明，平郡王還不知道，請他轉告。

海望對曹頫的處置，深為滿意，「曹四哥，你真是識得輕重緩急。」他說：「聖母老太太的事，耽誤不得。派人去的話，也不必提了，說不定就在這幾天，恐怕還得曹四哥吃一趟辛苦。」

「是——？」

「拖日子而已。」

這就盡在不言中了。曹頫點點頭問說：「是不是要先跟舍姪說一聲兒？」

「我已經寫信給通聲了。」海望又說：「奉迎的差使，仍舊是曹四哥的；不過太辛苦了。」

「這是應該的。」

「這趟差使辦妥當了，當然也有個『保舉』，不過是不見明文，真正的密保。曹四哥，你還是回內務府來吧！我保你當『堂郎中』。」

曹頫現職工部員外，調升內務府郎中，而且是「堂郎中」，簡直可說是一步登天。「七卿」——六部加理藩院，與內務府都有郎中的建制，掌印的郎中，為一司之首；唯獨內務府有「堂郎中」的名稱，實際上是內務府的總辦；內務府大臣都是兼差，不常到府，「堂郎中」便是內務府的當家人。這個缺若是聖眷隆，機會好，一年弄個幾十萬銀子是稀鬆平常的事。

不過，這也是有名繁難的一個缺。曹頫自知才具平常，而且存著持盈保泰的想法，當即說道：「海公的盛意，感何可言。不過，自知駑駕，不足當千里之任；將來有傷海公的知人之明，反為不美了。」

「你也別謙虛，到時候看吧！目前，我就只有一句話，請曹四哥委屈，得把鋪蓋捲兒打好在那兒，說走就走。」

「是。」曹頫問道：「海公特為叫人等我，就是交代這件事？」

「是的。」海望說道：「你們爺兒倆就在我這兒吃煮餑餑吧。不過，我家是按宮中的規矩，素餡兒的。」

旗人管餃子叫煮餑餑；海望是椒房貴戚，所以遵循宮中的規矩。曹頫因為有「說走就走」的差使，決定回家去預備行李，婉言辭謝，帶著曹雪芹走了。

「我明兒給你娘去賀年。今天你先說一聲兒。」

「是。」曹雪芹問道：「四叔明天甚麼時候來？我好找人來陪四叔喝酒。」

「中午吧。」曹頫又說：「你是回家不是？我先送你。」

「我去看震二嫂。」

錦兒家過年很有氣派，年前「掃房」，收拾得煥然一新；青磚地用鋸木屑和水一遍一遍掃，掃得油光閃亮。祖宗的喜容，高高掛起，披著繡花桌圍的長供桌，擺一副簇新的五供；一座五尺高的香斗，從半夜點起，至今未熄。最顯眼的是堂前的「天地桌子」前面，所點的那枝，從喇嘛廟裡買來的藏香，粗逾拇指，高可丈餘，就不是尋常人家備辦得起的。

「拜年，拜年！」

曹雪芹一面嚷，一面往上房走；錦兒與翠寶雙雙迎了出來，錦兒穿的是元青寧緞，大毛出風的皮襖，下著大紅湖縐百褶裙；翠寶卻是旗裝，但既不著「花盆底」，也不戴「兩把頭」，倒是鬆鬆地梳了個「燕尾」，那模樣有點兒不倫不類，曹雪芹不由得笑出聲來。

「你笑甚麼？」錦兒問說。

翠寶初換旗裝原有些不自在，一看曹雪芹的神情，便即說道：「是二奶奶的主意。」

「我不問是誰的主意，要換就好好兒換，別弄得三不像。」

「甚麼三不像，是滿漢合璧。」錦兒緊接著問：「昨兒你叫人送我們二爺的信來，我才知道你回來了。怎麼事先也沒有個信息？猛古丁就來了。」

「原是臨時起意。」

「為甚麼？」

「不為甚麼？只為趕回來看看你們。」

「哼！別揀好聽的說了。」錦兒問道：「你從那兒來？還沒有吃飯吧？」

「跟四老爺看海公去了。他倒是要留我們吃素餡兒的煮餑餑；四老爺要趕回去收拾行李，所以辭出來了。」

聽說曹雪芹尚未吃飯，翠寶便轉身下廚房；錦兒將曹雪芹延入起坐間，孩子們來拜年，哄著玩了一陣，才得清靜下來閒談。

「怎麼四老爺又要收拾行李了呢？」

「還不是那個差使，聽說只是拖日子了。海公當面通知四叔，不定甚麼時候，說走就得走。」曹雪芹又說：「看起來，震二哥也快回來了。」

「我倒寧願他晚一點回來。」

「為甚麼？」

「過年他不在家，客就少了；就有客也不必留飯，省好些事。」

「我看這個場面，就震二哥不在家，也清閒不了。」

「幸而有翠寶。」錦兒放低了聲音，且有些埋怨的語氣：「為勸她改旗裝，我費了好些唾沫；好不容易把她說動了，讓你這一笑，她一定又不願意了。」

「錦兒姐，」曹雪芹不解地問：「你為甚麼勸她改旗裝？」

「過年了，我穿紅裙她不能穿，她雖不說，我知道她心裡委屈，而且我也覺得彆扭，所以我勸她改旗裝。」

「你們倆和睦是再好不過的事。」曹雪芹很高興地說：「震二哥真是走運了！這趟差使下來，還得升官。」

「他升不升都無所謂，只要常有差使能維持這個局面就行了。倒是你，」錦兒皺著眉說：「打今天起，你二十六了，還是白身；你就不愛做官，也得想想，將來怎麼替太太請一副誥封。」

這件事是曹雪芹從來沒有想到過的；但隨即想到聖母老太太這條路子，便即說道：「如果只是替太太請一副誥封，容易；我還有一兩個人可求，弄個虛銜，太太的誥封不就有了嗎？」

「求誰？」

曹雪芹笑笑不答；正好翠寶來通知，飯已經開出來了，便將這件事扯過去了。

「你們吃了沒有？」

「沒有吃，可也算吃過了。像我們，年下那有正正經經吃一頓飯的，餓了隨便找點東西就湊付了。你一個人吃去吧！馬上就有一撥客來，我得去預備預備。」

「交給我吧！」翠寶接口，「你陪芹二爺聊聊；也聽聽咱們二爺在那兒幹些甚麼。」

這一下倒提醒了錦兒，陪曹雪芹吃飯時，便問起曹震的情形，當然，最關心的是可曾拈花惹草？

「你以為那是甚麼地方？那是人家的莊院，打那兒去拈花惹草？」

「我也不過隨便問問。」錦兒笑道：「你就這麼護著他。」

「倒不是我迴護他。」曹雪芹說：「震二哥現在辦事越來越發周到了。這回的功勞，大概都會記在他頭上；今年一定升官，說不定還是很掌權的缺。」

「你怎麼知道？是甚麼掌權的缺分？」

曹雪芹的看法是，海望要保曹頫當內務府堂郎中，曹頫怕器滿易盈，心存謙退；這一來當然就要提拔曹震，不但會升為主事，而且海望多半會把他留在身邊辦事。軍機大臣的親信，自然會補一個掌權的缺。

聽他談得津津有味，錦兒不由得奇怪，「你自己不愛做官，對人家做官倒是挺關心的。」她困惑地問：「我就不知道你心裡到底是怎麼個想法？」

「人各有志，我不愛做官，是受不慣那拘束；四叔也不是做官的人，所以我贊成他退守。震二哥不同，他愛做官，也會做官，正好彌補我的短處，所以我格外關心。再說，他得了好缺分，不大家都好嗎？」

「這倒也是實話。不過，你不做官幹甚麼呢？就這麼浪蕩一生？」

「逍遙自在，浪蕩一生也不壞。」

「唉！」錦兒嘆口氣：「真有你的！」

見此光景，曹雪芹自覺有負她的期望，不免歉然；為了安慰她，便又說道：「我雖不做官，可不是不願意做事。像這一回，四叔要我跟著去辦筆墨，我不也去了嗎？將來震二哥要我替他辦事，只要不受名義的拘束，我還不是一樣盡心盡力。」

「這才是！」錦兒高興了，「你的見識到底比他們高，有你幫著他，他就升了官，我也放心。」

「怎麼？震二哥升了官，你有甚麼不放心的？」

「我怕他爬得高，摔得重啊！」

「不會的。家有賢妻，就不會有禍事。而況，翠寶姐又跟你同心協力，還怕管不住震二哥？」

「這也難說得很。」錦兒又說：「好在有你替我做耳目。」

曹雪芹笑一笑問道：「你要我替你做那方面的耳目？」

「你別笑！」錦兒正色說道：「你以為我怕他在外面玩不正經的女人，要你替我做耳目？不是的。我是怕他辦事離譜，用不該用的人，拿不該拿的錢，再栽上一個大跟頭，怎麼得了？雪芹，你得答應我，倘有這種情形，你一定得勸他；那怕弟兄翻臉，你也不能馬虎。你們弟兄為這個翻臉，我一定站在你這邊；四老爺也一定會說你做得對。」

一番慷慨陳詞，使得曹雪芹肅然起敬；心裡在想，當初震二奶奶若有錦兒的見識，又何至於落得個抄家的命運？感舊傷逝，思緒如潮，竟忘了回答錦兒的話。

「雪芹，」錦兒那知他的心情，微帶不悅地問道：「怎麼，你答應不下來。」

「不，不！」曹雪芹急忙否認，「我一定照你的意思辦。」說著，舉起杯來相敬。

錦兒也陪他乾了一杯；復又囑咐：「有甚麼事，譬如看他情形不大對，你知道了告訴我，我知道了告訴你，咱們先私下商量著辦。你看好不好？」

「好！」曹雪芹忽然想起一件事，「明天中午四叔要到我那裡來吃飯；你來不來？」

「怎麼不來？原就打算好的，年初二到四老爺那裡打個轉，就來陪太太一天。」

第二天錦兒帶著孩子很早就到了；馬夫人問翠寶何以不一起來？錦兒看著曹雪芹笑了。

「怎麼回事？」秋月奇怪地問。

「她怕雪芹笑話她。」

這就越發令人不解了，不過曹雪芹是猜得到的，「錦兒你出的新鮮主意，」他說：「讓翠寶姐換了旗裝，不過就穿一件袍子，頭上、腳上滿不是那回事；不倫不類，實在讓人忍不住笑。」

接著，錦兒說了不願讓翠寶覺得委屈，所以勸她改換旗裝的緣故。這是名分所關，沒有人能說讓翠寶也著紅裙；不過，曹家一向都是漢裝，夾上一個穿旗袍的在內，顯得刺眼，卻必須得想辦法。

大家心裡都這樣在想，不過辦法到最後是秋月想出來的，「錦二奶奶，」她說：「你肯委屈一點兒，她就不覺得委屈了。」

「喔，」錦兒問說：「要我怎麼委屈？」

「你不著紅裙，跟她穿得一樣，不就不顯了嗎？」

「對！這話很通。」錦兒頗有從善如流的雅量，「把你的裙子借一條給我，我馬上就換。」

秋月笑道：「我只有一條裙子，只穿過兩回，可捨不得借給你。」

按大家巨族的規矩，青衣侍兒本無著裙之理，只以秋月的身分不同了，馬夫人特為做了一條新裙子給她，而且鼓勵她穿著，但幾年以來，她卻只穿過兩回。

其中的緣故，錦兒明白；心中一動，正要開口有所陳說時，只聽桐生在中門外大聲傳報：「四老爺來了。」

於是曹雪芹迎了出去，將曹頫引入堂屋，先是他為馬夫人賀年，然後秋月與杏香來為他拜年。錦兒一早已經到他那裡去過了，此刻只是侍坐，不須行禮。

曹頫在馬夫人面前，大為誇讚姪兒：「雪芹如今真是老練得多了。」他說：「這回虧得有他，不然怕要大費周章。」

「那還不是四叔教的。」馬夫人謙虛地說：「常跟四叔在一起辦事，總能學點兒東西。」

「我倒想起一件事來了。」曹頫說道：「烏二小姐依舊待字閨中。這回在熱河，凌都統還提起，他說，烏二小姐對王府那面的顧慮既然沒有了，不妨舊事重提，他很想做這個媒。二嫂，我看這件事，很可以辦。」

聽得這番話，最感興趣的是錦兒，「原來烏二小姐還沒有人家。」她問：「四老爺這回看見她了沒有？」

「人在吉林，我怎麼看得到。」

「烏都統升了吉林將軍了。」站在她身旁的秋月，為她解釋。

「喔。」錦兒沒有再說話，只看著馬夫人。

一屋子的人，視線都集中在馬夫人臉上；她卻只注意杏香的神色，看她只是關切，別無異樣的表情，方始徐徐答道：「這件事得好好兒核計。也許咱們願意，人家倒不肯呢？先得看看烏二小姐本人的意思。」

「我去！」錦兒自告奮勇。

秋月知道馬夫人的話含蓄，其中有許多不便在大庭廣眾之間談的情形，因而推一推錦兒說：「你先別起勁，將來少不得有你的分；只怕來回跑還不止一趟兩趟。」

這就連曹頫都聽出來了，這頭婚事之中，有許多障礙在。於是他的熱心也減低了，說一聲：「大家慢慢核計吧！」便即丟開了。

接下來的話題，仍舊是在曹雪芹身上。曹頫認為只有做官才能榮宗耀祖，光大門楣，這個根深柢固的想法是不會改的。但要做怎樣的一個官？卻與一般內務府出身的人，有不同的見解。他覺得做官不是勤勞王事，就是為民興利；內務府那種只想能派闊差使，不管那種差使是多麼卑微猥瑣，像他的一個堂兄曹頎，派在乾清宮茶膳房，當茶房總領，而且因為「皇上所用奶茶，與主子、阿哥等所用奶茶不同」，為總管太監訐告而受處分，在曹頫就覺得是非常屈辱的一件事。

因此對於曹雪芹不願從內務府去討出身，在他不以為非。官總應該做，要走一條正途；多少年來，他不時對曹雪芹提出這樣的督責，只以曹雪芹一見八股就頭痛，以致每一次都無結果。可是，曹頫並不死心，這天又提了起來。

「要論你肚子裡的貨色，應該兩榜出身，無奈你視時文如仇敵，以致蹉跎至今。雪芹，」曹頫臉上忽然出現了罕見的詭譎的神色，「你要是有志氣，何不克敵致果？」

「四叔，」曹雪芹問道：「你是要我習武事，立軍功？」

「非也，非也！我是說，你既然視時文如仇敵，就要把它打倒、降服；讓時文怕你，你不要怕時文。」

這一說，大家都笑了；錦兒尤其欣賞，老實說道：「二十多年，從沒有聽四老爺說過這麼風趣的話。」

站在一旁的秋月，便鼓勵曹雪芹：「芹二爺，何不聽四老爺的話，發個狠心，降服了時文，先當秀才，後中舉——。」

「聯捷成進士。」曹頫接口說道：「那時候你不必怕時文，時文也不必怕你，兩不往來了。」

「我是不懂甚麼。」馬夫人也開口了，「從前聽老太爺說過，學政對旗童總是從寬的，八旗的根本在騎射，文字上馬虎點，不要緊。」

曹雪芹對曹頫的要求，一向採取虛與委蛇、不了了之的辦法；但母親亦如此說，卻不能不立刻表示態度，否則便是默認；默認即須做到。

「進了學，能不能中舉人可沒有把握。『一命二運三風水，四積陰功五讀書』，所以『場中莫論文』，進了學不能中舉人，全家就都麻煩了。」

「別胡說八道！」錦兒首先駁他，「有甚麼麻煩？」

「秀才每年有歲考，又有科考；欠考要補考，不補會革秀才，求榮反辱。那時候每年要忙一次。」

「不要緊。」秋月接口，「一年忙一次算得了甚麼？」

「那是白忙。考好了，至多補個廩生，替新進學的人作保，可以賺幾文，咱們又不在乎這個。考得不好，麻煩多多，何必讓老太太替我擔心著急？」

曹雪芹這話自然有些過甚其詞；錦兒聽出來有些不大對，卻無從指摘，只看著曹頫，希望他能駁他。

曹頫倒是開口了，但非駁斥，「雪芹，」他說：「我看你去捐個監生吧！」成為監生，便有赴秋闈的資格，而不必受秀才歲試之累；曹雪芹無法拒絕，但也不願馬上接受，只說：「讓我想一想。」

「好吧，你仔細想一想。」

聽得曹頫這樣說，最熱心的錦兒也就不便再說甚麼了。

等曹頫辭去以後，錦兒、秋月，還有曹雪芹，都聚集在馬夫人的屋子裡，談論烏家那頭親事。談來談去，一無結果。錦兒極力贊成；馬夫人認為烏二小姐並非佳婦，但仍應訪求淑女；秋月很少說話，但意向偏於曹雪芹，而曹雪芹的說法很新：「一動不如一靜。」當然，他跟秋月都有一個不便說出來的顧慮，怕因此會傷了杏香的感情。

吃完晚飯，送走了錦兒，曹雪芹回到夢陶軒，杏香照例替他剔亮了書桌上的燈，沏了極釅的茶，預備他看書；但曹雪芹卻有些意興闌珊的模樣。

「怎麼了？」杏香問道：「是有兩件大事要想？」

曹雪芹楞了一下，等會過意來，方始答說：「只有一件大事。」

「那一件？」杏香平靜地問：「終身大事？」

「不是。四老爺要我捐監生。曹雪芹是個監生，說出去多難聽？」

「這是你多心。不見得監生個個是《儒林外史》上的嚴監生。」

「還有一層。既是監生，少不得要下場，子午卯酉，三年吃一回辛苦；逢恩科還多受一回罪。何苦？」

「逍遙三年，只吃一回辛苦，也抵得過。我勸你聽四老爺的話，省得大家都為這件事替你操心。」

「等我核計、核計。咱們不談這個了。」

「那麼談烏二小姐？」

「這也沒有好談的。」

「談談怕甚麼？」

「你別說了！」曹雪芹忽然變得粗暴，「煩人不煩人？」

原來是曹雪芹自己心煩。他是突然回憶到烏二小姐當初冒稱「吳二公子」來看他的情形：海虎絨「兩塊瓦」的皮帽；玄色貢呢的「臥龍袋」；灰布面「蘿蔔絲」羊裘；踩一雙薄底快靴，從頭到腳都記得很清楚。「我是烏雲娟！」還有：「你不是抱怨，我快把你『烤糊』了，也看不見我的影兒；如今我在這裡，你儘看吧！」那些爽脆俏皮的話也似乎響在耳際。但使得他心煩的是，發現烏雲娟雙頰以下，鵝蛋臉、長隆鼻、菱角嘴，無一不像繡春。

繡春呢？存亡不知！如果活著，是怎麼個境況；倘或死了，可又埋骨何處？越想越煩悶，卻又無可與談的人，能一傾積鬱，不由得就有託諸吟詠的欲望。

於是取出來一張花箋，掀開墨盒，卻已凍成墨冰，忍不住只管怨聲：「墨盒凍住了，也不管。」

杏香不敢回嘴，只說：「你要寫甚麼？我替你研墨。」

聽得她柔聲回答，曹雪芹才發覺自己的態度不好；不過這時候卻沒有道歉的心情，只是自己拿著墨盒到火盆上去烘。

只為心裡在構思，便注意不到手上；突然發覺墨盒很燙，一個把握不住，墨盒掉在火盆，揚起一蓬火星，情急之下，伸手要去搶救，卻讓眼明手快的杏香，一掌將他的手打到一邊。

「你存心給我找麻煩不是？大正月裡，燙傷了你怎麼見客？」

這一打一罵，倒把曹雪芹的一懷鬱悶都驅散了，「都怪你不好！」他笑著說：「如果你常常烘一烘，或者拿它坐在熱水碗上，我怎麼會失手？」

杏香不答，拿火夾子將墨盒夾了起來，咕噥著說：「明天又害我得費功夫去擦。」

「何必你自己擦，交給丫頭不就完了。」

杏香依舊不理他的話，拿塊抹布裹著墨盒，掀開蓋子看了看說：「凍倒是化了，你要寫甚麼就寫吧！」

「我想做兩首詩。」

「好吧！題目是『新春試筆』，你把打翻墨盒子這回事寫在裡面。」

曹雪芹笑了，「這可是極新鮮的題材。」他說：「不過犯不上去花心思。」

「為甚麼？」

「就刻畫得再工，又能說出個甚麼道理來？」

「做詩莫非都要有道理？」

「要有寄託；有寄託就是道理。」

「好吧！我看你寄託點甚麼？」

這一來，曹雪芹起了戒心，怕她看出心事會追問，便有些躊躇了。

杏香心想，這一做詩，縱非苦吟終宵，大概總要到午夜，便在火盆上續了炭，又備了酒和佐酒脯乾果之類，用一張下安活輪的烏木方几，一起推到曹雪芹面前。

「多謝，多謝。」曹雪芹說：「你陪我喝一杯，難得良宵，咱們好好兒談談。」

「你不是要做詩嗎？」

「也許跟你談談，能談出一點兒詩材來。」

杏香便去添了一副杯筷來，拿「自來得」的銀壺，替曹雪芹斟滿一杯燙熱的花雕；她自己只喝補血的紅葡萄酒。

「咱們談談烏二小姐，好不好？」

「怎麼又要談她？」

「你不是要覓詩材嗎？」杏香平靜地答說：「談她，一定能談出許多詩材來。『此情可待成追憶，只是當時已惘然』，你想想光是這兩句詩裡面，有多少可寫的東西？」

曹雪芹聽得這話，心生警惕；不知道她對自己的心事，猜到了多少？不過有一點是很明顯的，如果一味規避不談，倒顯得情虛似地，應該大大方方地說，才能袪除她無謂的猜疑。

於是他說：「你既然對她有這麼大的興趣，那就談吧！」

「聽說，」杏香問道：「烏二小姐有一次來跟你負荊請罪，那是為甚麼？」

「何至於負荊請罪？她一位素在深閨的小姐，有甚麼開罪我的地方，需要負荊？」曹雪芹問道：「你當時也在那裡，何至於有此不經之問。」

「我雖然在那裡，可不知道你金粟齋的事。」杏香又說：「像烏二小姐來看過你，我就不知道。」

「現在你知道了。」曹雪芹說：「想來是桐生告訴你的。」

杏香確是聽桐生所說，但怕曹雪芹因此責備他多嘴，因而推在秋月身上；曹雪芹對秋月不管做了甚麼，都是諒解的。

「秋月告訴你的？」

「你可別去問她。」杏香說道：「一問倒像她好談是非似的。」

「說過就丟開了。我去問她幹甚麼？」

杏香點點頭，卻又跟他分辯，「你說『丟開了』，恐怕不見得吧！」她說：「那頭親事本來已經成功了，只為阿元的緣故——。」

「你是怎麼回事？」曹雪芹大聲打斷她的話，「誠心讓我不痛快不是？」說完，曹雪芹將一杯酒，一下子都吞了下去。

「你別氣急！」杏香提壺替他斟了酒，依舊從從容容地問道：「你想不想聽我心裡的話？」

「你說呢？」

「這麼說是想聽我心裡的話。那麼我跟你說了吧，你最好明媒正娶一位二奶奶。你不娶，倒像是我虧欠了你甚麼似地，每回太太談到你的親事，我就有那種念頭，實在很不是味兒。」

原來是這樣一種心思！曹雪芹覺得是錯怪她了；態度也就不同了，「那是你自己多心。」他說：「我不娶也不盡是因為你的緣故。」

「『不盡是』，多少總是吧！」

曹雪芹不答，慢慢喝著酒考量；好一會才說：「你最好聰明一點兒。對這件事置之度外，讓我自己來料理。」

「你這話，我不大明白。」

「我倒已經很明白你心境了。」曹雪芹說：「你是怕人背後議論你，阻撓我正娶。這樣憂讒畏譏，正好證明了你的賢慧。如果我要成全你賢慧的名聲，照你的意思去辦，娶來一個像你這樣賢慧明達的，在我固然是一件好事；娶得不好，你會悔不當初，可也害了我。」

「我也不光是為我自己；也為的是你。像這樣沒有一位掌印夫人，說出去總不大好。」

「我又不想做官，要甚麼『掌印夫人』？」曹雪芹又說：「這件事，你不必管，讓我自己來料理。如果有人在背後議論你，你就說你勸過我幾次就是了。」

杏香想了一下問：「那麼，你是怎麼料理呢？」

「我慢慢兒物色。真有賢慧的，能像你這樣子氣量大，不至於面和心不和，讓我夾在中間為難的，我當然也願意。你知道的，我又不是想吃冷豬肉的人；能坐擁嬌妻美妾，何樂不為？」

「甚麼？」杏香問道：「甚麼冷豬肉不冷豬肉？」

「是朱竹垞說過的——。」

曹雪芹將有人勸康熙年間大名士朱彝尊刪去集子中的風懷詩，朱彝尊表示不想吃兩廡的一塊冷豬肉，意思是並不期望身後能以道學的身分配享文廟，何妨保留綺情豔語的風懷詩的故事，細細講了給杏香聽。

這就表明得很透澈了，「你是這樣料理，我當然求之不得。」杏香很欣慰地說：「不過你要把你自己的話，記在心裡。」

「不勞費心。」

曹雪芹覺得話說開了，心裡很痛快，酒興也就更好了；正當陶然引杯時，丫頭來叩門來報，秋月著人來請：「請芹二爺上太太屋子裡去。」

曹雪芹心中一跳，看鐘上指針已近「子正」，越發驚慌；是出了甚麼事，需要午夜召請？

「你沉住氣！」杏香已經猜到了，「大概是太太發病。」

趕去一看，果不其然。原來馬夫人的哮喘病，始終未曾斷根，一遇外感，就容易復發；不過這回來勢很凶，喘得格外厲害，痰壅氣逆，滿頭大汗，張口急喘，聲達戶外；只不斷地從喘聲中湧出一個「渴」字，但倒了溫茶來卻無法下咽。

看母親那種痛苦的神態，曹雪芹恨不得能以身替代；倒還是杏香比較沉著，跟秋月商議，平時常請來看的楊大夫，住在宣武門外，城門還沒有開，就開了一時也請不來，只有找何謹來救急。

「已派人到四老爺那裡去請了。」秋月答說。但快八十歲的何謹，在曹頫那裡養老，如此深夜，必已上床，上了年紀的人，行動遲緩，亦非片刻可到。

「這樣，」曹雪芹矍然而起，「我去一趟，把太太的病情告訴他；反正老毛病他也清楚。等他開了方子，我順便就抓了藥回來。」

「對，對！只有這個辦法。」杏香催著說：「你趕快帶了人，騎著馬去吧！」

聽得這一說，馬夫人喊得一個「不」字，又連連搖手，卻以氣喘太急，竟無法說話。

「太太，慢慢兒說。」秋月一面替她揉胸，一面說道：「你別心急，越急越說不出來。」

馬夫人好不容易才斷斷續續說了三個字；卻只有秋月聽得清楚。

「芹二爺，太太交代：『別騎馬。』真的，別騎吧，深更半夜，你心裡又有事，別摔著了！」

病得如此，還仍是為愛子操心；曹雪芹幾乎掉下淚來，急忙回過身去答說：「我不騎馬，我走了去。」語罷，一掀簾就走了。

「多帶兩個人，點大燈籠；是派車去接老何的，也許路上就遇見了。」秋月趕出來大聲關照。

猜得不錯，果然在半路上遇到接何謹的車子。停車相見，曹雪芹將馬夫人的病情說了一遍，問他應該如何處方？

「老何，」他說：「你把方子告訴我，我去抓藥，你趕緊坐了車去看太太吧！」

「芹官，這病要開痰路，方子我跟你說了，你也記不住。」何謹沉吟了一下說道：「不如我到藥鋪子敲門去抓藥；你先回去，安慰太太，說這病有把握，服了藥！痰一出來，馬上就平下去了。」

於是曹雪芹返身急步，氣喘吁吁地趕回家，拿何謹的話來安慰母親。其實只要他一回來，馬夫人就覺得安慰了；因為桐生曾墜馬受傷，這件事使得馬夫人大為警惕，每回曹雪芹騎馬出門，她總是惴惴然地，一到晚上，更為不安，必得等到愛子安然歸來，才能放心。此刻見曹雪芹臉紅氣喘的神態，知道他守著她的告誡，並未騎馬，自感欣慰。

不一會，何謹到了。帶來一大包藥；原來他聽曹雪芹敘述病情以後，如何對症下藥，雖已大致了了，但畢竟須診斷以後，才能處方，因而將治哮喘痰壅有關的藥，都帶了來；將「望聞問切」四個字都做到了，方始要了把戥子，親自量藥，交秋月去煎。

其時四更已過，忽然來了個不速之客，是曹頫趕了來探望病情。他存著一點私心，如果海望有通知來，須立刻啟程去接聖母老太太，他打算仍舊帶著曹雪芹作助手；倘或馬夫人病重，曹雪芹必須侍奉病榻，他心裡的打算就要落空，因而不能不關切。

不過他不便進馬夫人臥室探望，只在堂屋中坐；曹雪芹告訴他說：「剛服了老何的藥，彷彿很對症，哮喘不那麼厲害了。」

「喔，藥方呢？」

何謹已補開了脈案，開的藥是枳殼、栝樓、杏仁、前胡之類；曹頫亦曾涉獵醫書，略知方脈，當下與何謹談論，意見都差不多。

「四老爺請寬坐。」何謹說道：「我再進去看一看。」

到了馬夫人臥室，只見哮喘倒是減輕了，痰湧如故，喉頭「呼呼」作響。當下叫秋月與杏香扶住馬夫人的上身，略向前傾；他自己親自拿一具磁面盆，捧在病人胸前，吩咐秋月與杏香，輕輕拍背。拍了有二、三十下，只見馬夫人口一張，痰涎大吐；何謹連聲說道：「咳，咳！」馬夫人便大咳特咳，將眼淚都咳了出來，吐出半盆的痰涎，氣舒而不逆，雙眼中頓時有神采了。杏香去取了水來，一面伺候馬夫人嗽口，一面笑道：「何大叔，真是有手段。」

「太太胸口覺得怎麼樣？」何謹問說。

「有點兒發空。」

「喘呢？」

「還有一點兒。」

「不要緊。我再開一張方子。」說完，轉身而去。

馬夫人點一點頭，向秋月問說：「是不是四老爺來了？」

「是的，在堂屋裡。芹二爺陪著說話呢。」

「你去一趟，說我好多了，給四老爺道乏。」馬夫人又說：「你也該預備點心才是。」

「是的。」秋月答說：「我也想到了，只為太太這裡離不開，所以沒有理會這回事。我馬上去預備。」

「秋姑，你去吧，這裡都交給我了。」杏香覺得人少事多，應該各有專責，才不會亂；於是毫不思索地又加了一句：「你主外，我主內。」

曹家現在只有馬夫人叫秋月，是直呼其名，其餘的都管她叫「秋姑娘」，杏香因為日常相處，一天不知道要叫多少遍，自然而然將最後一個字縮掉了；只有曹雪芹是例外，隨著高興亂叫，有時「秋月」，有時「秋姑」，有時「姐姐」。但不管甚麼人，也不管怎麼叫，都承認她是當家人；秋月雖未以此自居，可也從未逃避過當家人的責任，如今聽得「我主內」這三個字，心中不免有種異樣的感覺。

不過，在這時候卻無從去細辨那到底是如何異樣之感，匆匆到了堂屋，看到何謹在西面窗下，伏案開方，曹雪芹面有喜色，那就不必再道病情，只向曹頫賀了年，又轉述了馬夫人為他「道乏」的話，然後問道：「四老爺必餓了，愛吃點兒甚麼，我去預備。」

「有甚麼，吃甚麼好了。」

「四老爺是用『卯酒』的。」曹雪芹提醒她說。

「我知道。」

年菜、點心都是現成的，只拿京冬菜現炒了一樣冬筍，一共八個碟子，又替何謹備了四樣菜，叫兩個小丫頭端了，跟著她來到堂屋，鋪排桌面。

「何大叔，你是這會兒吃，還是等一會？」

「不忙。」何謹答說：「等我把方子開好了，上廚房去喝，免得費事。」

「你還是在這兒吃吧！今兒個我可沒功夫陪你；再說，你正好管燙酒。」

「也好！」何謹已開好了方子，送給曹頫看過，然後關照桐生：「你出城去一趟，等西鶴年堂開門，抓了藥就回來。」

「大藥鋪都得等『破五』以後才開張。」桐生問說：「近處去抓不行嗎？」

「有兩味藥，只有西鶴年堂的才地道。你去敲門！」

桐生答應著走了。何謹便開始在火盆上為曹頫，也為自己燙酒。這種同室異桌而飲的情形，在曹頫主僕是常事；曹雪芹是司空見慣，有時還拿著酒杯去就何謹，聽他談幾十年前所見的騷人墨客的韻事。

但這天卻只能陪他四叔喝酒談正事；而且有些話還是不宜讓何謹聽見的。當然，是有關聖母老太太的事。

「雪芹，我跟你說實話，倘或接到通知，要去接聖母老太太，我打算仍舊找你幫我。不過，今兒個你母親這一病，我就為難了。」

「我娘好了，自然能陪了四叔去。就怕跟傅太太一路同行，她要差遣我這個、那個的，推辭不掉，惹起閒言閒語，可不大好。」

這是曹雪芹故意這麼說的，也有點發牢騷的意味在內；曹頫當然能聽得出來，笑笑說道：「不要緊。我相信你，如果有甚麼閒言閒語，我替你來闢謠。」

那就只剩下馬夫人發病這層障礙了。曹頫想了一下，將何謹喚了來有話問。

「老何，」他問：「你看二太太的病，要緊不要緊？」

「只要看顧得周到，就不要緊。」

「這話是怎麼說？」

「二太太的病，不發則已，一發必凶；及時下藥，就不要緊。最怕時候耽誤久了，一口氣接不上，那就要出亂子了。」

「好！我明白了。老何，」曹頫說道：「你今天就搬過來，專為防備著二太太的病。」

這在何謹是求之不得，他早就想重回舊巢了。在曹頫家名為養老，其實枯燥乏味；常受季姨娘絮聒，更是件令人難耐的事，只為曹頫總是一番好意，說不出想回來的話。難得有此機會，不可輕輕放過。

於是他故意作出不甚情願的神氣，「我還是常常來看看二太太好了。」他說：「如果搬了來，等二太太好了，又得搬回去；我今年七十六了，真懶得再這麼來回折騰。」

「那就不用再搬回去好了。」曹頫毫不思索地說。

得此一語，如願以償；何謹卻不敢將欣喜擺在臉上，以一種奉命維謹的語氣答說：「四老爺這麼交代，我今天就搬。」

曹頫點點頭，向曹雪芹說道：「這下，你可以放心了吧？」

曹雪芹豈止放心，還跟何謹同樣地喜在心頭；高高興興地回答：「是。這下我可以放心大膽，跟四叔去辦事了。」

「還有件事。」曹頫又問：「烏家的親事怎麼樣？」

「年下都忙，還沒有功夫商量這件事。」

「這是件大事。等你娘好了，趕緊商量出一個結果來。你今年二十六了。」曹頫還想說，萬一馬夫人大限已到，內無家婦，這場白事辦不起不像樣。

不過適逢馬夫人病中，又是新年，說這話的時機，非常不宜，所以只是在心裡這麼想而已。

「是。」曹雪芹不願多談，便沒話找話地扯了開去：「我跟四叔去辦事，要預備些甚麼？」

「除了紙筆，甚麼都不用預備。反正也不過幾天的事。」

這時秋月又帶著小丫頭來上點心，「煮餑餑」、雞湯掛麵以外；還有製法從江南帶來的兩樣甜食；桂花脂油百果糕和松子黑棗餡兒的棗餅。

「何大叔，」秋月又特意走到西面去招呼，「你愛吃『把兒條』，我叫人在和麵，替你做一碗打滷麵。」

「不用，不用，太費事。我吃煮餑餑好了，多給好醋、熟油辣子。」何謹忽然看一看曹頫，放低了聲音，作出詭祕的神情，「你知道不知道，我要搬回來了；這一搬來就不用再搬回去了。」

「好啊！那一天搬？」

「那一天？當然是今天。」

「今天？」秋月說道：「好像太急了一點兒。我得好好替你收拾一間房，破五再搬吧。」

「不！」何謹很固執，「今天就搬，我先住門房好了。」

「那也由你。」

其時天色已明，曹頫這頓「卯酒」喝得很舒暢，加以將帶曹雪芹同行這件事安排好了，所以精神抖擻地站起來說：「我洗把臉，喝喝茶，正好順路去拜年。」

「四老爺把衣包帶來了？」

秋月這一問，曹頫才想起穿的是便衣；拜年要「肅具衣冠」，卻又懶得回家換官服，便即說道：「看跟我的人在那兒？叫他回去一趟。」

「我去好了。」何謹在一旁自告奮勇，「還要帶拜匣、手本、名帖，只怕他們鬧不清楚。」

「也好。」

於是何謹與匆匆地帶著曹頫的跟班，坐車回家；不過半個時辰，便已回轉，除了曹頫的衣包、帽籠和拜匣等等之外，另外帶了一隻大網籃。

「那是甚麼？」曹頫問說。

「是我的東西；我這就搬來了。」何謹答說：「二太太，這幾天一刻都少不得人。」

這天曹家的客人很多，而且十之八九是堂客，拜年兼探病，絡繹不絕；幸而錦兒及時趕了來；有她出面應付，才不至於顯得尷尬——杏香與秋月，都不算場面上的人。

馬夫人服了何謹的藥，恢復得很快，不過氣還虛弱，不能多說話；只是提到何謹，她的話就多了，聽桐生管他叫「何大叔」便即說道：「老何七十多了。『何大叔』還是老太爺那時候沿下來的叫法；桐生該叫他『何爺爺』才是。」

「不必，不必！」何謹搖手說道：「一改稱呼就亂了，還是照舊；倒能讓我覺得自己還不算太老。」

等何謹一走，她又問秋月：「你把老何安頓在那兒？」

「芹二爺的意思，在夢陶軒的敞廳上，隔一間屋子給他，這得等過了元宵才能動工。這會暫時住門房。」

「真得好好兒安頓他。」馬夫人說：「倒不是為了他能照料我的病，為的是他那分情意。他，四老爺那兒待不住；他兒子那兒不願意去，情願住在這兒。這份戀舊的心，就叫義氣。其實，他住在這兒，雖說不讓他幹活兒，可也總沒有在他兒子那裡當老太爺舒服。你們要想到這一層，就會覺得他可敬可愛了。」

原來何謹的兒子五十都過了。曹寅在日，覺得這個「奴子」資質不壞，且好讀書，不忍讓他埋沒在僕從堆中，所以託了內務府，特為替何謹「開戶」，已不算曹家的「屬人」。何謹戀巢，不肯離開曹家，他兒子卻隨著他母親另住，那宅小房，也是曹家產業。

何謹特為替他兒子起了個號，叫做慕曹，示不忘本。

那何慕曹從師讀書，也學過時文；既脫奴籍，便能應考，占了上元縣籍，進學中了秀才。但到鄉試時，何慕曹跟他父親大開談判，他要求何謹搬回家來住，何謹不肯，何慕曹又問：如果中了舉人，是不是回家？何謹斷然決然地表示：「我在曹家一輩子了。」他兒子的態度也很堅決，如果何謹不願回家，他不赴秋闈。理由是中了舉人，人家問起來：「老太爺呢？」他無從作答。這理由很充足，但何謹不為所動；因而何慕曹放棄舉業，改事貿遷。先是販賣米穀雜糧，在江寧時已有基礎；及至曹家歸旗，何慕曹也到了京裡，在騾馬市開了一家小雜貨店。但以漕船上的朋友幫襯，小雜貨店變成一家頗具規模的南北貨行，家裡一樣婢僕成群，幾次請何謹回去受供養，何謹到卻不過情時，回去住幾天，但至多半個月，一定得回曹家。

有一次秋月問他：「何大叔我就不明白你為甚麼在家待不住？慕曹哥不是挺孝順你的嗎？」

「不錯，他很孝順我。可是我跟他沒有甚麼好談的，一開口不是：『這批魚翅不好。』就是『今年福建桂圓歉收，一定會漲價，趁早進一批貨。』」我聽了腦袋只發脹。「還是回來找芹官、找你們聊聊，日子才過得舒服。」

回憶到此，秋月恍然有悟；為了求證起見，特為去問何謹：「想來你也是在四老爺那裡沒有甚麼人可談，才想搬回來的。何大叔，我猜對了沒有？」

「沒有人可談，還在其次；最叫人受不了的是，談不攏的人，偏要跟你談，那才真叫受罪。」

「這，這是說季姨娘？」

「可不是！」何謹又說：「鄒姨娘的理路倒還清楚，而且也有點見識，可是她在上房，見面的時候也不多；就見了面，也不能只聊閒天。」

「四老爺呢？」

「四老爺也一樣。只有棠官從圓明園回來，可以談談。不過，幾句話一聊，就現原形了。」

「現原形？」秋月不解地問：「棠官怎麼啦？」

「無非嫖賭吃著，紈袴子弟的本性都現出來了。」

「喔。」秋月也聽說過，不願深問，只是談何謹，「那麼，你閒下來幹些甚麼呢？」

「看字畫，看碑帖；要不就逛廟，逛琉璃廠。喔，秋月，」何謹突然顯得很興奮地，「你知道不知道？我還學了一樣手藝。」

秋月大為詫異，也頗感興趣，「八十歲學吹鼓手，何大叔你的興致倒真好。」她問：「學了甚麼手藝？」

「裝裱字畫。不過，手藝還不精。」

「那好！」秋月笑道：「你馬上要收徒弟了。」

「你是說芹二爺？」

「對了。還有桐生。你們老少三個，儘無事忙吧！」秋月又說：「芹二爺的意思，在夢陶軒替你隔出一間來住——。」

「不，不！」何謹打斷她的話說：「那不好。有杏姨在，她不便，我也不便。」

「那麼，你打算住那兒呢？太太交代了，一定要讓你住得舒服；你看那兒合適，你自己說吧。」

何謹想了一下說：「我看夢陶軒外面那間屋子倒很好。太太有事要找我也方便。」

那是連接兩座院落的一個小花廳，三開間帶一個花壇，凹字形的雨廊，兩頭開門，人來人往，終日不斷，並不宜於住人，不想何謹會挑中這一處。

「何大叔，那可是個衝要之地，從夢陶軒出來，或是到夢陶軒，必經之路，你要是嫌吵，我勸你另外挑。」

「我不嫌煩。再說也煩不到那兒去。」

「好。咱們這就算定規了。不過，我可得過了破五，才能替你拾掇。」

「你也不用費事，我自己來。」何謹問道：「那三間屋現在是堆東西不是？」

「只有兩間堆東西。有些東西實在也該料理了，送人的送人，丟的丟；過了破五，我來清理。」

「交給我好了。我把兩間併成一間，就夠住了。」

從這天起，何謹就一個人慢慢地收拾；匕鬯不驚地收拾出兩間屋子來，到了年初八那天，自己悄悄去找了個裱糊匠來，他也幫著一起動手，窗紙全都換過，屋子裡糊得四白落地，煥然一新。

那天恰好錦兒又來了，到夢陶軒由那裡經過，頓覺眼前一亮；進去一看，不由得笑道：「老何，我當這兒要做新房呢！」

「錦二奶奶真會說笑話。」何謹也笑著回答；然後正色說道：「錦二奶奶，我想請震二爺賞我一樣東西；能不能請你說一說？」

「行！」錦兒答得異常爽脆：「你說吧！」

「震二爺跟皇木廠的那些掌櫃都熟，能不能替我要一塊案板？」

「一塊案板罷了，又何必還找他們。我叫人替你做就是。」

「不！」何謹說道：「不是普通裁縫做衣服的案板。我這塊案得三寸厚，兩丈四尺長，一丈一、二尺寬；還得福建漆退光。」

「幹麼呀？你又不是開裱畫鋪。」

「錦二奶奶真行！」陪著她在一起的秋月笑道：「一下就說中了。何大叔八十歲學吹鼓手，學了一手裱字畫的手藝。」

「不，不，還談不上。」何謹答說：「總得找些不急之務，日子才過得輕快。」

於是錦兒細問經過，及至弄清楚了是怎麼回事，欣然說道：「你索性開個單子，要甚麼，我一下子都替你弄它個周全。」

「那就謝謝震二奶奶了。不過，震二爺的收藏可別讓我來裝裱，這就是我報答錦二奶奶的。」

「何大叔，」秋月問道：「這話怎麼說？」

「我怕把震二爺的收藏弄壞了，豈不是恩將仇報？」

聽這一說，彼此大笑；只聽門外有人大聲嚷道：「甚麼好笑的事？說出來讓我也笑一笑。」

不問可知，來的是曹雪芹。等問清楚了是怎麼回事，他看著那兩間打通的屋子，只是搖頭。
「怎麼啦？」錦兒問說。
「這要一支上了案板，老何連安床的地方都沒有了。我看，我那裡那間敞廳倒很合適。」
錦兒與秋月相視而笑；老何覺得白天在那裡作活，並無不便，深深點頭同意：「那裡是比這裡合適。」
「好了，說定規了。」曹雪芹轉臉問道：「錦兒姐，你真的要送。」
「真的送。不但送案板，還送一塊招牌：夢陶軒專裱古今字畫。」
說送市招，當然是笑話，案板卻真的送了；錦兒給了何謹二十兩銀子，讓他自己去採辦。曹雪芹心很急，因為隨時會奉召隨曹頫去辦事，巴不得早早弄停當了，才能了卻一件心事，所以一過破五便催何謹去找木匠，只費了三天功夫，夢陶軒敞廳上就出現了一塊簇新的案板，然後上漆退光，這很費手續，曹雪芹一遍一遍去看，遠比何謹更來得起勁。
這天正在督促漆匠上最後一道漆；只見桐生匆匆奔了來說：「震二爺來了。」
「震二爺回來了？」曹雪芹深感意外，「在那兒？」
「在太太屋子裡。」
曹雪芹隨即趕了去，只聽他母親說道：「你四叔不用去了。」
「喔，」曹雪芹向曹震問道：「是怎麼回事？」
「咱們回頭談。」曹震說了這一句，便細細問了馬夫人的病情；坐了好一會方始告辭，轉往曹雪芹的書房去談聖母老太太。
「人來了？」
「來了。」

「進宮了嗎？」

「還沒有。」曹震答說：「暫時住在皇后娘家。」

「那就是傅太太那裡。」曹雪芹問說：「不說是由四叔去接嗎？怎麼忽然來了呢？」

「其中有一段曲折，我也是今天上午到京，跟海公去覆命的時候才知道。」曹震臉上忽現恐懼之色，「想起來可真玄！」

「怎麼回事？」

「聖母老太太進京的消息，還是走漏了。還聽說有人要在半路上打劫——。」

「有那麼大膽的人！」曹雪芹失聲說道：「真要出了事，可不得了。那是誰呢？」

「我沒有敢問。」曹震又說：「只聽說是方問亭的主意。他不知從那兒得來這麼一個消息；據說人家已經知道了，四叔是指定專門辦這趟差的人，所以定了明修棧道，暗度陳倉這麼一計，表面上看四叔沒有出京，聖母老太太就不會進京；其實暗地裡另外派了人來通知我，趁這過年熱鬧的時候，悄悄兒動身。總算一路平平安安，人不知，鬼不覺地辦好了這趟差使。」

「恭喜，恭喜！」曹雪芹拱拱手說：「震二爺，你要升官了。」

他將海望曾打算將曹頫調升內務府堂郎中，而曹頫不願的話，告訴曹震，接著又提出他的看法。

「四叔謙退為懷，這分功勞不又加在你頭上？而況你自己的功勞也不小；我看不但要升官，而且還會派好差使。」

聽這一說，曹震笑得闔不攏嘴，「雪芹，你也出了很大的力。你不想補缺，總也得有個酬謝你的辦法。你自己說吧。」

「我甚麼都不要。」

「喔，」曹震突然想起，「一路上聖母老太太不斷問起你，傅太太也提過。」

「她怎麼說？」

「傅太太——。」

「不！」曹雪芹打斷他的話說：「我是指聖母老太太。」

「她挺關心你，問你的功名，又問你為甚麼不娶親。」曹震又說：「她總想提拔、提拔你；這條路子你可不能隨隨便便就錯過了。」

曹雪芹笑笑不答，曹震也就沒有再說下去。

到了第二天中午，曹震神色匆匆地又來了；到馬夫人那裡打個轉，隨即便到夢陶軒來找曹雪芹。

「方問亭要找你。」

「他找我？」曹雪芹不解地問：「有甚麼事嗎？」

「當然有事。聽口氣似乎要跟你打聽一個人。」曹震叮囑：「明兒一早，你在咸安宮御書處等著，他會派人來招呼你。」

「好！我知道了。」

方觀承沒有派人來，而是親自來訪，在御書處找了間空屋子，屏人密談；略敘寒溫之後，很快地談入正題。

「有個幹過鏢客的馮大瑞，你認識不認識？」

這一問，曹雪芹大出意外；「認識。」他隨又問說：「方先生何以忽然提到這個人？」

「我回頭再告訴你。」方觀承繼繼發問：「你知道不知道他的行蹤？」

「他是犯了案，發配雲南。以後一直不知道他的行蹤。」

「最近你聽人提到過他沒有？」

「沒有。」

「他跟仲四怎麼樣？」

「仲四是他的東家，很看重他的。」

「他跟你談過漕幫的事沒有？」

這是有關係的話；曹雪芹心想，上有老母，以明哲保身為妙，便搖搖頭說：「沒有。」

「漕幫的情形，你知道得不少吧？」

話越來越玄了，曹雪芹大起戒心，「我不大清楚。」他說：「我以前奉母住通州；通州漕船很多，有時候聽他們談起，彷彿其中很有些內幕，我就不便去打聽了。」

「嗯，嗯。」方觀承又問：「姓馮的，有一門親戚姓王，是不是？」

「那門親戚沒有做成。姓王的也是仲四那裡的鏢頭，他娶的是先祖母身邊的一個人，名叫夏雲。王達臣有個妹妹，原要許配給姓馮的，後來因為犯了官司，這門親沒有結成。」

「他那妹妹呢？」

問到這句話，曹雪芹心頭隱隱作痛，「失蹤了。」他說：「生死存亡，至今不明。」

「她也是府上的侍兒？」

「也可以這麼說。」

「叫甚麼名字？」

「叫繡春。」

「姓甚麼？」

「王達臣的妹妹，自然也姓王。」

「對了！」方觀承不好意思地笑道：「我也鬧糊塗了。」他接下來問：「雪芹，你跟王達臣的交情怎麼樣？」

「也談不到交情。不過他雖是習武的，倒沒有那種江湖上的習氣，彼此談得來而已。」

「他呢？對你怎麼樣？」

「他，」曹雪芹想一想答說：「對我算是尊敬的。」

「那好！」方觀承說：「今天的事，請你擱在心裡，連通聲面前都不必提。」

「是。」

「過兩天，也許還有事求你。不知道你肯不肯幫忙？」

「只要力所勝任，自然謹遵台命。」

「言重，言重！」方觀承拍拍他的背說：「老弟，好自為之。」

辭別回家，一路上心裡七上八下。他是個無法獨享祕密的人，但想起方觀承告誡，連曹震面前都不能提，可見是極有關係的事；自然得瞞著杏香，而且也不必跟她談，因為以前的那些情形，杏香是隔膜的，就跟她談了，她也不能對他有甚麼幫助。

曹雪芹心想，能談的只有兩個人，一個秋月，一個是老何；比較之下，又以跟秋月商量為宜。不過，這不是幾句話就能談出結果來的，得避開人找個清靜的地方，才能細談。

這個地方真還不好找。想來想去，想到了一條路。回家找個機會問秋月說：「你明天是不是要到菩提庵去抄經？」

「老早抄完了。」秋月問道：「你問這個幹麼？」

「我有很要緊，不能讓人知道的話跟你談。你如果去抄經，我就可以跟你在菩提庵談了。」

「已經抄完了。怎麼又說要去抄經呢？」

「編一套說詞就是了。回頭在太太那裡，你順著我的語氣說就是了。」

到了晚飯以後，照例大家都聚集在馬夫人屋子裡，陪著她閒談。曹雪芹故意後到；進門便先跟秋月說話。

「秋月，你上次不是告訴我，鳩摩羅什譯的那本《心經》，是個線本，所以沒有能抄全，是不是？」

秋月照約定，毫不遲疑地答說：「不錯。」

「我替你找到了，可以借來給你用。」

「經呢？」秋月問說。

「你要用我才去借。你如果不用，我借來幹甚麼？」

「怎麼不要用？當然要用。你甚麼時候能借來？」

「明天就可以。」

秋月完全明白了。原來去年馬夫人發病時，形勢亦頗為險惡；有人說菩提庵的觀音大士極靈，秋月便去燒香許願，許下馬夫人病好了，她用泥金抄一本《般若波羅蜜多心經》，供奉在菩提庵。後來完願時，覺得《心經》的經文極簡，不費多大功夫，更不費多少泥金，許願時沒有想到，此刻發現了，倒像心欠虔誠似地，但許的是《心經》，又不能改寫別的經，因而頗為躊躇。

結果是曹雪芹替她出了個很好的主意。他說大家都知道《般若心經》是玄奘大師所譯，其實有七個譯本，在唐朝就有五個；唐以前有姚秦的高僧鳩摩羅什的譯本；唐以後有北宋施護的譯本。將這七個譯本各寫一遍，許的願就不顯得輕了。

因此，曹雪芹故意編出這麼一套話，馬夫人和杏香那裡想得到其中的玄虛？便由得秋月去掉槍花了。

「太太，我明天就到菩提庵去抄全了它，功德就算圓滿了。」

「不用這麼急。」馬夫人說：「等芹官把經借來了，後天去好了。」

「把經借到，還得找清淨地方供起來，豈不費事？」曹雪芹說：「就是明天好了，乾脆你在菩提庵等我；我把經借來，直接送到庵裡。等你抄全了，我馬上又送回去；乾淨俐落，這功德才算圓滿。」

「那好。」秋月向馬夫人說道：「我看就這麼好了。」

「隨便你。」

「泥金呢？」杏香的心也很細，這樣問說。

虧得她這一問，曹雪芹才被提醒；不然就會露馬腳，「秋月，上回抄經，有多餘的沒有？」他問。

「餘是有餘，當時就送了菩提庵的當家師太了。」

「那你拿一兩金子給我，我明天順路到珠寶市替你換一兩泥金，送到庵裡去。」

秋月立即在她的私蓄中，找了個一兩的金錁子，交了給曹雪芹。第二天秋月到了菩提庵，也有一套說詞；說上次抄的七本經中，有一本可能錯了。曹雪芹可以借一本校勘無誤的善本來作一個比對；果然錯了，願意重寫一本。

菩提庵的當家師太妙能很高興。她也認識曹雪芹——由於馬夫人是清真的緣故，比丘尼是不上門的；不過馬夫人也很尊重他人的信仰，所以不反對秋月去燒香；有時在親串家遇到比丘尼，也不妨交談。妙能跟錦兒很熟，曹雪芹便是她在錦兒那裡見過的；聽說他要送經來，當下關照知客師備素齋款待。

那菩提庵香火不盛，又是大正月裡，家家堂客都忙，所以來燒香的絕無僅有。秋月最愛那裡大殿前面的兩株松樹，老木拏定、濃蔭覆地，每來必在樹下徘徊，心裡常想，到明淨的秋天，在松蔭下沏一杯好茶，聽稷稷松風，那才是一段清福。不過，這天還很冷，知客師不容她在松下流連，半勸半拉地將她延入東面的禪房。

這間禪房，也就是她過去抄經之處；那七本《泥金心經》，已經從神櫃中請了出來，整整齊齊地疊在方桌上。秋月洗了手，焚起一爐香，端然正坐，開始看經；見此光景，知客師悄悄退出，順手將門掩上。

不久，聽得人聲，辨出是曹雪芹來了。果然，知客師推門而入，後面跟著曹雪芹，手捧一個布包；略一招呼他將布包放在桌上打開，裡面一本《心經》、一個油紙包。

「勞駕，」曹雪芹向知客師說：「請弄點清水來調泥金。」

「不忙。」知客師答說：「如果不錯，就不用秋姑娘費事重寫了。」

「錯是不錯，可惜原來的本子不全，一定要重新寫過。」

原來曹雪芹這天醒來，將整個情由細想了一遍，覺得跟秋月私下相晤，恐怕不是一次可以了事的；所以決定讓她重寫一本，一天寫不完，第二天再來，便又有了密談的機會。

等知客師一走，他將自己的意思告訴了秋月；秋月也告訴他，當家師太請他吃齋，有一上午的功夫，可以從容談話。

「芹二爺替我仙庵裡做功德，當家師太交代，無論如何請芹二爺吃了飯再走。」

「多謝，多謝！」曹雪芹合十答道：「我們要校對經文，比較費事，恐怕亦非叨擾不可了。」

「既然如此，我不敢打攪；回頭再來奉請。」

知客師辭出時，又要掩門；秋月開口了，「門不必關；簾子也不必下。」她又加了一句：「今天不算太冷，不要緊。」

知客師只知她是避嫌疑，不知她是怕有人突然闖了進來；開著門，打起門簾，便好及時住口，以免洩密。

兩人對面而坐，面前各自攤開一本《心經》，遙望如探討經義，而談的卻是另一回事。

「秋月，你知道不知道，震二爺何以忽然回來了？」

「我怎麼知道？」秋月答說：「這種事，我連問都不敢問。」

「真的，我要跟你說了內幕，真怕嚇著了你。」曹雪芹忽又談到曹頫，「你知道不知道，四老爺把鋪蓋卷兒擱在門廳裡，不拘白天黑夜，說走就要走，何以忽然又不去了呢？」

「震二爺回來了，四老爺當然不必去了。」

「不錯。可是震二爺快回來了，四老爺事先竟一無所知，仍舊讓他裝出每天都要走的樣子，那又是為甚麼？」

「這就不知道了。」

「我告訴你吧！這是內務府海大人跟方老爺使的一個障眼法。」

「方老爺？」秋月問說：「是咱們王府的那位方老爺？」

「不是他還有誰？」

「喔，」秋月想了一下問：「為甚麼使這個障眼法？為的是讓人想不到震二爺會進京。」

「一點不錯。這是明修棧道，暗度陳倉之計。」

「為甚麼呢？莫非真的有人在釘著震二爺？」

「不是釘著震二爺，是釘著聖母老太太。」

「那又是為甚麼呢？是有意跟——」

「是有意跟皇上過不去。」曹雪芹將她未說的話，說了出來，「打算搗亂。」

「誰搗亂？」

「反正總是想得皇位而落空的人。」曹雪芹停了一下說：「現在要談到跟咱們相熟的一個人了。」

聽得這話，秋月遽爾失色，一隻手撐著桌沿，一隻手撫在胸前，「芹二爺，」她聲音都哆嗦了，「我可禁不起嚇。」

「你別著急！」曹雪芹嚥了口唾沫，指著那些《心經》說：「憑你這份功德，觀音大士也會保佑咱們逢凶化吉，遇難成祥。再說也沒有甚麼凶險，或許還有好消息。」

說了一大篇，只有最後一句話管用；秋月急急問道：「甚麼好消息？」

「你先別心急。等我慢慢兒告訴你，方老爺找了我去，問起一個人，你想都想不到的，馮大瑞！」

「馮大瑞？」秋月有些困惑，「跟他甚麼相干？」

「大概預備出頭來搗亂的，就是馮大瑞。」曹雪芹趕緊又說：「不過也不見得一定是。方老爺問起馮大瑞，問起王達臣、還有仲四，我都照實跟他說了。他還問起漕幫——」

一聽這句話，秋月就急了；她平時就頗不滿於曹雪芹喜與江湖中人結交，這時不由得怨氣上沖，「都是你喜歡跟那些牛鬼蛇神來往！」她說：「馮大瑞，震二爺也知道的；仲四跟震二爺更熟。馮大瑞是仲四那裡的鏢頭，要打聽他，託震二爺找仲四好了，為甚麼要找你？」

夾槍帶棍，一頓排揎，連一向沉著穩重的秋月自己都覺得不好意思了。不過一時抹不下臉來，仍舊是氣鼓鼓的模樣。

「知客來了。」曹雪芹向外看了一眼，悄悄說道：「看經吧。」

知客師只是路過，悄然疾趨而過。就這片刻的寧靜，秋月已是心平氣和，「方老爺還說了些甚麼？」她問。

「他說或許還有用我之處。還拍拍我的背，說了句：『好自為之。』」

「這句話，可就大有文章了。」

「喔，」曹雪芹突然想起，「還有句很要緊的話，忘了告訴你，他說他跟我談的事，連通聲面前都不必提起。」

「那，你怎麼又跟我談呢？」

「不跟你談，跟誰談？」曹雪芹說：「我可是連杏香面前都沒有提。」

「本就用不著跟她提。前因後果她都不清楚，跟她提了，只有害她替你擔心，一點兒好處都沒有。」秋月又問：「你琢磨過『好自為之』那四個字沒有？」

「自然琢磨過。我想，他是要我去找馮大瑞。」

「我也是這麼想。」秋月點點頭，「可就想不透，這找是怎麼找？方老爺的為人，我不知道。照你看，這找是好意呢，還是惡意？」

「好意如何，惡意又如何？」

「好意是勸他躲開，或者投誠。惡意就很難說了。」秋月又說：「反正這件事，真的要用到你，可是件絕不能掉以輕心的事，真的要『好自為之』。」

「所以我要跟你商量。」曹雪芹說：「我打算想法子先去找馮大瑞。」

「找到了以後怎麼樣？」

「問問他，到底怎麼回事？弄清楚了再說。」

「你能找得到他嗎？」

「只有去碰，大概總有地方能打聽到他的消息。」

秋月不作聲，起身到一旁火盆邊去烘手；曹雪芹也跟了過去，看她手背有些紅腫，毫不考慮地去拉著她的手說：「千萬別烤火，會生凍瘃。我替你揉揉。」

「你又忘其所以了。」秋月縮回她的手，向窗外看了一眼，「你當是在家裡？」

曹雪芹也省悟了，這親密的樣子讓人見了不雅，因而亦然斂手。

「當門而坐，亦不是一回事。雖沒有風，到底有寒氣。咱們把桌子挪過來。」

一挪挪到窗下；窗子上有一方玻璃，裡外皆明，亦足以避嫌。等把桌子安頓好，秋月也考慮好了。

「先去找馮大瑞問一問，固然是個辦法。就怕人家拿你當『燈籠』。」

秋月的意思是，方觀承想抓馮大瑞，苦於無從下手。估量他透露了這個消息，曹雪芹會去找馮大瑞；於是派人暗中監視，曹雪芹所到之處，便都是線索。倘或找到了馮大瑞，正好掩其不意；那一來，曹雪芹便成了眼線了。

「方問亭久歷江湖，大概還不致害我做這種對不起朋友的事。不過，你的顧慮也不能說沒有道理。」

「既然你說方老爺久歷江湖講義氣，那好，你索性再去看他，跟他打開窗子說亮話。」

「這也好！」曹雪芹問：「這亮話該怎麼說？」

「那還用我教嗎？」秋月笑著回答。

「你不是說，這件事絕不能掉以輕心嗎？我怕我有想不到的地方。」

「我想——，」秋月沉吟著說：「只有一句話頂要緊；不管他要用你也好，是你求他也好，一定得切切實實問清楚，他的權柄有多大？」

「對！這件事一定會『通天』，萬一辦事辦到一半，他說他作不了主了，豈不大糟特糟？」

看看沒有話了，秋月便開始抄經，泥金甚多，她勸曹雪芹也抄一本；他聽是聽了，卻抄不到兩頁，便即擱筆。

「我得走了。你替我謝謝庵裡。」曹雪芹說：「事機緊迫，我得趕緊去找方問亭，遲恐不及。」

方觀承自軍機處下值，還得到平郡王府有一份職司。時間或早或晚；這天來得晚，直到未末申初才等到。

「你必是為馮大瑞的事來的。有何見教，請說吧。」

「是。」曹雪芹說：「我跟馮大瑞並無深交，不過既蒙方先生垂問，而且還有後文，我就不能置之度外了。」

方觀承沉吟了一回，答道：「事情還不十分清楚。你能不能找到他？」

事情還未清楚，何須沉吟？曹雪芹心知他有所保留，因而也不肯說實話；「這在我是大海撈針的事，」他說：「方先生如果能指點一兩條路子，我或許可以找到他。」

「你不是久住通州？何不到漕幫朋友那裡去打聽、打聽？」

「是。」曹雪芹說：「我去試試，毫無把握。還要請問，找到了如何？」

「找到了，請他來見我。絕不難為他。」

「他如果不肯來呢？」

「那就勸他遠走高飛、隱姓埋名，不要再跟漕幫混在一起了。」

「方先生的意思是放他一條生路？」

「是的。」方觀承答道：「他也是一條漢子。」

曹雪芹很滿意，便正好將秋月交代的話，說了出來：「方先生倒是一番美意，不過，會不會中途橫生枝節，情勢非方先生所能作主，以至於為德不卒？」

聽得這一問，方觀承對曹雪芹刮目相看了。在他的心目中，曹雪芹是上三旗包衣中的佳子弟，最難得的是絕無包衣之所以為人賤視的勢利眼；雖然也有八旗紈袴的習氣，卻不是甚麼大毛病。至於世途險巇，宦途詭詐，他既未經歷，當然亦不會了解；如今方知不然！

因此，他對曹雪芹這一問，覺得必須作很負責任的回答；考慮了好一會兒說道：「雪芹，如果你找到了他，勸他到我這裡來，我怎麼樣也要保全他。倘或走得不遠，飛得不高，仍入羅網，就非我所能為力了。」

這話說得很清楚了。曹雪芹看他神態極其誠懇，亦即用鄭重的語氣說：「方先生待人的這番好意，我完全明白，我一定盡力去找，找到了一定要他照方先生的意思辦。」

「那太好了。」

「不過，方先生，我還有句話想說；這件事，方先生是不是只交代了我一個人。」

「是啊。」

曹雪芹發現自己的話沒有說清楚；方觀承可能是答非所問，因而又說：「請恕我率直，我想問的是，我去找馮大瑞，會不會有人暗地裡掇著我？」

「不會，不會！」方觀承笑道：「我方某人豈能做這種事？」

「是，是！」曹雪芹倒有些歉然，「方先生……」

「雪芹，你不必說了。」方觀承攔住他的話，「我倒是很高興你的思慮，能這樣子細密。就是要如此，我才能放心；我才有指望。」

「指望？」

「不錯。本來我只是讓你去試一試，並不指望你能成功。現在看起來不同了，我決定把這件事交給你，你甚麼時候能給我回音？」

原來事情是到這時候，才算定規。曹雪芹頓感雙肩沉重，但為了馮大瑞，他樂於挑起這副擔子。盤算了一下答說：「半個月。」

「半個月！」方觀承躊躇說：「能不能早一點？」

「是這樣的，」曹雪芹說：「我原本的打算是，如果在通州沒有消息，我得到另外一個地方去查訪，這樣至少也得半個月；如果在通州順利，那在五日之內，就有以報命了。」

「好！你先到通州去一趟，看是怎麼個情形，回來我們再商量。」方觀承又問：「你需要甚麼，告訴我。」

「甚麼都不要。」

「這樣吧，我送你一匹好馬，好不好？」

曹雪芹心想，良駒必惹人注目；說不定還有人認得是「軍機處方老爺的馬」，那一來豈非自己掛了幌子？還是辭謝為妙。

「多謝方先生，等我把事情辦完了，再送我。辦不成，我也不敢領賞。」

「雪芹，你這話說錯了。我並非拿這匹馬作為請你辦事的酬勞；辦得成，辦不成是另一回事，跟送馬無關。」

「是，我失言了。不過，今天的情形，跟方先生第一次告訴我的情形不同了。既到通州，我就非找仲四不可；而況，馮大瑞原是他那裡的人。方先生，這一層，我得先跟你回明了；假如絕不能告訴仲四，我只好敬謝不敏，因為通州是仲四的碼頭，想瞞也瞞他不住。」

「說得是，現在情形是不同了。」方觀承很從容地答說：「我原來關照要保密，是怕仲四聽得風聲，或許會去找到馮大瑞，通知他快走。如今既然是照咱們商定的辦法去辦，當然應該跟仲四說明白。為馮大瑞好，想來他一定也樂意這麼辦。」

「是，是。」曹雪芹連聲答應。

「不過，雪芹，有一層，我倒也要問一問你。仲四對你怎麼樣？」

「很好的。」

「我不是這意思，我是說，仲四會不會當你是個公子哥兒，表面上好像你說甚麼就是甚麼；暗地裡卻以為你少不更事——，」方觀承歉然地，「雪芹，我說得太率直，你別介意。」

「那裡會？方先生，你的意思我懂了，仲四對我好，不會口是心非的。」

「好，靠得住就好。」

曹雪芹興奮，秋月也興奮，因為找到馮大瑞，可能也就是找到了繡春；至少，也是條線索。

「真的找到了繡春，我要問她，為甚麼心那麼狠？六、七年功夫，音信全無，就不想一想人家為她牽腸掛肚。我倒要看她怎麼說？」

看到秋月那種愛之深、恨之切的神情，曹雪芹頗有新奇的感覺，因為，記不起她曾有過這樣的激動，而也就因為如此，他覺得有必要作最壞的打算。

「秋月，我要提醒你，能找到馮大瑞，大概會有繡春的消息，不過不一定是好消息。像現在這樣，雖然牽腸掛肚，總還存著一絲希望。這一點，不知道你想過沒有？」

「當然想過。不管怎麼樣，有消息總比沒有消息好；就算它是壞消息，也好死了這條心。還有件事，芹二爺，倒不知道你想過沒有？」

「那件事？」

「你有一個兒子，或者一個女兒，流落在外面。」

這使得他又一次想起繡春失蹤前一天，他為她腹中胎兒命名的往事；「我怎麼沒有想過？」他說：「我還有個想法，最好是女孩，不要男的。女兒會像繡春；男孩說不定像震二哥，將來一身俗骨。」

秋月笑了，「我倒沒有想到過像誰不像誰這一點。我只希望她生個兒子。」她解釋原因：「如果是個兒子，繡春怎麼樣也得含辛茹苦，撫養他成人。我們重見的希望就濃了。」

然則，這個男孩夭折了呢？繡春豈非生趣索然？曹雪芹這樣想著，不由得打了個寒噤。

「怎麼了？」秋月看他神色有異，關切地問。

「沒有甚麼。」曹雪芹不肯說破心事，只緊接著問：「我想明天就去通州，你看這件事要不要跟太太回？」

「要！」秋月毫不遲疑的答說：「不過方老爺交代你的事，一句都不能提。」

曹雪芹點點頭，隨即便去稟告老母，他只說傳言馮大瑞有了北來的消息，想到通州去看仲四，打聽詳情。說不定連繡春的下落都可以知道。

馬夫人先是高興，接著便疑惑了，「馮大瑞不是充軍在雲南嗎？」她問：「怎麼會回來了呢？」

這一問是曹雪芹所沒有想到，但也不難解釋，「充軍原可以贖罪的。」他說：「或者在那裡立下了甚麼功勞，督撫奏請赦免，亦未可知。」

「如果是這樣，為甚麼不寫封信來呢？」

疑問越來越多，也越來越深刻，好在曹雪芹應付母親很有辦法，從容答說：「他要寫信，也不會寫給我；應該寫給仲四。反正我一到通州，就明白了。」

「好吧！你去。順便也給在通州的本家拜拜年。」

「是。」曹雪芹心想，這正好作為逗留通州的藉口，「不過這一來，總得三、四天才能回來。」

等回到夢陶軒，杏香一面替他收拾隨身衣物，一面便問：「那馮大瑞是甚麼人？」

「不是在談繡春嗎？馮大瑞就是繡春的女婿；犯了案，充軍到雲南。後來繡春失蹤了，大家都疑心她到雲南找她女婿去了。到底如何，找到馮大瑞，大概就明白了。」

「對了，」杏香興味盎然地，「我也聽說過有繡春這麼一個人，彷彿跟震二爺好過似地，到底是怎麼回事呢？」

「這裡頭事由兒很多，一時也聊不完；明兒我還要起早，等我回來再談。或者，你明兒找秋月問去。」

「我明兒去找她。」杏香又問：「還有一點我不明白，找馮大瑞怎麼要找我乾爹呢？」

杏香拜仲四奶奶為義母，仲四便是她的乾爹。「馮大瑞本來是你乾爹那兒的鏢頭。」曹雪芹答說：「如果馮大瑞真的來了，你乾爹總會知道。」

「既然如此，打發桐生去問一聲就是了。」

「不！他弄不清楚，非得我自己去一趟不可。」

「你那天回來？」

「不說了嗎，總得三、四天。」

杏香沉吟了一會問說：「你不能後天走嗎？」

「為甚麼？」

「如果你後天走，我想明兒跟太太回，請太太准我去看看我乾媽，那就好跟你一塊兒走了。」杏香又說：「去了就走，不大合適；待長又不方便，三、四天正好。」

「太太病剛好，又是正月裡。」曹雪芹在她頰上親了一下說：「等春暖花開，我專門陪你到通州住幾天。」

杏香雖有些失望，卻無不快；為曹雪芹收拾了簡單的行囊，又將平時預備著送仲四奶奶的尺頭繡件，打成一包，思量著交代桐生帶到通州。

就這時外面傳來蒼老的咳嗽聲，不問可知是何謹來了；杏香叫丫頭打堂屋的屋簾，曹雪芹同時走了出去問道：「有事嗎？」

「聽說芹官明兒到通州；我有個膏滋藥的方子，是仲四奶奶要的，請芹官帶了去。」何謹一面掏出一個信封，一面問道：「芹官到通州幹麼？」

「聽說馮大瑞來了。我想找仲四去打聽打聽。」

「喔！」何謹躊躇著，彷彿有話要說而不便說似地。

「老何，你是有甚麼話要說？」

「馮大瑞是充了軍的人，怎麼一下子回來了？我看，芹官，你恐怕打聽不出來甚麼！」

「這，」曹雪芹問：「何以見得？」

「如果馮大瑞是逃回來的，又投奔了仲四爺，他就是窩家，不肯告訴你的。」何謹緊接著又說：「不是他不懂交情；正因為他懂交情才瞞著，為的是萬一出了事，不受株連。」

曹雪芹心想，俗語說得好，「薑是老的辣」。關於馮大瑞這件事，方觀承似乎很看重他的見解，其實天曉得，要緊之處是秋月想到的。如今肩負重任，單槍匹馬去涉江湖，靠的是仲四；倘或仲四另有想法，變成此路不通，那就一籌莫展了。不如將何謹帶了去，到時候至少還有個可以商量的人。

於是他問：「老何，你能不能陪我去一趟？」

「我去有用嗎？」

「有用。」

「是了。」何謹將信封揣入懷中，「膏滋藥的方子，我自己給仲四奶奶好了。」

「明兒一早走，有三、四天耽擱。你收拾你的行李去吧！」

等何謹一走，曹雪芹發現杏香的神色有異，不由得問道：「怎麼回事？你的臉色很難看。」

「馮大瑞是怎麼回事？」她說：「老何的話，我都聽見了，其中彷彿很有關係似地。我看，你不要到通州去吧！反正年也快過完了，仲四會到京裡來料理他鏢局子的事，那時候再打聽也不遲。再說，他如果知道馮大瑞來了；又知道馮大瑞的行蹤跟人說了也不要緊，不用你去打聽，他也會告訴你。你說是不是呢？」

「是的。這就是我要讓老何陪我去的道理。我讓老何跟他去打交道。」

「這麼說，何不就請老何去一趟？」杏香又說：「為甚麼一定要你自己到通州呢？」

「我不也要到通州給本家拜年嗎？」曹雪芹輕鬆自如地說：「『燒香看和尚，一事兩勾當。』」

曹雪芹常喜歡用這句也不知是那一本宋人話本中看來的成語，意思是有那不守婦道的人家，借燒香為名，跟和尚幽會；杏香聽了有氣，啐著他說：「燒香就是燒香，看甚麼和尚？也不怕罪過。你如果說是給本家拜年，我不攔你；不過，你可記住了，你是去燒香的。」

在車上，由京城談到通州，曹雪芹將他跟馮大瑞交往的情形，幾乎鉅細靡遺地告訴了何謹；其中有一部分是何謹早就知道了的，但馮大瑞跟漕幫有牽連，在他卻是初聞。

「芹官，」何謹問道：「你對漕幫知道多少？」

「不多。」

「我想你也不會知道得太多。芹官，我倒再問你，仲四在不在幫？」

「大概是吧。」

何謹沉吟了好一會說：「芹官，你恐怕還不知道漕幫的規矩厲害，遇到緊要關頭，六親不認的；而且他們也很討厭『門檻外頭』的『空子』去干預他們的『家務』。所以，仲四不會對你說真話；至少有出入關係極大的事，絕不會跟你談。我看，最聰明的辦法是一個字：看！」

曹雪芹將他的話，細細咀嚼了一會，大有所得，「你是說，咱們去了根本不提馮大瑞，只冷眼旁觀就是了。」他問：「可是在他那兒一住幾天，不惹他疑心嗎？」

「咱們不必住他那兒，住自己的地方好了。」何謹又說：「仲四要問來幹甚麼？就說來修房子，再請他找兩個木匠泥水來勘查估價，這不就師出有名了嗎？」

曹雪芹依計而行，到了通州先投仲四鏢局，自然是被奉之為上賓；問起來意，曹雪芹照商量好了的話回答。

「是修房？」仲四問道：「怎麼著？是打算搬了來住？」

「有這個意思，」曹雪芹信口答說：「不過也還沒有定規。」

「那不用說，芹二爺今年要辦喜事！太好、太好了。」仲四倒是情意殷切，「泥水木匠，隨找隨有。我叫人去接頭。芹二爺，你也不必回去住，還是住在我這兒，一切現成，不用再費事了。」

曹雪芹尚未答話，何謹搶在前面開了口：「仲四爺，泥水木匠得拜託你找。住，就不必客氣了。太太交代，得好好兒把房子看一看，得回去住才能看得仔細；再說有幾位本家爺們要來看芹官，在你這兒，似乎也不大方便。」

「這麼說，我就不便強留了。每天過來喝酒吧！」

曹雪芹看一看何謹，並未示意辭謝，便即說道：「這倒可以，我先道謝了。」

「先吃飯！飯後我送芹二爺回去。」仲四又提議：「讓老何陪著你一塊兒喝酒吧！」

「仲四爺，你別管我，我到後面瞧瞧四奶奶，她要的方子我帶來了；還有我們杏姨孝敬乾媽的針線活計，我也順便送了進去。」

於是仲四派人將何謹領到內宅，然後將曹雪芹延入櫃房喝酒，找了兩個鏢客作陪，一個姓趙，行二，一個姓何，行六；何六剛從江南交了鏢回來，有許多江湖上的新聞好談，所以這頓飯吃得很熱鬧。不過本來很健談的曹雪芹，卻不大有話，他只是很用心地聽著。

「我去年出京，從湖北、安徽、浙江、江蘇，兜了個大圈子回來，算一算不多不少半年整。」何六講完了他經歷的新聞，要問別人了，「是不是說京裡出了一件大新聞？」

「沒有啊！」趙二詫異，「甚麼大新聞？我們在京的都不知道，怎麼你在外省倒聽說了呢？」

何六同樣地亦深感詫異，「那就奇怪了！我是在濟南聽人說的，有頭有尾，怎麼京裡會不知道？」說著，他轉臉去看仲四。

「你倒說說，」仲四問道：「你聽見的是件甚麼大新聞？怎麼個有頭有尾？」

「說理親王——。」

「啊，啊！」仲四立即攔阻，「你別說了！這些謠言少傳為妙。」

既然說「謠言」，又說「少傳為妙」，何六自然不開口了；趙二卻大為納悶，但也不敢打聽。曹雪芹心想，何六在濟南所聽到的傳說，或許有甚麼自己想知道的線索在內，亦未可知，倒要找個機會跟他談一談；不過得要避開仲四。

正在這樣盤算著，只見何謹來了，曹雪芹看著他的臉色問道：「你吃過飯了？」

「仲四奶奶要問太太的病，跟杏姨的情形，賞了一大瓶好酒我喝。」

「我也差不多了。」曹雪芹說：「請主人賞了飯，咱們就走吧！還得去拜晚年呢。」

仲四知道他事多，也不再勸酒，盛上飯來吃了，派車將他們主僕送到家——那座宅子，以前賃給定邊大將軍糧台，現在卻是閒著；不過曹雪芹原住的那個院子，一直保持原樣，而且管家的曹福很盡職，收拾得相當整潔，隨時可以居住。安頓略定，問一問房子的情形；曹福請示住多少天，如果住得長，打算臨時雇一個廚子來照料飲食。

「不必！」曹雪芹答說：「我只住三、四天，而且可以到仲四爺那裡去吃飯，你用不著太費事。」

「今兒晚上總得在家吃，我去預備。」

等曹福一走，何謹說道：「我為甚麼勸芹官別住仲四那兒呢？第一，既然託詞來修房子，總得回來住，道理才說得通；第二，成天釘在那兒，仲四會起疑心，凡事檢點，咱們就看不出甚麼來了。」

「不錯。我看這件事，仲四有嫌疑。」曹雪芹說：「陪客之中，有個鏢頭叫何六，他在濟南聽見一件大新聞，那知剛一提『理親王』，仲四就把他攔回去了；而且不說這些事少傳為妙，說『這些謠言少傳為妙』。他憑甚麼指這件事是謠言呢？」

「這也許是謹慎的緣故。」

「老何，」曹雪芹說：「我倒很想找何六談談，又怕仲四猜忌。你不妨找個機會跟他去套套近乎。你姓何，他也姓何，你跟他認個本家，自然就能無話不談了。」

「我試試。」何謹說道：「芹官，咱們趁這半天功夫，先去拜年；別白耽誤了大好光陰。」

拜年回來，已是上燈時分；曹福正要開飯時，仲四派了一輛車來，趟子手傳他的話：「知道芹二爺累了，不過有幾句要緊話要跟芹二爺談，務必請勞駕。」

是甚麼要緊話呢？曹雪芹心想，能不能帶了何謹去聽聽。考慮下來，認為不妥；不過還是告個便，找到何謹，將仲四派車來接的事告訴了他，問他有何看法？

「不必瞎猜，去聽了再說。不過，芹官，如果仲四有甚麼求你辦的事，你得好好兒琢磨琢磨，別胡亂答應人家。」

「我知道了。」

到得仲四那裡，櫃房裡已備好了酒菜，只得兩個人對飲，也沒有伺候的人。門窗緊閉，隔著一盞青燈，而且仲四的臉色陰鬱，氣氛令人不安。

「芹二爺，」仲四說道：「請你跟我說老實話，這趟你到底是幹甚麼來的？」

第一句話就難以回答，「怎麼啦？」曹雪芹只好這樣問說：「有那兒不對嗎？」

「京裡有人來，見著了震二爺，沒有提起你要來修房子的話。」

「他怎麼會知道？」曹雪芹答說：「這是家母交代的事。」

「是！」仲四又說：「不過，說方老爺找過你兩回。」

「那是另外一件事。」

「芹二爺，我怕有點過分了。」仲四囁嚅著說：「能不能請你告訴我？因為其中可能有很大的關係。」

曹雪芹記起何謹的話，卻又不便峻拒，當即問說：「甚麼關係，能不能請你先告訴我？」

仲四沉吟了一會，毅然決然地說：「好，我告訴你，其中關乎一個你也熟的人的生死。」

「誰？」曹雪芹說：「馮大瑞？」

話一出口他就懊悔了，這不等於明明白白地招供，他此來是另有緣故的。

「是的。」仲四神情凝重，「芹二爺知道了，最好！我請芹二爺明天就回京。」

曹雪芹因為他的語氣有著不由分說的意味，心中自然不快，但還是保持著從容的態度，「仲四哥，」他說：「你說個原因給我聽；說得有理，我明天一大早就走。」

仲四雙眼眨了幾下，又起身到門口看了一下，走回來在他身邊說道：「芹二爺，你把『番子』帶來了。」

曹雪芹大吃一驚，接著想到方觀承，隨即燃起一團怒火，「太豈有此理！」他一拍桌子站起身來，「明天我回京，得當面問問姓方的。」

「芹二爺、芹二爺，」仲四趕緊將他揿得坐下，半央求、半埋怨地說：「你別大呼小叫行不行？」

曹雪芹自慚失態，而且覺得這件事頗為嚴重，便拉了一張凳子過來，讓仲四並排坐下，接膝傾訴。

「方問亭答應過我的——。」

他將方觀承託他來找馮大瑞，承諾絕不會派人跟蹤的話，扼要說了些，表示方觀承食言而鄙，一回京就要興問罪之師。

「不、不！」仲四說道：「芹二爺，你錯怪方老爺了。你剛才沒有聽我說，跟下來的是『番子』？」

曹雪芹楞了一下，靜心細想，終於恍然，步軍統領衙門的捕役，名為「番役」，又名「番子」，是沿襲明朝廠衛「白靴校尉」的俗稱。步軍統領衙門的人，似乎與方觀承無關，但又安知不是接到方觀承的通知而跟下來的呢？

等他將他的疑問說了出來，仲四的回答，更讓曹雪芹吃驚了。「芹二爺，」他說：「打從你跟四老爺到熱河那時候起，訥公就派人釘著你了。這是連方老爺都不知道的事。」

「訥公」是指一等果毅公訥親，他的官已升到協辦大學士吏部尚書，但仍兼著步軍統領。此人剛愎不近人情，自恃深得皇帝寵任，凡事獨斷獨行，任性而為；仲四說連方觀承都不知道這回事，是很可能的。

「那麼，現在我該怎麼辦呢？」

「我剛才不是說了，只有你趕緊回京，而且最好不出門；方老爺那裡更不能去，一去就知道你是覆命去的。非要這樣子，才能把番子引走，否則——。」

「否則如何？」

「反正很麻煩就是。」

曹雪芹沉吟了好一回說：「仲四哥，我覺得這麼辦，並非上策。聖母老太太的事，皇帝是交給方老爺跟內務府的海夫人辦的，訥公是自己多事，皇上未見得知道。所以大瑞的事，我看還是得照方老爺的意思辦。」

這一層是仲四所不知道的，但亦不能完全相信，「訥公是皇親國戚，又是中堂。」他說：「莫非皇上倒不相信他？」

「皇上相信一個人，也不能把所有的事，都交給他啊！」

仲四心想，這話言之有理。猶如自己對曹雪芹，不也是覺得有些事可以跟他談，有些事不宜讓他與聞，是一樣的道理嗎？

這一轉念間，他對曹雪芹的看法不同了，恰如何謹所意料的那樣，如果曹雪芹一來就跟他談馮大瑞，他根本不會承認有這回事；現在卻願意跟他深談了。

「芹二爺，不是我藏私不跟你說實話，我心裡想，你一個公子哥兒，江湖上的事，跟你談了，沒有好處，只有壞處。也怕方老爺沒有跟你說清楚，你冒冒失失一插手，弄得脫不了身，何苦？如今我聽芹二爺你對這件事知道得不少，想必一定也有很高明的主意，不妨商量商量。」

「我是帶個要緊信息來。剛才我只告訴你方問亭要我來找大瑞，還有下文。」曹雪芹說：「我當時自然要問他，找到了怎麼說——。」

他將跟方觀承折衝的經過，細細說了一遍。仲四一個字都沒有放過，認為方觀承確是有誠意的。但他無法為馮大瑞作何承諾；事實上馮大瑞的事，他亦還有不盡了解之處，那就更難有甚麼肯定的結論了。

「大瑞人在那裡？」

「我不知道。」仲四很認真地，「芹二爺，絕不是我不告訴你，真的不知道，只有他來找我，我無法跟他聯絡。」

「那麼，他會不會再來找你？」

「會來。」仲四答說：「不過你在這裡，他就不會來了。」

「為甚麼呢？」

「還不是番子！他告訴我，他要躲開他們，可是——。」

「我明白了。你是說，我到那兒，番子就會跟到那兒。是不是？」

「是的。」

「好。」曹雪芹說：「我明兒把他們引走。好讓大瑞來找你。」

「這樣最好。」仲四答說：「我把你的話，原原本本告訴他，有了他的回話，我馬上進京跟你接頭。」

「我不回京。」曹雪芹搖搖頭說，「我往前走。」

「往前走？」

「對了。」曹雪芹忽起童心，打算將番子引遠了，在路上能想個甚麼辦法，戲弄他們一番。

仲四那知道他心裡的事，當然要追問：「芹二爺，你往前走是到那兒，幹甚麼去？」

曹雪芹想了一下說：「為的是一進京，方問亭那兒沒有個確實答覆，難以交代；我不如往前隨意逛一逛，到回來就可以聽你的信了。」

「這也好。」仲四說道：「芹二爺到保定去玩兩天吧！明天我派人陪你去。」

「好！」曹雪芹這時才能談到他關心，也是好奇的兩件事，第一件事：「大瑞到底來幹甚麼？」

「方老爺沒有告訴你？」

「他不肯多說。」曹雪芹問道：「看樣子像是打算在聖母老太太進京的時候，在半路上搗亂？」

「芹二爺，這話你聽誰說的？」

「震二哥。不過他不知道搗亂的人是誰。」

「這話是我告訴他的。我特意不提大瑞的名字；如今你既然知道了，我不妨跟你實說。大瑞確是為這個來的。」

「是受了誰的指使。」曹雪芹問：「漕幫？」

「那就不清楚了。他沒有提，我也不便問。」

「那麼，何以平安無事呢？是難以下手，還是時間不對，錯開了？」

「既不是難以下手，也沒有錯開；是他不忍下手。」

「為甚麼呢？」

「還不是念在大家的情分上。」

仲四告訴曹雪芹說：有一天深夜，他正在結帳，馮大瑞突然出現；來不及敘契闊，便跟仲四說，他要打聽一個人的行蹤，別人不知，幹鏢行的一定有路子。仲四問是誰，他含含糊糊地答說，是從熱河來的一位老太太，南邊口音。這位老太太的行蹤很隱密，但他非打聽出來不可。

「我聽了他的話，嚇一大跳，問他打聽這個人幹甚麼，他不肯說。我就點穿他了，我說：『這位老太太是皇上的生母。你憑甚麼要打聽她？』這時他才老實告訴我，要鬧一鬧，鬧得大家都知道。我就說：『你這一鬧不要緊，把你認識的幾個人的腦袋鬧掉了。』他問是誰？我把四老爺、震二爺，還有芹二爺，都跟這件事有分的情形，都告訴了他，當然把我自己也說在裡頭。他當時就楞在那裡，足足有一刻鐘開不得口。」

「後來呢？」

「後來，」仲四喝口酒，潤一潤嗓子說：「後來，他猛古丁地頓一頓腳說：『這才叫冤家路狹！』我說：『你這話甚麼意思？莫非真的要害曹家？』他說：『我就害曹家，也不能連累你。何況還有四老爺跟芹二爺在內，我怎麼下得了手？』」

聽到這裡，曹雪芹的眼眶有些發熱；將如亂麻一般的思緒，整理了一下，很有決斷地說：「因為如此，更要勸他聽方問亭的話。因為事情很明白地擺在那裡，他回去交不了差，照漕幫的規矩，絕不能活。仲四哥，你說是不是呢？」

「是的，既有這條路，咱們當然要勸他去走。目前最要緊的一件事，就是眼前要不出漏子；一通漏子，甚麼都談不上了。」

回家時三更已過，何謹一個人在燈下喝酒看《三國演義》，發現曹雪芹的聲音，隨即來聽消息。

「桐生，」曹雪芹正在關照：「東西不必多帶，收拾一個柳條箱就是了。」

「怎麼？」何謹問說：「要到那裡去？」

曹雪芹暫不作答，將桐生遣走了，又起身到院子裡，仰臉搜索牆頭屋角，好一會方始回身進屋。見此光景，何謹便不多問，只悄悄地跟在他身後。

「你坐下！好曲折的一部《刺客列傳》。你料得不錯，要冷眼旁觀，如果一來就冒冒失失地跟仲四談這件事，他心裡有顧忌，一定不肯承認，那一來事情就僵了。」

何謹只點點頭不作聲；直到曹雪芹將與仲四會面的情形，從頭至尾講完，他才問說：「芹官，那麼你預備到那兒去逛一逛呢？」

「我往保定這一路走。」曹雪芹說：「你仍舊留在這兒，每天到仲四那裡去一趟，一有了消息，你讓仲四派個人追下來通知，我好回頭。」

「所謂『消息』是指『馬二』跟仲四見過面了？」

「是啊。」曹雪芹又說：「仲四跟我的心思一樣，為了他好，要勸他聽方老爺的話。我想他亦不會不聽勸，因為他回去無法交帳，只有走這條路。」

「芹官，」何謹很鄭重地說：「你別儘往好處去想，要往壞處去打算。」

曹雪芹一楞，「壞處是怎麼個壞法？」他問：「打算又是怎麼個打算？」

「最壞的一個結果是，『馬二』讓他們逮住了，直接往訥公那兒一送；那時候要替他洗刷就很難。」何謹又說：「這不是我鰓鰓過慮，更不是危言聳聽。照我看，番子既然釘上了，看你到通州只跟仲四打個交道，倒又往前走了，仲四的嫌疑自然很重，豈有不看著他的道理。『馬二』貿貿然來了，埋伏的人守株待兔，手到擒來。那一來，豈不大糟特糟？」

聽這一說，曹雪芹嚇出一身冷汗，「看起來仲四的打算也欠周到。」他說：「我只有明天不走，仍讓我把他們吸住。」

「這不是好辦法。等我琢磨琢磨。」

何謹琢磨出來的一個關鍵是，馮大瑞故意放過聖母老太太這個事實，要先讓方觀承知道。那一來心跡已明，即令誤入訥親的羅網，方觀承亦有救他的憑藉——這個憑藉便是曹雪芹寫給方觀承的一封信。

「此計大妙！」曹雪芹讚道：「這才是往最壞之處設想的最好的打算。我馬上來寫。」

於是在何謹參贊之下，曹雪芹用隱語寫了一封信：「承委之事，已廉得真相，大樹忠義，不敢犯上，斂手坐視而已。尊意已告子路，同深感激，允於大樹往訪時轉達，度必領受盛意也。惟確息，奴設公遣緹騎伺晚於後，蓋始自上年灤陽之行，行蹤頗受牽制，更恐大樹誤蹈禍機，言念及此，憂心如焚。明日擬續東行，但期調虎之計得遂。如有所示，乞由子路代轉。不盡。」

「大樹」是指馮大瑞；由「大樹將軍馮異」的典故而來；「子路」自然是仲四，因為子路姓仲；「奴設」為「訥」字的切音。這封信落入旁人手中，不知所云；在方觀承是一目了然的。

方觀承收到了信，大吃一驚。毫不遲疑地去看海望。時已二更，海望已經上床，心知方觀承倘無緊要之事，不至於深夜相訪，因而披衣起身，就在臥室中延見。

「海公，你看，訥公太好管閒事了。」

方觀承派曹雪芹去「招撫」馮大瑞，海望是知道的，但這封信卻不甚看得懂，必須方觀承講給他聽。

「『大樹』就是指馮大瑞——。」方觀承解釋了代名；接著又說：「馮大瑞可以動手沒有動手，就是所謂『斂手坐視』。不過有訥公的番子跟在曹雪芹後面，馮大瑞不敢露面——。」

「慢點，問亭，你說訥公派人釘著曹雪芹？」

「是的。不止一天了，曹雪芹說從他上年到熱河那時候起，就釘著他了。」方觀承又說：「他現在只好再往東走，希望調虎離山，能把訥公的人引走，馮大瑞才能到通州跟仲四去見面。不過，訥公的人不見得都是蠢才，倘或一面派人釘著曹雪芹下去；一面倒又留著人守在通州，馮大瑞去了，正好逮住，那一來豈不辜負了人家『不敢犯上』的一片『忠義』之心？」

「說得是。」海望沉吟了一下說：「問亭，我本來明天要動身到易州，勘查皇上謁泰陵的蹕道，現在只好晚一天走；明兒一大早咱們在內左門見面，找訥公把這件事說清楚，請他把番子撤回來。」

「是！」方觀承又說：「不過，訥公的脾氣你是知道的。」

「他如果犯了『狗熊脾氣』，咱們就『遞牌子』，跟他在皇上面前講理。」

海望的態度，令人滿意；但訥親是否肯聽勸告，卻是個大大的疑問。果然鬧得必須在御前講理，即或占了上風，也不是一件好事。因此，方觀承也是往壞處設想，假設馮大瑞「誤蹈禍機」，為番子所捕，解進京來，由訥親親自審問，那時又將如何？

這個難題，一直盤旋在方觀承心頭，到得第二天黎明時分，與海望先在「內務府朝房」見面，等候訥親時，仍無善策。

訥親終於來了。步軍統領俗稱「九門提督」，是個極威風的差使，勁裝剽悍的衛士作前導，在宮內雖不能鳴鑼喝道，但分兩行從東華門一路甩著手到乾清門外內左門的王公朝房站班，伺候他們的「堂官」到來，這份氣派亦頗使人豔羨了。

訥親蒙賞「紫禁城騎馬」，所以他是騎著馬來，馬前馬後，四條身子有桌子那樣高的大狗，由衛士用鍊子牽著，追隨左右；到得王公朝房下馬，四條狗便拴在廊柱上，狺狺亂吠。這對在內務府朝房的方觀承與海望是個通知的信息，兩人抄捷徑到了王公朝房，排闥直入，與訥親招呼過了，方觀承咳嗽一聲，首先開口。「訥公，」他說：「聖母老太太的事，你是知道的。」

「不錯，我知道。怎麼樣？」

「訥公既然知道這回事，總也知道去年派去奉迎聖母老太太的是誰？」

「不是內務府的曹四嗎？」

「是的。」方觀承又問：「還有呢？」

「還有曹四的一個姪子，叫曹甚麼來著？挺熟的名字。」

「曹震？」

「對了，曹震。」

「還有呢？」

「還有！」訥親思索了一回答說：「我記不得了。」

要這樣一個一個問，才會探出真相；訥親並不知道有曹雪芹，是他手下巴結差使，自動釘上了曹雪芹，這就更沒有道理了。

但方觀承不願多說，也不必論他是不是多事，只說：「聖母老太太，早就平平安安到京了，曹家叔姪已經交了差，不必再派人釘著他們了。訥公，你把你的人都撤回來吧！」

「早就交代他們撤回了。」訥親詫異地問：「怎麼？是我的人還跟著他們？誰說的？曹四嗎？」

這就大有文章了。方觀承心想，既已交代撤回，何以還有人釘著曹雪芹？莫非自己委託曹雪芹去找馮大瑞的事，那些番子也知道了。倘若如此，目的何在？不言可知。

轉念及此，怕馮大瑞真的會誤蹈禍機；而且目標既在馮大瑞，則凡是馮大瑞可能落腳之處，都會設下「暗樁」，仲四亦早就在監視之下了。

「問亭，」訥親催問道：「你知道我性子急，你快說吧！到底是誰告訴你的，我的人未撤？」

方觀承楞了一下，心想言多必失，應該到此為止，免得節外生枝，當下陪笑說道：「訥公下令撤回，當然撤回了。看起來是我誤會了，抱歉，抱歉！」接著拱拱手，向海望使了個眼色，相偕告辭。

回到內務府朝房，海望皺著眉說：「這件事透著邪門兒！我看，你得跟平郡王去說，看他有甚麼意見。」

方觀承點點頭，卻別無表示；沉吟了好一會說：「我得自己到通州去一趟，馬上就得動身。馮大瑞的情形，海公，請你務必面奏皇上，得表揚他的忠心義氣，請皇上赦免了他；能弄一張硃諭下來更妙。」

「好！我一會兒就能見皇上。不過，話應該怎麼說，得琢磨琢磨。如果他真的『不敢犯上』，根本就不該來。問亭，你說，這不是說不通的事？」

方觀承想了一會答說：「海公，你的顧慮確有道理。話應該這麼說：如果他不幹，他們頭兒會另外派人，仍舊會出亂子；只有他來了坐視斂手，才能讓聖母老太太平平安安到京。」

「那一來，不就不但無過，而且有保護之功了嗎？」

「這原是實情。」

「既然如此，他回去怎麼交代？」

「他不會回去了。」方觀承說：「他原是來歸順的。」

「問亭，」海望不以為然，「你的話太武斷了吧？」

「把他弄回來了，自然可以這麼說。」

「弄不回來呢？」

「那總也有個迫不得已的原因在內，只好到時候再說。」

海望沉吟了一會說：「問亭，我照你的話回奏。咱們倆同辦一件事，一切由你作主，只要到時候別弄得不好向皇上交代，別的都好說。」

因為海望有這話，方觀承肩頭備覺沉重，當下帶了兩名隨從，騎上那匹原來要送曹雪芹的好馬，出朝陽門，直奔通州。那匹馬一身毛片像匹黑緞子一樣，卻長了個白鼻心。由於腳程太快，方觀承必須時時放慢了好等隨從；每一勒韁，黑馬總是前蹄凌空，昂首長嘶，通州道上的行人，不少為這匹神駿非凡的黑馬而駐足。

到得通州，不過午時剛過，方觀承逕投倉場侍郎衙門。倉場侍郎名叫世泰，蒙古人；他當過京師「巡捕五營」的右翼總兵，曾是訥親的副手，外調倉場侍郎時，方觀承幫過他的忙，所以一通報到上房，世泰親自到大廳前面來迎接。執手殷勤，延入花廳，一面叫人備飯，一面動問來意。

時機緊迫，方觀承無法從容陳說，開門見山地問道：「世大哥，步軍統領衙門的番子，到通州來辦事，先要跟你這兒聯絡不要？」

「公事上有關聯就要；不然就不必。」

「如果是牽涉到漕幫上的事呢？」

漕幫運糧，糧交倉場，當然有關聯；但世泰竟無所知，「最近沒有漕幫上的人犯案，也沒有聽說有番子來。」他問：「問亭兄，你要打聽甚麼事？」

「我想知道，有沒有番子在通州？」

世泰沉吟了一會，喊一聲：「來呀！」等聽差應聲而至，他說：「把和三老爺請來。」

此人名叫和嘉，原為步軍統領衙門的章京，本職是戶部主事；如今是世泰左右手，請來了由世泰引見，與方觀承見過了禮；世泰將方觀承所問的事，請他來答覆。

「我還不清楚，不過，我馬上可以找人問明白。」

「那好！勞駕了。」世泰說：「等著你來陪問亭兄喝酒。」

和嘉答應著走了，果然不過一刻鐘的功夫，便有確實回話：前兩天下來了四個番子，兩個已經走了，在通州還有兩個，住在西關悅來客棧。

方觀承肚子裡雪亮，走的兩個是跟著曹雪芹下去了。而留在西關悅來客棧的兩個，正是守株待兔在等馮大瑞。他心裡在想，此刻是白天，馮大瑞要來看仲四，也不致大意到白晝公然出入；至於跟在曹雪芹下去的兩個不足為慮，暫時可以不管。

轉念到此，略略放心，謝過了和嘉，一起入座喝酒。喝到一半，主意已經打定了。

「和三哥，」他問：「那些番子，你都認識吧？」

「不全認識。」

「如果認識了，總要賣你的面子吧？」

「甚麼事？」和嘉很鄭重地問：「看我幫得上忙、幫不上忙？」

這意思是，就不認識也很賣帳，但要看事情大小、責任輕重。方觀承覺得這和嘉熱心而誠懇，倒是可交的一個朋友。於是舉杯說道：「多謝和三哥，咱們乾一杯。」

和嘉爽朗地乾了，隨手拿起酒壺替方觀承斟滿，同時說道：「方先生跟訥公很熟，有甚麼事，在京裡跟訥公說一句，不就結了嗎？」

「就因為訥公的話跟事實不大相符，我才特為到通州來找世大哥的。」方觀承恰好借話搭話，「訥公說已經叫番子撤回了，其實人還在這裡。」

「喔，」世泰因為提到訥親，不能不注意，「問亭兄，怎麼回事？」

「是這樣的，有件欽命案子，訥公也插手來管了。都是為皇上辦事，我也很歡迎他來幫忙，不過，事情已經辦妥了；而且，據他告訴我，本來暗底下派了保護辦事人的番子已經撤回了。不想還是有人。」

世泰與和嘉對看了一眼，取得默契，都不便追問是一件甚麼欽命案子？對番子的情況，和嘉比世泰又了解得多，因而提出疑問：「方先生，番子下來偵緝探訪是常有的事，你怎麼知道這四個番子是衝著你派的人來的呢？」

這話問在要害上，不過方觀承倒恰好提出要求，當然，他的措詞是很婉轉的。

「也許我弄錯了，亦未可知。不過，如今倒不妨求一求證。和三哥，我請你幫我一個忙，請你想法子把在西關的那兩個番子找來問一問，他們是不是從京裡跟著一個姓曹的下來的。」

「行。」

「多謝，多謝。」方觀承又說：「倘或他說是的，再請你問他，另外兩個是不是盯著姓曹的，往東走了？如果是的，再請你問他們兩個，何以倒又留在通州？」

和嘉將他的話，細想了一遍，大致已經了解了，「好！」他說：「我一定替方先生去問明白。」說著，便要起身。

「不忙，不忙！」方觀承趕緊站起來按住他的肩，「等把酒喝夠了再說。」

「也好。」

「喔，還有最要緊的一句話，請和三哥問他們，他們這回釘著姓曹的，是誰下的命令？」

「怎麼？」和嘉顯得很詫異，「莫非不是訥公交代的？」

「訥公交代要保護的，也姓曹，姓同人不同，但也不外是一家人。」

和嘉沉吟了一會問道：「我大概知道了。方先生的意思是，叫那兩個人撤走？」

「是的。」

「好！我替方先生辦。」

方觀承不想事情是如此順利，稱謝之餘，開懷暢飲。和嘉酒量不太好，告辭先退；把他從步軍統領衙門帶來，專管各倉廒走私，也是番子出身的一個吏目，名叫崔成的找了來，叫他照方觀承的話去查問。

「不管是誰派的，反正不是訥公爺交代的；而且訥公爺已經告訴方老爺，說人都撤回來了，他們再在外面胡鬧，出了紕漏是丟訥公爺的人。所以，你最好叫他們回去！」和嘉又說：「方老爺是皇上身邊的人，有件欽命案子交給他在辦，他們在裡面瞎攪和，不是自找倒楣？」

崔成答應著去了。很快地回來覆命，果然，如方觀承所意料的，四名番子由京裡跟著曹雪芹下來，看曹雪芹往東而行，分了兩名釘了下去；留下的那兩人監視仲四的鏢局，因為要找一個姓馮的鏢客，而姓馮的會去找仲四。

「我告訴他們：『不管姓馮的，還是姓曹的；人家方老爺手裡有件欽命案子在辦，嫌你們在中間攪和，礙手礙腳，想請你們讓一步。我看你們請回去吧！跟你們頭兒說，賣方老爺一個面子。不然，鬧出事來，訥公爺面子上掛不住；再一查問，是誰瞎巴結差使？只怕你們頭兒吃不了還兜著走呢！』那兩人聽我的話，乖乖兒去了。」

「送了他們盤纏沒有？」

「每人給了四兩銀子。」

「好！開公帳好了。」和嘉說完，起身去看方觀承。

相見只得一語：「人已經走了。」方觀承連聲稱謝，隨即起身告辭，轉往仲四鏢局。

貴客臨門，仲四既興奮又不安；方觀承因為要趕著回京，只避著人匆匆問道：「曹雪芹把我的話跟你談了？」

「是。」仲四又說：「芹二爺往東面——。」

「我知道。」方觀承怕洩漏機密，搶著說道：「人已經撤走了。你放心吧！如果馮某人來了，請你務必勸他聽我的話，那樣大家都好。至於他有為難之處，包在我身上，都會替他安排妥當。」

「是。」仲四拍著胸說：「只要他來了，我一定留住他，不讓他再走了。」

「對！」方觀承很高興地拍拍他的肩說：「你這是為朋友，也是為自己。」

說完，拱拱手出門，等仲四趕出來相送，他已經跨上黑馬，疾馳而去。

仲四定神細想一想，心中十分舒坦，回到櫃房，交代夥計辦兩件事，一件是預備一罈好酒；一件是屋頂上挑起來長竹竿上，多掛一盞燈籠，這是他跟馮大瑞約定的一個暗號，只看掛的是兩盞燈籠，便知安全無虞。

三更將盡，馮大瑞果然來了；應門的夥計，將他引入櫃房，仲四迎出來笑道：「今晚上，咱們可以好好兒喝一頓了。」

「怎麼？番子走了。」

「走了。」仲四說道：「咱們喝著慢慢兒談。」

隔桌相對，把杯密談，仲四將曹雪芹先來，方觀承繼至的情形，扼要說了一遍，然後談他的看法。

「大瑞，你既然講義氣了，就講到底，不然豈不成了半吊子？至於你過來以後，有甚麼為難之處，方老爺已經說了，包在他身上替你辦妥當。」仲四又說：「方老爺的底細，你恐怕還不知道，他跟漕幫也是有交情的，不過，他的來龍去脈還不大清楚而已。」

馮大瑞遲疑未答，他也有他的許多難處；思索了好一會，忽然想到：「芹二爺呢？」他問：「你說他往東走了，幹麼？」

「他是要把番子引走，好讓你來看我。」

「如今番子不是撤走了嗎？」

「是的。」

「那，」馮大瑞說：「仲四爺，我先跟芹二爺見個面再說，行不行？」

「一定要見他？」

「是的。一定要見了他，把話問清楚了，我才能作打算。」

仲四考慮了好一會，點點頭說：「既然如此，也好。不過，我看他也快回來了。」

「不見得。番子撤走了，他並不知道。要引他們走，當然走得遠一點兒好。我不耽擱了，不然，越走越遠，怕追不上。」

仲四是個很世故的人，心想，要馮大瑞投誠，雖由方觀承當面交代，但只是那麼一句話，其中還有細節，只有曹雪芹最清楚，所以讓他去見了曹雪芹再作決定，將來萬一有甚麼麻煩，他就沒有甚麼責任可言了。

還有就是繡春的事。馮大瑞來這兩次，都是匆匆一晤，還沒有功夫來談；就有功夫，要不要談，也還要考慮，因為這件事提起來也是個麻煩——馮大瑞亦未見得知道繡春失蹤，一提要談前因後果，言詞中難免要得罪曹震，何苦？

因為如此，他不但不攔馮大瑞，而且很細心地告訴馮大瑞說：「芹二爺帶了他的跟班桐生，兩人騎的都是棗騮馬；算起來，現在應該過薊州了。他當然不會出關，不過是往石門、遵化這一路去呢，還是往玉田、豐潤這一路走，就不知道了。我看，你最好在薊州守著，也許他已經回頭了，那就用不著到薊州，就能遇見了。」

馮大瑞聽他的話，經三河到薊州，心想曹雪芹是公子哥兒，住店當然是最大最好的。薊州第一家大客店，是東關的招遠棧，到那裡一問；巧得很，曹雪芹主僕就住招遠，來了已經三天了。

原來薊州古蹟很多。〈長恨歌〉中「漁陽鼙鼓動地來」的漁陽，就是此處；宋徽宗蒙塵，在燕山作詞的燕山，也是此處。曹雪芹本就無事，一路尋幽探勝，徜徉自在，來到薊州這種地方，當然不會輕易放過。

「一大早就逛桃花山去了。」店家回答馮大瑞說：「桃花山六十里，一來一往一百多里，大概非上燈時候不能回來。」

馮大瑞以前保鏢，這條路也走過好幾趟，途徑很熟；心想桃花山有座行宮，內務府出身的人，跟行宮的官員打得上交道，或許這天就借宿在行宮，亦未可知。

然則是迎了上去呢，還是在招遠等？考慮下來，覺得還是在招遠等候，比較妥當。於是問說：「那位曹少爺住那兒？」

「第三進西跨院，進門北屋第一間。」

「我也住第三進西跨院，有空的沒有？」

「等我來看看。」店家一面看水牌，一面找夥計，大聲喊道：「大牛，大牛，西跨院第三進南屋最後那間的客人走了沒有？」

「還沒有。」

「怎麼，不是說昨天就要走的嗎？」

「誰知道他為甚麼不走？」大牛答說：「東跨院不還有空屋子嗎？」

「對不起。」店家向馮大瑞說：「你老就住東跨院吧？」

「也好。」

馮大瑞在東跨院住了下來，看時已過午，便要了兩樣菜，四張烙餅、一壺酒，吃飽喝足，上炕悶頭大睡。睡醒已經天黑，估量曹雪芹已經回來了，走到西跨院進門一望，北屋第一間漆黑一片，聲息俱無；心想大概住在桃花山行宮了。

只好等吧！馮大瑞轉身正要退出，恰好遇見大牛提著一銚子開水進門，他哈哈腰招呼：「馮爺不是住東跨院嗎？」

「是的。」馮大瑞答說，「我來看看曹少爺回來了沒有？」

「回來了。」

「回來了！」馮大瑞急急問道：「在那兒啊？」

「曹少爺嫌我們店裡的大司務，手藝不高，下館子去了。」

「喔，好。我回頭再來。」

「是。你先請回去歇著，等曹少爺回來了，我來通知你老。」

「不必，不必！回頭我自己來好了。」

等他回東跨院不久，曹雪芹帶著桐生也回來了。大牛進來點燈倒茶水，順便就告訴他，有個姓馮的來找過，回頭還會來。

曹雪芹又驚又喜，定定神問道：「是個大高個兒，年紀三十出頭？」

「不錯。」

「他是不是也住在這兒？」

「對了。住東跨院南屋第二間。」

於是曹雪芹坐下來凝神細想，這姓馮的是馮大瑞，已無可疑，只不知道他為何會追蹤而至？想來已見過仲四了。可是，通州已無番子；番子可能已跟著來了。這裡不是聚晤之處。

「桐生，」曹雪芹抬抬手喚他到面前，低聲說道：「馮大瑞來了，住在東跨院南屋第二間，你去告訴他，或許有番子在薊州，不能見面。讓他趕快回通州，我到通州找仲四，想法子跟他見面。」

不一會，桐生回來覆命；馮大瑞的話是他所意料不到的，「馮鏢頭說，番子已經撤走了。」

他說：「方老爺到過通州，親口告訴仲四爺；仲四爺告訴他。馮鏢頭還說；等靜一靜，他來看芹二爺。」

曹雪芹想了一下問道：「方老爺真的到過通州？」

「馮鏢頭這麼說的。他說仲四爺把所有的情形都告訴他了；他追下來，仲四爺也知道的。」

仲四做事一向謹慎，照此看來，可保無虞；當即欣然說道：「既然方老爺親自出馬來安排，事情就妥當了。你去弄點好酒來，回頭我好跟他喝。」

於是曹雪芹變得異樣亢奮了，因為他相信馮大瑞一定知道繡春的消息；多年來悶在心裡的一個疑團，馬上就可以解開，那是多痛快的一件事！

等人心焦，尤其是近在咫尺，竟如蓬山，更覺不堪忍受。曹雪芹一個人在屋子裡正坐立不安之際，桐生回來了，一手提了一大瓶酒，一手托了一個木盤，進門問道：「挺好的五香驢肉，芹二爺吃不吃？」

「我可沒有吃過。」曹雪芹問：「好吃嗎？」

「好吃。」桐生又說：「這麼晚了，芹二爺湊付著吧！」

曹雪芹心中一動，何不攜酒相訪；便即攔著桐生說：「你別放下來，拿到東跨院去。」

桐生答應著，在前領路，到得東跨院，只見南屋第二間窗戶中透出光亮，便即上前喊道：「馮鏢頭，請開門，芹二爺來了。」

正躺在炕上的馮大瑞一翻身坐了起來，先剔亮了燈，然後開門；讓過桐生，一把抱住曹雪芹，聲音都有些哽咽了。

「芹二爺，咱們到底又見著了。真像做夢！」

曹雪芹閉著眼，不讓淚水流出來；相擁進屋，放開了手，端詳著馮大瑞說：「你的樣兒沒有變多少。」

馮大瑞眨了兩下眼，抹一抹袖頭，待蹲身打扦；曹雪芹已有防備，一把將他扶住，只聽馮大瑞問：「太太身子好？」

「還好。不過得了個氣喘的毛病。」

「不要緊，我在雲南得了個單方，專治氣喘，回頭我把它抄下來。」馮大瑞又問：「秋月姑娘好？」

「還是那樣兒，就是常惦念她以前的那些姐妹。」曹雪芹急轉直下地說：「咱們先談正事；談停當了，好敞開來喝一喝。」

「是。你說吧！」

「你跟仲四哥見過了？」

「當然。」馮大瑞笑道：「不然我怎麼會找了來呢？」

「那麼，我讓仲四留給你的話，你也知道了？」

「不就是方老爺的話嗎？他這番好意，我真是感激，不過，芹二爺，這件事咱們得好好核計，不是三言兩語說得完的。」

「當然。這也不是一件小事。不過，方老爺也說了，你有為難之處，都包在他身上辦妥。現在只聽你一句話，願意過來呢？還是仍舊浪蕩江湖？」

「芹二爺，你別催我。反正到頭來總如你的意就是。來，來，咱們先聊聊這幾年的境況。」

「擺好了。」桐生插嘴說道：「請坐吧！」

「桐生倒顯得老練多了。」馮大瑞拍著他的背問：「娶媳婦兒了沒有？」

桐生笑笑不答，只問：「芹二爺還要甚麼不要？」

「你到他們大廚房裡去，有甚麼現成的吃的，再弄點兒來。」

等桐生一走，兩人對乾了一杯。

當馮大瑞斟酒時，曹雪芹問道：「你知道繡春的事嗎？」話是出口了，卻緊張異常，深怕馮大瑞答一句：「不知道。」那就一切都完了。因此，首先注意的是他的神色；還好，並沒有詫異的樣子，看來他知道有繡春失蹤這回事，便有希望獲知繡春的下落了。

在斟酒的馮大瑞連頭都沒有抬。這就很明白了，他是知道這件事的；但接下來一聲：「唉！」卻讓曹雪芹的那顆心，如瑟絃一般，剛剛鬆弛，立刻又拉緊了。「怎麼了？繡春！」

「繡春——。」

突然之間，門外有了聲音：「曹少爺，曹少爺！」是大牛在叫門。曹雪芹微微一驚，第一個念頭是：他何以會知道自己在這裡？第二個念頭是：深夜尋覓，是何緣故？因此，急著要去開門，問個明白；卻讓馮大瑞一把攥住了他的手臂，微微努一努嘴。

曹雪芹被提醒了，莫非是衝著馮大瑞來的？於是點點頭表示會意，走過去將門開了一半，探頭問道：「是找我嗎？」

「是！」大牛把眼珠往右斜了去。

曹雪芹便往他使眼色的方向望了去，影綽綽有個人在那裡；不用說，來意不善。

「甚麼事？」曹雪芹接下來又說：「那兒好像還有個人，是幹甚麼的？」他故意使出陰陽怪氣的腔調通知馮大瑞。

「喏，」大牛將身子閃了開去，「就是這位爺，要找曹少爺。」

那人現身出來，是個三十來歲的大漢，生意人打扮，卻有一臉剽悍之氣；曹雪芹覺得彷彿在那裡見過此人，便即問說：「尊駕貴姓？」
「不敢。小的姓趙。天這麼晚了，來打攪曹少爺，實在對不起。」
「不要緊。甚麼事，你說好了。」
「這件事很嚕嗦，能不能讓我到屋子裡說話？」
「對不起！」曹雪芹一口拒絕，「這不是我的屋子，我不能隨便讓生人進來。」
「其實也不生。」
姓趙的一面說，一面將身子擠了過來，有個硬闖的意思。曹雪芹忍不住發怒，正待斥責時，只聽後面「咕咚」一聲大響，急急回頭去看，馮大瑞的人影不見，窗子卻大開著。
「好小子！」後面有個嗓聲嗓氣的人在嚷：「你還不乖乖兒給我蹲下。」
曹雪芹還弄不清楚是怎麼回事？那姓趙的已拔腳飛奔；曹雪芹跟著奔向後廊，剛到角門，在大燈籠映照之下，只見馮大瑞被姓趙的將他的右手反扭著，押了出來，另外有個人，左手抓住馮大瑞的左手，右手按在他的肩頭上，口中得意地在罵：「就知道你小子會跳窗，老爺早在那兒等著吶！一拐棍就得叫你小子趴下。」
曹雪芹自然不讓他們過去，明知道是怎麼回事？仍舊大聲喊道：「你們是幹甚麼的？趕快放手，有話好說！」
這時已驚動了好幾個院子，都點起燈籠，來看究竟。那姓趙的便站住腳，也提高了聲音說道：「我們是京裡九門提督訥大人派下來的，捉拿要犯；現在逮住了。各位請回去睡覺吧！」
「慢點，慢點！」曹雪芹說：「你別搬出訥公爺來唬人！訥公爺我也見過。你說你是訥公爺派下來的，把公事拿出來看看！」
「姓曹的，你神氣甚麼？」埋伏在後窗的那漢子吼道：「他媽的，你算老幾——。」

「不，不！小耿，」姓趙的趕緊攔住他說：「咱們到櫃房談去。」

於是亂糟糟地一起到了櫃房，掌櫃的怕事不敢過問，只帶著夥計，在櫃房前面攔住看熱鬧的閒人，不讓他們進屋——屋子裡只有兩名番子與曹雪芹；馮大瑞雙臂反剪，已上了手銬。

「曹少爺！」姓趙的倒還客氣，「你要看公事，我給你看。」

步軍統領衙門的番子，出外辦事都帶得有「海捕文書」，通飭「各該地方衙，一體協助，不得藉故推諉，致干未便。」曹雪芹看上面填的名字，共有四個，一個叫趙五、一個叫耿得祿，自然就是眼前這兩個人了。

「我知道，你們一共是四個人，跟著我從京裡下來的。兩個留在通州，兩個掇著我。可是，關照你們撤走，為甚麼不聽呢？」

「誰關照我們撤走？」

一句話將曹雪芹問得啞口無言，心知其中一定有誤會；當下定定神問道：「你們預備拿他怎麼辦？」

「拿他解進京。」

「這樣行不行？」曹雪芹說：「兩位既是衝著我來的，當然也知道我的身分。能不能把他交給我，我帶他進京到步軍統領衙門報到。你們請放心，跑得了和尚，跑不了廟，如果我把人放了，你們到我家要人。」

「曹少爺，何必這麼麻煩？你有路子到京裡一說，把姓馮的放了；我們的差交了，你的交情不也顧到了？」

「話是不錯，不過面子不好看。」曹雪芹暗示地又說：「這姓馮的，也許不打不成相識；何妨此刻放個交情，日後也好見面。」

趙四考慮著有應允之意，那耿得祿卻很貪功，「老趙，」他說：「好不容易把這小子逮住了，倘或出了差錯，怎麼說也是咱們的錯。你別聽人花言巧語。」

「那可沒法子！我這個夥計不答應，我不便硬作主張。」說著，便喊：「掌櫃，掌櫃！算帳。」

「怎麼？你們是連夜動身？」

「對了。」

「怎麼走法？」

「自然是坐車。」

「好！」曹雪芹說：「我陪你們一塊兒走。」

「不行！」耿得祿搶著開口，「我們是公事，用不著夾一個不相干的人在裡頭。」

趙四不作聲，但臉色上看得出來，只要耿得祿肯放交情，他不會作梗。曹雪芹很想敷衍耿得祿，說幾句好話，套一番交情，甚至送幾兩銀子。但想是這樣想，就是做不出來。

「好吧！咱們走著瞧。」

這句話又說壞了，等他走過去想跟馮大瑞說話時，耿得祿橫眉豎眼地擋在前面，看樣子如果硬要上前，對方就會動武，自顧「雞肋不足以當老拳」的曹雪芹，只好忍氣吞聲了。

這時桐生已經趕到了，將曹雪芹拉到一邊，悄悄說道：「掌櫃的說，得弄幾兩銀子給那兩傢伙，不然馮鏢頭在路上會受罪。」

「不錯，不錯。」曹雪芹問：「咱們還剩下多少錢？」

「三十多兩銀子。」

「咱們明天就走，只要夠趕到通州的盤纏，多下來的都送他們。你託掌櫃跟他們打個交道，多說幾句好話。」

「是了。銀子就存在櫃上，我跟掌櫃的來辦。」桐生又說：「曹二爺，你先請回屋；你在這裡，他們不好意思收。」

曹雪芹聽他的話，先回西跨院。獨對孤燈，百結愁腸，心裡七上八下，不知該怎麼辦，才算最妥當。當然，不斷想到是仲四，恨不得即時就能跟他見面。

「說好了。」桐生進來說道：「送了二十兩銀子。那姓趙的，倒還上路，說：『請曹少爺放心，姓馮的也是一條漢子，不會虧待他。』」

「那好！你把帳去結了，咱們明兒一大早奔通州。」

跟仲四見了面，兩下印證所見所聞，事情就很明白了，方觀承說番子已經撤走，是指在通州的兩人而言；而仲四卻誤以為所有跟著曹雪芹下來的人，都已撤回。陰錯陽差，使得馮大瑞變成自投羅網。

「閒話少說，如今咱們得趕緊商量，怎麼樣把大瑞弄出來？」仲四問道：「芹二爺，你為甚麼不跟他們一起走呢？」

「他們說『連夜動身』，我沒法兒跟他們在一起走。」

「不見得吧！」仲四深表懷疑，「這案子有方老爺在裡頭調停，已經緩下來了，他們用不著這麼巴結。再說，他們雖有海捕文書，抓到了人可得知會薊州『班房』，說不定還要『過堂』。他們就想連夜動身也動不了啊！」

這番話在曹雪芹聽來，真有大夢初醒之感，「我上當了！姓趙的是順口敷衍的一句話，我竟當真了。」他說：「照這樣看，他們是落在我後面了。」

「對了！照我看，大瑞是在薊州班房寄押了一夜；至少也得晚你一天路程。」

「這樣，」曹雪芹說：「仲四哥，請你派個夥計，跟桐生一路往回走，去找他們。」

「還不光是找！」

仲四忽然憂形於面，眨著眼思索了好一會，逕自離座，過了好一會才回來；接著聽見好幾匹馬從西面馬號出發，蹄聲雜沓，很快地遠了。

「我很擔心。」仲四這時才有功夫對曹雪芹解釋，「大瑞是奉命行事，為了交情，沒有辦他該辦的事；這在他們幫裡是一行大罪，如今看他落在番子手裡，怕他洩漏底細，更不能放心了。說不定會——。」

曹雪芹大吃一驚，「仲四哥，」他很吃力地問：「你是說，他們幫裡會在半路上下毒手滅口？」

「誰知道呢？反正不能不防。我已經派了五個人下去了。芹二爺，你留在通州無用，趕緊進京去見方老爺是正經。」

曹雪芹不願意走，考慮了一會，率直說道：「雖說你派了人下去保護了，我到底不大放心。總得有了確實消息，我進京去才有用。倘或已經出了意外，我跟方老爺的話，又是另一種說法了。」

仲四無奈，只好同意，但率直地表示，請曹雪芹回家等候消息，因為他還有好些事要辦，無法相陪。曹雪芹點點頭起身，一路上深悔自己處事不夠老練，倘或出了意外，實在對不起馮大瑞，而且繡春的消息，也可能永遠如石沉大海了。

為此，他的心情極壞，回家進門，遇見何謹相詢，他只答了一句：「你去問桐生。」隨即便倒在炕上，由於趕路辛勞，不知不覺地睡了去；醒來時，只見孤燈如豆，但堂屋有很亮的光線，自板壁縫中透進來，還有人在小聲談話，細聽知是何謹與桐生。

於是他掀開身上不知是誰替他蓋上的波斯毯子，起身開了房門，只見何謹坐在下首一張椅子上喝酒；站在門口的桐生迎上來說：「起來了！」

「這會兒甚麼時候？」

「起更了。」何謹也站起身來，「給你煮的野鴨子粥，這會兒就吃，還是待一會兒？」

不提粥還罷，一提起來，曹雪芹肚子裡「咕嚕嚕」一陣響，「現在就吃好了。」他拿起為他預備著的茶，已經涼透了，用來漱一漱口，向何謹問道：「仲四那裡有人來過沒有？」

「有。」

「怎麼說？」

「馮鏢頭是落在你後面，讓番子在薊州衙門寄押了一夜。今兒歇在三河縣。」

聽得這話，曹雪芹略略放心。等桐生開上飯來，他先吃了一碗野鴨粥，然後喝酒，心不在焉似地，其實食而不知其味，只是在想馮大瑞的事。

何謹已經聽桐生細談過此行始末，覺得曹雪芹以從速進京為妙，但看曹雪芹那副頹喪的神情，跟他正面說理，未必見聽。默默喝著酒，想到了一個鼓舞他的情緒的法子。

「芹官，你在想馮鏢頭的事？」

「嗯。」

「我來替他拆個字，卜卜吉凶。」何謹說道：「芹官，你報個字來。」

曹雪芹知道何謹會拆字，家中丫頭老媽子掉了甚麼東西，常會去請教他；有時談言微中，頗為神奇。不過，他從來沒有要他拆過字；此時覺得這倒不失為破悶之計，於是點點頭同意。

「你坐過來。」等何謹端著他的酒杯，在方桌邊打橫坐了下來，曹雪芹隨口報了一個字：「口。」

何謹用手指蘸著酒，把「口」字在桌面上寫了下來，脫口說道：「不妙，是囹圄之象。一人入口，是個『囚』字，牢獄之災難免。」

「要緊不要緊呢？」

「有『士』則『吉』，你在救他就不要緊。不過不能進京。」

「為甚麼？」

「你看！」何謹將「口」字增添筆畫，寫成「京」字，然後用很有決斷的語氣說：「一進京，難免斬頭去足。」一面說，一面使勁往上一抹，又往下一抹，抹去上面的一點一畫，下面的「小」字，仍舊剩下一「口」。

由於他的動作神情，都很誇張，看來有點滑稽的感覺；因而曹雪芹就不覺得「斬頭去足」四字可驚，只開玩笑地說：「你說我能救他，又說他不能進京；他不進京，請問，我在這裡有甚麼能耐救他？」

「問得好！託庇有門。」何謹在「口」字上加個「門」，變成「問」。

「『問』！」曹雪芹有些困惑：「問甚麼？」

何謹先不作答，大大地喝了口酒，方始說道：「芹官啊芹官，你真是聰明一世，懵懂一時。這『問』，不就是方問亭嗎？」

「啊！啊！」曹雪芹恍然大悟，「可不是『託庇有門』嗎？」接下來沉思了一會，終於想通了，「對！我明天就進京，把方問亭去搬請了來！」

「這是正辦。」何謹又說：「拆字全是觸機，剛才如果不是你話裡有那個『問』字，我也想不到方問亭。只要把他搬了來，馮鏢頭就不要緊了。」

馮大瑞是得救了，繡春呢？曹雪芹說道：「老何，你給繡春也測一個字，看看她到底怎麼了？」

「好！報個字來。」

曹雪芹想了一下說：「就是春字好了。」

何謹喝著酒，沉吟了一會說：「這春字上邊，有三個拆法。」

三個拆法是「一夫」、「二大」、「三人」；何謹蘸著酒寫在桌面上，另外又寫上一個未拆的「日」

字。

「『一夫』是指馮鏢頭，可是一夫一婦，只有兩個人，不是『三人』；所以應該是『二大』。」

「甚麼叫『二大』？我不懂。」

「『二大』就是『兩頭大』。」

曹雪芹楞住了，「老何，你這才叫匪夷所思！」他說：「你說繡春除了馮大瑞以外，另外還有個丈夫？」

「應該是，不然不會是『三人』。」何謹更進一步指出：「而且另外那個丈夫，馮鏢頭也知道的。倘非如此就不是『兩頭大』了。」

曹雪芹無法想像繡春何以會同時擁有兩個丈夫；其實只是想推翻何謹的說法，因而問道：「那麼，這『一夫』呢？又作何解？」

「我還沒有想出來。」何謹回答得很輕鬆；說罷，陶然引杯。

曹雪芹卻沒來由有些緊張，「這『日』字呢？」他說：「你不能擱在那兒不理吧？」

何謹笑了，「當然有說法。」他說：「論字形，『日』字四方，有欠圓滿。」

這使得曹雪芹更為不怡，「還有呢？」他問：「還有甚麼說法？」

「日者天也。在『三人』之下，論方位是南；天南則地北，繡春人在北邊。」

「咱們還能跟她見面不能？」

「能。一定能！」何謹斬釘截鐵地說，「相見有『日』。」

這下才讓曹雪芹高興了；回憶臨別那夜的光景，還有件關心的事，「她那時候懷著震二爺的孩子，還讓我取了名字。」他問：「不知道生的是男是女？」

此言一出，何謹驀地裡一拍桌子，大聲說道：「妙極！」

「你嚇我一跳！」曹雪芹笑道：「怎麼回事？」

「妙極！芹官，你看！」何謹指著「二夫」二字說：「二個丈夫子，男的！」

曹雪芹大樂，「這得浮一大白。」他喝一大口酒說：「怪不得你說妙極！如果不是我這一問，你那『二夫』二字沒有著落，就得把你的拆字攤拆了！」

看曹雪芹興奮之情，溢於言表，何謹稍稍有些不安，「兩頭大」的說法，與一般的解釋，男子娶兩房妻室，並尊為嫡，無分大小的「兩頭大」不同，真是曹雪芹所說的「匪夷所思」。如果將來證明，事實全非如此，一定會有個「老何測字」的笑話。望七之年，讓桐生那班後生小子將他騰為笑柄，這件事不免難堪。

於是他說：「芹官，你也別太認真，我不過觸機而已，準不準，還很難說。好在看馮鏢頭的樣子，一定知道繡春的下落；等他一放出來，真相如何，就都水落石出了。」

「嗯，嗯！」曹雪芹恨恨地說：「那兩個番子，實在可惡；當時正談到要緊關頭，突然之間闖了進來，把他的話打斷了。天下殺風景的事，真無過於此。」

「這——，」何謹笑道：「亦算是好事多磨。」

依照前一天商量好的辦法，曹雪芹一大早便由何謹陪著，去看仲四，將前一天拆字的情形，以及曹雪芹打算進京去搬請方觀承的決定都告訴了他。

「老何真高！」仲四翹著大拇指說：「『不能進京』這一層，說得太好了！我都沒有想到，差一點走錯一步，變成滿盤皆輸。」

「怎麼呢？」曹雪芹也沒有想到，仲四是如此重視，「莫非真的會『斬頭去足』？」

「雖不至於如此，麻煩可也一定不少！芹二爺你想，番子把人解進京，自然往他們衙門裡一送，先下了監再說。『一字入公門，九牛拔不轉』，何況是一個人？」

「這樣說，還真虧得拆這個字。」曹雪芹說，「我今天就進京。不過，大瑞要到了呢？仲四哥，你能不能把他們留了下來？」

「當然。」仲四毫不遲疑地說：「怎麼樣也得把他們截住。」

「他們」是指那兩個番子在內；曹雪芹有些不大放心，追問著說：「仲四哥，這總有個盤算吧，如何是第一計；一計不成，又如何生出第二計？」

「豈止二計？」仲四笑道：「有三十六計在那裡，芹二爺，你請放心好了。」

「我看，」何謹插嘴：「三十六計，這個是上計。」說著，他將食指與拇指搭成一個圓圈，揚了一下。

彼此莫逆於心，都笑了起來。

第十二章

一進京城，曹雪芹連家都先不顧，逕自到平郡王府求見方觀承。

「你回來了？」方觀承執手慰勞：「辛苦，辛苦！」他又看了看身上說：「風塵滿身，想來還沒有回府？」

「是。因為事情很要緊，我得先來跟方先生細陳一切。」曹雪芹說：「我跟馮大瑞見過了。」

「喔，」方觀承很興奮地，「在那裡？通州？」

「不是。他是先到了通州，跟仲四見了面，知道我往東邊去了，追到薊州才見了面。」

「他怎麼說？」

「他很感激方先生的好意，不過，他說這件事不是三言兩語談得完。幸好，他又表示，到頭來一定會照方先生的意思辦——。」

「那很好。一切包在我身上，你讓他趕緊到京裡來看我。」方觀承迫不及待地問：「他現在人在那裡？」

「昨天在三河縣，今天到通州。」曹雪芹說：「方先生，我剛才的話還沒有完，那天晚上在薊州客棧裡，正在談著，來了兩個人，就是釘著我下去的番子，把馮大瑞給逮走了。」

「啊！」方觀承皺著眉沉吟了好一會說：「這怪我不好！沒有交代清楚，仲四誤會了。不過誰也沒有想到，馮大瑞會去找你。」他換了副神色，安慰著曹雪芹說：「不要緊，一切有我。」

「是。我也知道一切有方先生，不要緊。不過，大家有這麼一個看法，那兩名番子把人帶進京來，自然先送步軍統領衙門，一落了案，要把他弄出來，恐怕要費周章。」

方觀承還沒有想到這一點；一想到了，卻又別有顧慮，一落了案，自然要過堂，馮大瑞的口供如何，不得而知。看來他不會說實話，而不說實話，就會受刑；說實話呢，以訥親的好事，一定會插手過問，那麻煩可就大了。

「這節外一生枝，真有點棘手了——。」

「方先生，」這回是曹雪芹顧不得禮貌，打斷了他的話，「我看唯一的辦法是，讓方先生勞駕一趟，到通州親自去料理。」

「來不及了。三河縣到京，一百里地，只怕這時候已經進城了。」

「來得及。仲四會派人在通州把他們留下來。方先生明天下午去都還來得及。」

「喔，好，好！」方觀承鬆了口氣，「這樣，雪芹，你再辛苦一趟，明兒一早再去一趟通州；臨走以前，咱們再見一次面，我有信，有話，讓你帶到通州。」

「是。」曹雪芹問：「方先生呢？還去不去通州呢？」

「這會兒還不知道。不過，我想大概可以安排好，我就不必去了。」方觀承又說：「本來我去一趟也很方便，只是這兩天貴州有軍報，苗子鬧事，怕皇上隨時會召見，我還不敢隨便離京。」

到家自然先到馬夫人面前請安；少不得要談此行的結果。在路上曹雪芹就跟何謹商量好了，不能說實話，但也要留下餘地。要那樣，馮大瑞洗清了身子出現，才不至於顯得太突兀。

於是先從拜年說起，談了些通州幾房本家的近況，等馬夫人提到馮大瑞，他才從容不迫地作答。

「人是回來了，不過跟仲四只匆匆見了一面，立刻轉往山西，據說半個月就可以回來。我已經關照仲四，等他回來了，無論如何讓他到京裡來一趟，那時候，就甚麼都知道了。」

「喔，」馬夫人問道：「他是怎麼回來的呢？」

「贖罪回來的。」

「繡春呢？有消息沒有？」

「不知道。」曹雪芹答說：「我問仲四，仲四說忘記問他了。」

「看樣子，他也未見得知道。」馬夫人的神色，微顯憂鬱，「這兩天我常在想，雲南那麼遠，繡春又懷著肚子，還沒有盤纏，怎麼樣能到得了那裡？再說，萬里尋夫，是件光明正大的事，何必偷偷兒溜走？她果然有此打算，盡可以老實說，咱們也一定會幫她如願。這種種都是情理上說不過去的事，我看凶多吉少，死了心吧！」

說著，已隱隱閃現淚光，秋月便即勸道：「太太也別難過。繡春就算到不了雲南，也一定有個安頓之處；她行事向來神出鬼沒，誰也猜不透。」

「好吧！你們不死心，就等著吧！」

「我看，」曹雪芹將他心中一直在懷疑的看法，說了出來：「十之八九，又遁入空門了。」

說到這裡，想起何謹測的字，便又加了一句：「倘非如此，就是別嫁了。」

「你說繡春另外嫁人了？」馬夫人問。

「我是這麼猜。」

「繡春爭強好勝，會這麼做嗎？」

「那也說不定。譬如——。」

曹雪芹作了幾個繡春可能別嫁的假設，比較近情理的一個是，流落他鄉，進退維谷，為好心人所拯救，迫於情勢，也為了感激圖報，委身於人。像這樣的遭遇，雖無法證明一定會發生，可也難保必無。馬夫人原已想死心的，這時又有些將信將疑了。

「繡春的事，你問過秋月了吧？」

「是的。」杏香答說：「你臨走以前，不是交代，讓我問她嗎？我是照你的話做的。」

「她都告訴你了？」

「都告訴我了。不但繡春的事，連馮大瑞的事，還有你到通去幹甚麼，也都跟我談了。」杏香不免有怨言：「你瞞得我好！你就不想想人家會替你著急？」

曹雪芹沒有想到，秋月會盡情揭露，不過這一來反倒使他如釋重負，便即含著歉意地笑道：「我也是怕你著急；或者攔著我。你知道，這件事是攔不住的。」

「我不會攔你。凡事只要跟我說明白，心裡自然就踏實了。」杏香又問：「馮大瑞到底有消息沒有呢？」

「不但有消息，而且還見了面——。」

「還見了面！」杏香不由得搶著發問，「這一下，繡春的消息也有了？」

「唉！」曹雪芹像馮大瑞那樣，先嘆口氣；接著又說：「你把秋月去找來，我講給你們聽。」

「不用去找，回頭她會來。她說了，要到我這兒來喝蓮子粥。」杏香眼尖，向窗外指道：「那不是來了嗎？」

曹雪芹向窗外望去，只見一盞白絹畫花卉的宮燈，冉冉而來；那是秋月的標誌，每回夜訪，她都是持著這盞她心愛的宮燈來的。

「太太睡了沒有？」杏香迎出去問。

「睡了。」

「那可以多談一會兒。」杏香接過秋月手中的宮燈，順手交給丫頭，同時吩咐：「把煨著的蓮子粥端出來。再蒸一籠雞蛋糕。」

這是意料到會談得很晚，所以多備消夜的點心。果然，曹雪芹從頭細說，在秋月無一非感到意外；杏香就更不用說了。

「偏就有那麼巧的事！」談到馮大瑞被捕，秋月亦復悵恨不已，「剛要談繡春，番子就來抓人了！教人牽腸掛肚，好難受。」

「不過看樣子，還健在人間。」杏香接口，「我也好想見見這位繡春姑娘。」

「要想見她，先得救馮大瑞。」秋月問道：「方老爺既然寫了包票，他應該不要緊吧？」

「大概不要緊。他的事回頭再告訴你們；先談繡春，有件很妙的事，老何替繡春拆了個字，說她是『兩頭大』，除了馮大瑞，另外又嫁了個丈夫——。」

「這不對吧？」秋月插嘴，「『兩頭大』怎麼能這麼解釋？」

「也許，」杏香別有看法，「她另嫁的那個丈夫，本有元配；在她不就是『兩頭大』嗎？」

「那一來就更亂了。」秋月搖著頭說：「我不相信繡春會做這種窩囊事。」

「我先也不相信。後來老何愈拆愈玄，而且前面替馮大瑞拆的字很靈，我就不能不將信將疑了。」

接下來，曹雪芹便細談何謹拆那個「春」字的說法；秋月本來不信的，也像曹雪芹那樣，不敢堅持無其事了。

「也許繡春願意委屈，就為的是生了兒子，得保全曹家的骨血。果真如此，咱們倒得琢磨、琢磨，怎麼好好兒訪一訪，搜一搜；就算花個一兩吊銀子，也值得。」

「不光是花錢，還得有人、有功夫。」曹雪芹說：「除非太太准我，破費個一兩年辰光，『天涯沿路訪斯人』。」

「我倒想到一個人。」杏香說道：「可惜年紀大了。」

「你是說老何？」秋月點點頭：「其實他年紀雖大，精神還很健旺；從南到北，從前跟老太爺、老爺走過好幾趟，江湖上的事多見識廣，倒確是挺合適的一個人。」

「而且，」杏香接口，「老何的花招挺多的，別人想不到的，他能想得出來。」

曹雪芹讓她們一彈一唱，說得心思也活動了，「也罷！」他說：「等馮大瑞放出來，問清楚了，再作道理。」

「對了！」秋月催問道：「你還沒有談馮大瑞呢，他到底怎麼樣了。」

「此刻在通州。方問亭會替他想法子。不過，他要我明兒再到通州去一趟。你們看，這要跟太太怎麼說？」

「不能再說上通州了。」杏香答說：「得另外撒個謊。」

「有了，有個很好的說法。」

原來曹雪芹有個在咸安宮官學的同窗名叫赫尼，他的長兄當過好幾個闊差使，去年春天在東海關監督任上，被劾落職，挾資回旗，在西山造了一所別墅，頤養老父；這所別墅最近完工，其中亭台樓閣，尚待題名。赫尼之父一向很賞識曹雪芹。所以特命赫尼來請曹雪芹去品題。赫尼來時，正是曹雪芹去通州的第二天；如今正此題目可借。

於是第二天一早，馬夫人起床，秋月正服侍她漱洗時，曹雪芹已來問安了。

「娘，」他說：「我今天想到西山去一趟，得兩三天才能回來。」

「去西山幹麼？」

「咦，」秋月接口：「太太忘記掉了？不是那位赫大爺，請芹二爺去品題他家的別墅嗎？」

「喔，我想起來了。」馬夫人說：「他家也算是世交，你就去吧。不過，到底那天回來，你得說個準日子，省得大家等你。」

實在是慈母倚閭之望，曹雪芹很想答一聲：「明天就回來。」但不知再度通州之行，究竟要幹些甚麼？時間無法預定，只能說得活動些。

「不知道他家的別墅規模大小，要看多少時候才看得完？」曹雪芹說：「我總盡快趕回來就是。」

「也不必說盡快不盡快的話。」秋月插嘴：「太太既然要個準日子，芹二爺，你就索性從寬估計好了。」

「那，」曹雪芹想了一下說，「來去三天大概夠了。」

「不要大概！」秋月代為安排，「今天是二月初九，九、十、十一，一共三天。十一下午，請芹二爺務必趕回來。」

「啊，」馬夫人想起來了，「杏香生日不是快到了嗎？」

「是的。」秋月答說：「是二月十六。」

「我記得今年是她的整生日。」馬夫人問秋月，「我沒有記錯吧？」

「是。」

「到咱們家來的頭一個整生日，得好好兒替她熱鬧、熱鬧。」

「算了吧！娘，」曹雪芹照規矩要有所表示：「她當不起。」

「你別管，這不與你相干。」馬夫人揮一揮手，「你去吧，早去早回。」

「是。」曹雪芹又說：「我想還是得把老何帶去，他的肚子裡寬，可以替我出出主意。」

「隨你。」

於是曹雪芹退了出來，先回夢陶軒，只見杏香已將他的行囊收拾好了，就擺在門口，依舊是那具輕便的藤箱。

「說好了？」杏香迎上來問。

「說好了，三天回來。」曹雪芹又說：「太太還要替你做生日呢！」

一聽這話，杏香頓時有驚喜交集的表情，嘻開了嘴，露出兩列整齊細小的白牙；眼睛不住在眨，好久都不說話。

「你看你那傻樣！」曹雪芹忽然問道：「老何呢？怎麼不見？」

「到護國寺買花去了。」有個小丫頭在一旁接口。

「糟糕！」曹雪芹又問：「甚麼時候回來？」

「買花、買書、喝酒、遇見熟人聊一聊，那還不是到晚才能回來？」杏香問道：「你找他幹甚麼？」

「我仍舊得讓他陪著我去，一切方便。」曹雪芹吩咐小丫頭：「你叫桐生去找老何，趕緊回來。」等小丫頭一走，曹雪芹又將她喚了回來；他是想到了二、五、八護國寺的廟會，地方大、人又多，關照要多派人去找。

「就找到了，回來也得中午。」杏香建議，「你不如先去看方先生。」

「這會兒他還在宮裡。」曹雪芹想了一下，興奮地說：「反正是下午的事了，咱們把秋月找來，商量商量替你做生日的事。」

在杏香的感覺中，這就是曹雪芹可愛可恨之處，可愛的是凡有熱鬧好玩的事，他永遠不會掃人的興；可恨的是只有這些事起勁，從不為他自己的功名前程，稍作盤算。

「你啊！」她無可奈何地埋怨，「就是無事忙！」

話雖如此，她仍舊另外喚一名丫頭，悄悄地將秋月請了來；這就不必他們先開口，秋月自會提到。

「太太給了一百兩銀子，要戲要席，還不知道對付得下來，對付不下來？下午我得找錦兒奶奶去商量。」

「太太交代了沒有，要請那些人？」曹雪芹問。

「沒有。」秋月問道：「你看呢？」

曹雪芹還在考慮時，杏香卻忍不住要說話了，「秋姑，」她說：「太太這麼看得起我，光是有這番意思，我已經覺得當不起了。千萬不要再鋪張，折我的福。到那天，不敢讓太太破費，也不必讓你操心；我來弄幾個菜，把錦兒奶奶請了來，等我給太太磕了頭，請大家吃麵，這樣，我的這個生日就過得很有意思了。」

「她說得也不錯。」曹雪芹附和著，「就照她的意思吧。至多再把四老爺請了來。」

「四老爺也不必驚動。」杏香很快地接口，「何必讓我平空多磕幾個頭？」

這話就只有秋月最了解了。官宦人家的妾侍，最委屈的就在這些地方，平時的禮數還不妨隨便，遇到婚喪喜慶，就一點都不能馬虎。明明是自己生日，卻沒來由地要給來道賀的長輩磕頭，有人覺得無所謂，而像杏香這樣的人，便深非所願了。

「好！」秋月深深點頭，「我懂你的意思，反正到了日子總讓你高高興興玩一天就是了。」

「謝謝，謝謝！」杏香撒嬌似地笑道：「我就知道只有秋姑最疼我。」

秋月笑笑不作聲；轉臉問曹雪芹：「芹二爺，你怎麼還不走。」

「我在等老何。他到護國寺逛廟會去了。」曹雪芹又說：「而且，我還得先去看方問亭。」

「那也該是時候了吧？」

「還早。」曹雪芹忽然問道：「我離京的那幾天，震二爺來過沒有？」

「沒有。」秋月答說：「錦兒奶奶倒來過兩回，問她震二爺的情形，她說她也不知道他在那兒；每一趟回家，匆匆忙忙地換換衣服就走了。大概是陪著聖母老太太在一起。」

曹雪芹心裡在琢磨，必是聖母老太太尚未入宮；可是當今的太后，大概大限將至，一旦溘逝，自然祕不發喪，而遺體的安葬是件極費周章的事，曹震有陵工上的經驗，辦這些事很在行，此刻可能正在部署這件極機密的大事，所以在錦兒面前都不肯透露口風。

既然如此，自以不問為宜。當即站起身來說：「我得看方問亭去了。老何一回來讓他馬上預備，我一回來就走。」

到得平郡王府門房一問，說方觀承有封信留著給他，拆開一看，非常意外地，方觀承已經先到通州去了，關照他立即趕了去，在仲四鏢局相會。

曹雪芹的心往下一沉。需要方觀承親自到通州去料理，足見案情已有變化；走得如此匆促，又必因是情況緊急，遲延不得。那麼是出了甚麼變化呢？

一路上心神不定地趕回家，先問門房：「老何回來了沒有？」

「沒有。」

「桐生呢？」

「還沒有。」

「另外的人呢？」

「也還沒有。」

曹雪芹心有點亂了，站定了想了一下，當機立斷地說：「再派個人到護國寺去找。不管找到老何沒有，讓桐生馬上回來。」

幸好，不必曹雪芹坐立不安地久等，老何右手捧著一盆劍蘭，左手拿著打磨廠書坊中新刻的「鼓兒詞」，施施然而來。於是，連桐生主僕三人，一車一馬，直奔通州。

傍晚時分到了仲四鏢局，自然先問方觀承。仲四告訴他說，方觀承是午間到的，一來略問馮大瑞的情形，就到倉場侍郎衙門去看世泰，至今未回。

「那麼大瑞呢？」

「寄押在通州的班房裡。」仲四答說：「咱們猜得不錯，他們是落在你後面了；我派人跟那兩番子套交情，趙四還不錯，姓耿的，可真是作梗了，非說第二天一早就得進京不可。兩人為此還在客棧裡大吵了一架；姓趙的人跟我的人說，他很想交我一個朋友，無奈他的夥計不通氣。這是公事，他亦沒有法子幫忙，很對不住。我——。」

據仲四自己說，他知道是怎麼個結果，親自趕了去，一味說好話；趙四只繃著臉說「不行」，滴水都撥不進去，耿得祿自然更不用提了。

「後來我才知道，趙四很夠朋友，他的臉是繃給耿得祿看的；其實暗中已教了我一招，這一招很高。」

「喔，他跟你怎麼說？」

「有姓耿的在，他不能跟我多說甚麼，是趁姓耿不留意的時候，悄悄的跟我的夥計說的。」

趙四跟仲四的夥計只說了一句話：「讓你們掌櫃的，找通州縣來要人。」仲四恍然大悟，趙四、耿得祿雖持有步軍統領衙門的「海捕文書」，到那裡都能抓要抓的人，而且如須地方衙門幫忙，只要出示文書，便能如願；不須幫忙，則知會亦可，不知會亦可。但這項特權，一到成功，便即消失；抓到的犯人，照「長解」之例，逢州過縣，皆須投文，「過堂」以後，寄押在州縣衙門的班房，第二天派差役護送出境。即令有特殊情形，不能過堂，不便寄押，至少亦要拜會當地的捕頭，打個招呼，才合道理。

懂這套規矩，自然就能領會趙四所透露的消息；他們逮捕人犯過境，不經地方官府，法理皆所不許，只要找本縣專管緝盜的巡檢出面，自然可以將馮大瑞留了下來。

「這好辦！」仲四說道：「我找刑房書辦老劉，他出馬一問，耿得祿乖乖兒地把大瑞送到班房；不過只能多留一天，說等巡檢過堂。如今看方老爺怎麼說，倘或沒有結果，明天仍舊得解進京。」

「方老爺來了就好了。」曹雪芹問說：「我能不能去看看大瑞？」

「不行！那姓耿的真橛，自己陪著大瑞住班房，看得挺嚴的。」

「看樣子，方老爺今天得住在通州了。」何謹插嘴問道：「不知道住在那兒。」

「想來是住在世大人衙門裡。」仲四又說：「芹二爺請息一息，等我去探探消息，馬上回來。」

仲四這一去，直到天色黑透，未見歸來。鏢局中開出飯來，肴饌甚豐，但曹雪芹食不下嚥，喝了兩杯酒，推箸而起；幸好，仲四終於回來了。

「見著方老爺了？」曹雪芹急忙迎了上去問說。

「是的。方老爺今晚上住倉神廟。」仲四說道：「咱們先吃飯，吃完了我陪你去看他。」

「大瑞怎麼樣？」

「現在還不知道。他沒有提，我當著人也不便問。反正一會兒就明白了。」

於是曹雪芹復又坐回飯桌，因為要去見方觀承，不敢再飲。只是心情已寬，胃口轉佳，飽餐了一頓，略坐一坐，便催仲四，該到倉神廟去了。

「好！」仲四說道：「我看不必騎馬了，走著去吧。」

「安步當車最好。」曹雪芹看著何謹說：「你就不必去了。」

於是仲四帶了一名趟子手，陪著曹雪芹出門。這天上弦，迎著一鉤眉月，往東而行；聽得後面車聲隆隆，回頭看去，兩匹頂馬，馬上人擎著倉場侍郎銜頭的大燈籠，款段而來──巧得很，是半路上遇見方觀承了。

於是仲四與曹雪芹避往道旁，等方觀承的轎馬過去，抄捷徑先一步到了倉神廟；廟後另有門出入，裡面是一座花木扶疏的四合院，向來作為倉場衙門接待過境貴客之用，方觀承這天便下榻於此。

接著，方觀承也到了，下轎看見曹雪芹，點點頭說：「裡面談吧！」

客座在南屋，坐等了片刻，聽差來通知：「請曹少爺、仲四掌櫃到北屋去坐。」

在北屋的書房中，燈光影裡矮小的方觀承，一臉疲憊之色；嘆口氣說：「只為上一次來，少說了一句話，惹來的麻煩，可真不小。」

這是指託世泰、和嘉將番子撤走那件事，仲四首先不安地說：「這都怪我疏忽。」

曹雪芹亦表示歉意，「也要怪我自作聰明，調虎離山，變成庸人自擾。」他說：「我不往東走，留在通州就好了。」

「咱們現在也不必自怨自艾了。」方觀承說：「如今麻煩的是，訥公護短，對世侍郎派人叫他的兩名番子撤走，大為不悅。世侍郎幫我的忙，得罪了訥公，他自己不說，我不能不抱歉。頂要緊的是，得化解訥公心裡的芥蒂；這只有一個法子，得把他的面子圓上。」

「是。」曹雪芹說：「方先生如果還有用得著我的地方，請儘管吩咐。」

方觀承不作聲，在屋子裡蹀躞了一會，站住腳問道：「兩位倒想，怎麼樣才能把訥公的面子圓上？」

曹雪芹茫然；仲四到底閱歷得多，想到了一個辦法，但卻是他萬分不願的。遲疑了好一會，終於還是說了出來。

「是不是要讓馮大瑞到訥公衙門裡去過一過堂，公事有了交代，才算有面子。」

方觀承點一點頭，「為難的就在這裡。」他說：「我說了，包馮大瑞無事，結果食言而肥，變成我對大瑞及你們兩位沒有交代了。」

曹雪芹與仲四的想法相同，覺得對不起馮大瑞的不是方觀承，而是他們倆。不過事到如今，也說不得了；仲四想得比較周到，提出頂要緊的一點來問：「請方老爺明示，大瑞解到京裡，過一過堂以後呢？」

「總還有幾天牢獄之災。」

「如果只是幾天牢獄之災，那倒也無所謂。」

「方先生，」曹雪芹接著提出要求，「能不能讓我跟馮大瑞見一見面？」

「當然。」方觀承說：「請你告訴他，事出意外，不過只是個枝節，請他放心。」

「是的，我會安慰他。方先生，有一層很重要，過堂的時候，會問些甚麼？他該怎麼回答？似乎應該先琢磨、琢磨。」

「大概總是問漕幫的事；他只一概不知就是了。」

「好！我明白了。跟他怎麼見面？」

「我會安排。」方觀承答說：「你們兩位，明兒一大早來吧。」

於是曹雪芹與仲四復回鏢局，與何謹一起在櫃房密談。仲四對這件事頗為焦急，主要的是訥親粗暴的名聲在外；而以他的地位，方觀承是不是夠得上跟他分庭抗禮，以及會遵從方觀承的要求？在他不能無憂。

「像老何拆的那個字，一進了『京』，真的斬頭去足，這該怎麼說？」

「不要緊，不要緊！」何謹急忙安慰他說：「有人替他說話，就不礙了。『京』字加上『言』，是個『諒』字；訥公會諒解。」

「是的。」曹雪芹也深深點頭，「方問亭雖然只是『小軍機』，不過他是皇上的親信；也是平郡王的親信。而且這件事他是跟海公一起辦的，所以訥公絕不會胡來。既然人家給了他面子，他當然也要同樣回報。這一層，仲四哥，你不必在意。倒是大瑞，恐怕他自己有甚麼難處，或者有甚麼必得親自料理的事，如今身不由己，徒喚奈何。但願明天跟他見面，能夠讓我們好好兒談一談。」

「說得是。」仲四想了一會說：「別的人都好辦，就怕姓耿的作梗，明天，連老何在內，咱們一起上，好歹要把那姓耿的纏住了，好讓你跟大瑞細談。」

第二天到了倉神廟，仲四一進門，便遇見通州的巡檢，姓王；巡檢的官稱是「四老爺」，仲四跟他很熟，不照一般的稱呼，叫一聲：「王老爺！」然後問道：「你老怎麼也在這裡？」

「專候你們的大駕！」

「不敢，不敢。」仲四引見了曹雪芹；稱何謹是「我的夥計」。

王巡檢人很和氣，跟曹雪芹寒暄了好一陣，又提到曹震，大套交情，最後說道：「方老爺已經回京了，這裡的事已經交代給我。咱們這會兒就走吧！」

「是，是，王老爺，你請過來。」仲四將他拉到一邊，悄悄兒說道：「不瞞王老爺說，曹家那位少爺，跟馮大瑞是好朋友，多年不見，一見是在班房裡，難免有心裡的話要談，你能不能找個讓他們能私下談談的地方？」

王巡檢想了一下說：「你老哥的事，不能也得能呀！」

「多謝，多謝！我索性老一老再求你了，能不能讓他們多談一會兒？」

「我無所謂。就是姓耿的那小子，軟硬兩不吃；人是他們的人，在我那裡只不過是暫時安頓一下，如果他說『不行』，我可拿他沒轍。」

「我知道。只求你找機會能讓咱們纏住姓耿的就是了。」

「這容易。」

王巡檢忽然盯著何謹看，仲四不知道他看甚麼？奇怪的問說：「怎麼啦？王老爺，我那個夥計有甚麼地方不妥嗎？」

「不是。我看他兩個鼻孔，是抹鼻煙抹的吧？」

原來是發現了何謹鼻下唇上的鼻煙痕跡，「不過。」仲四問道：「怎麼樣？」

「有鼻煙就好辦了。」王巡檢說：「姓耿的也好抹鼻煙，昨兒煙壺空了，跟捕頭老周商量，能不能給他找點兒鼻煙？好傢伙，二十四兩銀子一瓶的『金花』，誰供應得起？那姓耿的又不得人緣，供應得起也不能給他，老周就沒有理這喳兒。現在倒好了，一壺鼻煙，準能把他拴住。」

仲四大喜，趕緊跟何謹去談；何謹正好裝滿了一壺鼻煙，便即說道：「好在我另外帶著一小包；回頭我把我的都勻給他好了。」

於是紛紛上馬，直奔通州縣衙門；一進儀門，長長的甬道，直通大堂，兩旁一溜十幾間屋子，是「三班六房」洽公的所在，班房在西邊，緊挨著刑房；書辦、捕頭一看「四老爺」駕到，一齊都站了起來候命。

「京裡來的那兩位朋友呢？」

「都在。」周捕頭答說。

「你把他們兩位請來，我有話說。」王巡檢低聲說道：「回頭你派人守著，別打攪他們。」

周捕頭點點頭，親自把趙四與耿得祿去請了來。趙四跟曹雪芹、仲四都已算熟人，含笑頷首，作為招呼；只有耿得祿揚著臉不理。

「兩位上差請坐。」王巡檢指著曹雪芹說：「這姓曹的要看馮大瑞，兩位想必已經由世侍郎衙門裡交代過了。」

「是的。」趙四答說。

「那麼現在就讓他們去見面。」

「行。」

「看是看，」耿得祿發話，「可要懂規矩！」

「喔，」曹雪芹轉臉問仲四：「甚麼規矩？」

「這得請教周頭。」

「不敢！」周捕頭說：「無非不准串供；不准私下遞東西。」

「還有，」耿得祿說：「說幾句話就走，別老挨在那兒不走。」

「我知道了。」曹雪芹也揚著臉說，然後跟著差役由一道小門進去看馮大瑞。

「兩位預備甚麼時候動身回京。」

「我們下午就走。」耿得祿回答。

「那好！我關照驛站替你們預備車子。兩位還有甚麼事？」王巡檢一面說，一面向何謹使了個眼色。

何謹自然會意了，從懷裡掏出一個象牙鼻煙壺來了，倒了些在指尖上，往鼻孔裡抹了去，「嘶，嘶」地發出很大的吸氣聲，惹得一屋子的人都側目而視。

那耿得祿可受不住了，只覺得鼻子裡發癢，胸口發悶。這時王巡檢又向周捕頭拋去一個眼色；周捕頭很機警地意會到了是怎麼回事了。

「啊，啊，老大哥，」周捕頭說：「你這鼻煙能不能勻給我一點兒？」

「行，行！」何謹問說：「周頭，你要多少？」

「不是我要。」周捕頭指著耿得祿說：「是這位餓煙了。」

「喔，好！」何謹拿著鼻煙壺走到耿得祿面前問道：「貴姓？」

「我姓耿。」耿得祿回問一句：「貴姓？」

「敝姓何。」何謹說道：「來，來，既然餓煙了，得好好兒來兩口。」

說著，他拿袖子將桌沿抹一抹淨，然後倒出鼻煙，倒了一堆又一堆，一共四堆。

「行了，行了！」耿得祿一迭連聲地說：「多謝，多謝！」

說完了，伸手抹鼻煙，用中指在桌上一刮，送往鼻孔，只聽「嘶」地一聲，都吸了進去。四堆鼻煙抹完，臉上頓時顯得心曠神怡。

「我走了。」王巡檢向周捕頭說：「好好招呼他們幾位。」

於是周捕頭叫人張羅茶水，故意將話題引到鼻煙上去。由於曹寅當年酷好此道，收藏的鼻煙壺，上百之多，所以何謹在這方面的見聞甚廣，從明朝萬曆年間，義大利教士利瑪竇來華，鼻煙開始傳入中土談起，談到鼻煙的種類，以及如何用各種花露來加工的方法，同時用實物來驗證。

「我這煙，顏色帶綠，叫做『葡萄露』。」何謹又倒了一小撮在桌上，「耿爺，你再試試，看是不是有點葡萄味兒？」

耿得祿雖嗜鼻煙，力不足以購用上品，只知道最好的鼻煙，像茶葉中的香片那樣，用花露薰過，卻不知帶綠色的名為「葡萄露」；帶紅色的名為「玫瑰露」等等名目，自然更沒有享用過。此刻細心一試，果然隱隱覺得帶點葡萄的香味；不由得自嘲地笑道：「我可真是『豬八戒吃人參果』，剛才竟沒有辨出味兒來。」

「覺得還不錯，是不是？再來一口兒。」

何謹又傾出一撮，然後再講平生所見過的好鼻煙壺；在座的人都是聞所未聞，連周捕頭都聽得出神了。

只有仲四聽而不聞，留意著裡面的動靜；曹雪芹如果出來了，自然不必再花心思，否則便須等何謹談完了鼻煙壺，另外有個纏住耿得祿的法子，而且這個法子要早想。

轉念到此，悄悄起身，找個在班房裡跑腿的小徒弟，「兄弟，」他掏出一把碎銀子，約莫二兩有餘，塞到他手裡說：「勞你駕，給弄點吃的、喝的來。要快！多下的是你的『腳步錢』。」

「是了！」小徒弟高高興興地答應著，飛奔而去。

不必走遠，衙門前面，照牆之下，便有賣各種點心熱食的小販；那小徒弟買了兩大包滷菜、四十個火燒、一大瓶「二鍋頭」，借個食盒一起提了來。

周捕頭明知是怎麼回事，但江湖上另有一套又要捧人拉交情，又要占地步、留身分的訣竅，所以霍地起立，朝小徒弟瞪著眼問：「這是那兒來的？」

「是，是——，」小徒弟張皇四顧，找到了仲四，頓時輕鬆了，手指著說：「這位爺，給錢叫我去買的。」

周捕頭作勢欲打，但好像硬忍住了，將手放了下來，看著仲四說道：「老四，你這就不對了！莫非我做這麼一個小東就做不起？」

「我不對，我不對！」仲四連連拱手，陪著笑說：「不過，咱們的交情，這算不了甚麼；你不能說我掃了你的面子吧？」

周捕頭作著無可奈何的表情，向那兩番子說：「兩位看，明明掃了我的面子，他還那麼說。有甚麼法子，交情嘛！」

「對了！」趙四是有心結納，所以很快地接口，「交朋友就得這樣子，才夠味兒。」

周捕頭點點頭，叫小徒弟另外又去添菜添酒；大家都覺得意興極好，耿得祿也就根本忘掉有曹雪芹在跟馮大瑞相會這件事了。

曹雪芹很吃力地將不能不將馮大瑞解進京，暫時監禁在步軍統領衙門的原委講完；接下來表示疚歉，但剛一開口，就讓馮大瑞攔住了。

「芹二爺，你別說了。你跟仲四爺都是好意；陰錯陽差湊成這麼一檔子窩囊事，誰也不能怪。至於一定要到京裡過一過堂，這一層我早就料到了。沒有甚麼！」

見此光景，曹雪芹稍感安慰；但還有擔憂的事，怕他對方觀承的信心動搖，甚麼事不能推心置腹，說不定就會由於誤會而又生出意外風波，因而覺得需要解釋。

他想了一下，用詢問的語氣開頭：「大瑞，你是不是覺得方問亭拍胸擔保你一切沒事，到頭來還是弄成今天這樣子，疑心他是不是有力量救你？」

「我一點都不疑心。」馮大瑞說：「我知道他有力量。至於弄成現在這樣子，你剛才已經說過了，是要為訥公圓上面子，這做法也不錯。『光棍好做，過門難逃。』江湖上的規矩，方問亭是很清楚的。」

曹雪芹心中一動，「方問亭久走江湖，」他問：「江湖上知道不知道方問亭？」

「怎麼不知道？江湖上如果不知道他，他就不會知道我到達通州；也不會知道我來幹甚麼。」

「這麼說，他跟江湖上人有來往。」

馮大瑞笑笑答說：「這話，你最好去問他自己。」

「那麼，」曹雪芹又問：「你究竟來幹甚麼的呢？」

「咦，他們沒有告訴你？」

這他們包括仲四，也包括方觀承。「他們告訴我了。」他點點頭，「我替你擔心的是，你對你們幫裡，怎麼交代？」

「不要緊。方問亭自有辦法。」

照此看來，方觀承不但跟江湖上通聲氣，而且是跟漕幫中有頭臉的人有交情。意會到此，心頭暗喜；只要把繡春的下落打聽清楚了，很可以拜託方觀承去找。

當他在心裡七上八下，思緒如風捲浮雲、鞭催怒馬時，馮大瑞開口了。

「芹二爺，」他說：「你還沒有告訴我，你這幾年的境況呢！」

「喔，」曹雪芹定一定神說：「還不是那個樣兒嗎？」

聽這一說，雙腿受了傷的馮大瑞，緩慢地將椅子往後挪一挪，拉開距離，身子往下，臉往後仰，將曹雪芹端詳了一會說：「雖說沒有變，到底跟以前還是有點兒不一樣；發福了！」

「飽食終日，無所事事，怎麼會長不胖？」曹雪芹答說：「這幾年總算日子過得還順遂，就是不能提繡春——」

「芹二爺，」馮大瑞不等他說完，硬插進話來打斷：「聽說你一直還沒有娶少奶奶，倒是有個兒子。那是怎麼回事？」

「那，說來就話長了。」

「長話短說好了。」馮大瑞問道：「是有一個姨奶奶？」

「是的。叫杏香，人還不錯。」

「人不錯就好。」馮大瑞又問：「太太呢？一定很健旺？」

「得了個氣喘的毛病，發起來很怕人——」

「喔，」馮大瑞很快地打斷他的話，而且也很興奮地，「我有個單方，百發百中。當時人家傳給我的時候，鄭重得不得了，我也就很仔細地記著，心裡可是在想，又不是等著用這個方子，也許根本就沒有人問我，記也不過白記。誰知道今天倒真用上了，合該太太的造化。這方子我記得很清楚，芹二爺，你帶筆了沒有？」

於是曹雪芹從隨攜的「護書」中，取出水筆、紙片，錄下馮大瑞口述的單方；接下來便要談過去了。

他心裡是有準備的，細想近來一連串的事故，尤其是剛才聽馮大瑞談到方觀承與江湖上的關係，言詞閃爍，其中似乎包含著很深的祕密——這一陣子的閱歷，使得曹雪芹長了許多見識，深深體會到任何人都有保持個人祕密的習慣；而打聽人家的祕密，不但會惹人猜疑，並且即令打聽清楚了，也不會是樁好事。因此，他並不預期馮大瑞將他的一切，和盤托出；同時與繡春沒有多大關係的事，也不必去打聽。

「大瑞，」他閒閒地說：「你是怎麼回來的呢？有人說你立了功；有人說你是繳了贖罪的銀子。你能不能講給我聽聽？」

「怎麼不能。」馮大瑞答說：「兩樣都有。貴州打苗子，我立過功勞，在雲貴兩省是自由的，不過還不能回來；後來有人替我花了錢，才私下在名冊裡頭，把我的名字塗消了。」

「這樣說，你還是個『黑人』？」

「可以這麼說。不過，這一點我也不怕；雲貴半邊天，誰也不知道我的事。」

「以後呢？就回直隸了？」

「不是。先到山東、江南，走了好些地方。」

「幹甚麼？」

馮大瑞笑一笑答說：「無非一個『混』字。」

「混出甚麼名堂來沒有呢？」

「這很難說。芹二爺，江湖上的人，跟你們世家子弟的想法、看法不一樣。」

「我想，」曹雪芹試探著說：「你一定是在漕船上混。」

他是故意不提「漕幫」二字；馮大瑞倒很坦然，「我在幫，你是知道的。」他說：「當然是在漕船上混。」

曹雪芹將他前後的話串連起來體味，猜出馮大瑞在漕幫中已有相當地位，便點點頭說：「我想你很得意。」

「談不到。」馮大瑞似乎不願意深談，顧而言他地說：「芹二爺，你常跟仲四爺在一起吧？」

「不！」曹雪芹答說：「在京裡，一個月有一兩回，或者他來看我們家的老太太，或者我找他去喝喝酒。如果是在通州，三、四月不見面也是常事。」

「嗯、嗯。」馮大瑞沒有再說甚麼。

「大瑞，」曹雪芹開始問他最關心的事，「在薊州，提到繡春，你嘆了口氣；這當然是知道她的消息囉？」

「我也是聽說，不知道靠不靠得住？」馮大瑞落入沉思之中，一種迷惘依戀的神情，顯得他對繡春也是情深一片。

「大瑞，」因為他久久未語，曹雪芹催促著：「你倒是說啊！」

「我聽說，她是在南京、還在蘇州生了一個孩子；大概孩子一兩歲的時候，不知道要到那兒去，經過鎮江生了一場大病。貧病交迫，一時想不開，尋了短見——。」

「啊！」曹雪芹失聲驚呼：「遇救了沒有？」

「遇救了。」馮大瑞說：「救她的人，是金山寺的一個老和尚。」

「還好，還好！」曹雪芹問：「以後呢？」

「以後老和尚把她藏起來了。」

「為甚麼？」

「不知道。」馮大瑞說，「我猜是繡春不願意見人，所以那老和尚把她安頓在一個很清靜的地方，有人問起，老和尚不承認有這回事。」

「莫非——，」曹雪芹不免猜疑，「那老和尚不懷好意。」

「絕不會。那老和尚絕不會做這種事。」

「你怎麼知道？」

「是的。」馮大瑞不肯講原因，只說：「我知道，絕不會。」

「那老和尚法名叫甚麼？」

「叫——，」馮大瑞想了一下說：「叫禪修。」

曹雪芹將他的話，前前後後想了一遍，找到了要緊之處，「大瑞，」他問：「你去找過禪修沒有？」

「找過。」

「他怎麼說？」

「他就是不承認有這回事。」

「那麼，」曹雪芹很快地問：「你為甚麼不說你是繡春的甚麼人？」

「說了，還是不行。」

「他當時一口咬定了，沒有這回事？」

「是的。」

「你錯了。」曹雪芹說：「他在當時，自然出爾反爾，一會兒不承認，一會兒承認。你得想法子在無意中露口風，不必當時就問他；那一來，他回去問了繡春，情形就不同了。」

「不！我細想過這件事，大概繡春早就跟他談過我了。」

「這麼說，繡春是意料到你或許會去找她；她不打算見你，這些情形都告訴禪修了？」

「應該是這樣。」

「你從那裡看出來的呢？」

「我後來又去見過老和尚，他仍舊是那樣子。如果像你剛才所說，他回去以後當然要跟繡春談；繡春如果願意見我，用不著我去看老和尚，老和尚就會來找我。」

「他到那裡去找你？」曹雪芹問：「你留了地址給他了？」

「用不著，他自然找得到。」

這句話漏了馬腳，曹雪芹抓住了，連連發問：「為甚麼用不著你留地址，他自然會找得到你？你跟這禪修一定有甚麼淵源。是不是？你說。」

馮大瑞不善撒謊，更不會圓謊，因而默不作聲，臉上自然有困窘之色。

「是不是！」曹雪芹又得意、又高興地，「我說中了吧？你一定跟禪修有甚麼淵源。說，快說。」

他竟要賴了：「不說不行！」

馮大瑞有些苦惱，「芹二爺，」他說：「我說是跟你說，你可不能洩漏出去。」

「我答應你。」曹雪芹話一出口，覺得不妥，趕緊又補上一句：「我絕不跟外人去說。」

「你的意思是——？」

「我的意思是，有幾個人面前，我不能不說，譬如像我們老太太那裡、秋月等等。算起來不過五、六個人。」

「好！我跟你說了吧，那位禪修老和尚，在幫裡比我長兩輩——。」

「甚麼？」曹雪芹大為詫異：「和尚也有在漕幫裡的？」

「有，而且還不少。」馮大瑞說：「這位禪修老和尚，在幫裡的字派是個『法』字，上『法』下

『廣』。他是山東兗州府人氏，現在金山寺是個『菜頭』。」

「『菜頭』是管菜園的頭腦？」

「是的。」

「原來是這樣子。你的話原來都是有來歷的。」曹雪芹問：「她那孩子呢？」

「自然跟她在一起。」

「是男是女？」

「不知道。我問老和尚，他不肯說。」

「他當然不肯說，說了不就等於承認有收容繡春這回事了。」曹雪芹問道：「你為甚麼不託人去打聽？」

馮大瑞不答；沉默片刻，忽然問說：「繡春的孩子是誰的？」

曹雪芹沒有防到他有此一問。稍微多想一想，覺得這話不可輕率作答，因為馮大瑞可能很在乎這一點，如果說了實話，他是如何來看待曹震，是件必須顧慮的事。

他決定隱瞞真相，但亦必須為繡春辯白，「大瑞，」他說：「請你不必查問，就算是我的好了。我可以告訴你，繡春沒有錯，一點都沒有錯。」

同樣的，這番答語，亦是馮大瑞沒有料到的，「芹二爺，」他問：「你說就算是你的，意思就是不是你的。是不是？」

「也可以這麼說！」曹雪芹問道：「大瑞，我請你說一句心裡的話，如果你能跟繡春再見面，她也仍舊願意嫁，你會不會娶她？」

「只要是她有這個孩子，不是她的錯，我自然會娶她。」

「好！」曹雪芹很興奮地說：「我一回京就跟內務府去請假；最好能跟你一起到金山寺去找禪修

老和尚，請他讓我跟繡春見面。」

「沒有用！」馮大瑞使勁搖頭，「他絕不會承認。」

「會！大瑞你信不信？」

「我不信。」

「我說個道理，你就會信了。我跟老和尚說：我來要我的孩子。我不知道孩子是男、是女；不過我知道孩子的名字，兒子叫曹綏，女兒叫曹絢。」

馮大瑞楞住了，「芹二爺，」他問：「這是怎麼回事？」

「仲四沒有跟你談過？」

「他只告訴我繡春不知怎麼懷了孕，又不知怎麼失蹤了，一直都找不到。」

「那麼，我告訴你吧！失蹤的前一天，她問我，要不要她肚子裡的孩子？我說要，她就叫我替孩子起名字。這話，我想繡春一定告訴過老和尚。」曹雪芹又說：「繡春還給我留下一封信，說有一天曹綏或者曹絢會上門認父。你想，是這樣的情形，老和尚會不讓我跟繡春見面嗎？」

馮大瑞全神貫注地聽著，而且將他心中的感想一層一層地顯現在臉上，驚異、興奮，而最後是困惑。

「芹二爺，」他問：「如果是女兒還不要緊；是兒子，上門認父以後，將來你把他撫養成人，替他娶了親，有了孫子，那一來不就把你們曹家的血統弄亂了嗎？」

他說到一半，曹雪芹就發覺自己無意中失言了，也猜到他問這話的意思了；他是要弄明白，孩子的父親到底是誰？甚至已經想到，孩子原來就該姓曹，否則便是亂了血胤。

因此，曹雪芹再一次考慮，是不是要說破繡春好意為待產的錦兒去管家，以致為曹震所乘這件事？想想還是不說為妙。

「大瑞，這一點我也想過。我可以告訴你，不過我說了以後，你別再提了，行不行？」

「行。」

「我早已打算好了。等孩子長大成人，我自然讓他復姓歸宗。」

「這一說，孩子並不姓曹。」

「是的。」曹雪芹硬著頭皮回答。

「那麼姓甚麼呢？」

「你別問了。」曹雪芹說：「你剛才不是答應過我，不再提的嗎？」

馮大瑞語塞，但臉上有上了當的那種忍氣吞聲的神情。

「大瑞，」曹雪芹很懇切地說：「你不是那種放不開的人。這件事既然不是繡春的錯，你又何必認真？你只問你自己喜歡不喜歡繡春？如果喜歡，我怎麼樣也要促成你們破鏡重圓。」

他停了一下又說：「既然說是破鏡，總有一道裂痕；這道裂痕的出現，也不能怪她一個人，是不是？」

他的話說得很透澈；馮大瑞畢竟也是痛快人，當即答說：「芹二爺，我都聽你的。」

「好！」曹雪芹也很高興，「這才像自己弟兄。」

杏香已從何謹及桐生口中，約略得知通州的情形，但是曹雪芹跟馮大瑞會了面談些甚麼，桐生根本不知；何謹知而不詳，索性一無所聞，因此，杏香在陪曹雪芹吃飯時，首先以此為問。

「你是要問馮大瑞，還是繡春？」

「問繡春。」杏香答說：「我雖沒有跟她見過面，卻不知怎麼，心裡總是在想，如果跟她見了面，一定也會投緣。」

「那麼，你應該覺得安慰，繡春猶在人間。不過要見她卻不容易；除非我能到金山寺去一趟。」

聽他細說了經過，杏香也覺得除了曹雪芹，甚麼人要想見繡春，都會見拒於禪修。但曹雪芹要想去一趟金山寺，一樣的也不容易。這就只有找秋月來商量了。「我想還有一個人，應該能跟繡春見面，」秋月說了名字：「王達臣。」

「是啊！我倒沒有想到。」曹雪芹顯得很興奮，「他們是胞兄妹，禪修老和尚沒有理由拒人於千里之外。」

「其實不是老和尚攔住前面，是繡春願意不願意見而已。」秋月又說：「譬如說，我要是跟老和尚說，要見繡春，他當然一口拒絕，可是他一定會跟繡春去說，繡春不會連我都不願意見，那時候老和尚自然會來找我。難的是，我又怎麼到得了金山寺？」

「還是應該先通知王達臣；他們同胞骨肉，知道繡春有了消息，一定連夜都要趕去。不過，那也是幾個月以後的事了——。」

原來王達臣這幾年專為仲四開碼頭，打天下；此刻是在甘肅蘭州主持聯號。由西北到東南，水陸兼程，亦須一個多月才到得了；而況眼前通知王達臣，至少亦要個把月，在急於想獲知繡春確實信息的曹雪芹、秋月，乃至杏香，都覺得是件難以忍耐的事。

「還是我去。」曹雪芹說。

下決心容易，做起來很難。首先是在旗的不能隨便出京，請假亦須有正當理由，不過這總還有法子好想；最難的是，這話該如何跟馬夫人去說？問起來那禪修老和尚是誰？他憑甚麼把繡春藏起來，不讓人跟她見面？這要解釋明白，就得牽涉到曹震，等馬夫人弄明白了，她會放心容愛子去涉歷江湖嗎？

一往深處去談，障礙重重，越談越多，曹雪芹大為沮喪；不過，最後杏香出了個主意，卻很高明。

「我看還是得請老何出馬。芹二爺切切實實寫封信，要說太太知道了她的消息，想念得不得了。這封信到金山寺交給禪修老和尚，他拿去給繡姑娘一看，豈有個不當時就要見老何之理？」

曹雪芹與秋月都認為這是無辦法中的唯一辦法。可是以後呢？

「以後？」秋月提出疑問：「能把她接回來嗎？」

「這很難說了。」曹雪芹回憶著最後跟繡春相處那一夜的情形，「以我所知，她彷彿今生今世再不願跟震二哥見面；所以只要他在京，繡春就絕不會來。喔！」曹雪芹想起一件事，急忙叮囑，「馮大瑞對繡春是懷了誰的孩子這一點，似乎很在意；你們以後都得留意，別讓馮大瑞知道真相。」

「其實他也猜想得到。」杏香說道：「你答覆他的話，雖然很巧妙，但避而不談，顯見得情虛，『啞巴吃扁食』，他心裡也有數。」

「不說破總比較好。」秋月又把話題拉回來：「要說繡春不願意跟震二爺見面，就一起在京，也可以把他們隔開來；倘或冤家路狹，海角天涯也有不期而遇的時候。這一層，我想倒不必太顧慮；如今要琢磨的是，得怎麼找個讓她不能拒絕的理由，把她勸回來。」

「我看，」杏香說道：「還是得打太太的旗號。」

「那不是讓她不能，是讓她不忍——。」

「我倒想到了一招。」曹雪芹突如其來地說：「信上，最好讓太太親筆寫兩句話。」

這在杏香卻是新聞，很感興趣地說：「我從沒有看過太太寫的字。」

「我也只見過兩三回。」秋月又說：「芹二爺這招確是很高。咱們想兩句話寫出來，請太太照描。繡春知道太太會寫字的。」

「好！咱們一樣一樣來，看甚麼話能寫，甚麼話不能寫。」曹雪芹問：「馮大瑞如何？」

「我看，」杏香說道：「根本不必提。」

「是的。不提為宜。有甚麼話，等她來了，咱們再勸她。」秋月問說：「震二爺如何？」

「這我會寫。」曹雪芹答說。

那就沒有再需要顧慮的事了。接下來又商量進行的步驟，談到深夜方散。

第二天，曹雪芹首先要辦的一件事，便是去看方觀承，打聽馮大瑞的消息。到得平郡王府，恰好方觀承要上車，神色極其匆促，只能立談幾句話。

「馮大瑞的事，我還沒有功夫跟訥公細談；就我有功夫，他也沒有功夫。不過，你放心好了，馮大瑞在步軍統領衙門，只不過是軟禁，一點都不會吃苦。」方觀承又說：「現在我有一件很要緊的事要辦，這幾天你找不到我。等事定了，我會找你。」說著，一腳已踩在車門旁的踏腳凳上了。

曹雪芹大失所望，心裡也很亂；只想到要看一看馮大瑞，急忙拉住方觀承的衣服說：「方先生，方先生，能不能讓我去探一探監？」

方觀承略一沉吟，隨即慨然說道：「可以。」接著抬眼搜索了一下，找到他的隨從之一：「蕭福，我把曹少爺交給你；他有事你替他辦一辦。」

「是。」蕭福答應著；曹雪芹不認識他，他卻認識曹雪芹，當即轉臉說道：「芹二爺請先回府；回頭我到府上來請安。」

「言重，言重。」

於是分別上車，各奔前程。曹雪芹回家，不免怏怏不樂；杏香問他，亦懶得回答。到得近午時分，門上來報：「方老爺派來一個姓蕭的管家，要見芹二爺。」

曹雪芹精神一振，「我馬上出來。」他定定神向杏香說道：「這姓蕭的，要安排我去看馮大瑞。這時候該留他吃飯，找老何陪他。你跟秋月去說，還得備個賞封給他，不能太薄。」

說完，走到大廳，只見蕭福鵠立簷前，一見趨前打扦；又說：「給老太太請安。」曹雪芹心想：

真是「有其主必有其僕」，方觀承用的人，無不能幹誠懇。因而亦頗假以詞色。

「你坐！坐了才好說話。」

「不敢！芹二爺有話請吩咐好了。」

一個固讓，一個固辭；曹雪芹便站著跟他說道：「有個馮大瑞，你知道不？」

「是。知道。」

「他現在軟禁在步軍統領衙門，我想去看看他。」

「是。」蕭福想了一下問道：「芹二爺是急於要看他，還是可以緩一緩？」

「是有甚麼不便嗎？」

「回芹二爺的話，如果急於要看他，比較費事；倘能緩個三兩天，等我在步軍統領衙門一個熟朋友出差回來，那就是一句話的事。」

「也好。」曹雪芹沉吟了一會說：「或者先替我寫封信，行不行？」

「請問芹二爺，信上說些甚麼？」

「無非安慰他的話。」

「是。」蕭福答說：「信，請芹二爺別封口。」

就在這時，何謹來了；曹雪芹便說：「蕭管家，你在這兒便飯。」他又指著何謹說：「這是跟先祖的人，姓何，我讓他陪你喝一盅；我去寫信。」

「是！既這麼說，我就老實了。」蕭福又打了個扦，「謝謝芹二爺賞飯。」

曹雪芹留下何謹相陪，自己回去寫信，只是安慰的話，寫來毫不費事；擱筆之頃，秋月來了，手裡是沉甸甸的一個紅包。

「八兩銀子。芹二爺，夠不夠？」

曹雪芹想了一下說：「也差不多了。你現在連我的信一塊兒叫人交給他。」

「不忙。這會兒交過去，倒像催人家快吃似地。」秋月又問：「方老爺怎麼說？是不是馮大瑞的官司有麻煩，一時出來不了？」

「不是，是他沒有功夫辦這件事；他說他另有一件要緊事，要忙好幾天。忙完了，他會來找我。」

「噢！」秋月沉吟著說：「莫非——」

曹雪芹驀然會意，「莫非聖母老太太要進宮了？」他接著又說：「一定是這件事。」

「我想也應該是。」

曹雪芹對此當然亦很關心，「下午，」他說：「你去看看錦兒姐，打聽打聽消息。」

「好！」秋月答說：「如果有消息，不必打聽，她先就跟我說了。不過，她未見得知道。」

「她不知道，不會問震二爺嗎？」

秋月本來就要去看錦兒，因為要把繡春的消息告訴她，曹雪芹接受方觀承委託，去訪馮大瑞的始末經過，錦兒不甚了了，這一談，很費辰光；秋月打算跟錦兒聯床夜話，所以編了個理由，跟馬夫人回明了，直到未末申初方始出門。

一見了面，秋月先問：「震二爺呢？」

「唷，別提了！」錦兒答說：「真不知道他在忙些甚麼？昨天回來了一趟，叫多帶一點兒衣服，說好幾天不能回家；問他是要出門不是？他還是那三個字——。」

「『你別問！』」秋月替她說了出來。

「可不是。」錦兒也笑了。

「既然今兒個震二爺不回來，讓我來陪你。」秋月說道：「咱們今晚上恐怕得說一夜的話。」

得的事，得談一宵！」

「幹麼？」錦兒楞了一下，忽然笑逐顏開，神色卻有些詭祕，「是不是你的紅鸞星又動了？」

「去你的！」秋月紅了臉，而且有些不悅，「還甚麼『又動了』！倒像我想嫁嫁不掉似的。」

「好姐姐，你別生氣。」錦兒陪笑說道：「那個『又』字可是用得真沒有學問。你說，有甚麼了不得的事，得談一宵！」

「先不告訴你，讓你納會兒悶。是個好消息，不過與我可是一點兒都扯不上關係。」

「那麼是雪芹的？」

「跟他有點干連。」秋月顧而言他地問道：「你請我吃點兒甚麼？」

「我不知道你想吃點兒甚麼？咱們一起到廚房看看去。」錦兒忽然想起，「喔，有一簍崇文門送的春筍，那可是宮裡也剛嘗鮮。」

南省進京，必入崇文門，此處是個稅卡，「監督」特簡親貴兼領，是有名的闊差使。稅卡上的官員兵丁，對不服稅課的人，只吆喝一句：「帶他去見王爺。」就能把人唬倒，因而貪橫有名；苛稅以外，有時鮮土貨，常常硬索若干，用來孝敬達官貴人。曹震居然亦有崇文門稅卡送珍貴果蔬，在秋月不免又高興、又感慨。

「震二爺真是闊了。」

「這算得了甚麼！再闊也不會有咱們在南京的日子。」

等錦兒交代廚子，好好做了幾個菜，又開了一瓶「金頭」的葡萄酒相款待，秋月方始談到「好消息」。

「我告訴你吧，繡春有消息了。」

一聽這話，錦兒雙眼睜得好大；然後大叫一聲：「你怎麼早不說？」

這一叫把丫頭老媽都驚動了，錦兒這才發覺自己失態；秋月也不忍埋怨她，只說：「你先別太高興，能不能跟她見面，還不知道呢？」

由此開始，一直談到四更已過，方始歸寢。錦兒完全贊成曹雪芹跟秋月、杏香商量好的辦法，有許多小小的難題，亦由她自告奮勇、迎刃而解，如像派何謹南下，要在馬夫人面前有個藉口，錦兒便表示可以讓曹震跟馬夫人去說，借何謹到江寧去辦一件公事；既是公事，馬夫人就絕不會探問，這是曹寅在日傳下來的規矩。至於何謹南行的伕馬盤纏，錦兒亦一力擔承，不用他人費心。

因為睡得太遲，而且是作客的身分，所以秋月起得很晚；正在梳洗時，只見錦兒奔了來，匆匆說道：「內務府有人來送信，說震二爺的差使調動了；也不知是好是壞？你看，該怎麼打發？」

「喔，」秋月問道：「調了甚麼差使？」

「喏，有張紙在這裡。」

秋月接來一看，五寸寬的一張白紙，上面寫的是：「奉堂諭：七品筆帖式曹震，著派在廣儲司主事上行走。」

「恭喜，恭喜！」秋月笑逐顏開地說：「震二爺不但派了好差使，而且升官了。」

能得這話，錦兒隨即說道：「虧得你在這裡！」她說：「這得多開銷一點兒。不然我鬧不清楚，給少了讓人背後說閒話。」接著，便開銀櫃，取了兩個十兩頭的銀錁，拿紅紙包了，匆匆而去。

秋月當然也替錦兒高興，定定神回想多年前曹老太太為她講過的，內務府的官制，大致都還能記得起來。

「你可不能走了！」滿面春風的錦兒走回來說：「回頭一定有人來道喜，你得幫我招呼。」

「這——，」秋月沉吟了一下說：「你派人去送個喜信給太太，順便把芹二爺請了來。你只能招呼堂客；有爺兒們來道喜，得他出面應酬。」

「說的是。」錦兒又說：「四老爺那兒也得送個信吧？」

「對了！」秋月接著又說：「說不定老爺也升了官了。」

於是秋月幫著錦兒，料理飲食，指派職司，預備接待來道賀的客人。手裡忙著，口中也不閒，將曹震的新職，為錦兒作了一些講解，以便酬答賀客。

原來內務府七司，以廣儲司為首，惟有這一司特派總管內務府大臣值年管理，因為廣儲司下有銀、皮、瓷、緞、衣、茶六庫；又有銀、銅、染、衣、繡、花、皮共是七個作坊，掌管庫藏出納，天家之富，萃於此處；值年大臣之下，共有郎中八員，分掌各庫各坊，但主事卻只得兩人，官秩六品，七品筆帖式，派在「主事上行走」，自然是升官。

「江寧、蘇州、杭州三處織造，亦歸廣儲司派；四老爺當年不就是主事？」

這句話才真的讓錦兒興奮莫名，「要真的派了江寧織造，那、那——，」錦兒噙著眼淚在笑，「我可真不知道該怎麼說了？」

秋月亦因她這句話觸及記憶，但她不敢去多想，因為回憶中有歡樂、有酸辛，歡樂只添悵惘，酸辛更令人心悸。

正在談著，兩處都有回音來了，曹雪芹說，他馬上帶著何謹過來；曹頫不在家，季姨娘下午過來道喜。話剛完，曹雪芹已經來了，先將何謹安置在門房中「支賓」；然後到上房來看錦兒。

他帶來了更多的消息。這天上午，有曹雪芹的一個咸安宮官學的同窗去看他，也是特為去送喜信，說廣儲司主事的缺是兩個，一個是正缺，一個名為「委署主事」；原來的正缺主事已調升為都虞司的員外郎，按規矩應該委署主事補正，但此人是八品筆帖式委署，品秩比曹震低，因而得以後來居上，這是「喜上加喜」。

「四老爺也有喜事。聽說會放個稅差，或是關差。如果是關差，大概是荊州關。」曹雪芹很興奮地說：「我倒真希望四老爺能得這個差使；那時候我請半個月的假，由荊州入川，一覽三峽之奇，償我多少年的宿願。」

「沒出息！」錦兒半真半假地，「反正一天到晚打算的，就是玩兒。」

「古人說讀萬卷書，行萬里路，遊歷也能長學問。」

「學問再大，不用在正途上，也是枉然。」錦兒又說：「這回震二爺升官，四老爺放差，還不都是由熱河那場功勞上來的；照規矩說，實在應該好好給你一個恩典。這話我得跟震二爺說。」

「當初我跟震二哥講清楚了的，不能弄個甚麼差使來拘住我的身子。」曹雪芹很認真地說：「錦兒姐，你可千萬不能多事。」

「你也別忙。」秋月向錦兒說道：「只要聖母老太太進了宮，說不定那天想起芹二爺來，跟皇上提一聲兒；那就不知道是多大的恩典了。」

「不會的。」曹雪芹說：「皇上不喜歡外戚攬權，防微杜漸，一定不會聽聖母老太太的話。」

曹雪芹說完了話，忽然發楞，攢眉苦思；錦兒便即問道：「怎麼回事？」

依舊是聽而不聞，又楞了一會，曹雪芹突然失笑，「我道呢？總覺得那兒不對勁；翠寶姐跟孩子呢？」他問：「怎麼不見？」

這是秋月昨天一來就問過了的；「帶兒子還願去了。」她代為回答：「在香山碧霞元君廟宿山，得明兒才回來；不然，怎麼會留我在這兒呢？」

「那你就多留一天。等翠寶回來了，你再回去好了。」

「恐怕亦非得如此不可。」

正在談著，門上來報，有曹震的朋友來訪。於是曹雪芹到廳上去應酬；錦兒關照預備點心，等交代妥當了，回進來與秋月仍是談曹雪芹的前程。

「你剛才那話，倒提醒我了。」錦兒很起勁地說：「放著這麼一條好路子不去走，那不傻透頂了。咱們這位小爺，一腦子的名士派；不能再像從前那樣盡由著他的性子了。我看，我跟我們那位提一提，讓他去求聖母老太太，好歹得給個過得去的官做。」

這條路子雖是秋月想到的，但她比較慎重，贊成錦兒跟曹震去商量，不主張未經曹雪芹同意，便由曹震去求聖母老太太，同時也向錦兒提出「警告」。

「咱們這位小爺，看起來隨和，可別犯了他的倔脾氣！萬一去求聖母老太太，真的給了個過得去的官，也還要看他願意不願意。倘或楞說不幹，那時候可怎麼收場？」

「我想不會。不過，先問一問震二爺再說也好。我想——。」

錦兒還欲有言，因為有堂客來而打斷了。由此一直忙到晚飯以後，曹雪芹作別自去，秋月仍舊留著，正在燈下閒話休息時，曹震忽然回來了。

「震二爺，」秋月含笑起身，「給你道喜！」說著，蹲下身去，規規矩矩地請了一個安。

「喔，喔，你在這兒，好極了。」曹震向錦兒說道：「我還沒有吃飯。」

他的話剛完，秋月機警地自告奮勇，「我去！」接著又問：「震二爺是先弄點東西點點飢，隨後喝酒，還是怎麼著。」

「勞駕，勞駕！」曹震答說：「先填填五臟廟，隨後喝酒。」

等秋月一走，錦兒一面伺候曹震換衣服，一面問道：「你不是說要到甚麼地方好幾天，怎麼一下子又回來了？」

「明兒我得上任，自然要回來預備預備。」曹震問說：「你們是怎麼得的消息？內務府送了信？」

「不光是內務府。雪芹的消息更詳細，說你得的是主事；不是甚麼『委署主事』。」

「喔，他也知道。」

「還有，說四老爺要放稅差。」

「已經放了——。」

「是荊州不是？」

「不是。是蕪湖關。」

稅關歸工部管轄的，有江蘇的宿遷、安徽的蕪湖、湖北的荊州，以及吉林的寧古塔、輝發、穆欽等處。其中以蕪湖關最大，下設「分口」四處，凡是竹木、紫炭，下至商人運貨所用的竹籃藤簍，都要收稅，稅關監督是個肥差使。

「雪芹呢？」錦月說道：「你跟四老爺都得了好處，也該為他想想。」

「已經想好了，可不知道他願意不願意。」曹震答說：「蕪湖關下面有四個分口，讓他挑一處去管。」

「那分口管甚麼？」

「自是管收稅。」接著，曹震將所收何稅，大致說了些。

「這差使他幹得了嗎？好了，好了，你別害他，又害了四老爺。」

「那怎麼會？他不過掛個名兒，管自己喝酒做詩好了；下面自然有人替他管。」

「那更是害了他。」

「怎麼呢？」曹震問說：「這是我替他著想，坐著當大少爺不好嗎？」

「不是當大少爺，是當老太爺。剛出去做事就是個養老的差使。你害他一輩子！二爺啊二爺，你別缺德了吧！」

這一頓排揎，惹得曹震有些冒火；不過細想一想卻是正論。便即問說：「那麼，依你說呢？」

「不放著聖母老太太那麼一條好路子？」

說著話又低頭在替曹震扣腋下鈕扣的錦兒，突然發覺有一隻手粗暴地握住她的手腕，既驚且痛，驀地抬頭，只見曹震雙眼睜大了，一副懍然的神色。

「幹嘛呀？你！」

曹震將她手腕放開，一面揉著，一面半推半擁地將錦兒移到床沿上並排坐了下來，方始開口。

「你可千萬別動這個念頭！」他是規勸的語氣，「倘或太太，或者，譬如說秋月吧，要打到這個主意，你得趕緊攔在前頭。為甚麼呢？忌諱！沒有比這個再大的忌諱！」

「哼！」錦兒在氣頭上，還無法平心靜氣地去體味他的話，只冷笑一聲：「哼！這件事，知道的人不多，可也不少；我看也忌不到那兒去。」

「不錯。」曹震接口說道：「『若要人不知，除非己莫為。』外頭有人在傳說，隨他說去，傳來傳去那兩句話，慢慢聽厭了，也就忘了；可是自己不能掛出幌子去。」

「我不懂你的話。你少跟我來這一套，反正你現在頭上有頂大帽子，說甚麼我也不能駁你的回，隨你說是在宮裡辦公事也好；在『口袋底』辦私事也好，誰知道。」

這幾句冷言冷語，把曹震逼急了，「我的太太，你怎麼夾槍夾棍，把『宮裡』跟『袋底』擱在一塊兒來說呢？這話要傳了出去，你，你，」他氣急敗壞地，「你不是送我的忤逆嗎？」

錦兒當然也知道何能相提並論？故意說說氣話，看他急成那樣，不免得意；當然也不會害怕，因此神色顯得很平靜。

「你放心，送你的忤逆，不就是送我自己，送咱們全家大小的忤逆？」她說：「現在請你說明，怎麼是皇上自己掛了幌子？」

曹震還不太放心，怕她還不能理會他的話中，又問一句：「我剛才說的，你明白了沒有？」

「你真當我是小孩子，連這點輕重都不知道？」錦兒緊接著說：「乾脆告訴你吧，我是試試你，就那麼一句話，把你嚇成那個樣子！你如果不是『口袋底』的闊客，內務府人人都知道，你又何必這麼著急。」

曹震到此才知道自己上當了，苦笑著說：「你越來越像那口子了；反正是我命中注定，活該——」他嚥了口唾沫沒有再說下去。

「那口子」，自然是指去世的震二奶奶；提到舊主，錦兒越發感慨，「哼！」她仍舊是冷笑，「那口子！那口子才真的不枉了讓雪芹叫一聲『姐姐』！像這種情形，她用不著別人提，早就給雪芹打算好了。」

曹震見她有些存心找事的模樣，心知是吃「口袋底」的醋，便忍氣不作聲；坐下來摩著腹說：「再不填點兒東西，我可又要犯胃氣了。」

「有！」是秋月在堂屋中應聲，「預備好了。」

於是曹震與錦兒一前一後，出了臥房；到堂屋一看，正中方桌上已陳設好了，另外還有一個食盒，正由廚娘提了進來。

「震二爺，」秋月將居中的椅子拉了開來：「請坐下來吧。」

「勞駕，勞駕！」曹震哈著腰，是真的謙虛，「你是作客的，怎麼倒勞動起你來？」

秋月等他將坐未坐之際，拿椅子推到恰好的地位；等曹震坐定了，方始答說：「老太太在的日子，我還不是這麼伺候震二爺，伺候慣了的？」

忽然提起曹老太太，曹震與錦兒都想到，不是無因而發；曹震很快地想到，這是提醒他，曹雪芹是「老太太的命根子」，得要格外出力照應。

錦兒則除此以外，還另有感想，回憶當年老太太一高興，遊「西園」，開家宴時，自己還輪不到像秋月此刻為曹震安座的這種差使；撫今追昔，她不知道是該為自己慶幸，還是為秋月惋惜？

「多謝，多謝。」曹震向為他斟酒的秋月說道：「你也坐吧，我有話要跟你說。」

「是。」秋月答應著，只退後了兩步，仍舊站著。

「太太，」曹震轉臉暗示：「這兒就咱們三個人好了。」

錦兒微一頷首，從容不迫地將丫頭老媽，都遣走了；然後親手將中門關上，復回堂屋。曹震這時已狼吞虎嚥地，先吃了幾個「盒子」，填飽了五臟廟，舉杯在手，向與秋月攜手並坐在靠壁的大椅子上的錦兒說道；「我說個道理你聽，你就知道秋月所說的那條路子，不能去走；一走會出事——。」

「你等一等！」錦兒攔住他的話，側轉著臉，小聲將她與曹震為曹雪芹打算的經過，約略說了一遍，然後掀眉問道：「你說吧，怎麼是皇上自己掛出幌子去？」

「這個幌子要掛，就掛在雪芹身上。倘說皇上對聖母老太太的孝順，自然說甚麼就是甚麼。我倒想過，請聖母老太太跟皇上說：找機會召見雪芹，出題目面試，賞他個正途出身，豈非美事？可是不行！」

「不是皇上說『不行』，是你說『不行』吧？」

錦兒的話猶未完，秋月便趕緊扯她的衣服；「你聽震二爺說下去。」

「也不是皇上說不行，更不是我說不行，而是情勢明擺著有難處。」曹震仍舊平心靜氣地說：「你們總聽過『召試』這麼一個名詞吧？」

錦兒連他說的是那兩個字都弄不清楚；秋月倒是聽說過的，不過，她說：「我聽老太太說過，康熙爺末後兩回南巡，在江寧找讀書人來當面考試，有一回就在織造衙門，都是老太爺招呼。到底是怎麼回事，有點兒甚麼好處，可就不知道了。」

「好處多著呢！」曹震答說：「像雪芹那種身分，召試不壞，就會特賞一個舉人，派在內閣中當上『學習行走』。如果他肯上進，下一科會試，中進士、點翰林；老太太躺在棺材裡，都會笑得爬了起來——。」

「你別瞎說八道！」錦兒大聲呵責，但卻忍不住笑了。

「震二爺，」秋月雖也有些忍俊不禁，到底克制住了，「請你再往下說。」

「總而言之，這絕不是辦不到的事。麻煩在那裡呢？在一定會有人問雪芹，你怎麼會有這麼一步運，是有人保薦呢？還是有甚麼奇遇，忽然讓皇上賞識到你了？你們想，雪芹該怎麼說？他向來自負光明磊落，要他說假話，他不會；就會，他也不肯。好，那一下，漏了真相，犯了皇上的大忌，這場禍事還小得了？」

「算了吧！」秋月有點不寒而慄的模樣，「就當我沒有說過那句話。」

「而且，」曹震接著叮囑：「大家最好從此不提這件事。」

錦兒點點頭，和秋月互看了一眼；彼此默默地在心裡提醒自己，千萬要記住曹震的告誡。

「其實，出個名士也不壞。」曹震又說：「大家都看不起內務府，提起來總是一副撇著嘴、斜著眼的樣子，再掛兩張假字畫，弄個胖丫頭往那兒一站，那，你就看他們損吧！」

「不過淨當名士也不行。」秋月又說：「至於跟了四老爺去收稅，怕太太也不會放心。」

「慢慢兒琢磨。」曹震突然興奮了，「反正咱們曹家縱不能像老太爺在的時候那麼風光，總也還不賴。只要一切謹慎，不愁沒有好日子過。」

曹震居然能說這樣的話，不但錦兒，連秋月也很高興；看起來曹家真是要興旺了。

經過蕭福的安排，曹雪芹在步軍統領衙門的監所，見到了馮大瑞。他帶去許多食物，都是些肉脯、魚乾之類，不會壞的東西。但到得那裡，覺得不妥，所以把那個細籐製的食籃，擱在門口，只拿出來一塊漢玉，遞給馮大瑞。

「幹嘛？」

「我娘送你的。」

「喔，」馮大瑞接過來一看，這塊漢玉長祇寸許，四方柱形，中間穿孔，一根古銅色的絲繩，直貫其中，下面結成一個篆文的壽字，上面還帶個扣子，便於在腰際懸掛。玉的四面都有字，因為是大篆，馮大瑞一個都不識得。

「太太怎麼想起來，賞我一個佩件。」

「這塊玉名叫『剛卯』，是辟邪的。我娘也是望你平安的意思。」

馮大瑞感激得要掉眼淚，將剛卯緊緊捏在手中，「我也不說甚麼了！」他說：「等我出去了，當面給太太磕頭吧。」

「大瑞，這回的事情，弄得很糟。」曹雪芹說：「陰錯陽差，弄成僵局。偏偏方先生又忙不過來，只好讓你在這兒委屈幾天。不過我想也快了。」

「喔，」馮大瑞露出一絲苦笑，「不過，這裡倒也好，至少可以當個躲麻煩的地方。」

曹雪芹不即作聲，心想他違背了他們幫中交代要辦的事，少不得有人來問罪；所謂「麻煩」，大概指此而言。

正在琢磨該如何作答時，只見馮大瑞忽然將鼻子聳了幾下；然後視線落在那食籃上。

「芹二爺，」他指著問：「是吃的不是？」

「不錯。」曹雪芹答說：「是特為替你做的。我怕你誤會，不想拿出來。」

「既然是給我的，我可不客氣，自己動手了。這幾天饞得要命。」說著，他自己提了食籃，揭開盒子，抓了一塊燻魚往嘴裡塞。

「飯菜不好是不是？」

「油水少了一點兒。」

「這是我疏忽了。」曹雪芹心想，原以為有方觀承照應，不至於受苦；那知道他還是跟一般犯人的待遇，沒有甚麼兩樣。

「芹二爺，」馮大瑞忽然停止咀嚼，「你剛才怎麼說，怕我誤會？我會誤會甚麼？」

「這些東西都是能擱些日子不會壞的，我怕你誤會，以為一時還不能出去。」曹雪芹加重了語氣說：「不出三天，你一定能出去。方先生的那樁事緊要，大概辦妥了，該騰出功夫來辦你的事了。」

「是，是甚麼要緊事？」

「這兒不便談。」

「好！我就不問。」馮大瑞復又大嚼肉脯。

「大瑞，我還告訴你一件事；是我的事。」

馮大瑞先不大在意，聽說是曹雪芹自己的事，態度不同了，抬起眼來，很起勁地說：「一定是好消息？」

「是這樣的，四老爺放了蕪湖關的監督，打算讓我去管一個分卡；不過我娘還沒有答應。」

「為甚麼呢？太太是怕你沒有人照應？」

「也不盡如此，太太就我一個，自然有點兒捨不得。」

「那也容易，把太太接到任上去住，不還是在一起嗎？」

曹雪芹心中一動，「對，」他說：「你這倒也是一個辦法。」

「蕪湖是很大的一個水路碼頭，我那兒也有幾個朋友；芹二爺真的要去了，我會託我的朋友照應。」

「謝謝，謝謝。」曹雪芹緊接著說：「我是要告訴你，如果能到蕪湖，自然就能到金山寺，我可以去找老和尚，跟繡春見面。大瑞，這不是你說的好消息嗎？」

馮大瑞點點頭，表情很沉著，看不出他此時心裡是怎麼在想。

「如果我不能去，我另外還有個打算，我要替我娘寫封信給繡春，讓老何專程送了去。」

「喔，」馮大瑞不免動容，「驚動太太出面寫信？」

「是的。」

「打算寫些甚麼？」

「勸她回來。」曹雪芹說：「我娘親自替你們主婚。」

「不敢當，不敢當。」馮大瑞是真的感動了，捏著那塊玉剛卯，低著頭自語似地說：「我真不知該怎麼報答了。」

「也不用談甚麼報答，只要你靜下心來，聽從我們的安排。大瑞，你能不能答應我這話？」

馮大瑞考慮了一下說：「我答應。不過，出了甚麼我沒法兒辦的麻煩，我就是白答應你了。」

「如果是那樣，我不怪你。」

「好！就這麼說。」

叔姪兩家都有喜事，但苦樂各殊，曹震是躊躇滿志，每天享受著親友的祝賀、僚屬的奉承，錦兒與翠寶和衷共濟，伺候得他稱心如意，無絲毫後顧之憂。

曹頫卻大鬧家務，為的是兩妾一子，無法安排得妥當。曹頫是覺得只有帶鄒姨娘去，生活起居才能舒服，而且謹言慎行，在蕪湖與官眷往來，也不至於惹甚麼是非。可是季姨娘說甚麼也不肯，她說每一次曹頫有遠行，總是鄒姨娘跟了去，這回該輪到她了。遇到至親去調停，只有她一個人的話，說到傷心處，一把眼淚一把鼻涕，號啕不止，嚇得調停的人避之唯恐不速。

當然，馬夫人必不可免地成了仲裁者，無可奈何之下，她只好說：「要帶都帶，要不帶都不帶。」可是棠官在圓明園護軍營當差，亦未娶妻，不能沒有人照應。鄒姨娘倒很賢慧，隱約表示，萬一季姨娘一定要跟了去，她留在京裡，當然會照料棠官，只是曹頫執意不可。

「知子莫若父。」他說：「棠官愚而狡，鄒姨娘管不住他；甚至會欺侮他庶母。只有他生母在這裡，他念著母子之情，還肯聽她幾句。」

「那麼，」馬夫人說：「索性把棠官也一起帶了去。」

「辦不到的。在外的子弟，到了成年還要送進京來當差；那有已經成年了，而且正在京裡當差，倒說又跟了出去吃現成飯的道理？」他加重了語氣說：「且不說旗下沒有這個規矩，就有這個規矩，我也不能這麼辦。到了蕪湖，我要顧公事，就顧不到他；稅關又是有名的一個染缸，到了那裡，受奸人引誘，狂嫖爛賭，不但毀了他自己，連我一條命都怕要送在他手裡。」

「那就沒法子了！只有都不帶。」

曹頫想了一下，頓一頓足說：「都不帶。反正這個差使，兩年就有人『派代』，起居不甚方便，也就算了。」

一場風波，總算不了了之。可是，這一來，曹頫就覺得更有帶曹雪芹去的必要；特地託錦兒來作說客，馬夫人覺得十分為難，將曹雪芹、杏香、秋月都找了來，一起商量。

先問曹雪芹自己，他說：「我聽娘的意思。娘捨得我就去；不放心，我就不去。」

「這意思你是願意去的？」

「也不是我願意。」曹雪芹答說：「我是看娘今年以來，身子健旺得多了；我趁這機會去歷練歷練，也幫了四叔的忙。不過，還是要聽娘的意思，娘不叫我去，我就不去。」

「我不叫你去，你心裡一定會怨我。」

「絕不會！」曹雪芹斬釘截鐵地，「如果那樣，我還成個人嗎？」

這句話使馬夫人深感安慰；便又問道：「杏香，你怎麼說？」

「這裡，那兒有我的話？」

「不要緊，你說好了。」

「我想，」杏香很謹慎地答說：「四老爺也是無奈。太太不叫芹二爺去，只怕會覺得對不起四老爺，心裡有那麼一個結，也是件很難受的事。倒不如做個人情，反正第一，太太的身子一天比一天硬朗，芹二爺在外面能放得下心；他能放得下心，太太就能放心。第二，四老爺不說了，至多兩年功夫，就有人去接替；家裡有秋姑、有我，還有錦二奶奶，陪著太太多想點玩的、吃的花樣，兩年不過一晃眼的功夫。」

馬夫人為她說得心思活動了，不過，「你當然要跟了去。」她說：「不然我就更不放心了。」

「娘——。」

曹雪芹剛喊得一聲，便讓錦兒攔住，「你別說了。杏香當然要跟了你去。」她說：「不過，你得把孩子留下來陪太太。」

「孩子誰帶呢？」馬夫人問：「秋月？」

「太太也是。」一直未曾開口的秋月，是埋怨的語氣，「莫非從前芹二爺，我沒有帶過？」

「那已經是他六、七歲的事了！」馬夫人緊接著說：「好吧，我想你總也帶得下來。」

「還有我跟翠寶呢！」錦兒作了結論：「就這麼辦吧！等雪芹回京，再替太太抱個孫子回來。」

於是全家從這天起就開始為預備曹雪芹遠行而大忙特忙了。他本人卻不在意，關心的是馮大瑞；去見了方觀承兩次，第一次說事情快辦妥了。第二次去不曾見著。隔了兩天，正待第三次去探問消息時，那知方觀承先派人來請了；不同尋常的是，約在鼓樓大街平郡王一個祕密的治事之處相見。

這個地方曹震去過，曹雪芹只是聽說，並未一履其地，跟著來人到了那裡，首先使他驚異的是，一進垂花門就遇見馮大瑞，剛想出口招呼，只是馮大瑞撮兩指放在嘴唇上，曹雪芹便只好裝作不識了。

「雪芹，聽說你要跟四叔到蕪湖去。」方觀承問：「有這回事沒有？」

「是。」曹雪芹答說：「家叔單身赴任，要我跟了去照料，是義不容辭的事。」

「你能不能找個甚麼理由，請你四叔先走，你說你隨後趕了去，行不行？」

曹雪芹不敢即時答應，先問一句：「方先生能不能多告訴我一點兒？」

像這樣問話，便知他胸中很有丘壑；方觀承越發有信心，「雪芹，我還是想找你替我辦事。」他說：「這一次是咱們倆在一起。」

「是。」曹雪芹問：「是在京，還是出京？」

「出京。」方觀承答說：「咱們沿運河一直走了下去。」

「那不就要到杭州了嗎？」

「不錯，是到杭州。不過，你也許不必陪我走到底，到了揚州，你由長江經江寧到蕪湖去好了。」

曹雪芹默默將行程計算了一下，由運河南下到揚州，往南辰州，瀕臨長江，南岸即是金焦，不正好去訪繡春嗎？

轉念到此，就不再多考慮了，「方先生，」他說：「我準定奉陪。不過大概甚麼時候可到蕪湖？得有個日子，跟家叔才好說話。」

方觀承想了一下說：「最晚不會過端午。」

那就是說，大概在兩個月以後；曹雪芹點點頭，覺得有句話不能不問，「方先生，你能不能見告，我追隨左右是要幹點兒甚麼？」他緊接著解釋：「我略有自知之明，如果是我幹不了的，應該早說；否則臨事會誤事。」

「當然是你幹得了的。」方觀承沉吟了一會說：「咱們既然共事，當然要坦誠相見。不過，這不是三言兩語談得完的，我找個人跟你細談。」

「是。」

「未末申初，你在報國寺杉樹下面等著，自有人會來找你。」

「此人認識我嗎？」

「你也認識他。」

相與一笑，都不必再多說一個字了。

報國寺在城南廣安門大街路北，那一帶已經很荒涼，但古剎很多，最有名的是，由唐太宗特建的憫忠寺改名的法源寺；其次是崇效寺，亦是唐朝所建；再下來便數報國寺了。

報國寺建於遼金，到明朝成化年間，周太后改建為慈仁寺，但自明以來，一直都沿用舊名。

曹雪芹在歸有光的文集中，讀過他贈慈仁寺方丈的一篇序，知道慈仁寺的來歷，道是周太后有弟名吉祥，年少好出遊，有一次一去不返，音信全無，周太后亦久已淡忘。不道有一天夢見伽藍神，說周吉祥每夜宿於報國寺伽藍殿。奇的是英宗亦做了這樣一個夢。英宗自從復辟後，非常念舊，對后家更為眷顧，所以當時即遣太監到報國寺探查；果然有一個和尚在伽藍殿睡懶覺，問知他俗家姓周，自是不誤，便不由分說，簇擁入宮。周太后還認得他的面貌，相擁而泣，問他削髮的經過；勸他「做和尚不如做皇親」。周吉祥不願，亦無法勉強，仍舊送他回報國寺，賞賜極厚。

到英宗晏駕，憲宗即位，周皇后成為周太后，特發內帑，改建報國寺，改名大慈仁寺，小寺頓成名剎。至孝宗即位，周太后，又成為太皇太后，慈仁寺有此護法，香火更旺；孝宗賜莊田數百頃，所以吉祥和尚能招僧眾上千之多。

自明入清，達官貴人，多住城西，因而慈仁寺每逢朔望有廟會，書攤很多，名流如王漁洋等人，經常流連於此，書看倦了，便在松下飲酒賦詩——報國寺本名雙松寺，那兩株松樹還是遼金時所植，東面一株，高約四丈，枝柯糾結，共有三層；西面一株就更奇，高雖只有丈餘，而枝葉盤屈橫斜，蔭覆數畝，其中最長的一枝，枝梢壓地，須用特製的幾十個朱紅木架撐住。曹雪芹便是在這株松樹之下，靜等方觀承派馮大瑞來。

果然，未末申初，馮大瑞來了，後面跟著一個酒鋪子裡的小徒弟，右手食盒，左脅下挾一領草席，鋪排停當，管自己走了。

於是曹雪芹與馮大瑞席地而坐，把杯深談，曹雪芹急欲索解的一個疑團是：「你怎麼會到了方先生那裡？」

「有一天清早，有個差人跟我說：『你可以出去了。』拿車子給我送到一個地方，有個瘦瘦小小的人跟我說：『我就是方觀承。你就在我這裡待著，我有用你之處。』我就這樣待下來了。」

曹雪芹覺得他話中有疑問，卻不知從那裡問起；想了好一會問道：「你以前知道不知道有方先生這麼一個人？」

「知道。」

「你是怎麼知道的？」曹雪芹問：「是不是聽人談過？」

「不必聽人談，『通漕』上就有他的名字。」

曹雪芹大吃一驚，急急問說：「他也是你們幫裡的？」

「不錯。」

「輩分呢？」

「他長我一輩。」

「這——。」曹雪芹直覺得有些不可思議；不斷地說：「想不到，想不到！」

「我也想不到。」馮大瑞說：「想不到會死心塌地跟方先生一起辦事。」

「這，這是怎麼說？」

「原來我不明白我們漕幫是怎麼回事？直到前天晚上，方先生跟我談了一夜，我才知道當年我們祖師爺的苦心；漕幫原是應該替老百姓打算的。芹二爺，你是一隻腳在門外，一隻腳在『門檻』裡頭的人，而且這回要一起到南邊，方先生說應該跟你談談漕幫——。」

原來漕幫是由明朝的「衛所」轉變過來的。明太祖得了天下，蒙古人、色目人遁回沙漠，卻帶不走原先霸占的大片土地，因此明朝的官地，比那一朝都多；明太祖便想到幾千年前寓兵於農的辦法，普遍設立「衛所」，計口授田，平時耕種，農閒時勤加操練，以便有事則執干戈以衛社稷，所以他曾誇過一句海口：「我養兵百萬，不費百姓一文錢。」

可是到了明朝中葉以後，衛所這種兵制，就有名無實了，因為生齒日繁，田地有限，忙著謀生，根本就談不到操練。不過雖說有名無實，每個衛所，還是有頂名字領田的人；到得清兵入關，天下一定，這批人要有個安頓之法，於是在運河復通，南漕得以北運時，將衛所的人派為漕船上的「運丁」。漕幫之稱「衛」，就是衛所的衛。

「剛開頭的時候，漕船弟兄苦得不得了，因為到處受欺侮。」馮大瑞說：「逢關過卡的官兒、碼頭上的地頭蛇，都吃定了漕船。在運河裡，遇到官船要讓；遇到運銅的船要躲——。」

「運銅的船是怎麼回事？」曹雪芹插嘴問說。

「戶部鑄銅錢，銅都是由雲南來的；銅的吃水很深，船身太重，不大靈活，所以只有別的船躲銅船，銅船是沒法兒讓別的船的。銅船遇到漕船，撞沉的一定是漕船；那一來運丁要賠米賠船，傾家蕩產是常事。」

於是運丁中有豪傑之士，起而號召，要不受欺凌，只有同心一德，合力禦侮；一呼百應，勢力日增，其中首腦一共是三個人，即是翁、錢、潘三祖。

「現在要談到方先生了。」馮大瑞說：「芹二爺是知道他的來歷的。他是怎麼樣入的幫，不必去問，我只告訴芹二爺一句話好了，朝廷不能沒有漕幫；漕幫不能沒有他。這樣子，也就是朝廷不能沒有他了。」

「朝廷不能沒有漕幫，我懂；如果沒有漕幫，漕米就運不到黃河以北來。可是，」曹雪芹問：「漕幫何以不能沒有方先生呢？」

「前幾年有人利用漕幫想造反，你聽說過沒有？」

這是指世宗奪嫡的糾紛，曹雪芹當然知道，點點頭回答：「聽說過。」

「當時是李制台辦這件事，手段很毒辣，照他的主意，要拿漕幫之中叫得響的人物，統統抓了來，殺的殺，關的關。方先生就跟當今皇上說：那一來漕幫就要散了。漕幫一散，不但南漕北運受影響，而且散到江湖上的，為非作歹，天下從此不太平了。不如安撫化解。老皇聽了他的話，而且把安撫化解的責任交了給他。方先生保全了漕幫，實在也是替朝廷立了大功。」

「嗯，嗯。」曹雪芹想到馮大瑞身上了，「那麼，你這一次來替你們幫裡辦事，方先生早就知道了？」

「是的。」

「這，就不大對了！」曹雪芹提出疑問：「你說方先生在漕幫安撫化解，把造反這件事都能壓了下去；那麼，趁聖母老太太進京，說要派人來搗亂，他又怎麼不能化解呢？」

「如今風平浪靜，不就是化解了嗎？」

「那是因為你聽了仲四的話，知道這樁差使是我們曹家在辦，不好意思下手的緣故，不是他化解之功。」曹雪芹又說：「如果是派了別的人，不就出事了嗎？」

馮大瑞微笑不答，而且笑容顯得有些詭異，這就使得曹雪芹絕不肯不追問了。

「芹二爺，你總看過《三國演義》，華容擋曹這段故事吧？」

《三國演義》中寫赤壁鏖兵，「諸葛亮智算華容，關雲長義釋曹操」，孔明算定曹操兵敗，必走華容，而「操賊」的氣數未盡；又算定關雲長顧念當日在曹營所受的禮遇，終不忍殺曹操，特意讓他去做個人情。曹雪芹回想這段情節，恍然有悟，派馮大瑞作此任務，亦就像諸葛孔明特意派關雲長守華容那樣，別有作用在內。

可是，他不明白的是：「為甚麼要這樣費事呢？」他問：「如果是因為方先生的關係，根本無意於冒犯聖母老太太，乾脆放過去就是了；何必多此一舉？」

「當然有不能不多此一舉的道理在內。」馮大瑞答說：「漕幫當年欠過理親王一個很大的人情——那還是他當太子的時候；如今為他報仇雪恨，不能不裝個樣子出來。可是這話又不便明說，所以特為派了我來；關照我先到通州找仲四爺商量。仲四爺跟我說：曹家四老爺跟震二爺、芹二爺辦這趟差使，如果有個風吹草動，他們叔姪三位不死也得充軍，勸我罷手。我讓他說得心軟了。至於以後的事，你已經知道，不必我多說。」

「原來是這麼一個曲折。我早知道了，就不必這樣子替你擔心了。」

「芹二爺，你得原諒我；我以前也並不知道，有這麼一個故意唱齣戲，給理親王子孫看的緣故在內。」

「好，話說開了。談我的事。」曹雪芹問道：「方先生這回到南邊去幹甚麼？」

「還不就是為了安撫化解。」

「不早就辦妥當了嗎？」

「那是北五省；南邊還有點兒七高八低，要去鋪平了它。」

「嗯，嗯。我呢？跟了去幹甚麼？」曹雪芹說：「你們幫裡的事，我又插不上手，幫不了忙！」

「誰說的？有些地方還非你不可！」

「為甚麼？」

「因為江湖上認識方先生的很多，我更不用說。只有你是個陌生臉。」馮大瑞說：「本來另外找個陌生人去也可以；難在不懂漕幫的情形，就沒有用處。」

聽這一說，曹雪芹才知道此去有許多地方要他出面，不免有些畏憚；因為涉歷江湖，處處危機，誤蹈險地說不定會把性命都送在裡頭。

馮大瑞看他的臉色，猜到他的心理，便安慰他說：「芹二爺，你別怕，凡事有我。」

曹雪芹點點頭問：「不會要我跟你們幫裡的人去打交道吧？」

「會！」馮大瑞說：「不是這樣，就不必請你一起去了。」

「交道是怎麼個打法？」

「這可不一定，要臨時看是怎麼回事，怎麼一個人。不過，絕沒有危險；上刀山、下油鍋的事，怎麼能讓你去幹？」

有此保證，怯意一消，好奇心隨之而生，「好！」他很興奮地說：「我跟你們去闖一闖。」

「對，這麼去闖一闖，也是很有意思的事。」馮大瑞喝乾了杯中酒說：「芹二爺還有甚麼話要問？」

曹雪芹想了一會說：「方先生很忙，皇上跟平郡王都離不開他，何以這時候特為派到南邊；是不是出了甚麼亂子，非去安撫化解，非得都把它們擺平了不可？」

「不是出了甚麼亂子；不過倒是非把它們擺平了不可，因為——。」

「因為甚麼？」

「因為——，」馮大瑞很鄭重地：「芹二爺，我告訴你一句話，你可千萬擱在心裡！皇上想到南邊去走一趟。」

「南巡？」曹雪芹驚異地喊了起來，旋即發覺不能這麼大呼小叫，趕緊掩住了口，左右顧視。

「幸好沒有人！」馮大瑞埋怨著，復又警告：「芹二爺，這話你連太太面前都不能說。」

「我發誓！絕不說。」

「好！那麼我再告訴你一件事；這回南巡，完全是為了聖母老太太。」

曹雪芹越覺不可思議，不過這回他只是在心裡想；想得深了，也就不覺得有甚麼可詫異之處。衣錦還鄉，人之常情，而況是著了「八寶平水」的龍褂？

「那麼，」曹雪芹問：「也要到浙江紹興府？」

「那可不知道了。反正杭州是一定要到的。」

「大概在甚麼時候？」

「總得兩三年的功夫來預備吧！」

不止兩三年，一直到八年以後的乾隆十三年，方始啟駕；不想在德州出了一個震驚四海的意外，以至於平郡王「虎兔相逢大夢歸」，而曹家也就「三春去後諸芳盡，各自須尋各自門」了。

高陽作品集・紅樓夢斷系列（新校版）

三春爭及初春景 下冊

2022年5月三版 定價：平裝新臺幣380元
精裝新臺幣550元

著者	高陽
叢書編輯	董柏廷
校對	吳美滿
封面設計	兒日

出版者	聯經出版事業股份有限公司
地址	新北市汐止區大同路一段369號1樓
叢書編輯電話	(02)86925588轉5388
台北聯經書房	台北市新生南路三段94號
電話	(02)23620308
台中分公司	台中市北區崇德路一段198號
暨門市電話	(04)22312023
台中電子信箱	e-mail：linking2@ms42.hinet.net
郵政劃撥帳戶第0100559-3號	
郵撥電話	(02)23620308
印刷者	世和印製企業有限公司
總經銷	聯合發行股份有限公司
發行所	新北市新店區寶橋路235巷6弄6號2樓
電話	(02)29178022

副總編輯	陳逸華
總編輯	涂豐恩
總經理	陳芝宇
社長	羅國俊
發行人	林載爵

行政院新聞局出版事業登記證局版臺業字第0130號

本書如有缺頁，破損，倒裝請寄回台北聯經書房更換。
聯經網址：www.linkingbooks.com.tw
電子信箱：linking@udngroup.com

ISBN 978-957-08-6240-9 (平裝)
ISBN 978-957-08-6293-5 (精裝)

國家圖書館出版品預行編目資料

三春爭及初春景 下冊/高陽著．三版．新北市．聯經．2022年
5月．432面．14.8×21公分〔高陽作品集‧紅樓夢斷系列（新校版）〕
ISBN 978-957-08-6240-9（平裝）
ISBN 978-957-08-6293-5（精裝）

863.57 110005062/3